Ellen Berg

Alles Tofu, oder was?

W0348932

atb aufbau taschenbuch

Ellen Berg, geboren 1969, studierte Germanistik und arbeitete als Reiseleiterin und in der Gastronomie. Heute schreibt und lebt sie mit ihrer Tochter auf einem kleinen Bauernhof im Allgäu. Sie ist eine leidenschaftliche Köchin mit einem großen Faible für Gemüse und manchmal auch für ein gutes Steak – natürlich bio!

Außerdem bei atb lieferbar: »Du mich auch. Ein Rache-Roman«, »Das bisschen Kuchen. (K)ein Diät-Roman«, »Den lass ich gleich an. (K)ein Single-Roman«, »Ich koch dich tot. (K)ein Liebes-Roman«, »Gib's mir, Schatz! (K)ein Fessel-Roman«, »Zur Hölle mit Seniorentellern! (K)ein Rentner-Roman« und »Ich will es doch auch! (K)ein Beziehungs-Roman«.

Für Dana kommt's dicke: Erst lässt sie ihr Freund Paul nach einem völlig verunglückten romantischen Dinner sitzen. Dann zieht ihr nörgeliger Vater bei ihr ein und raubt ihr den letzten Nerv. Auch ihr Plan, die Gäste ihres kleinen Bistros mit veganer Kost zu beglücken, schlägt fehl, selbst ihr Koch Hung Tai hält Danas Essen für einen Anschlag auf den guten Geschmack. Allein ihr Stammgast Philipp lässt sich nicht abschrecken und stochert sich tapfer durch Tofu-Algen-Ragout und Seitan-Schnitzel. Zugleich nehmen die Schikanen der fiesen Maklerin Müller-Mertens überhand, die es auf das Haus mit Danas Restaurant abgesehen hat. Doch dann entdeckt Dana die besänftigende Wirkung eines veganen Liebesmenüs und beschließt, um ihre Existenz zu kämpfen. Dabei erweist sich ausgerechnet ihr fleischliebender Vater als große Unterstützung. Womit Dana jedoch am allerwenigsten gerechnet hat: Ganz unverhofft steht ihr Herz in Flammen.

»Herrlicher Humor.« *Tina*

Ellen Berg

Alles Tofu, oder was?

(K)ein Koch-Roman

atb aufbau taschenbuch

FSC
www.fsc.org
MIX
Papier aus verantwortungsvollen Quellen
FSC® C083411

ISBN 978-3-7466-3128-8

Aufbau Taschenbuch ist eine Marke
der Aufbau Verlag GmbH & Co. KG

1. Auflage 2015
© Aufbau Verlag GmbH & Co. KG, Berlin 2015
Umschlaggestaltung Mediabureau Di Stefano, Berlin
unter Verwendung eines Motivs von Gerhard Glück
Gesetzt in der Adobe Garamond Pro und Paqui
durch LVD GmbH, Berlin
Druck und Binden CPI books GmbH, Leck, Germany
Printed in Germany

www.aufbau-verlag.de

1

»Interessant«, sagte Paul. »Und wo ist das Essen?«

»Wie jetzt – Essen?«, fragte Dana.

»Na, was da auf dem Tisch steht, ist eindeutig nicht zum Verzehr geeignet. Sieht aus wie überfahrene Schnecken und riecht irgendwie komisch. Nach Altersheim, würde ich sagen. Und nach alten Socken.«

Das war ja wohl die Höhe! Danas Blick wanderte von den Schüsseln mit Süßkartoffelmus, Quinoaauflauf, Bulgursalat und Tofu-Algen-Ragout zu Paul, dem Mann ihres Herzens. Ein Hüne mit breitem Kreuz, meergrünen Augen und diesem süßen Hallodrilächeln, in das sie sich damals auf der Stelle verliebt hatte.

Doch sein Lächeln war verschwunden. Eigentlich schon länger. Missmutig spielte er mit seinem Besteck herum.

»Paul«, sie sprach so sanft wie möglich, »könntest du bitte zur Kenntnis nehmen, dass wir neuerdings vegan leben?«

»Wir? Du bist hier die Vegahnsinnige«, brummte er. »Ich bin ein Mann, ich brauche Fleisch.«

»Sogar Albert Einstein war Vegetarier.«

»Na toll. Ich will aber keinen Nobelpreis, ich will ein Steak.«

Liebe geht durch den Magen? Von wegen, dachte Dana. Liebe schlägt auf den Magen, das traf es wohl eher.

Sie schluckte. Dieser Tag würde leider nicht als Sieg der Vernunft in die Geschichte eingehen. Als Erstes war ihr Plan gescheitert, Emma, ihre zickige Dackeldame, auf den veganen Kurs zu bringen. Die Hündin hatte das absurd teure Trockenlinsenbiofutter verschmäht und kläffte seit Stunden den Kühlschrank an, als lägen Rinderknochen und Pansen darin. Ebenso wenig war Danas Versuch gelungen, ihre fünfjährige Tochter Leonie für vegane Gaumenfreuden zu erwärmen – wovon einige hässliche Spritzer Bärlauchsuppe an den Wänden der Küche zeugten. Und nun bockte auch noch Paul.

»Es ist einfach verantwortungsvoller, auf Fleisch und andere tierische Produkte zu verzichten«, dozierte sie geduldig.

»Ja, für müffelnde Müslitanten vielleicht. Aber ein echter Kerl wird tierisch sauer, wenn er kein Fleisch kriegt.«

Dana tat so, als hätte sie die müffelnden Müslitanten überhört. Sie lud sich eine Portion Süßkartoffelmus auf den Teller, nahm einen Happen und schloss genießerisch die Augen.

»Mmh, lecker. Probier doch wenigstens mal.«

Schweigend griff Paul zu seinem Glas Rotwein und leerte es auf einen Zug. Dann schob er seinen leeren Teller von sich und verschränkte die Arme.

»Eher friert die Hölle zu, als dass ich diesen Irrsinn mitmache. Von mir aus kannst du essen, was du willst, vegetarisch, vegan, makrobiotisch, vollidiotisch. Aber nicht mit mir. Kapiert? Oder soll ich es dir eintuppern?«

»Es geht mir doch nicht nur um unseren blauen Planeten«, erklärte Dana. »Es geht mir auch um deine Gesundheit.«

Paul zog eine Grimasse.

»Und du gehst mir langsam total auf den Senkel mit deinem Ökofimmel!«

Jetzt war die Stimmung endgültig im Eimer. So ein Mist. Dabei sollte dieses Kerzenschein-Dinner ganz unauffällig auf ein Happy End zusteuern. Es war ihr zweiter Jahrestag, und Dana hatte das gemeinsame Festmahl äußerst liebevoll inszeniert – weiße Spitzentischdecke mit verstreuten roten Rosenblättern, rote Duftkerzen, aus der Musikanlage erklang die seidenweiche Stimme von Michael Bublé. Alles in allem Romantik pur, wenn man mal von Emmas Gekläffe absah.

Und jetzt? Dana musterte Pauls finsteres Gesicht. Seit fast zwei Jahren wohnte er bei ihr, ohne jemals durchblicken zu lassen, dass er mehr im Sinn hatte als eine unverbindliche Lebensgemeinschaft mit gewissen Vorzügen. Allmählich war eine klare Ansage fällig. Fand Dana jedenfalls.

Doch Paul sah nicht so aus, als ob er die Hochzeitsglocken läuten hörte. Eher Alarmsirenen. Argwöhnisch schaute er zu, wie Dana zur Abwechslung einen Löffel Tofu-Algen-Ragout verdrückte.

»Pass auf, Schnuckelhase …«

Sie hörte auf zu kauen. Ihre Nackenhaare stellten sich senkrecht. Immer, wenn Paul »Schnuckelhase« sagte, kam garantiert was Dussliges.

»… du wirkst ziemlich verspannt in letzter Zeit«, er verdrehte die Augen, »spaßbefreit, um genau zu sein. Und jetzt willst du mir auch noch diesen veganen Quatsch reindrücken. Das kannst du dir von der Backe putzen. So läuft das nicht.«

Also wirklich. Dana warf ihre Serviette aufs Tischtuch.

»Wie läuft es denn überhaupt? Mit mir – mit uns? Und wie geht es weiter?«

Paul blinzelte sie irritiert an.

»Mit uns? Wieso? Alles easy, würde ich sagen.«

»Easy, ha! Du machst es dir wirklich ein bisschen zu einfach. Wir sind seit genau zwei Jahren zusammen. Findest du nicht, dass du mal Klartext reden solltest?«

Seine Augen weiteten sich erschrocken.

»Klartext?«

»Ja, so was wie: *Dana, vielen lieben Dank für zwei wunderbare Jahre, du bist die Frau fürs Leben, hier ist der Ring, wir heiraten.*«

Uff. Jetzt war es heraus. Nicht gerade romantisch, diese Ansage. Aber Dana wollte nicht länger warten, bis Paul, die Begriffsstutzigkeit in Person, endlich von selbst darauf kam, wonach sie sich sehnte: nach einem verlässlichen Partner, einer starken Schulter, einem Fels in der Brandung. Sie war fünfunddreißig. Da brauchte man keinen Mann, der nur spielen wollte.

Entgeistert starrte er sie an.

»Hä?«

Dana kniff die Augenbrauen zusammen.

»Welchen Teil hast du nicht verstanden? Den mit dem Ring oder den mit dem Heiraten?«

Plötzlich sah er aus, als hätte sie ihm frittierte Disteln serviert. Er sprang auf, wobei sein leeres Weinglas umfiel.

»Hast du noch alle Blätter am Baum? Ich hab mir echt eine Menge von dir gefallen lassen. Deine Vorträge über den Klimawandel, mit denen du mich ins Koma laberst. Deinen Müsliterror, deine Schafwollsocken im Bett, deine naturbelassenen Bekannten. Sogar den Sex nach Mondkalender! Und jetzt willst du mich auch noch vors Standesamt schleppen? Am besten in Gesundheitslatschen, oder wie?«

Dana war so überrumpelt von seinem Wutausbruch, dass sie keinen Ton herausbrachte. Das also war der Dank dafür, dass sie ihn seit zwei Jahren nach Strich und Faden verwöhnte, obwohl sie sich noch dazu um ihr vaterloses Kind kümmern musste und hart um ihre Existenz kämpfte. Liebte er sie denn nicht? So, wie sie nun einmal war – umweltbewusst, ernährungsbewusst, verantwortungsbewusst?

Schon immer hatte Dana Wert auf gesunde Ernährung gelegt. Ein halbes Jahr zuvor war jedoch etwas geschehen, was ihr Leben verändert hatte: Befreundete Tierschützer hatten sie heimlich in eine Hühnermastanstalt eingeschleust. Der Anblick der Hühner, die apathisch in einer riesigen Halle herumlagen, vollgepumpt mit Medikamenten und bewegungsunfähig wegen ihrer künstlich angemästeten Brust, war ein Schock gewesen – kein Fleisch mehr!

Die Information, dass in den Legebatterien jährlich fünfzig Millionen männliche Küken geschreddert wurden, weil sie naturgemäß keine Eier legen würden, hatte Dana dann auch jeglichen Appetit aufs Frühstücksei genommen. Den von den Tierschützern empfohlenen Besuch eines Schlachthauses hatte sie dankend abgelehnt – im Internet kursierten genügend grässliche Videos, die von den Höllenqualen der Tiere zeugten.

Alles in allem war Dana zu der Überzeugung gelangt, dass sie sich nicht mehr zum Komplizen einer lebensverachtenden Industrie machen durfte. Deshalb war sie Vegetarierin geworden, und seit drei Monaten lebte sie konsequent vegan: kein Fleisch, kein Fisch, keine Eier, keine Milch, kein Leder, keine Gelatine – die Liste wurde immer länger. Nun hielt sie den Zeitpunkt für gekommen, ihre Überzeugungen auch in den eigenen vier Wänden durchzusetzen. Dass dies ein zäher Kampf werden würde, war ihr klar gewesen. Doch dass sich daraus so etwas wie ein häuslicher Krieg entwickeln würde, hatte sie nicht vorhergesehen.

Das Kläffen von Emma steigerte sich zu einem erbarmungswürdigen Jaulen. Als wäre das nicht genug, kam nun auch noch Leonie hereingetapst, barfuß, in ihrem rosa Lieblingsnachthemd mit den putzigen kleinen Bärchen.

»Mami, ich hab sooo 'n Hunger.« Schmollend krabbelte sie auf Danas Schoß. »Warum kriege ich denn kein Würstchen? Und warum hast du die Fischstäbchen weggeschmissen?«

»Weil deine Mami komplett austickt!«, rief Paul. »Weil sie von einer Klassefrau zur Ökoschlampe mutiert ist!«

Ökoschlampe. Das saß. So sah er sie also?

Dana war fassungslos. Nicht zuletzt, weil solche Bemerkungen in Gegenwart ihrer Tochter weder besonders sensibel noch pädagogisch wertvoll waren. Ein Psychodiplom hatte dieser Mann wahrlich nicht verdient. Sie funkelte ihn zornig an.

»Paul!«

»Mami, was ist Ökopampe?«, fragte Leonie.

»Das da«, knurrte Paul und zeigte auf die Schüsseln. »Herrgott, das sieht doch aus, als hätte das jemand schon gegessen und wieder ausge…«

»Schluss jetzt!«, schrie Dana. »Dann marschier eben in die nächste Frittenbude und zieh dir den ungesunden Fraß rein, bis deine Cholesterinwerte explodieren! Mir doch egal! Aber erwarte bitte nicht, dass ich auf deiner Beerdigung heule. Kannst schon mal deinen Grabstein bestellen – *hier ruht Paul Wegmann, Opfer seiner grausigen Ernährungsgewohnheiten.*«

Sie schlang ihre Arme um Leonie, hob sie hoch und rauschte mit ihr ins Kinderzimmer. Während sie die Kleine ins Bett legte, hörte sie, wie die Wohnungstür krachend ins Schloss fiel. Das war's dann wohl mit den Hochzeitsglocken.

»Mami, muss Paul jetzt sterben?«, erkundigte sich Leonie besorgt.

»Natürlich nicht.«

»Kommt er wieder?«

Gute Frage. Dana presste die Lippen aufeinander. Auch sie hatte sich eine Menge gefallen lassen, wenn sie es recht bedachte. Zum Beispiel Pauls Vorliebe für rohes Rinderhack, blutrünstige Krimiserien und umweltschädliche Autos. Ganz zu schweigen von den Bergen schmutziger Wäsche, die er kommentarlos im Badezimmer liegen ließ, oder den leeren Bierdosen unter dem Bett – er nannte es nächtliche Getränkeforschung.

»Es ist spät«, seufzte sie. »Du musst jetzt schlafen, mein Engel.«

»Kann ich bitte, bitte ein Würstchen haben? Nur so ein Mini-Mini-Mini-Würstchen? Ein klitzekleines?«

Es war herzzerreißend. Dana dachte an das angebrochene Würstchenglas im Kühlschrank, das sie noch nicht entsorgt hatte, und gab sich einen Ruck.

»Einverstanden, mein Liebling. Aber morgen sprechen wir noch einmal in Ruhe über gesundes Essen.«

»Bestellst du mir sonst einen Grabstein?«

Oha, möglicherweise habe ich doch ein bisschen übertrieben, dachte Dana. Ratlos sah sie in das müde Gesichtchen ihrer Tochter, die einen Flunsch zog und eine ihrer braunen Locken um den Finger drehte.

»Keine Sorge, Nini, so schnell stirbt man nicht von Fleisch«, versicherte sie. »Ich hole dir jetzt dein Würstchen.«

»Zwei!«, rief Leonie.

»Also schön, zwei, und morgen sehen wir weiter.«

Dana stand auf. Mit hängenden Schultern trottete sie zur Küche, wo Emma ihr schwanzwedelnd entgegenkam. Die Dackeldame fing aufgeregt an zu bellen, als ihr Frauchen den Kühlschrank öffnete. Widerstrebend holte Dana das Glas mit Putenwienern heraus. Sie zögerte kurz, dann spendierte sie Emma ein Würstchen, fischte zwei weitere aus dem Glas und schlug den Kühlschrank zu, dass es schepperte.

An der Kühlschranktür hing der aktuelle Mondkalender. Er hatte Freude am Kochen vorhergesagt, aber auch vor Unnachgiebigkeit in Beziehungsangelegenheiten gewarnt – eine Nebenwirkung des zunehmenden Mondes im Stier, der im Laufe der Nacht in die Zwillinge wechseln würde. Das hatte Dana nun davon, dass sie diese Warnung missachtet hatte.

Auf dem Weg zu Leonie kam sie am Esszimmer vorbei. Durch die offene Tür sah sie den liebevoll gedeckten Tisch, hörte Michael Bublé ein Liebeslied schluchzen. Auch Dana hatte Tränen in den Augen. Kerzenschein, Rosenblätter, stundenlanges Kochen, alles umsonst. Bloß nicht hinsehen. Schnell weiter, ins Kinderzimmer.

Deprimiert reichte sie ihrer Tochter die Würstchen. Innerhalb von Sekunden waren sie verputzt, und Leonie kuschelte sich zufrieden ins Kissen. Schon fielen ihr die Augen zu.

»Du bist die liebste Mami der Welt«, murmelte sie.

»Und du musst noch Zähne putzen. Nini? Hörst du mich?«

Ein kleiner Schnarcher verriet, dass die Kleine eingeschlafen war.

Zusammengekrümmt hockte Dana auf der Bettkante. Die Worte von Paul hatten sie getroffen wie Faustschläge in den Magen. Sie betrachtete das quietschrosa Barbie-Haus, das auf dem flauschigen rosa Teppich stand. Einträchtig saßen Barbie und Ken nebeneinander auf ihrem quietschrosa Miniatursofa. Tja, im wahren Leben ging es weniger rosig zu.

Noch nie hatte Paul derart erbittert mit ihr gestritten. Es war, als hätte er die vergangenen zwei Jahre rückwirkend zerlegt. Als hätten sie nicht auch gute Zeiten gehabt. Als wären sie nicht das absolute Traumpaar gewesen, jedenfalls am Anfang, als er sie im Sturm erobert hatte mit seinem Charme, seinem Lächeln, seiner umwerfend männlichen Ausstrahlung.

Das Schrillen der Türklingel riss sie aus ihren Erinnerungen. Danas Herz begann wild zu klopfen. Bestimmt hatte Paul es sich anders überlegt, aber bei seinem zackigen Abgang den Wohnungsschlüssel vergessen! Bestimmt entschuldigte er sich jetzt! Dann würde er sie in die Arme nehmen, und alles, alles würde gut! Außerdem stand der Mond günstig für Versöhnungssex.

Eilig lief Dana zur Haustür und öffnete sie.

»Paul, ich …«

Sie wich einen Schritt zurück.

»Guten Abend, mein Kind, wie schön, dass ich dich antreffe«, sagte der ältere Herr im Rollstuhl, auf dessen Schoß eine unförmige schwarze Reisetasche lag.

»Papa.« Sie konnte kaum sprechen. »Das passt jetzt gerade gar nicht. Könntest du bitte ein andermal wiederkommen?«

Herrmann Twilling, ein ergrauter Herr in den Siebzigern, drückte eine Taste an seinem Elektrorollstuhl. Es war ein brandmodernes, wendiges Modell, mit wenigen Handgriffen zusammenklappbar. Und es war überraschend schnell. Er surrte näher heran.

»Vielleicht hätte ich vorher anrufen sollen. Deine Mutter hat mich rausgeworfen. Was sagst du jetzt?«

Ohne eine Antwort abzuwarten, drückte er wieder auf die Taste und tuckerte mit seinem Rollstuhl an Dana vorbei in die Wohnung. Sie konnte nur hilflos zusehen, wie er die Tasche vom Schoß nahm und auf den Boden stellte. Dann verzog er das Gesicht.

»Was riecht denn hier so komisch? Ich hatte gehofft, dass ich ein warmes Abendessen bekomme. Seit deine Mutter die Scheidung eingereicht hat, kocht sie nicht mehr. Bratkartoffeln wären schön. Mit richtig viel Speck. So was hast du doch bestimmt im Haus. Falls es an Bier fehlt, gibt es eine Tankstelle um die Ecke, wo du sicherlich noch was kriegst. Ach ja, und die Hemden in der Tasche müssten gebügelt werden.«

Dana stemmte die Hände in die Hüften.

»Jetzt noch mal langsam und von vorn. Mama hat dich rausgeschmissen? Wieso denn?«

Er zuckte mit den Schultern.

»Sie hat ihre emanzipierte Phase, sagt sie. In ihrem Alter! Den lieben langen Tag lang erzählt sie mir, was ich alles falsch gemacht habe in über vierzig Jahren Ehe. Und nennt mich einen Macho, stell dir vor!«

»Dabei bist du ja ein waschechter Feminist.« Dana musste lächeln. »Du willst nur, dass eine Frau dich bekocht, deine Hemden bügelt, gefälligst Bier holt und die Klappe hält.«

»Meine Ansprüche sind bescheiden«, beteuerte Herrmann Twilling. »Alles ganz normal, würde ich sagen.«

O nein, normal war absolut nichts, wenn es um Danas Eltern ging. Die beiden pensionierten Lehrer hatten eine turbulente Ehe geführt. Was Rechthaberei und Sturheit betraf, waren sie nicht zu toppen. Lehrer eben. Immer hatten sie aneinander herumerzogen und herumgemäkelt. Dennoch war Dana dezent irritiert gewesen, als sie von den Scheidungsplänen erfahren hatte. Krass. Andere Senioren gingen gemeinsam auf Kaffeefahrt, fütterten die Enten im Park oder lernten Brot backen in der Toskana. Nicht so ihre verflixt halsstarrigen Eltern. Man konnte froh sein, wenn der bevorstehende Scheidungskrieg ohne Tote über die Bühne ging.

»Papa, ich würde sagen, dass Mama sich weiterentwickelt hat. Das solltest du respektieren.«

»Respekt ist ein gutes Stichwort. Lass mich ein wenig ausholen.«

»Bitte nicht«, flehte Dana.

Lass mich ein wenig ausholen – mit diesem Satz leitete Herrmann Twilling nämlich seine endlosen Vorträge ein, die er ohne Rücksicht auf das Interesse seiner Zuhörer zum Besten gab. Alte Lehrerangewohnheit. In den unpassendsten Momenten erklärte er seinen Opfern bis ins letzte Detail die Abenteuer des Odysseus oder die Funktionsweise eines Unterdruckventils.

Und schon ging es los.

»Ein Blick in die Entwicklung der menschlichen Zivilisation genügt, um zu verstehen, dass sich die traditionelle Rollenaufteilung zwischen Mann und Frau bestens bewährt hat. Bis auf wenige Ausnahmen, ich nenne nur die Amazonen und gewisse Modelle des Matriarchats, ist der arbeitende Mann stets ein Kulturträger ersten Ranges gewesen. Dazu bedurfte er einer dienenden Gefährtin …«

»Ooooopa!«

Dana atmete auf. Länger hätte sie diesen ätzenden Monolog auch nicht ertragen. Wie ein Wirbelwind stürmte Leonie in den Flur und umarmte überschwänglich ihren Großvater.

»Hast du mir was mitgebracht?«

»Na klar«, er förderte eine knisternde Tüte aus seinem Jackett zutage, »lecker Gummibärchen für meine kleine Nini.«

»Kommt überhaupt nicht in Frage, da ist Gelatine aus Knochen von Schweinen und Rindern drin«, sagte Dana streng.

Ihr Vater runzelte die Stirn.

»Ja, und?«

»Man darf nichts essen, was ein Gesicht hat«, wurde er von Leonie belehrt.

Herrmann Twilling sah erst Leonie, dann Dana an, als seien sie soeben einer geschlossenen Anstalt entsprungen.

»Seit wann haben Knochen Gesichter?«

Er warf dem Mädchen die Gummibärchentüte zu. Leonie fing sie geschickt auf und machte sich sogleich über ihre Beute her.

Stöhnend lehnte Dana an der Flurgarderobe. Paul war weg. Ihr Vater war da. Und mit ihrer Überzeugungsarbeit in Sachen veganes Essen kachelte sie voll gegen die Wand.

»Kind, was hast du denn?«, fragte Herrmann Twilling. »Bist ja ganz grün im Gesicht. Nun ja, wenn Eltern sich scheiden lassen, ist das immer etwas unangenehm. Aber schlechte Nachrichten sind nur gute Nachrichten, die sich verkleidet haben.« Er machte eine Kunstpause. »Ich ziehe bei euch ein!«

»Juhuuu!«, jubelte Leonie.

Auf einer gefühlten Frustskala von eins bis zehn erreichte Dana gerade die Hundert.

»Auf keinen Fall!«, zischte sie. »Wir haben gar keinen Platz für dich!«

»Aber Paul ist doch weg«, sagte Leonie.

Ihr Großvater seufzte erleichtert.

»Noch eine gute Nachricht. Ich fand diesen Mann ja immer etwas gewöhnlich.« Er gähnte. »Dana, könntest du mir schon mal ein Bett beziehen, ich hatte wirklich einen anstrengenden Tag.«

Ihr fiel nichts anderes mehr ein als ihr bester Bambiblick – zu Tode erschrockenes Reh schaut in Autoscheinwerfer.

»Tut mir leid. Ich bin mit dieser Situation total überfordert.«

»Kind, ich hatte dich nicht gebeten, mir eine Niere zu spenden«, erwiderte Herrmann Twilling kühl. »Nur die Bitte geäußert, mich aufzunehmen. Ich bin dein Vater und quasi obdachlos. Soll ich etwa auf der Straße übernachten? Deine Mutter nimmt mich jedenfalls nicht zurück. Sie hat sogar die Schlösser ausgetauscht.«

»Opa bleibt hier«, stellte Leonie energisch klar.

2

Kreischend fuhr das Rollgitter aus Metall hoch. Dana wartete, bis es ganz oben war, dann schloss sie die Glastür auf, die sie eigenhändig mit der Aufschrift »Bistro Paradies« verziert hatte. In verschnörkelten roten Buchstaben, mit einem roten Apfel darunter.

Es war neun Uhr morgens. Ihre Nerven lagen blank. Das Frühstück mit ihrem Vater war ein verbissener Kampf gewesen. Nachdrücklich hatte er ein Ei gefordert und betont, er lasse sich weder die Butter, die Wurst noch den Honig vom Brot nehmen. Danach hatte Dana vergeblich versucht, ihn hinauszukomplimentieren, hatte ihre Tochter in den Kindergarten gefahren und beim Biogroßmarkt Lebensmittel eingekauft. Paul, der Schuft, hatte sich nicht blicken lassen, nicht einmal angerufen.

Mit anderen Worten: Dana war fix und fertig.

Immer musste sie die Starke spielen. Die perfekte Mutter, die patente Partnerin, die toughe Geschäftsfrau. Und neuerdings sollte sie auch noch die aufopferungsvolle Tochter sein.

Niemand ahnte, wie es in ihrem Herzen aussah. Wie sehr sie sich nach Geborgenheit sehnte. Dass sie gern einmal durchgeatmet hätte, ohne Existenzsorgen und im Vertrauen darauf, auch ihre schwache Seite zeigen zu dürfen. Doch davon war sie weiter entfernt denn je.

Seufzend blieb sie an der Türschwelle des Restaurants stehen. Dies war ihr Reich. Ihr Lebenstraum. Ein gemütliches kleines Lokal mit großen kulinarischen Ambitionen.

Doch das Bistro Paradies in der Schillerstraße 5 hatte bessere Tage gesehen. Die dunkelgelben Wände brauchten dringend einen neuen Anstrich, das Holzmobiliar war ein wenig abgestoßen, dem Fußboden sah man an, dass unzählige Gäste darübergelaufen waren. Früher. Denn seit Dana auf dem veganen Trip war, tröpfelte die Kundschaft nur noch. Es war eben nicht leicht, Pionierarbeit zu leisten.

»Hallo, Dana.«

Das lächelnde Gesicht von Hung Tai, ihrem vietnamesischen Koch, erschien am Eingang. Sein Name hatte eine schöne Bedeutung – Hung, der Heldenhafte, Tai, die Begabung. Heldenhaft war er ganz bestimmt, da er geduldig Danas Stimmungswechsel ertrug und sich mit einem eher bescheidenen Lohn zufriedengab. Was die Begabung betraf – na ja. Dana nannte es betreutes Kochen. Wenn sie ihm nicht genauestens auf die Finger schaute, mogelte er schon mal Schweineschmalz in die Gerichte, falls er nicht gleich Glutamat hineinkippte.

»Ich habe neue Ideen für die Mittagskarte«, erzählte sie. »Polenta-Chili-Taler an Brennnesselpesto, Vollkorntagliatelle mit Mandelsauce und Tofu-Algen-Pfanne.«

»Okay …«

Die Art und Weise, wie Hung Tai es sagte, sprach Bände. Er hielt nicht viel von fleischlosen Genüssen. In seinen Pausen briet er sich so schreckliche Dinge wie Hühnerklein und Lammnieren. Dana hegte manchmal den leisen Verdacht, es könnte möglicherweise auch Hundefleisch im Spiel sein.

»Mehr sagst du nicht zu den neuen Gerichten? Nur okay?«, fragte sie enttäuscht.

»Einmal schweigen, neunmal glücklich«, lächelte er. »Ist alte vietnamesische Sprichwort.«

Jetzt musste auch Dana lächeln. Hung Tai steckte voller Weisheiten seines Heimatlands, und immer trafen sie ins Schwarze. Wie jetzt. Wenn sie geschwiegen hätte bei Pauls abfälligen Bemerkungen über vegane Ernährung, wäre sie jetzt vielleicht eine glückliche Braut. Aber war es das wert?

»Komm, wir legen besser los«, schlug sie vor.

Hung Tai strahlte sie an.

»Klar. Ich dir helfen mit Tuten.«

»Tüten«, korrigierte Dana ihn.

Sie korrigierte ihn ziemlich oft. Es war eine Manie, vermutlich deshalb, weil ihre Eltern Lehrer gewesen waren. Am Satzbau und an merkwürdig gebeugten Verben störte sie sich schon lange nicht mehr, aber wenn Hung Tai Begriffe falsch aussprach, ging ihr das nun mal gegen den Strich. Pedantin, schalt sie sich. Doch sie kam nicht dagegen an. Einmal Lehrerkind, immer Lehrerkind. Auch wenn's weh tat.

Gemeinsam schleppten sie die Einkäufe in die Küche. Während Dana die Tüten auspackte, streifte Hung Tai eine weiße Kochjacke über, setzte seine Kochmütze auf und stellte Töpfe und Pfannen auf den Herd. Zwischen seinen Schulterblättern baumelte ein Zopf, zu dem er sein langes schwarzes Haar flocht. Manchmal erinnerte er an einen weisen alten Indianer, obwohl er erst Mitte vierzig war.

Unruhig sah Dana auf die Uhr. Ob wohl heute ein paar Gäste kamen? Langsam wurde es eng. Vor drei Monaten hatte sie die Speisekarte neu gestaltet und ein Schild ins Fenster gehängt: *Vegane Küche – lecker und gesund.* Mit dem Ergebnis, dass nach und nach sogar ihre wenigen Stammkunden weggeblieben waren.

Vielleicht liegt es an der Gegend, überlegte Dana. Das Bistro Paradies lag in einem Stadtteil, in dem es mächtig rumorte. Einst war es ein beschauliches Viertel gewesen, mit leicht heruntergekommenen Gründerzeithäusern, aber trotzdem charmant. Eine Idylle voller kleiner Läden und Cafés. Jetzt wurde ein Haus nach dem anderen abgerissen, und Bürotürme aus Stahl und Glas schossen wie Pilze aus dem Boden.

Auch das Haus mit Danas Lokal sollte irgendwann abgerissen werden. Ihr Vermieter nannte es Gentrifizierung, Dana nannte es Plattmachen und Hinklotzen.

Aber das war noch nicht alles. Die Rentner und die jungen Leute zogen weg, weil sie sich die Mieten nicht mehr leisten konnten.

Stattdessen liefen immer mehr smarte Schlipsträger und hyperaktive Frauen in Businesskostümen durch die Straßen, auf der Suche nach Fastfood für die Mittagspause. Auf veganes Essen standen die nicht, allein schon wegen der Wartezeiten, die man bei frisch zubereiteten Speisen einkalkulieren musste.

Lebe deinen Traum, sprach Dana sich Mut zu. Einfach weiteratmen, weitermachen, weiterkochen. Sie band eine Schürze um und schnitt gerade Tofu in akkurate Würfel, als eine schrille Frauenstimme die Stille zerriss.

»Hallo? Ist jemand da?«

Dana hob den Kopf und spähte durch das kleine Fenster über der Arbeitsplatte hinüber ins Lokal. Eine Dame, die etwa so alt wie sie selbst sein mochte, stand im eleganten kobaltblauen Kostüm mit Goldstickereien zwischen den Tischen. Ihr dunkelbraunes Haar hatte sie zu einem strengen Knoten frisiert, über ihrer Stirn schwebte eine riesige dunkle Sonnenbrille. Suchend sah sie sich um.

»Komme sofort!«, rief Dana.

Nachdem sie sich die Hände gewaschen und abgetrocknet hatte, rannte sie in den vorderen Raum. Ihre Wangen glühten vor Aufregung. Kundschaft! Endlich!

»Wir haben ab zwölf geöffnet«, keuchte sie. »Für wie viele Personen möchten Sie reservieren?«

Die Dame streifte sie mit einem skeptischen Blick.

»Sind Sie Dana Twilling? Geschäftsführerin des Bistro Paradies?«

»Ja, wieso?«

»Alexandra Müller-Mertens«, stellte die Frau sich vor und reichte Dana eine Visitenkarte. »Von der Immobilienfirma Pro Domo GmbH. Ich nehme an, dass Sie die Kündigung bekommen haben.«

Dana wurde weiß wie die Wand. Zu Hause türmten sich ganze Stapel von Briefen, die sie ungeöffnet ließ, weil sie sich vor dem Inhalt fürchtete. Vor Rechnungen zum Beispiel. Und fiesen Steuerbescheiden. Das alles bunkerte sie in Schuhkartons unter dem Bett und vergaß es sofort wieder.

»W-welche K-Kündigung?«, stammelte sie.

Das Lächeln von Frau Müller-Mertens bekam etwas Fischiges. Perlweiße Haifischzähne, umrahmt von blutrot geschminkten Lippen.

»Wir haben Ihnen das Dokument per Einschreiben geschickt, inklusive Empfangsbestätigung.« Sie holte einen Zettel aus ihrer sündteuren schwarzen Lederhandtasche mit goldfarbenen Applikationen. »Ein gewisser Paul Wegmann hat unterschrieben.«

Paul! Dana rutschte das Herz in die Hose.

»Hat er mir nicht gesagt.«

»Über Ihre häuslichen Verhältnisse möchte ich lieber nicht spekulieren«, Frau Müller-Mertens hob eine Augenbraue, »Tatsache ist jedoch, dass Sie die Kündigung erhalten haben. Am nächsten Ersten ist Schluss, also in genau drei Wochen. Sie sollten sich schleunigst nach neuen Räumen umsehen.«

Mittlerweile zitterte Dana so sehr, dass sie sich setzen musste. Mit weichen Knien sank sie auf einen altersschwachen Bistrostuhl, der unter ihrem Gewicht knarrte.

»Sie wollen mich aus dem Paradies vertreiben?«

»Ist Adam und Eva auch schon passiert«, erwiderte Frau Müller-Mertens kalt.

Ihre spitzen Absätze hackten sich in den schadhaften Linoleumboden, während sie den Raum inspizierte. Alles sah sie sich genau an. Die abblätternde Farbe an den Wänden, die uralten, lose herabhängenden elektrischen Leitungen, die schiefen Bambusrollos, die morschen Fensterrahmen. Dann drehte sie sich zu Dana um.

»Die Bruchbude ist sowieso abrissreif. Wir errichten an dieser Stelle die Zentrale der Veritas Versicherung. Ein architektonisches Schmuckstück – hypermodern, mit einer Fassade aus mintgrünem Glas.« Sie schnupperte misstrauisch. »Was riecht hier eigentlich so komisch?«

Inzwischen hatte Hung Tai die Tofuwürfel angebraten, zusammen mit Zitronengras, Algenblättern und dem asiatischen Kala-Namak-Salz, das eine dezente Schwefelnote verströmte.

»Das ist nicht komisch, das ist ein Esstempel für Veganer«, schnaubte Dana.

»Vegaaaner«, wiederholte Alexandra Müller-Mertens gedehnt. »Sind das nicht diese armen Irren, die den Kaninchen das Grünzeug wegfuttern? Und grauenvolle Schuhe aus Gummi tragen?«

So eine miese Luxusschnalle. Dana plusterte sich auf.

»Wissen Sie eigentlich, dass Ihre Schuhsohlen von Kindern in Bangladesch gegerbt wurden, die bis zur Hüfte in giftigen Chemikalien stehen? Und haben Sie schon mal darüber nachgedacht, wie schrecklich Tiere leiden müssen, nur damit Sie Ihre Lederhandtasche spazieren führen können?«

»So ein sentimentaler Blödsinn«, antwortete Frau Müller-Mertens nach einer Schrecksekunde. »Leute wie Sie sind nur neidisch, weil sie sich keinen Luxus leisten können. Sehen Sie sich doch mal an.«

Dana schaute an sich herunter. Unter ihrer weißen Schürze trug sie uralte Jeans, ein T-Shirt aus ungebleichter Baumwolle und Flipflops aus Naturkautschuk. Sie war immer noch mädchenhaft hübsch mit ihren goldbraunen Locken, den großen dunklen Augen und den allerliebsten Wangengrübchen. Aber absolut kein aufgebrezeltes Glamourweibchen.

»Genügsamkeit ist natürlicher Reichtum, Luxus künstliche Armut«, zitierte sie einen Spruch, der zu Hause an ihrem Kleiderschrank hing.

»Wie bitte?«

Dana holte tief Luft.

»Wenn Sie demnächst mit Ihrer kaviarbetriebenen Yacht rumschippern, werden Sie feststellen, dass die Meere leergefischt und biologisch tot sind. Weil Leute wie Sie keinen Funken Verantwortungsgefühl besitzen.«

»Ich höre mir das nicht länger an. In drei Wochen sind Sie verschwunden, oder ...«

Frau Müller-Mertens ließ den Satz unheilvoll in der Luft hängen. Dana schoss von ihrem Stuhl hoch. Wie sehr sie diese aalglatte Frau hasste!

»Oder – was?«

»Die Pro Domo GmbH ist ein internationales Unternehmen mit einschlägigen Erfahrungen, was problematische Mieter betrifft«, erklärte Frau Müller-Mertens überheblich. »Falls Sie die rechtsgültige Kündigung ignorieren, werden wir entmieten. Das betrifft natürlich auch Ihre Wohnung über dem Lokal.«

O nein, nicht auch das noch! Danas Magen krampfte sich zusammen.

»Sie wollen eine alleinerziehende Mutter auf die Straße setzen, einfach so?«, rief sie verzweifelt.

»Das Leben ist keine Hippieparty, Frau Twilling. Einen schönen Tag noch.«

Damit stöckelte die Teufelin in Menschengestalt hinaus. Sie hinterließ den Duft eines penetranten Parfums und die Gewissheit, dass jetzt alles aus war.

Dana setzte sich wieder hin, vollkommen am Boden zerstört. Nicht nur, dass sie nie wieder ein Lokal mit einer so günstigen Miete bekommen würde. Es ging ja auch um Leonie. Alle ihre Freundinnen wohnten in diesem Viertel. Das Mädchen würde untröstlich sein, wenn es erfuhr, dass sie weit wegziehen mussten, in die Vorstadt, wo Wohnungen noch erschwinglich waren. Aber wie sollte Dana überhaupt in nur drei Wochen eine neue Wohnung finden?

»Was los? Guckst du wie Wetterfosch bei Tsunami«, lächelte Hung Tai, als sie in die Küche zurückkam.

»Wetterfrosch, es heißt Wetterfrosch. Und ein Tsunami ist ein laues Plätschern gegen diese Katastrophe«, grollte sie. »Irgend so eine große Immobilienfirma will mich rausschmeißen. Aus dem

Lokal und aus meiner Wohnung. Die haben die Macht, das Geld – und ich das Nachsehen.«

Gedankenverloren zupfte Hung Tai an seiner weißen Kochmütze herum. Eine Weile hörte man nur das Zischen und Brodeln in den Töpfen und Pfannen.

»König besitzen Reisfelder, Volk treten Wasserräder – ist alte vietnamesische Sprichwort«, sagte er schließlich. »Aber ich auch Bibel lesen. Du kämpfen, Dana. Ist wie David gegen Goliath. Kleine David gewinnt gegen große Goliath. Wir sagen: Heuschrecke tritt Elefanten.«

Treuherzig lächelte er sie an und hob einen Daumen. Hung Tai war wirklich ein Schatz. Doch diese Sache ließ sich nicht mit einer Steinschleuder erledigen.

»Leider sind solche Immobilienfritzen eine Nummer zu groß für uns«, seufzte Dana. »Wenn wir nicht freiwillig gehen, werden die entmieten. Weißt du, was das heißt? Strom und Wasser abstellen, Fenster einschlagen, nachts Müll vor der Tür abladen. Bei den Nachbarhäusern haben sie es genauso gemacht. Mit Erfolg.«

Auf einmal kam Leben in Hung Tais schmächtigen Körper. Er schwang seinen Pfannenwender über dem Kopf wie ein Kriegsbeil, in seinem Gesicht lag ein ungewohnt kämpferischer Ausdruck.

»Dann wir machen genauso! Du mir sagen, wo Fritzen wohnen, ich bringen Müll und stellen Strom ab.«

Dana hätte ihn am liebsten umarmt. Seit zwei Jahren war Hung Tai stets an ihrer Seite, immer gut gelaunt, immer verlässlich. Und das, obwohl er sieben Kinder, einen Knochenjob und eine Stunde Anfahrt zum Bistro Paradies hatte. Ihre Augen füllten sich mit Tränen.

»Danke, du bist ein echter Freund«, schluchzte sie. »Aber solche illegalen Aktionen können wir uns nicht leisten. Sonst landen wir noch im Knast statt auf der Straße.«

»Kein Ungluck – keine Helden, wir sagen in Vietnam«, ließ

Hung Tai vollkommen ungerührt seine nächste Weisheit vom Stapel. »Du schaffen alles. Kommen Ungluck, wirst du Heldin.«

Dana wischte sich die Tränen von den Wangen. Ungluck, Unglück, das war ihr gerade total egal.

»Vielleicht geschieht ja ein Wunder. Wie weit bist du mit der Tofu-Algen-Pfanne?«

»Fertig!«, antwortete er stolz. »Du probieren.«

Es schmeckte köstlich. Ein Fest der Aromen. Dank Hung Tai verfügte die Küche über das bestsortierte Gewürzregal jenseits von Vietnam, und so konnte er den Gerichten immer wieder eine einzigartig exotische Note verleihen.

Ein Rätsel blieb Dana allerdings, warum das sonst niemandem auffiel. Darüber dachte sie immer noch nach, als sie zwei Stunden später die Tische eindeckte und mit weißen Orchideenblüten in Wassergläsern schmückte. Mittlerweile war es fünf vor zwölf, in jeder Hinsicht. Lieber Gott, schick mir einen Gast, einen einzigen nur, dachte sie, sonst lege ich mich mit dem Fön in die volle Badewanne.

Ihr Gebet wurde erhört. Die Glastür öffnete sich, und ein Mann in Jeans und grauem Sweatshirt kam herein. Er mochte etwa Mitte dreißig sein, war schlank, hatte kurzes dunkelblondes Haar und trug eine schwarze Hornbrille, die sein schmales Gesicht fast erdrückte. Schüchtern nickte er Dana zu und hockte sich an einen Tisch in der hintersten Ecke.

Sie kannte ihn vom Sehen. Seit der veganen Revolution im Bistro Paradies war er der einzige Gast, der ihr die Treue gehalten hatte. Dana zwang sich zu einem Lächeln. Sie würde sich ihren Kummer nicht anmerken lassen.

»Einen schönen guten Tag und herzlich willkommen im Paradies«, sagte sie so munter wie möglich. »Ich bringe Ihnen gleich die Karte. Darf es schon etwas zu trinken sein?«

Verlegen starrte er auf seine Hände.

»Ein stilles Wasser, bitte.«

Das passte wie Deckel auf Topf. Selten hatte Dana einen derart stillen, in sich gekehrten Mann erlebt. Der lachte bestimmt nur an hohen Feiertagen. Sie wollte schon in die Küche gehen, als er plötzlich aufsah.

»Ich heiße übrigens Philipp.«

Jetzt war Dana platt. Noch nie hatten sie ein persönliches Wort gewechselt. Überrascht sah sie in seine wasserhellen Augen hinter der dicken Hornbrille, in denen auf einmal eine gewisse Wärme lag.

Sie streckte ihm die Hand hin.

»Dana. Freut mich, dass Ihnen mein Lokal gefällt.«

»Oh, es gefällt mir sogar sehr«, sagte er und schien sich selbst darüber zu wundern, dass er tatsächlich mit ihr sprach. »Ihre veganen Gerichte sind echt toll. Erstklassige Zutaten, perfekte Konsistenz und kreativ gewürzt, wenn ich mir diese Bemerkung erlauben darf.«

Sprachlos starrte Dana ihn an. Sie konnte ihr Glück kaum fassen. Endlich mal einer, der nicht sagte, dass es komisch roch, und ihr stattdessen sogar Komplimente machte!

»Vielen, äh, Dank. Wir haben ein paar neue Gerichte auf der Karte. Bin gleich wieder da.«

Es fehlte nicht viel, und sie wäre in die Küche getanzt. Was machte es schon, dass das Lokal so gut wie leer war? Sie freute sich ein Loch in den Bauch über diesen begeisterten Gast.

Hung Tai musterte sie lächelnd.

»Mädchen ohne Mann ist wie Boot ohne Ruder.«

»Bei allem Respekt – manchmal muss es auch ohne Kerl gehen«, widersprach Dana. »Sieht nämlich ganz so aus, als ob Paul und ich …«

Sie betupfte sich die Augen mit einem Schürzenzipfel.

»Paul nicht lieben deine Essen«, stellte Hung Tai lapidar fest. »Dann Paul dich nicht lieben.«

War es so simpel? Dana dachte an die ätzenden Kommentare,

die Paul ihr um die Ohren gehauen hatte. Ökoschlampe. Liebe hörte sich in der Tat anders an.

»Ist nette Mann – der da«, raunte Hung Tai und deutete mit dem Kopf zu dem kleinen Fenster, durch das man ins Lokal sehen konnte.

»Wer – der?« Dana schüttelte den Kopf. »Das ist nur ein Stammgast. Der kommt wegen des Essens. Veggiefan.«

»Hat verliebte Augen gemacht«, schmunzelte Hung Tai. »Augen sind Spiegel von Seele, sagt vietnamesische Sprichwort.«

Jetzt endlich dämmerte Dana, was der Koch ihr mitteilen wollte.

»Verstehe ich das richtig? Du meinst, ich bin ein Mädchen ohne Mann und da im Lokal sitzt mein zukünftiges Ruder? Entschuldige, aber ich glaube, bei dem reicht es gerade mal zum Tretbootfahren.«

Ihr Handy klingelte. Sie brauchte eine Weile, bis sie es aus der Hosentasche herausgeholt hatte.

»Ja?«

»Kind, ich bin's«, hörte sie die Stimme ihres Vaters. »Paul war kurz nach dem Frühstück da. Er hat seine Sachen abgeholt. Das wäre nicht weiter schlimm, finde ich, aber da ist noch etwas: Er hat die Spülmaschine mitgenommen.«

»Neeiiiin!«, schrie Dana.

3

Im Leben jeder Frau gibt es ein paar Dinge, die einfach unverzichtbar sind. Dinge wie Lipgloss und figurformende Unterwäsche zum Beispiel.

Dana und ihr rosa Lipgloss aus dem Ökoladen, ohne Konservierungsstoffe, ohne Tierversuche, waren schon seit Jahren ein Dreamteam. Immer wenn sie unruhig oder nervös wurde, trug sie etwas Gloss auf, und schon fühlte sie sich besser. Der Sinn figurformender Wäsche verstand sich von selbst, wenn man nicht nur gern kochte, sondern auch gern aß.

Ganz oben auf Danas Hitliste stand jedoch die Spülmaschine. Ihr Kochstil erforderte Berge von Utensilien, auch zu Hause: Töpfe, Pfannen, Schüsseln, Siebe, Hackbretter, Mixer, Mörser, Messer, Kochlöffel, und zwar in jeder Form und Größe. Die Vorstellung, das alles demnächst per Hand abwaschen zu müssen, trieb sie in den blanken Wahnsinn.

Zitternd umklammerte sie ihr Handy, während sie Pauls Nummer wählte. Es sprang nur die Mailbox an.

»Paul!«, rief sie, »ruf mich sofort zurück! Ich kann nicht auch noch die Spülmaschine knicken, wenn du mir schon das Herz brichst!«

Ungeduldig horchte sie, als sei von der Mailbox eine Antwort zu erwarten. Doch es kam nur das übliche »Vielen Dank für Ihren Anruf«.

»Mistkerl.« Sie atmete schwer. »Der gehört püriert.«

Hung Tai sagte zur Abwechslung mal gar nichts, sondern rührte konzentriert im Brennnesselpesto herum. Nur die winzigen Fältchen in seinen Augenwinkeln verrieten, dass er dem Ganzen eine gewisse Komik abgewinnen konnte.

Dana war jedoch ganz und gar nicht zum Lachen zumute. Missmutig holte sie eine Flasche Mineralwasser aus dem Kühlschrank und stellte sie zusammen mit einem Wasserglas auf ein Tablett. Sie wollte es schon ihrem einzigen Gast bringen, als ihr Handy klingelte.

»Nur nicht die Nerven verlieren, Schnuckelhase«, tönte es ihr entgegen. »Du klingst ja wie angeknipst.«

»Wie sollte ich denn deiner Meinung nach reagieren? Dir auch noch den Staubsauger und die Waschmaschine hinterherschmeißen? Und überhaupt, es ist so – so bodenlos, dass du einfach ausgezogen bist.«

Obwohl sie sich fest vorgenommen hatte, cool wie ein Eiswürfelautomat zu bleiben, stiegen ihr Tränen in die Augen. Ja, sie war stark. Ja, sie konnte auch unbemannt ihren Mann stehen. Doch trotz allem, was Paul sich geleistet hatte, fehlte ihr seine starke Schulter. Nun fühlte sie sich nur noch mutterseelenalleingelassen mit dem ganzen Schlamassel.

»Es ist eine, hmm, Auszeit«, beteuerte Paul. »Ich wohne so lange bei einem Kumpel. Wir brauchen ein bisschen Abstand, Dana.«

So ein Schuft. Früher hatte es ihm gar nicht nah genug sein können. Dauernd hatte er sich beschwert, wenn sie erst spätabends aus ihrem Lokal nach Hause kam. Hatte von Zweisamkeit schwadroniert. Schuft, Schuft, Schuft.

»Abstand kannst du haben«, schniefte Dana. »Sicherheitsabstand. Wag es bloß nicht, noch einmal in meine Wohnung einzureiten, wenn ich nicht da bin. Außerdem will ich die Spülmaschine zurück.«

»Schon vergessen, dass ich sie zur Hälfte mitbezahlt habe?«

»Dann säg die Spülmaschine doch mittendurch, und wir spülen beide per Hand! Aber in meine Wohnung setzt du nie wieder auch nur einen Fuß!«

Hung Tai hob den Kopf und zwinkerte Dana zu. Mit dieser

unerschütterlichen, amüsierten Gelassenheit, die manchmal ganz schön provozierend sein konnte.

»Ich – verdammt! Ich kann ja gar nicht mehr in die Wohnung!«, schimpfte Paul. »Hab's eben versucht. Dein Vater hat das Schloss auswechseln lassen!«

Dana war so verdattert, dass das Tablett, das sie mit der linken Hand balancierte, in Schieflage geriet. Erst kippte die Wasserflasche um und zersprang auf dem Steinboden, dann rollte das Glas hinterher und zerbrach ebenfalls.

»Mein Vater hat – was?«

»Mein Schlüssel passt nicht mehr. Und dieser voll verspannte Oberlehrer hat nicht mal die Tür aufgemacht! Mir nur durch den Briefschlitz einen sturzblöden Vortrag über meine verwirkten Rechte als ehemaliger Lebensgefährte gehalten. Und von Hausfriedensbruch gefaselt.«

Schlagartig hob sich Danas Laune. O ja, in puncto nervige Vorträge war ihr Vater wirklich unerreicht. Aber dass er aus seinem eigenen Rausschmiss so schnell gelernt hatte, wie man sich unliebsame Besucher vom Hals hielt, wunderte sie dann doch. Es freute sie vor allem. So wie die Tatsache, dass Paul jetzt brüllte.

»Ich hab mein Ladekabel bei dir vergessen! Meine Taucheruhr! Mein Adressbuch! Die Siegerurkunde vom letzten Fußballspiel mit den Kumpels! Und mein Lieblings-T-Shirt liegt noch im Wäschekorb! Herr im Himmel, bieg deinem Alten bei, dass ich unbedingt noch mal in die Wohnung reinmuss!«

»Nicht rein, nicht raus, aus die Maus«, konterte Dana. »Her mit der Spülmaschine, oder dein Krempel …«, sie musterte den großen 1-a-Turbo-Profi-Gemüsemixer, der auf der Arbeitsfläche stand, woraufhin sich ein spitzbübisches Lächeln auf ihrem Gesicht malte, »ist so gut wie geschreddert. Ich entsorg's umweltschonend im Sondermüll.«

Ein entsetztes Geheul gellte aus dem Handy, bevor sie die Verbindung kappte.

Rache war nicht gerade politisch korrekt, aber sie tat ungeheuer gut. Saugut, um genau zu sein. Deshalb ärgerte sich Dana kaum über die Scherben auf dem Boden, sondern fegte sie leise pfeifend zusammen. Dann holte sie eine neue Flasche und ein neues Glas für ihren einzigen Gast. Als sie ins Lokal kam, saß er immer noch geduldig an seinem Platz und betrachtete das Gewirr der losen Elektroleitungen, an denen zwei Spinnen herumkrabbelten.

Sie stellte das Glas auf den Tisch und goss es voll.

»'tschuldigung – Philipp? Richtig? Hat leider etwas länger gedauert.«

»Ist anscheinend nicht Ihr Tag«, sagte er schlicht.

Sein besorgter Blick, eingerahmt von den dicken Rändern der Hornbrille, traf Dana mitten ins Sonnengeflecht. Das Mitgefühl darin. Die kleinen Funken Sympathie, die ihr nie aufgefallen waren. Oder täuschte sie sich? Aber offenbar hatte er sowieso schon das meiste mit angehört. Wozu also den Gute-Laune-Bären spielen?

»Diesen Tag habe ich eindeutig aus dem Müll gezogen«, seufzte sie. »Mein Freund hat mich verlassen, eine fiese Immobilienfirma will mir mein Lokal und meine Wohnung wegnehmen, mein ziemlich anstrengender Vater ist bei mir eingezogen, und ich habe so wenig Gäste wie Bruce Willis Haare auf dem Kopf. Fehlen eigentlich nur noch Erdbeben und Vulkanausbruch.«

»Moment mal«, erwiderte Philipp. »Das am Anfang, könnten Sie das bitte noch einmal wiederholen?«

Dana räusperte sich.

»Mein Freund hat mich verlassen.«

»Oh, tut mir leid.« Er rückte seine Brille gerade. »Aber ich meinte das andere, das mit dem Lokal.«

»Immobilienhaie«, stieß Dana mit zusammengebissenen Zähnen hervor. »Die haben ja bekanntlich das Feingefühl einer Abrissbirne. Wollen hier alles in Schutt und Asche legen und einen mintgrünen Glasklotz in die Baulücke donnern.«

»Aha.«

Philipp machte eine Schippe wie ein Erstklässler, dem man seine Buntstifte weggenommen hatte. Niedlich sah das aus, und ein bisschen hilflos. Tretbootfahrer eben, dachte Dana. Netter Softie, ein bisschen weltfremd. Warum erzähle ich ihm das Ganze eigentlich?

»Haben Sie mal an eine Klage gedacht?«, fragte er, nachdem er bedächtig von seinem Wasser getrunken hatte.

»Die große Welle vor Gericht machen?« Sie schüttelte den Kopf. »Nie im Leben. Ein Zwerg wie ich hat doch keine Chance gegen diese Riesen.«

»Doch! Heuschrecke tritt Elefanten!«, erklang eine vergnügte Stimme.

Dana fuhr herum und entdeckte Hung Tais lächelndes Gesicht hinter dem geöffneten Fenster zur Küche.

»Tja, also, ich kenne da jemanden, der ist echt gut in so was«, meldete sich Philipp wieder zu Wort. »Einen Anwalt, Spezialgebiet Räumungsklagen.«

Dana zog einen Flunsch.

»Na toll. Dann ist doch wohl klar, auf wessen Seite der steht.«

»Sagen Sie das nicht«, widersprach Philipp. »Jens Andresen kämpft mittlerweile für die Mieter, nicht mehr für die *Ver*mieter. Man muss bei den Einbrechern in die Lehre gehen, damit man ein guter Polizist wird. Was in diesem Fall bedeutet: Andresen kennt alle Tricks der Immobilienfirmen, weil er früher selbst für diese Leute gearbeitet hat.«

Dana wusste nicht, worüber sie mehr staunen sollte – dass Philipp, der schüchterne Schweiger, gleich mehrere Sätze hintereinander zustande gebracht hatte oder dass er ihr helfen wollte.

»Geben Sie mir einfach Zettel und Stift, ich schreibe Ihnen die Nummer von Rechtsanwalt Andresen auf«, schlug er vor. »Ach ja, und dann hätte ich auch gern eine Kleinigkeit zu essen. Falls es keine Umstände macht.«

»Natürlich. Entschuldigung. Sie müssen ja halb verhungert sein.«

Während Dana ihm ihren Bestellblock aus Recyclingpapier und einen giftfreien Bleistift reichte, ratterte sie das Tagesangebot herunter.

»Die Vollkorntagliatelle mit Mandelsauce würde ich gern probieren«, sagte Philipp. »Und zum Nachtisch Ihre Kokos-Mango-Creme mit Reissahne. Auf die freue ich mich schon den ganzen Morgen.«

Er gab ihr den Block zurück, auf den er eine Nummer geschrieben hatte. Seine leicht zur Seite gerutschten Mundwinkel konnte man durchaus als Lächeln interpretieren. Wenn auch als ein sehr vorsichtiges. Irgendwie süß, dachte Dana. Kein Vergleich mit Pauls markerschütterndem Partykracherlachen, das er früher bei jeder Gelegenheit angestimmt hatte.

»Gern.« Sie verstaute Block und Stift wieder in ihrer Schürzentasche. »Und danke schön für die Nummer.«

Philipp fuhr sich durchs Haar, etwas nervös, wie es schien.

»Gehen Sie unbedingt hin. Die Erstberatung ist kostenlos.«

»Sogar das ist mir zu teuer«, erwiderte Dana. »Mein Konto ist Notstandsgebiet. Sie sehen ja, hier lassen sich nur ein paar Spinnen blicken. Bis auf Sie natürlich. Haben Sie nicht Verwandte, Bekannte oder Freunde, die Sie mitbringen können?«

Philipp ruckelte an seiner Brille herum.

»Ähem, nun ja …«

Oha, jetzt bin ich zu weit gegangen, dachte Dana. Wie war das noch? Einmal schweigen – neunmal glücklich?

Wortlos zog sie sich in die Küche zurück. Alle Gerichte waren so weit vorbereitet, dass man sie nur noch vor dem Servieren erwärmen und die frischen Zutaten dazugeben musste. Hung Tai saß im Schneidersitz auf der Arbeitsplatte und schnippelte an etwas herum, das verdächtig nach Katze aussah.

»Ich morgen kaufen drei Enteneier«, erklärte er ernst.

Enteneier. Es war einfach nicht auszuhalten.

»Vegan bedeutet Verzicht auf tierische Produkte«, sagte Dana zum gefühlt tausendsten Mal. »Oder glaubst du, Enteneier sind Gemüse, weil sie in Nestern liegen?«

Er strahlte, was die Fältchen in seinen Augenwinkeln zu halben Sonnen kräuselte.

»Sagt man in Vietnam: Kaufe Enteneier, ungerade Zahl, dann Pechstähne zu Ende.«

Hung Tai und seine seltsamen Methoden. Schwungvoll warf Dana die Vollkorntagliatelle in einen Topf mit kochendem Wasser.

»Pechsträhne, Hung Tai, mit einem r. Ich bin nicht abergläubisch, das bringt Unglück. Aber wenn's hilft …«

»Ist alte Tradition, und Tradition hilft immer«, versicherte Hung Tai.

Geistesabwesend betrachtete Dana die aufsteigenden Wasserblasen im Topf. Drei Wochen nur noch. Der Countdown war angezählt. Sollte sie aufgeben? Ihre Sachen packen und woanders neu anfangen?

Sie zuckte zusammen, als es klopfte. Dieser seltsame Philipp stand im Türrahmen. Verlegen steckte er die Hände in die Hosentaschen.

»Ich wollte nur …«

»Die Toilette finden Sie nebenan«, versuchte Dana ihm seine Befangenheit zu nehmen.

»Nein, nein, ich wollte, ich dachte …«, stammelte er mit gesenktem Kopf, »mal zusehen, wie … na ja, wo Sie doch so besonders kochen …«

Während Dana noch über den Sinn dieser ziemlich verpeilten Halbsätze nachdachte, schob Hung Tai sein zerschnippeltes Fleisch mit einem breiten Messer beiseite und strahlte.

»Können Sie zugucken, können Sie was lernen. Ist Dana tolle Koch. Ist Dana auch tolle Frau.«

»Hung Tai!«, fuhr Dana ihn an.

Sie fühlte sich angepriesen wie ein Zuchtschaf auf dem Bauernmarkt. Bei aller Liebe – Hung Tai übertrieb es ein bisschen. Außerdem würde es noch sehr lange dauern, bis sie über Paul hinweg war. Ach, Paul. Sein plötzlicher Auszug blieb Dana ein Rätsel. Man verließ doch keine Frau, nur weil sie das Falsche kochte. Was in diesem Fall sogar das Richtige war: gesund, lecker und mit Liebe zubereitet.

»Ich könnte ein wenig – mithelfen«, schlug Philipp vor. »Ich koche nämlich sehr gern. Und nur vegan.«

Wie war das? Dana stutzte. Ein Mann, der gern in der Küche stand, das war schon so selten wie ein Kolibri am Nordpol. Aber ein Mann, der noch dazu vegan kochte? So was gab's doch wohl nur in vollwertigen Ökomärchen.

»Oh«, er trat einen Schritt näher zur Arbeitsplatte, auf der eine Schüssel voller schwammartiger Gebilde stand. »Sie verwenden nicht nur Tofu, auch Seitan?«

»Schon seit Jahren«, bestätigte Dana, die gar nicht mehr aus dem Staunen herauskam.

»Ich liebe Seitan«, schwärmte Philipp. In sein blasses Gesicht stieg eine zarte Röte. »Die heilige Speise der Zen-Buddhisten, reines Weizeneiweiß, der beste Fleischersatz überhaupt. Wobei ich die japanische Variante bevorzuge – Fu, geröstet, gedämpft und getrocknet, das sollten Sie mal …«

Der Rest des Satzes ging in Geschrei und Getöse unter. Die Tür flog auf, und Paul stürzte fluchend herein, gefolgt von Herrmann Twilling, der seinen Rollstuhl auf Höchstgeschwindigkeit eingestellt hatte. Emma, deren Hundeleine an den Rollstuhl gebunden war, kläffte aufgeregt, während ihre Pfoten über den gefliesten Boden rutschten. Wie ein betrunkener Rennfahrer raste Danas Vater durch die Küche und legte kurz vor dem Herd eine Vollbremsung hin. Was nicht verhindern konnte, dass seine Schulter den Stiel eines Saucentopfs streifte, woraufhin der Topf ins Wackeln geriet und umkippte.

»Sie impertinenter Kerl!«, schrie Herrmann Twilling. »Soll ich die Polizei rufen, oder lassen Sie meine Tochter freiwillig in Ruhe?«

Paul sah erst Hung Tai, dann Dana an, bevor er explodierte.

»Ich mach's kurz, Püppi! Entweder du rückst sofort meine Sachen raus, oder ich komme mit meinen Kumpels und breche die Wohnungstür auf!«

Er unterstrich seine Worte, indem er seine geballte Faust auf die Herdkante niedersausen ließ. Mitten in die ausgelaufene Sauce, die nach allen Seiten wegspritzte. Es wurde mucksmäuschenstill in der Küche. Nur Herrmann Twilling sank mit einem »Hat der Mensch Töne« zur Seite.

»Raus, du Möchtegern-Rambo«, zischte Dana, nachdem sie sich vom ersten Schock erholt hatte.

Nun löste sich auch Hung Tai aus seiner Schockstarre. Obwohl er gut eineinhalb Köpfe kleiner als Paul war, baute er sich breitbeinig vor Danas Exfreund auf. Seine Lippen bebten, die Hand mit dem Kochlöffel hatte er angriffslustig erhoben.

»Wenn große Tiger stark, aber dumm, kleine Katze beißt in seinen Schwanz!«

»Ja, und Fettflecken halten länger, wenn man sie ab und zu mit Butter einreibt«, ätzte Paul. Er griff zu einem Scheuertuch und rieb seine Hand ab, die vor Sauce triefte. »Komm mir bloß nicht mit deinen Sprüchen. Die habe ich mir lange genug angehört.«

In diesem Moment entdeckte er Philipp, der kreidebleich an der Arbeitsplatte stand.

»Wer ist denn der Weichpuper? Etwa dein neuer Lover, Schnuckelhase?«

Dana schnappte nach Luft.

»Also, wirklich …«

»Kein Problem«, griente Paul. »Das macht die Sache leichter. Du weißt ja, einmal Fußballer, immer Fußballer. Die brauchen von Zeit zu Zeit, äh, sozusagen ein Auswärtsspiel. Und Tore schießen ist nun mal meine Spezialität.«

Der Boden unter Danas Füßen begann zu wanken.

»Das heißt, du meinst – es gibt eine andere Frau?«, fragte sie mit belegter Stimme.

Paul nickte nur. Ein bisschen schuldbewusst, jedoch mit kaum verhohlenem Stolz. Da kannst du mal sehen, was für ein Hammerkerl ich bin, sollte das wohl bedeuten.

Mittlerweile schwante Dana, dass sie zwei Jahre lang mit einem Mann zusammen gewesen war, den sie sich systematisch schöngeliebt hatte. An dessen Fehlern und Macken sie immer vorbeigeschaut hatte. Jetzt gab es nichts mehr zu beschönigen. Tapfer würgte sie ihre Tränen hinunter.

»Tja, Paul, im Gegensatz zu dir habe ich mich keineswegs anderweitig orientiert. Das ist nur ein Stammgast, übrigens ein überzeugter Veganer.«

»Weichpuper, sag ich doch«, höhnte Paul und wandte sich an Philipp. »Kleiner Tipp, falls Sie groß und stark werden wollen: Gemüse schmeckt am besten, wenn man es kurz vor dem Verzehr durch ein großes Steak ersetzt.«

Dana erstarrte. Ihre sowieso schon reichlich ramponierten Gefühle für Paul zerbröselten immer weiter. Wie konnte er nur so rücksichtslos sein, ihr hier vor Publikum eine Szene zu machen? Und wie hatte er sie nur so schnöde betrügen können?

»Fleischesser, Herzensbrecher, Fremdgeher – du bist ein richtiger Tausendsassa«, sagte sie mit letzter Kraft. »Und jetzt beleidigst du auch noch meine Gäste. Ich finde, es ist an der Zeit, dass du ein für alle Mal gehst.«

»Aber ein bisschen plötzlich!«, bekräftigte Herrmann Twilling die Worte seiner Tochter. »Liebes Kind, ich habe dich immer vor diesem Mann gewarnt. Schon allein deshalb, weil er intellektuell eher unaufdringlich ist. So leid es mir tut, das zu sagen, aber wenn der eine Fliege verschluckt, hat er mehr Hirn im Magen als im Kopf!«

Paul fuhr herum.

»Typisch Lehrer, immer müssen Sie das letzte Wort behalten, Herrgott!«

»Danke, Herr Twilling reicht vollkommen«, erwiderte Danas Vater hoheitsvoll.

Emma gab ein Knurren von sich. Sie spürte, wenn Streit in der Luft lag. Dana löste die Hundeleine vom Rollstuhl, nahm das zitternde Tier auf den Arm und kraulte es unter der Schnauze. Süße Emma. Manchmal kam es ihr vor, als sei diese Dackeldame neben Hung Tai das einzige Wesen, das wirklich zu ihr hielt.

Plötzlich redeten alle durcheinander. Paul grummelte Unfreundliches in Hung Tais Richtung, der warf mit vietnamesischen Beschimpfungen und seiner Kochmütze nach Paul, Herrmann Twilling wiederum löcherte Philipp mit Fragen zum Fleischverzehr und zu seinem Lieblingsthema, der griechischen Mythologie.

Niemand achtete auf den mageren Herrn im eintopfbraunen Popelinemantel, der mit einem Klemmbrett unterm Arm in die Küche trat. Erst als er zu sprechen anfing, richtete sich die volle Aufmerksamkeit auf ihn.

»Schönen guten Tag, mein Name ist Wehmeyer, vom Gewerbeaufsichtsamt. Wie ich sehe, liegt hier einiges im Argen. Ein Hund in der Küche – streng verboten.«

Ungehalten fixierte er Emma, machte sich eine Notiz und nahm dann Hung Tai ins Visier, der an seiner weißen Jacke unschwer als Koch zu erkennen war.

»Kochen ohne Kochmütze – streng verboten.« Eine weitere Notiz folgte. Dann streifte sein Blick die Arbeitsplatte, wo Hung Tais Geschnetzeltes lag. »Ungekühltes Fleisch …«

»… streng verboten!«, schallte es ihm im Chor entgegen.

Gewerbeaufsichtsamt. Dana stockte das Blut in den Adern. Ihre Restaurantküche war zwar kein Hightech-Cockpit, aber tipptopp in Schuss und immer blitzblank geputzt. Leider sah es momentan eher nach WG-Chaos aus. Der Raum war voll wie die U-Bahn zur Hauptverkehrszeit, aus dem umgekippten Topf tropfte Sauce auf den Boden, Emma japste und fiepte. Jetzt ging der Beamte auch noch zu Hung Tais zweifelhaftem Geschnetzelten und schnupperte daran.

»Ist Ihnen der Begriff Gammelfleisch geläufig?« Angewidert rümpfte er die Nase. »Was hat Fleisch in einem veganen Restaurant zu suchen? Und was soll das überhaupt werden?«

Paul grinste breit.

»Schätze mal, Ratte im Speckmantel. Unser asiatischer Freund hier isst so ziemlich alles außer Menschen.«

»I-ch kann, äh, d-das erklären«, stammelte Dana.

Sie setzte Emma behutsam auf den Boden, wo sie knurrend den Neuankömmling begrüßte.

Herr Wehmeyer ließ sich nicht aus der Ruhe bringen.

»Erklären? Das behaupten alle«, sagte er. »Eine Verwarnung nebst Bußgeld, verbunden mit der vorübergehenden Schließung Ihres Restaurants, versteht sich von selbst. Falls es sich überhaupt um eine vorübergehende und nicht um eine endgültige Schließung handelt. Hygiene ist oberstes Gebot. Gottlob hat mich Frau Müller-Mertens auf dieses Lokal hingewiesen.«

Alexandra Müller-Mertens! So eine fiese Schlange! Dana ballte unwillkürlich die Fäuste.

»Ist meine Fleisch!«, rief Hung Tai. »Ist nicht Fleisch von Dana! Und alles Hügüne bei uns! Sagt vietnamesische Sprichwort: Wo kocht mit Liebe, ist Küche sauber und Essen gesund!«

Irgendwie klang es, als hätte Hung Tai dieses Sprichwort soeben erfunden. Aber der Mann vom Aufsichtsamt schien sowieso nicht geneigt, einem exotisch aussehenden, bezopften Koch Gehör zu schenken, der ohne vorschriftsmäßige Haube arbeitete.

Bevor Dana die weitere Verteidigung übernehmen konnte, übergab ihr der Beamte einen Durchschlag seiner Notizen.

»Das gibt Ärger, Frau Twilling. Die Vorschriften sind äußerst penibel. Was haben Sie sich nur dabei gedacht, derartig unhygienische Zustände einreißen zu lassen?«

Beschwörend hob Dana die Hände.

»Aber, aber, aber …«

»Meine Tochter kocht zwar ungenießbar, jedoch im Rahmen der Regeln«, mischte sich Herrmann Twilling ein. »Ich habe sie zu äußerster Korrektheit erzogen.«

»Schön wär's«, brummte der Beamte.

»Da täuschen Sie sich. Lassen Sie mich ein wenig ausholen. Meine pädagogischen Prinzipien beinhalten Werte und Normen, die ich sowohl in der Schule als auch in der Familie großgeschrieben habe, denn die Erziehung zu Pünktlichkeit, Ordnung, Sauberkeit und Disziplin widerspricht keinesfalls der modernen …«

»Sie bekommen einen abschließenden Bericht per Post, Frau Twilling«, sagte Herr Wehmeyer völlig unbeeindruckt. »Die Höhe des Bußgelds legt die Behörde fest.«

Damit drehte er sich um und verließ grußlos die Küche. Das war die absolute Vernichtung. Dana wurde so schwindlig, als führe sie Karussell und Achterbahn gleichzeitig. Bislang hatte sie gehofft, trotz der Kündigung könne noch ein Wunder geschehen. Aber wenn das Bistro Paradies schon jetzt seine Pforten schließen musste, war alles aus.

Paul hatte den Auftritt des Beamten mit schadenfrohem Grinsen verfolgt. Jetzt glitt sein Blick über Danas uralte Jeans und ihre Locken, die nach allen Seiten abstanden. Der Mondkalender hatte einen Bad Hair Day vorhergesagt und vom morgendlichen Haarewaschen abgeraten. Auch die Auseinandersetzung mit emotionalen Altlasten brachte der zunehmende Mond in den Zwillingen mit sich. Beide Prophezeiungen schienen zuzutreffen, denn jetzt ballerte Paul richtig los.

»Du solltest an deinem Aussehen arbeiten, Dana, dein Verstand bringt dich nämlich nicht weiter. Hast die Hütte total runtergewirtschaftet, das sage ich dir seit langem. Hier sieht es doch aus wie bei Hempels unterm Sofa. Und wie das riecht!«

»Unerhört!«, rief Herrmann Twilling. Er räusperte sich. »Obwohl ich Ihnen in Bezug auf den Geruch durchaus recht geben muss.«

»Na, ich verschwinde dann besser«, sagte Paul. »Und falls ich die Wohnungstür mit Baseballschlägern einschlagen muss, um an meine Sachen zu kommen …«

»… sollten die Schläger nicht aus Tropenholz sein«, ergänzte Dana den Satz.

Reiner Galgenhumor. Sie stand mit einem Fuß am Abgrund, mit dem anderen schwebte sie bereits darüber. Der Absturz war nur noch eine Frage der Zeit.

Paul verzog verächtlich den Mund, dann trollte er sich. Die gläserne Eingangstür klirrte, als er sie hinter sich zuwarf. Eine betretene Pause entstand. Hung Tai wischte die Sauce vom Boden auf, Herrmann Twilling führte ein Selbstgespräch über defizitäre Umgangsformen, Dana schnäuzte sich sehr, sehr lange in ein Stück Küchenkrepp.

Als Erster fand Philipp seine Sprache wieder.

»Ich sollte wohl besser gehen.«

Das wurde ja immer schlimmer. Jetzt hatte es Paul doch fast geschafft, den einzigen Gast zu vertreiben.

»Nein, auf keinen Fall«, protestierte Dana. »Verzeihen Sie diesen Zwischenfall, Philipp. Oder, noch besser: Vergessen Sie ihn sofort wieder. Kommen Sie, ich zeige Ihnen, wie man die Mandelsauce anrührt.«

Er strahlte. »Wirklich?«

»Na klar«, bekräftigte Dana. »Falls Sie Verzweiflung sexy finden, haben Sie jetzt ein Date mit der heißesten Frau des Universums.«

4

Dr. Jens Andresen, Rechtsanwalt, las Dana auf einem polierten Messingschild an der Hauswand. Die Anwaltskanzlei befand sich an einer belebten Geschäftsstraße, neben Nobelboutiquen und edlen Restaurants. Schon der Eingangsbereich des großen Bürohauses wirkte mehr als einschüchternd: grauer Marmor vom Boden bis zur Decke, Designerlampen, sündteure Liliengestecke. Und ausgerechnet hier sollte der Robin Hood der entrechteten Mieter arbeiten?

Nervös ging sie auf einen riesigen Empfangstresen zu, hinter dem eine auffallend elegant gekleidete junge Frau saß. Ihr schwarzweiß kariertes Designerkostüm hatte vermutlich mehr gekostet als die monatliche Miete für das Bistro Paradies.

»Haben Sie einen Termin?«, fragte die Frau, während sie skeptisch Danas uralten tibetischen Gebetsmantel betrachtete. Ein Schnäppchen aus dem Dritte-Welt-Laden, handgewebt und bunt wie ein Regenbogen. Pippi Langstrumpf im Klosterlook, sozusagen.

»Nee, ich lungere nur zum Spaß in Hauseingängen herum«, antwortete Dana augenrollend.

Fast bedauerte sie schon wieder, dass sie sich von Philipp hatte überreden lassen, seinen Anwaltsfreund zu konsultieren. Dieser gewienerte Luxusschuppen war absolut nicht ihre Welt.

»Ihr Name?«, fragte die Frau.

»Daniela Eleonore Luise Twilling, ich möchte zu Herrn Andresen.«

»Zu *Doktor* Andresen, soso.«

Die Frau griff zu einem Hörer und telefonierte halblaut mit jemandem. Dann beugte sie sich vor und nahm auch Danas reichlich ramponierte Bastsandalen sowie ihren einstmals naturweißen Jutebeutel in Augenschein.

»Dritter Stock. Sie werden erwartet.«

Am liebsten wäre Dana auf der Stelle umgekehrt. Dass sie dennoch hocherhobenen Kopfes Richtung Aufzug marschierte, geschah vor allem, um die arrogante Empfangsdame zu ärgern. Nun ja, und weil sie praktisch mit dem Rücken an der Wand stand. Kündigung plus Lokalschließung wegen mangelnder Hygiene, das bedeutete summa summarum das Ende ihrer Existenz.

Im Lift betrachtete sie sich im Spiegel. Okay, vielleicht hätte ich mich etwas anders stylen sollen. Seriöser. Andererseits – wozu? Ich bin ich, dachte sie trotzig. Ich lass mich nicht verbiegen. Vorsichtshalber trug sie etwas Lipgloss auf. Den Gesamteindruck rettete das nicht, aber Lipgloss beruhigte Dana nun einmal.

Einige Sekunden später öffnete sich die Lifttür, und sie betrat eine weitläufige Büroetage. Hinter Glastüren sah man gleichförmige Büros mit Schreibtischen und Aktenschränken. Eine junge Frau, die die Zwillingsschwester der Empfangsdame hätte sein können, stöckelte Dana entgegen. Genauso elegant, genauso gepflegt, genauso hochnäsig.

»Ich bin Doktor Andresens Assistentin, er ist noch in einem Meeting.« Auch sie scannte missbilligend Danas Aufmachung. »Ich meine – Sie sind doch diese Frau Twilling, oder?«

Allmählich kam sich Dana vor wie ein Alien. Wenn dieser Andresen sie auch so von oben herab behandelte, würde sie auf dem Absatz kehrtmachen, Existenz hin oder her. Demonstrativ zeigte sie auf ihre Armbanduhr. Es war kurz vor drei. Um vier musste sie Leonie vom Kindergarten abholen.

»Bitte richten Sie dem werten Herrn Doktor aus, dass meine Zeit begrenzt ist«, erwiderte sie. »Ich habe nämlich auch noch ein Meeting.«

»Sicher«, säuselte die junge Frau zuckersüß.

In diesem Moment öffnete sich eine schwere gepolsterte Holztür am Ende des Flurs. Dana sah zweimal hin. War sie aus Versehen in einen Hollywoodfilm geraten? Nein, Mr Perfect sah sehr lebendig aus. Groß, breitschultrig, gebräunt, mit einer kunstvoll verstrubbelten Fönfrisur in Aschblond und einem Lächeln, mit dessen Elektrizität man eine mittlere Großstadt hätte erleuchten können. Federnden Schritts näherte er sich und streckte ihr die Hand entgegen.

»Frau Twilling, wie schön, mein Freund Philipp hat mir schon viel von Ihnen erzählt. Nein, geschwärmt hat er. Definitiv.«

»Geschwärmt?«, wiederholte sie ungläubig.

Kurz wanderten ihre Gedanken zu ihrem einzigen Stammgast. Gemeinsam hatten sie einen Seitan-Auflauf mit Zucchini, Cashewkernen und geröstetem Sesam kreiert. Es hatte Spaß gemacht und gut geschmeckt, mehr aber auch nicht. Bestimmt verteilte dieser Anwalt berufsmäßig Komplimente.

Jens Andresen lächelte immer noch. Je länger er Danas handgewebte Kutte und ihre zerfasernden Bastsandalen musterte, desto breiter wurde sein Lächeln.

»O ja. Und wenn Philipp schwärmt, will das was heißen. Er hat nicht übertrieben, würde ich sagen.«

Dana verzog den Mund. Auf einmal spürte sie das brennende Bedürfnis, ihren tibetischen Gebetsmantel und die Bastsandalen in Luft aufzulösen. Sie hätte ja wenigstens ihre rote Kunstlederjacke und den Jeansrock anziehen können, ohne sich zu verbiegen. Hätte, könnte, sollte. Stattdessen stand sie da wie – herrje, wie eine Ökoschlampe, wäre wohl Pauls Kommentar gewesen. Und dieser Andresen meinte anscheinend, alternativ gekleidete Frauen seien mit Maßanzügen und Fließbandcharme zu beeindrucken. Aber ihr Verstand funktionierte ausgezeichnet und stellte auf Fluchtmodus um.

»Wir können das Ganze abkürzen, indem ich wieder gehe«, nuschelte sie. »Ich stehle sowieso nur Ihre kostbare Zeit.«

»Keinesfalls, selbstverständlich berate ich Sie«, hielt der Anwalt dagegen, »das ist schließlich mein Job. Außerdem – für schöne Frauen tue ich alles.«

Es hätte charmant klingen können, wenn nicht ein selbstgefälliger Unterton in seiner Stimme vibriert hätte. Wie unangenehm. Dana stand ohnehin nicht auf den glattgebügelten Typ Mann mit stromlinienförmigen Ecken und Kanten. Schon gar nicht auf Männer, die sich für unwiderstehlich hielten. Erschwerend kam hinzu, dass der Anwalt Lederschuhe trug und so aussah, als würde er schon zum Frühstück handtellergroße Steaks verschlingen.

Jens Andresen vollführte eine galante Geste, mit der er auf die gepolsterte Tür am Ende des Flurs zeigte, und ging vor. Was Dana Gelegenheit gab, das harmonische Zusammenspiel seiner Gliedmaßen unter dem perfekt sitzenden dunkelblauen Anzug zu studieren. Dieser Mann schien mehr Zeit im Fitnessstudio zu verbringen als in seiner Anwaltskanzlei.

Sie folgte ihm in ein großes Büro, das an eine Hotellounge erinnerte mit der graubeigefarbenen Ledergarnitur, den niedrigen Glastischen und den geschmackvollen abstrakten Gemälden an der Wand, die haargenau zum dunkelgrauen Teppichboden passten.

»Nehmen Sie doch bitte Platz.« Jens Andresen deutete auf eine der Couchen. »Darf ich Ihnen etwas anbieten? Einen Latte macchiato vielleicht?«

Dana räusperte sich.

»Falls Sie Sojamilch dahaben und der Kaffee aus fairem Handel stammt …«

Er runzelte die Stirn.

»Dann nur ein Wasser«, fügte sie schnell hinzu. »Ich trinke keinen Latte diabolo.«

Der Anwalt zog die Nase kraus. »Was soll das denn sein?«

»Ein Heißgetränk aus Kaffeebohnen, an denen die Tränen ausgebeuteter Indios kleben. Vom schädlichen Milcheiweiß ganz zu schweigen.«

»Eine Flasche Wasser, bitte, aber natriumarm, glutenfrei, laktosefrei«, instruierte Jens Andresen seine Assistentin, die feixend am Türrahmen stand. »Und für mich einen industriell produzierten, garantiert denaturierten Tomatensaft.«

Wie war das? Dana hob ihr Kinn. Der will mich verladen, hundertpro. Sahneschnittchen macht sich einen Spaß daraus, dass ich auf bewusste Ernährung stehe!

»Sie sollten wissen, dass tierische Produkte Verheerendes im menschlichen Organismus anrichten«, legte sie los, »mal ganz abgesehen davon, wie viel Leid Sie den armen Kreaturen zufügen, die ihre Milch, ihr Fleisch und ihr Fell hergeben müssen. Wussten Sie, dass man in China Hunde häutet, damit einer wie Sie Lederschuhe tragen kann?«

Jens Andresens Augenbrauen rutschten fast bis zum Haaransatz hoch. Dann huschte ein belustigtes Lächeln über sein gebräuntes Gesicht.

»Bei meiner Schuhgröße müsste das schon ein Bernhardiner gewesen sein. Nun ja, kommen wir zum Wesentlichen. Ich hörte, Ihnen sei zum nächsten Ersten gekündigt worden. Haben Sie die Mietverträge dabei?«

Sein sachlicher Tonfall holte Dana auf den Boden der Tatsachen zurück. Sie war nicht hier, um über vegane Ernährung zu diskutieren, sondern weil ihr das Wasser bis zum Hals stand. Sie beschloss, ihren Ärger runterzuschlucken. Dies war vermutlich ihre letzte Chance, das Bistro Paradies zu retten. Zähneknirschend kramte sie in ihrem Jutebeutel und förderte einige leicht zerfledderte DIN-A4-Bögen zutage. Um Jens Andresens Mundwinkel zuckte es, als er sie in die Hand nahm.

»Wo bewahren Sie Ihre Unterlagen auf? In der Speisekammer?«

»Papierkram ist nicht so mein Ding«, erklärte Dana verlegen.

Sie dachte an die Schuhschachteln unterm Bett, in die sie alles warf, was irgendwie offiziell aussah.

Die Miene des Anwalts wurde ernst, während er die Zettel durchblätterte.

»Wissen Sie überhaupt, was Sie da unterschrieben haben?«

»Ich ging immer davon aus, einen Mietvertrag«, antwortete Dana. »Oder wollen Sie mir etwa erzählen, dass ich einen Zimmerspringbrunnen gekauft habe?«

Der Anwalt überging ihren kleinen Scherz.

»Sie haben sich mit einer fristlosen Kündigung im Falle von Eigenbedarf einverstanden erklärt«, erläuterte er mit Grabesstimme. »Aus der Nummer kommen Sie definitiv nie wieder raus. Es sei denn …«

Dana schluckte.

»Ja?«

»Es sei denn, Sie können eine soziale Notlage nachweisen.«

»Zählt dazu, dass mein Freund mich verlassen hat und dass mein Lokal rote Zahlen schreibt?«

Bei der Erwähnung ihres abtrünnigen Freunds schweiften die Augen des Anwalts kurz über den tibetischen Gebetsmantel und landeten auf Danas rosageglossten Lippen.

»Da hat dieser Herr aber einen verhängnisvollen Fehler gemacht.«

Geschenkt.

»Viele werden früher oder später verlassen, ich werde früher *und* später verlassen«, erwiderte sie achselzuckend. »Schade nur, dass ich meinen Ex nicht von der Steuer absetzen kann, als außergewöhnliche Belastung. Aber jetzt mal im Ernst: Können Sie etwas für mich tun?«

Jens Andresen schlug das rechte Bein über das linke und strich die Anzughose glatt.

»Der Gesetzgeber erkennt gewisse Härtegründe an, die eine Kündigung unwirksam machen. Zum Beispiel Invalidität oder hohes Alter, verbunden mit Gebrechlichkeit. Was bei Ihnen allem Anschein nach nicht zutrifft. Leider. Nein, glücklicherweise.«

Aufmunternd zwinkerte er ihr zu. Oder flirtete er etwa? Ja, er glühte sie an.

Dana schaute hochinteressiert aus dem Fenster, obwohl es draußen nichts zu sehen gab außer einer Brandmauer und einem Stück Himmel. Der Typ sollte sich bloß nicht einbilden, dass alle Frauen inklusive Dana Twilling in Ohnmacht fielen, nur weil er seine kleinen Anmachspiele durchprobierte.

»Für den Fall, dass Sie Kinder haben, zählen auch Probleme mit dem Schul- oder Kindergartenwechsel zu den sozialen Härten«, fuhr Jens Andresen fort.

»Meine Tochter Leonie wäre untröstlich, wenn sie den Kindergarten wechseln müsste.«

»Wir gehen mal davon aus, dass es sie traumatisieren würde, nicht wahr?«

Dana hörte gar nicht wieder auf zu nicken. Lief ja doch nicht so schlecht mit diesem schmierlappigen Paragraphenreiter.

»Des Weiteren, Frau Twilling, könnten Sie mit einem geringen Einkommen, einem bevorstehenden Examen und schweren Erkrankungen punkten.«

Aha. Dana versuchte, das Gehörte zu sortieren.

»Ich bin kerngesund. Aber mein Vater wohnt bei mir. Er ist alt, gebrechlich« – sie verschwieg lieber, wie ungemütlich vital er war – »und ist seit einem Verkehrsunfall schwer gehbehindert und sitzt im Rollstuhl.«

Jens Andresen pfiff leise durch die Zähne.

»Respekt. Sie sind ja wirklich eine tapfere kleine Frau. Ich nehme an, Ihr Vater ist bei Ihnen gemeldet?«

»Äh – nein«, bekannte Dana, der im selben Moment klar wurde, dass sie ihr seelisches Wohlbefinden aufs Spiel setzte, wenn sie ihren Vater offiziell bei sich einziehen ließ. Ein hoher Preis. Nur die Vorstellung, demnächst ohne Wohnung und ohne Bistro Paradies auf der Straße zu sitzen, gab ihr den Mut, das Äußerste zu wagen.

»Morgen früh gehe ich zum Einwohnermeldeamt. Versprochen.«

»Das sollten Sie auch, sonst parken Sie ganz nah am Betrug. Weiter. Was gibt es noch?«

Angespannt durchforstete sie ihr Hirn nach weiteren sozialen Härten. Das Lehramtsstudium kam ihr in den Sinn, das sie gegen den Willen ihrer Eltern kurz vor dem ersten Staatsexamen abgebrochen hatte.

»Ich könnte noch mal zur Uni gehen«, überlegte sie laut. »Ein Semester zur Auffrischung, und ich stehe praktisch vor dem Examen.«

Jens Andresen zog ein Smartphone aus seinem Jackett, drückte eine Taste und sprach hinein: »Kind im Kindergartenalter, Vater im Rollstuhl, beide wohnhaft im Mietraum, Studium möglich.« Er hielt inne. »Haben Sie Schulden?«

Dana zuckte die Achseln.

»Wer hat die nicht?«

»Scheint ganz so, als ob Ihr gastronomisches Konzept etwas fragwürdig ist«, sagte er. »Gewinnbringend scheint es jedenfalls nicht zu sein. Schon mal über Pommes und Burger nachgedacht?«

Von dieser frechen Bemerkung ließ sich Dana nicht im mindesten beeindrucken. Sie zog eine Speisekarte des Bistro Paradies aus ihrem abgewetzten Jutebeutel und knallte sie auf den Glastisch. Mit spitzen Fingern griff Jens Andresen danach. Schweigend überflog er das Menü.

»Interessant«, murmelte er nach einer Weile. »Ich glaube, jetzt verstehe ich das Problem. Alles Tofu, oder was?«

Dana sah rot. Dunkelrot. Dieser Mann gehörte eindeutig zu den vermaledeiten Ignoranten, die ihr das Leben schwermachten. Es war ein Fehler gewesen, überhaupt herzukommen.

Wie ein Pfeil schoss sie von der Couch hoch.

»Herr Andresen, Herr *Doktor* Andresen, mit Verlaub – ich lasse mich von Ihnen nicht zur Wurst machen.«

Sein Lächeln verwandelte sich in ein vergnügtes Grinsen.

»Oh, liebe Frau Twilling, Sie haben ja ein geradezu südländisches Temperament. Gefällt mir!«

Der Mann war eine Gummiwand. Wenn man mit Anlauf dagegenrannte, prallte man einfach ab. Stumm sank Dana auf die Couch zurück. Und das, obwohl sie noch lange nicht fertig gewesen war mit ihrer Standpauke.

Sichtlich amüsiert rieb sich der Anwalt mit dem Zeigefinger die Nasenwurzel.

»Liegt eine Schwangerschaft vor?«

Dana schüttelte verwirrt den Kopf, was Jens Andresen zu seinem flirtigen Lächeln zurückkehren ließ.

»Jedenfalls wäre das Timing ideal, weil dies definitiv eine weitere soziale Härte und damit einen Kündigungsschutz bedeuten würde. Sie könnten doch prinzipiell schwanger werden, oder?«

Sein Lächeln hatte etwas Anzügliches, das Dana so rot werden ließ wie den Tomatensaft, den die Assistentin gerade zusammen mit einer Flasche Wasser hereinbrachte. Jens Andresen trank einen Schluck von seinem Saft, schmunzelte in sich hinein und murmelte dann »im gebärfähigen Alter« in sein Smartphone.

Es war so peinlich. Dana wäre am liebsten im Erdboden versunken. Was tat sie sich hier überhaupt an? Kam gar nicht in die Tüte, dass dieser smarte Anwalt sie derart aus der Fassung brachte. So nicht. Nicht mit Dana Twilling.

»Gehört schwängern auch zu Ihrem anwaltlichen Service?«, fragte sie kess.

Er sah auf. »Wie bitte?«

Die Assistentin, die gerade das Wasser eingoss, begann hysterisch zu kichern. Mit einer unwilligen Geste scheuchte Jens Andresen sie aus dem Raum und stand auf. Seine Fußspitzen in den teuren Lederschuhen wippten unternehmungslustig.

»Also, Frau Twilling, Ihre Chancen stehen äußerst gut. Ich überlasse es Ihnen, rechtliche Schritte einzuleiten. Wenn Sie meinen professionellen Rat wollen: Ziehen Sie vor Gericht. Ich werde alles Erdenkliche tun, damit Ihre Klage erfolgreich verlaufen wird.«

»Aber bin ich nicht ein viel zu kleiner Fisch für Sie?«

»Nein, nein, Fälle wie der Ihre sind mir definitiv ein besonderes Anliegen«, beteuerte der Anwalt. »Geben Sie mir doch freundlicherweise die Kontaktdaten der Immobilienfirma, die Ihnen mit der Zwangsräumung droht.«

Wie oft hatte er eigentlich schon *definitiv* gesagt? Es schien sein Lieblingswort zu sein.

Nach einigem Herumwühlen in ihrem Jutebeutel fand Dana die zerknitterte Visitenkarte von Alexandra Müller-Mertens und hielt sie dem Anwalt hin. Der überflog den Text, woraufhin ein Ausdruck größten Erstaunens in sein Gesicht trat.

»Die Pro Domo GmbH, soso.«

»Das ist ein Riesenunternehmen, und ich kann es mir eigentlich nicht leisten, gegen die anzutreten«, sagte sie kleinlaut. »Ich habe kein Geld. Glauben Sie wirklich, dass wir siegen?«

Jens Andresen drehte die Visitenkarte in seinen Händen hin und her.

»Wir brauchen halt ein wasserdichtes Konzept, mit dem wir den Richter überzeugen. Dann zahlt die Gegenseite mein Honorar. Wenn Sie mögen, könnten wir die Details bei einem Glas Wein besprechen. Also, ich meine – falls George Clooney sich nicht meldet, ich hätte heute Abend Zeit.«

Hallo?

Während Dana darüber nachdachte, was sie von diesem etwas zu privaten Angebot halten sollte, zupfte Jens Andresen die Manschetten seines blütenweißen Hemdes aus den Jackettärmeln, so dass man die Manschettenknöpfe sah. Blaue, golden gefasste Edelsteine, mit eingraviertem Monogramm: *JA* wie Jens Andresen. *JA* wie ja. Ein verschmitztes Grinsen umspielte seine Mundwinkel.

»Wobei ich betonen möchte, dass damit keineswegs die Option verbunden ist, Ihnen als Kindsvater zur Verfügung zu stehen.«

Hallooooo?

»Wenn ich zehn Jahre jünger wäre und einen kleinen Schwips hätte, könnte ich *definitiv* schwach werden.« Dana verzog keine Miene. »Am besten, Sie kommen heute Abend in meinem veganen

Paradies vorbei, Schillerstraße fünf. Erweitern Sie Ihren kulinarischen Horizont. Tofu ist keine geschmackliche Offenbarung, aber es kommt wie beim Beton darauf an, was man daraus macht.«

»Alles Tofu, sag ich doch«, lachte Jens Andresen. »Nun, ich setze mein vollstes Vertrauen in Ihre Verwöhnkompetenz.«

5

Danas Wangen brannten immer noch, als sie im Aufzug eine neue Schicht Lipgloss auftrug. Irgendetwas an diesem Anwalt machte sie wütend, möglicherweise sein allzu siegesgewisses Auftreten. Er war ärgerlich wie ein Mückenstich. Und so, wie man bei einem Mückenstich schwerlich dem Juckreiz widerstehen konnte und sich einfach kratzen musste, spürte sie den Drang, es mit diesem Smartie aufzunehmen.

Prompt protestierte ihre innere Stimme. Lass es, Dana, dieser Mann ist *definitiv* nichts für dich!

Nachdenklich starrte sie in den Liftspiegel. Warum reagierte sie so allergisch auf Jens Andresen? Lag es daran, dass Paul sie betrogen hatte?

Plötzlich fiel ihr etwas ein. Etwas Entscheidendes. Hektisch drückte sie auf den Liftknopf für den dritten Stock. Oben angekommen, stürmte sie auf den Flur. Ohne auf die Assistentin zu achten, die abwehrend mit den Armen wedelte, rannte sie zu der gepolsterten Tür und riss sie auf.

Jens Andresen fläzte sich in seinem Drehstuhl. Seine Füße hatte er auf den Schreibtisch gelegt, lässig tippte er auf einem Tablet-Computer herum. Als er Dana entdeckte, senkte er die Augenlider. Schlafzimmerblick. Auweia.

»Haben Sie es sich anders überlegt? Wollen Sie etwa doch schwanger werden?«

Wieder spürte Dana, wie sich eine heiße Röte über ihr Gesicht ergoss.

»Ich, äh, wollte nur sagen, dass das Gewerbeaufsichtsamt meinen Laden dichtgemacht hat. Deshalb wird das nichts mit unserer Verabredung heute Abend.«

»Schon geklärt«, ertönte eine Stimme, die ihr bekannt vorkam.

Jetzt erst entdeckte Dana, dass es einen weiteren Besucher gab. Einen schmächtigen Mann mit einer dicken Hornbrille.

»Mein alter Freund Philipp hat mir soeben von den Komplikationen berichtet«, erklärte Jens Andresen. »Zufälligerweise kenne ich jemanden bei der Gewerbeaufsicht. Die Schließung wurde bereits aufgehoben. Punkt sieben Uhr werde ich ins Bistro Paradies kommen.«

»Oooh – danke«, hauchte Dana verblüfft.

Noch konnte sie kaum glauben, was sie hörte. Ein Wunder war geschehen! Ebenso wundersam war die Freundschaft, die diese beiden ungleichen Männer verband. Wie passte das zusammen? Der gelackte Andresen und der schüchterne Sweatshirtträger Philipp?

»Sehen Sie sich vor«, sagte der Anwalt warnend. »Ab jetzt müssen Sie mit regelmäßigen Kontrollen rechnen. Sorgen Sie dafür, dass Ihr Koch eine Haube trägt und sein Rattenfleisch zu Hause lässt. Und lassen Sie um Himmels willen nicht mehr Ihren Hund zwischen den Töpfen rumspringen.«

»Wird erledigt.« Dana holte tief Luft. »Wieso tun Sie das alles für mich?«

Jens Andresen betrachtete seinen Freund, der auf der Couch herumlümmelte.

»Sie haben einen Fan. Philipp ist definitiv entschlossen, sich nicht sein Stammlokal wegnehmen zu lassen.«

»Und meinen Gerechtigkeitssinn«, fügte Philipp hinzu, erhob sich und kam näher, bis er so nahe vor ihr stand, dass sie sein Rasierwasser riechen konnte. »Sie haben Ihre Chance verdient, Dana.«

»Aha, verstehe.«

Dabei verstand sie nur Bahnhof. Gut, dieser Philipp war nett, und offensichtlich mochte er ihr Essen. Aber so viel Engagement für eine praktisch Unbekannte? Wo war der Haken?

Mit dieser Frage im Kopf verabschiedete sie sich. Eine plausible Antwort hatte sie immer noch nicht gefunden, als sie wenig später mit ihrem uralten grauen Kastenwagen vor dem Kindergarten hielt. Zu spät. Die Uhr zeigte zwanzig nach vier, alle Kinder waren schon abgeholt worden. Nur Leonie stand noch zusammen mit einer Erzieherin vor der malerischen, efeuumrankten Altbauvilla. Und mit etwas in der Hand, was irreführenderweise als Kinderschokolade bekannt war. Dabei hatte Dana doch sämtlichen Mitarbeitern des Kindergartens eingeschärft, auf veganes Essen zu achten.

Sie stieg aus und ging auf die beiden zu.

»Hallo, Frau Dieckmann-Elmenreich, danke, dass Sie mit Nini gewartet haben. Was ich allerdings nicht gutheißen kann, sind Süßigkeiten, die einen Zuckerschock auslösen und eine Füllung aus Milchpulver enthalten.«

Die Erzieherin, von den Kindern liebevoll Dicki genannt, wich einen Schritt zurück.

»Entschuldigen Sie mal, ich habe Ihrer Tochter nur einen kleinen Seelentröster gegönnt, weil Sie zu spät dran waren.«

Aus dem Augenwinkel sah Dana, wie sich Leonie den gesamten Schokoriegel auf einmal in den Mund stopfte. Aufgewecktes Kind. Jetzt konnte Dana ihr das süße Zeug nicht mehr wegnehmen. Und die Erzieherin? Sah entspannt zu.

Eigentlich mochte Dana die zierliche rothaarige Frau, auch wenn ihre modischen Klamotten garantiert aus einem Laden stammten, dessen erschwingliche Preise auf asiatischer Kinderarbeit beruhten. Doch Mode war jetzt nicht das Thema. Sondern schädliche Schokoriegel.

»Dies, Frau Dieckmann-Elmenreich, ist kein Seelentröster, sondern der erste Schritt zur Sucht. Mit Zucker fängt es an, dann geht es weiter mit Alkohol und Drogen. Wissen Sie eigentlich, was Zucker im Körper bewirkt?«

»Unser Konzept ist eine weltoffene Kita«, erklärte die Erzieherin. »Wir leben im einundzwanzigsten Jahrhundert, stampfen die Butter nicht selber, schicken keine SMS mit Buschtrommeln und ändern nichts am Klimawandel, wenn wir auf Sägespänen herumkauen. Für Ihren Ökowahn ist hier kein Platz, Frau Twilling. Selbstverständlich können Sie sich gern um eine andere Einrichtung für Ihre Tochter bemühen.«

Mit dem letzten Satz hatte sie Danas missionarischen Eifer eins, zwei, drei ausgebremst.

»Nein, nein«, ruderte sie zurück. »Es ist nur …«

»Mami, das schmeckt soooo lecker«, schmatzte Leonie genießerisch. »Viel besser als Ökopampe. Bitte bestell keinen Grabstein für Dicki. Die ist echt lieb.«

Die Erzieherin tauschte einen langen Blick mit Dana.

»Könnte es sein, dass Sie ein wenig übers Ziel hinausschießen, Frau Twilling? Leonie redet nur noch davon, dass ein gewisser Paul bald sterben muss, weil er Fleisch isst. So was nennt man schwarze Pädagogik.«

Erschöpft strich sich Dana über die Stirn. Sie wollte doch nur eine gute Mutter sein. Und die Welt zumindest ein klein wenig verbessern. Leider verschlechterte dieser heroische Plan ihre zwischenmenschlichen Beziehungen dramatisch. Erst war Paul gegangen, nun hatte sie auch noch die herzensgute Dicki gegen sich aufgebracht. Wie ihr Vater auf den bevorstehenden Fleischverzicht reagieren würde, konnte sie sich schon lebhaft vorstellen.

»Nichts für ungut, Frau Dieckmann-Elmenreich«, flötete sie. »Ich weiß, dass wir Veganer noch eine Minderheit sind. Aber eines Tages …«

»… werden Sie die Weltherrschaft übernehmen, schon klar«, vollendete die Erzieherin lächelnd den Satz. »Bis dahin sollten Sie es mit Kompromissen versuchen. Schon allein deshalb, um Leonie nicht zu isolieren. Sie fühlt sich ausgeschlossen, wenn alle Kinder nachmittags ihre Fruchtzwerge, Milchschnitten oder andere kleine Süßigkeiten auspacken, und sie hat nur ein verschrumpeltes Stück Kohlrabi in der Brotdose. Wenn Sie mich persönlich fragen: Ein Leben ohne Schokolade ist möglich, aber sinnlos.«

Dana stand einen Millimeter vor einem Schreikrampf. Doch sie beherrschte sich. Wenn du wütend bist, zähle bis zehn. Wenn du bei zwanzig immer noch wütend bist, nimm die Beine in die Hand, bevor du etwas sagst, das dir später leidtut.

»Jaja, und Schokolade ist auch irgendwie Obst, weil Kakaobohnen an Bäumen wachsen«, sagte sie sarkastisch. »Komm, Nini, wir müssen los, Opa freut sich schon auf dich. Er wird länger bei uns bleiben, ich gebe ihm Pauls Zimmer.«

»Juhuuu!«, jubelte Leonie.

»Nini, gehst du noch mal rein und holst das Bild, das du heute gemalt hast?«, fragte die Erzieherin das Mädchen.

»Mach ich!«

Leonies Locken flogen, als sie zurück in die Kita lief.

»Frau Twilling«, die Erzieherin nahm Dana ein Stück beiseite, »offenbar hat sich an Ihren häuslichen Verhältnissen etwas geändert. Über solche Dinge sollten Sie mich unbedingt informieren, sonst kann ich nicht pädagogisch darauf eingehen.«

Zwar sah Dana den Sinn dieser Worte ein, ganz wohl war ihr dennoch nicht dabei. Was sollte das werden? Der beziehungstechnische Offenbarungseid?

»Mein Freund ist ausgezogen, mein Vater ist eingezogen«, erläuterte sie so knapp wie möglich ihre neue Situation.

»Wenn ich richtig gezählt habe, ist das der dritte Freund in vier Jahren, von dem Sie sich trennen. Sollten Sie vielleicht mal über Ihre Bindungsfähigkeit nachdenken?«

Wenn diese weichgespülte Kinderspezialistin einen Eimer Eiswürfel über Danas Kopf ausgekippt hätte, die Wirkung hätte nicht heftiger sein können.

»Wie bitte?«

»Sie sind ein Vorbild für Ihre Tochter«, raunte die Erzieherin. »Im guten wie im schlechten Sinne. Kontinuität in Beziehungen wäre eindeutig ein besseres Rollenvorbild für Leonie.«

Damit hatte sie Dana kalt erwischt. Es stimmte ja: Sie und die

Männer, das war eine einzige Pannenserie. Langjährige feste Beziehungen hatte sie praktisch nie gehabt. Und Leonies Erzeuger war schon vor der Geburt auf Nimmerwiedersehen verschwunden. Zu viel Verantwortung, hatte er gemurmelt, seine Tasche gepackt und war gegangen. Nichts hätte sie lieber getan, als ihrer Tochter einen liebevollen, verlässlichen Ersatzpapa zu präsentieren. Nur – wo gab es solche grandiosen männlichen Wesen?

Sie hatte keine Geduld mehr, bis zwanzig zu zählen. Nicht mal bis zehn. Schon bei drei platzte ihr der Kragen.

»Liebe Dicki, jetzt hören Sie mir mal gut zu«, flüsterte sie. »In Ihrer heilen Welt gibt es offenbar Männer, die ins Bett gehen, ein bisschen weinen und ihre Mutter anrufen, wenn's mal blöd läuft. In meiner Welt gibt es Männer, die keine Verantwortung übernehmen wollen und stattdessen in fremden Betten herumsteigen. Wie soll ich denn Ihrer Meinung nach darauf reagieren? So einen Mann wie ein rohes Ei behandeln und mich wie selbiges in die Pfanne hauen lassen?«

Frau Dieckmann-Elmenreich wurde plötzlich blass um die Nase.

»Ich dachte ja nur, dass Leonie eine merkwürdige Vorstellung von Paarbeziehungen bekommen könnte.«

»Sie denken vollkommen richtig«, flüsterte Dana. »Leider laufen mir immer die Falschen über den Weg.«

Nachdem die Erzieherin eingehend die Spitzen ihrer cognacfarbenen Cowboystiefel betrachtet hatte, sah sie Dana fest in die Augen.

»Vielleicht sollten Sie Ihr Beuteschema ändern?«

Beuteschema. Als ob Dana so etwas hätte. Sie zog doch nicht mit Pfeil und Bogen los, um Männer zu erlegen.

»Mami, wieso flüstert ihr denn?«, fragte Leonie, die mit einem bunten Bild in der Hand aus dem Kindergartengebäude zurückgekommen war. »Habt ihr ein Geheimnis? Und was ist ein Beutelschimmel?«

Schief lächelnd schwenkte Dana ihren unförmigen Jutesack.

»Beutel-Schimmel! Wir sprechen gerade über Pferdetaschen.«

»Taschen für Pferde? Was haben die denn da drin?«, fragte Leonie ernsthaft.

»Zuckerstückchen«, gluckste Dicki.

»Womit wir wieder beim Thema wären«, grummelte Dana.

»Ist ausdiskutiert«, befand die Erzieherin. »Einen Mehrgenerationenhaushalt halte ich dagegen für eine sehr gute Idee. Schönen Tag noch.«

Dana rang sich ein unverbindliches Lächeln ab.

»Ihnen auch.« Dann fiel ihr Leonies selbstgemaltes Bild ins Auge. »Hm, was ist das denn?«

Bunte Strichmännchen tanzten um einen riesigen Kochtopf herum. Einige Männchen lagen leblos am Boden, alle viere von sich gestreckt.

»Man muss wohl kein Psychologe sein, um das Werk zu deuten«, merkte Dicki an.

Leonie schwenkte aufgeregt das Bild.

»Das schenke ich Opa. Guck mal, ich hab ihm ganz unten einen Grabstein gemalt, damit er sieht, dass man kein Fleisch essen darf.«

»Na, der wird sich freuen«, seufzte Dana.

Sie nahm ihre Tochter an die Hand und ging mit ihr zum Wagen. Nachdem sie Leonie auf dem Kindersitz festgeschnallt hatte, winkte sie Frau Dieckmann-Elmenreich zu. Im Grunde hatte sie sich immer eine Frau wie Dicki zum Reden gewünscht. Aber dieses Gespräch hatte *definitiv* nicht nach dem Beginn einer wunderbaren Freundschaft geklungen. Schade eigentlich.

»Mami, darf ich bei Dicki bleiben?«, ertönte Leonies zartes Stimmchen vom Rücksitz. »Ich will in keine andere Kita.«

Unterschätze nie ein Kind. Selbstverständlich hatte Leonie alles begriffen und eins und eins zusammengezählt.

»Keine Sorge, mein Liebling, du bleibst bei Dicki, bis du nächstes Jahr in die Schule kommst«, antwortete Dana mit einem flauen Gefühl im Magen.

»Versprochen?«

Sie stieg ein und sah im Rückspiegel das fragende Gesicht ihrer Tochter. Wie sehr sie Nini liebte. Der Impuls, ihr Kind vor allem Ungemach dieser Welt zu schützen, war so heftig, dass ihr Tränen in die Augen schossen. Noch ahnte Leonie nichts von der Wohnungskündigung und von dem seidenen Faden, an dem das Bistro Paradies baumelte.

»Versprochen«, krächzte Dana heiser.

Dabei konnte sie absolut gar nichts versprechen. Weder dass ihr Zuhause sicher war, noch dass ihr Einkommen fürs Überleben reichen würde. Die Ersparnisse waren so gut wie aufgebraucht, ihr Wagen benötigte dringend neue Reifen. Am dringendsten jedoch brauchte Leonie neue Schuhe. Ihre Füße wuchsen mit beängstigender Geschwindigkeit. Zu schnell für Danas Geldbeutel.

»Süße, was hältst du davon, wenn wir dir heute Schuhe kaufen?«

»Rosa mit Glitzer?«, fragte Leonie aufgeregt. »So wie die von Kati?«

Dana hatte eher an etwas ökologisch Korrektes aus Segeltuch gedacht, nicht an die überirdisch teuren Marken-Sneakers von Leonies Kindergartenfreundin Katharina. Doch gerade heute wollte sie ihrer Tochter keinen Wunsch abschlagen. Seit Wochen redete Nini unablässig von den wunderschönen Schuhen ihrer besten Freundin.

»Einverstanden, mein Liebling. Und hinterher ein schöner Saft bei Eddy, ja?«

Leonies Begeisterung hielt sich in Grenzen. Es war kein Geheimnis, dass sie lieber Eis essen gegangen wäre, als einen vitamin- und ballaststoffreichen Saft zu trinken. Immerhin reichte die Aussicht auf rosa Glitzerschuhe aus, um ihre Stimmung zu heben.

Eine halbe Stunde später hüpfte Leonie in barbierosa Sneakers herum, deren bloßer Anblick ein flaues Gefühl in Danas Magen erzeugte. Weil sie ein kleines Vermögen verbrannt hatte – warum waren Kinderschuhe nur so schwindelerregend teuer? – und weil das Loch in ihrem Portemonnaie immer größer wurde. Aber im Zweifel hieß eben die Devise an der Kasse: Augen zu und Karte durch.

Beklommen steuerte sie mit Leonie an der Hand den Bioladen ihres Vertrauens an. *Eddys Ökonische – Grün ist Leben* stand auf einem handgemalten Schild über der Eingangstür. Paul hatte es immer das Gesundheitslatschenreservat genannt. Drinnen roch es nach frischem Espresso, exotischen Teesorten und dem typischen Reformhausaroma – irgendwas zwischen Kernseife und Hirsebrei.

»Ciao, Bella«, begrüßte sie ein dunkelhaariger, muskulöser Hüne.

Eddy hieß eigentlich Eduardo. Seine Familie stammte aus Italien, er selbst bezeichnete sich als digitalen Kosmopoliten, weil er praktisch ununterbrochen im Internet unterwegs war. Auch jetzt stand sein Laptop aufgeklappt auf dem Holztresen.

»Ciao, Eddy«, Dana gab ihm einen High-Five. »Surfst du wieder im Darknet?«

So viel hatte sie nämlich verstanden – dass es neben dem offiziellen Internet noch ein supergeheimes Netz der Anarchos, Hacker und Verschwörungstheoretiker gab.

»Meine Fanbase wächst von Tag zu Tag«, grinste Eddy. »Du bist jederzeit willkommen.«

»In deinem Fanclub? Da bin ich doch schon drin. Kannst mich gern dein Groupie nennen. Du siehst sowieso aus wie ein Rockstar.«

Eddy schmunzelte. Er trug eine Cargohose mit Tarnmuster, dazu ein ärmelloses schwarzes Netzhemd und eine Sonnenbrille mit neongelbem Gestell im Haar. Eddy war einer der wenigen Freunde von Paul, die Dana sofort ins Herz geschlossen hatte. Er trainierte im selben Fitnessstudio wie ihr Ex, doch das war auch schon so ziemlich die einzige Gemeinsamkeit der beiden. Im Gegensatz zu Paul pflegte Eddy nämlich einen konsequent veganen Lebensstil. Und wie Dana hatte er seine Passion zum Beruf gemacht, mit einem Laden, der ganz nach ihrem Geschmack war.

Ironischerweise handelte es sich um eine ehemalige Schlachterei. Die Wände waren bis zur Decke mit anmutig gemusterten Jugendstilkacheln ausgekleidet, davor standen aus rohem Holz zusammengezimmerte Regale, in denen Biolebensmittel, Ökokosmetik und Hunderte von Teesorten lagerten.

»Fair-Trade-Bio-Espresso für Mami und einen Gerstengrassaft für meine kleine *principessa*?«, fragte Eddy.

Wie erwartet, schüttelte sich Leonie voller Abscheu.

»Iiiiih – Grassaft ist voll eklig!«

Es war ein Spiel, das sich stets wiederholte, wenn sie Eddy besuchten. Der hatte bereits lachend die Orangenpresse aktiviert.

»Deinen Orangensaft mit oder ohne Knoblauch, *principessa*?«

»Du bist superduperdoof!«, kicherte Leonie.

Wieselflink kletterte sie auf einen der Barhocker und angelte sich einen Honigkeks aus dem großen Glas, das auf dem Tresen stand. Nach einer Grimasse in Eddys Richtung lief sie mit ihrem Keks zu den Holzregalen, wo sie die verschnörkelten Etiketten der Teeverpackungen studierte.

Währenddessen hatte sich Dana an den Tresen gelehnt und sah zu, wie Eddy erst den Orangensaft, dann einen herrlich duftenden Espresso zubereitete.

»Und? Wie läuft's in deinem *piccolo paradiso*?«, fragte er und stellte Dana die Tasse auf den Tresen.

»Nicht so doll. Die Gäste rennen schneller aus dem Lokal, als ich Tofu sagen kann.« Sie nahm einen Schluck Espresso. »Ehrlich gesagt, könnte es sein, dass ich mich demnächst nach einer neuen Existenzgrundlage umsehen muss.«

Mit gedämpfter Stimme schilderte sie die Gewitterwolken, die sich über ihrem Leben zusammenzogen. Und dass es nur eine Frage der Zeit war, wann Donner und Blitz losbrachen.

Eddy kratzte sich am Kinn, das von einem stoppligen Dreitagebart mit integriertem Ziegenbärtchen geziert wurde.

»*Dio mio*! Ich würde dir ja gern helfen, aber wie? Ich komme auch nur gerade so über die Runden.« Bedauernd hob er die Achseln. »Einen Job habe ich leider nicht zu vergeben. Wenn's eng wird, hilft Lucy aus, die Tochter eines Freunds. Ist nur ein Studentenjob, mehr nicht. Davon könntest du nicht leben. Hast du denn irgendeinen Plan?«

»Mein Problem, nicht deins«, seufzte Dana. »Eben war ich bei einem Anwalt. Er meint, meine Chancen stehen gut, aber diese Immobilienheinis sitzen doch immer am längeren Hebel.«

»Du musst kämpfen, Dana. Zur Not mit Guerillataktik. Manchmal kann man auch mit illegalen Methoden legale Erfolge erzielen.«

Das war mal wieder ein typischer Eddy-Spruch. Dana wusste, dass er in nerdigen Insiderkreisen einen legendären Ruf als Hacker genoss und deshalb ein äußerst entspanntes Verhältnis zu illegalen Aktionen hatte. Gedankenverloren sah sie zu, wie er Leonie den Orangensaft brachte. Seine Hackerkünste waren leider nutzlos, wenn erst mal die Spitzhacke zum Zuge kam.

»Kleiner *spuntino per la signorina*?«, fragte Eddy. »Ich habe heute vegane Pizza im Angebot.«

Ein Blick auf die altmodische Wanduhr sagte Dana, dass der Boxenstopp bei Eddy beendet war. Spätestens um halb sechs musste sie zu Hause sein, um ein Abendessen auf den Tisch zu bringen und es danach rechtzeitig ins Bistro Paradies zu schaffen.

»Ein andermal«, erwiderte sie und zog ihr Portemonnaie aus dem Jutebeutel. »Was bekommst du von mir?«

Er schob sich die Sonnenbrille tiefer ins Haar.

»Geht aufs Haus, *cara mia*. Halt mich auf dem Laufenden, ja? Vielleicht kann ich ja doch noch was für dich tun.«

Abwartend stand er vor ihr. Dana stellte sich auf die Zehenspitzen und hauchte ihm einen Kuss auf die stopplige Wange.

»Du bist ein phantastischer Freund, Eddy.«

»Ich bin mehr als das, wenn du willst«, sagte er leise.

Dana wich seinem Blick aus. Mit gemischten Gefühlen erinnerte sie sich an jenen Kneipenabend, als Paul ihr seinen Freund aus dem Fitnessclub vorgestellt hatte. Nach dem dritten Bier war Eddy ziemlich offenherzig geworden. Sie sei eine Traumfrau und so weiter.

»Ach, weißt du …« Dana geriet ins Stocken.

Sie mochte Eddy sehr. Nur, dass er eben ein Freund für sie war. Mehr nicht.

»Schon gut.« Er ließ seine Sonnenbrille auf die Nase rutschen, so dass sie seine Augen verdeckte. »Ich halte zu dir, egal, worum's geht. Hab alles hinter mir – Demos, Hausbesetzung, Nacht-und-Nebel-Aktionen. Wäre nicht das erste Mal, dass die Bullen mich mit dem Wasserwerfer vom Hollandrad pusten.«

»Danke. Ich sag Bescheid.«

Auf dem Weg nach Hause schwirrte Dana der Kopf. Und das nicht nur wegen Eddy.

Das Leben hatte sich selten leicht für sie angefühlt, eher wie ein Hindernisrennen. Zunächst hatte sie die Erwartungen ihrer Familie erfüllt und ein Lehramtsstudium mit den Fächern Germanistik und Kunstgeschichte begonnen. Nach zwei Semestern hatte sie das Studium geschmissen, zum Entsetzen ihrer Eltern ein paar Jahre gekellnert, schließlich eine Kochlehre begonnen und sich langsam hochgearbeitet, bis sie genug Geld für ein eigenes Restaurant zusammen hatte. Für einen Kredit, genauer gesagt.

Wie stolz Dana damals auf das Bistro Paradies gewesen war. Von wegen schwarzes Schaf einer Familie, die seit vier Generationen ausschließlich Lehrer hervorgebracht hatte.

Doch jetzt schienen sich die düsteren Prophezeiungen ihrer neunmalklugen Eltern zu bewahrheiten, sie werde niemals auf einen grünen Zweig kommen mit ihrer Kocherei. Alles stand auf Messers Schneide. Und sie hatte nur noch drei Wochen bis zum nächsten Ersten. Die Uhr tickte.

Würde Jens Andresen sie retten? Der smarte Anzugträger, der sich für unwiderstehlich hielt? Verlass dich bloß nicht auf dieses

Cremeschnittchen, dachte Dana. Aber welche anderen Optionen blieben ihr denn überhaupt noch? Textilfrei für den veganen Weltfrieden demonstrieren? Sich an den Herd ketten, wenn die Abrissbagger kamen? Wohl kaum. Aber einfach so weitermachen wie bisher war auch keine Lösung. Sonst würde sie alles verlieren und bald nur noch eines haben: sehr viel Zeit.

6

Zeige mir deine Küche, und ich sage dir, was du isst. Dieser Spruch gehörte zu Danas goldenen Leitsätzen. Kein anderer Raum ihres Zuhauses belegte derart eindrucksvoll die Haltung der Bewohnerin: betagte Glasvitrinen, in denen säuberlich aufgereiht vegane Brotaufstriche und Gläser mit Getreidekörnern standen, Regale mit Drahtkörben voller Zwiebeln, Paprika und Tomaten, ein energiesparender Gasherd, über dem Knoblauchzöpfe hingen. Der etwas wacklige Küchentisch war stets mit einer üppig gefüllten Obstschale dekoriert.

Normalerweise. Jetzt allerdings war das Obst verschwunden. Stattdessen türmten sich auf dem Tisch weiße Papierpäckchen, aus denen da und dort eine verdächtige rötliche Flüssigkeit sickerte.

»Was – ist – das?«, fragte Dana konsterniert.

»Eine Segnung der modernen Informationsgesellschaft, mein Kind.« Herrmann Twilling verschränkte die Arme und lehnte sich in seinem Rollstuhl zurück. »Wusstest du nicht, dass man Lebensmittel im Internet bestellen kann? Einkauf per Mausklick, das ist keineswegs ein Privileg der jüngeren Generation. Ich habe einen sechsmonatigen Computerkurs an der hiesigen Volkshochschule absolviert, ein internetfähiges Tablet gekauft und heute Morgen …«

»… Fleisch bestellt«, stöhnte Dana.

»Der Kurier war ausnehmend nett«, beteuerte ihr Vater. Er riss ein Päckchen nach dem anderen auf. »Sieh doch nur, der gute Mann hat alles gebracht, was das Herz begehrt: feinstes Rindergulasch, Schweinerippchen, Kalbsschnitzel, durchwachsenen Speck, Kassler, Wiener Würstchen! Das dürfte für eine Woche reichen, damit ihr mal was Anständiges zwischen die Kiemen bekommt. Betrachte es als Gastgeschenk, die Rechnung geht auf mich. Habe ich da ein Dankeschön gehört?«

»Danke, Opa!«, juchzte Leonie.

Bevor Dana einschreiten konnte, hatte ihre Tochter auch schon Emma ein großes Stück Gulasch gegeben. Schwanzwedelnd schleppte die Dackeldame ihre Portion zum Hundekörbchen neben dem Geschirrschrank.

Für Emma war es ein Festmahl, für Dana eine Provokation. Schaudernd besah sie sich die Bescherung. Der Küchentisch sah aus wie ein Schlachtfeld. Allein das blutige Papier, in das die Fleischstücke eingewickelt waren, bescherte ihr einen Würgereiz.

»Papa, an Ernährungsgewohnheiten kann man genauso arbeiten wie an Charakter und Bildung. Du denkst, tierisches Eiweiß sei gut für dich? Willkommen in der Realität. Darf ich dich ein wenig herumführen? Fleisch verursacht Gicht, Arthrose und diverse andere Krankheiten. Du ruinierst deine Gesundheit!«

Herrmann Twilling, wie immer korrekt in Anzug und Krawatte gekleidet, winkte gelangweilt ab.

»Kindchen, dieses Argument trifft mich so hart wie ein Wattebausch. Mir geht es blendend, solange ich ein schönes Schnitzel auf dem Teller habe. Lass mich ein wenig ausholen. Warum hat sich der Mensch denn zur Spitze der Nahrungskette hochgearbeitet? Doch wohl kaum, um als Vegetarier zu enden. Anthropologisch gesehen, korreliert der Fleischverzehr mit dem Beginn einer höher entwickelten Kultur, wie man den frühen Höhlenmalereien entnehmen kann, die …«

Hilfe, ein Vortrag! Und zwar mit einem Inhalt, der Dana gleichermaßen deprimierte wie zur Weißglut brachte.

»Hast du denn gar nicht in das Buch geschaut, das ich dir zum siebzigsten Geburtstag geschenkt habe?«, fragte sie. »Das über die vegetarische Lebensweise?«

»Doch, doch, hab ich. Als ich von den schlimmen Folgen des Fleischkonsums las, gab ich sofort die Lektüre des Buches auf.

Wann gedenkst du eigentlich zu kochen? Ich habe gewaltigen Hunger.«

Dana verkniff sich die Bemerkung, dass man im Internet auch fertige Speisen bestellen konnte, vom Burger bis zur Roulade, wenn man denn auf Fleisch stand. Sie zeigte auf ihren Jutesack.

»Und ich habe drei Portionen Tagliatelle mit Mandelsauce mitgebracht. Muss nur noch aufgewärmt werden. In meiner Küche kann nämlich jeder essen, was ich will!«

Verstimmt setzte Herrmann Twilling seinen Rollstuhl in Bewegung. Zweimal umrundete er mit dem surrenden Gefährt den Küchentisch, während sich seine Miene stetig verfinsterte.

»Du brauchst einen neuen Kopf, der alte steckt voller Flausen«, grummelte er. »Von wem hast du das bloß? Bestimmt von deiner Mutter. Die mäkelt auch immer an mir herum. Na ja, wenn du einen guten Rat willst: Heirate erst, wenn du genug Geld für die Scheidung zusammenhast.«

Toll. Mein Vater ist mindestens ein so grandioses Beziehungsvorbild wie ich, dachte Dana. Dicki hat vollkommen recht. Für Leonie muss es wahrlich so aussehen, als seien Beziehungen eine Dauerbaustelle. Sogar Vater-Tochter-Beziehungen.

»Also gut, jeder isst, was er möchte«, lenkte sie ein. »Aber das Fleisch fasse ich nicht an.«

»Du kannst das Gulasch gern mit einer Kneifzange in den Schmortopf legen, Hauptsache, es wird zart und saftig«, erwiderte Herrmann Twilling ungerührt. »Und vergiss die Butter nicht!«

Spätestens jetzt wäre der ideale Moment gewesen, die Sache mit dem Mehrgenerationenhaushalt noch einmal zu überdenken. Vorsichtig ausgedrückt. Allerdings stand Dana vor einem unlösbaren Dilemma: Falls es ihr überhaupt gelänge, ihren alten Herrn schmerzfrei loszuwerden, fiele ein entscheidender sozialer Härtefaktor weg, der sie vielleicht vor der Kündigung bewahrte. Und den Jens Andresen vor Gericht als Argument dringend brauchte. Sie hatte sich in eine einspurige Einbahnstraße manövriert.

Leonie war inzwischen auf ihren Lieblingsplatz gekrabbelt, die gepolsterte Holzbank am Küchentisch. Mit großen Augen hatte sie den Streit verfolgt und zog einen Schmollmund.

»Ihr sollt euch wieder vertragen. Piep, piep, piep, wir haben uns alle lieb! Oder, Mami?«

Es war herzzerreißend. Dana umarmte ihre Tochter und gab ihr einen Kuss auf die Nase.

»Natürlich haben wir uns alle lieb, Mäuschen. Wir finden schon eine Lösung, ganz bestimmt.«

Aber welche? Nachdenklich packte Dana die Behälter mit den Mandel-Tagliatelle aus. Bin ich am Ende genauso rechthaberisch wie mein Vater?, fragte sie sich. Eine ökologisch korrekte Nervensäge, die das Wesentliche übersieht? Was hat es für einen Sinn, an einer gesünderen Lebensweise zu arbeiten, wenn daraus nichts als kranker Streit entsteht? Höchste Zeit, einen kurzfristigen Kompromiss anzubieten.

Sie schaute zu Leonie, die ihrem Großvater gerade das selbstgemalte Bild überreichte.

Überschwänglich lobte er das Werk, obwohl er unter anderen Umständen sicherlich angemerkt hätte, es sehe aus wie von Picasso unter Absintheinfluss gemalt.

Doch, ihr Vater gab sich wirklich Mühe, ein liebevoller Opa zu sein. Auf seine Weise eben. Auf sehr gewöhnungsbedürftige Weise, wie Dana im nächsten Augenblick feststellen musste.

»Komm, Nini, wir gehen in dein Zimmer, und ich erzähle dir etwas aus der griechischen Mythologie«, sagte er. »Dann kann deine Mama ungestört kochen. Frauen brauchen ihren Freiraum. Den gestalten sie am besten, wenn man sie allein in der Küche werkeln lässt.«

Er zog Leonie auf seinen Schoß, und gemeinsam tuckerten sie in Richtung Kinderzimmer. Allmählich verstand Dana, warum ihre Mutter sich weigerte, diesen Mann länger zu ertragen. Demnächst würde sie Nini erklären müssen, dass Opa zwar alt genug war, um sein Essen selbst zu kochen, aber zu alt, um die Errungenschaften der Emanzipation zu respektieren.

Ratlos warf sie einen Blick auf den Tisch. Gulasch. Auch das noch. Sie hatte ganz vergessen, wie grauenerregend rohes Fleisch aussah. Und wie scheußlich es roch.

Emmas Gebell riss sie aus ihren trüben Gedanken. Zweifellos wartete die Dackeldame auf ein weiteres Stück Gulasch. Das Trockenlinsenbiofutter im Fressnapf hatte sie noch immer nicht angerührt.

»Meine Kleine, du gewöhnst dich noch an veganes Futter, ja?«, raunte Dana schmeichelnd. »Dies ist nur eine Ausnahme.«

Emma legte den Kopf schräg, auf diese hinreißende Art, als könnte sie jedes Wort verstehen. Dann schnappte sie gekonnt nach dem Stück Gulasch, das Frauchen ihr hinhielt.

Im selben Moment klingelte es. Dana richtete sich auf. Wer mochte das sein? Eine dunkle Vorahnung sagte ihr, dass es Paul sein könnte, mit seinen Kumpels im Schlepptau. Wenn der diesen Fleischberg sah, würde er kollabieren.

Schnell breitete sie eine Tischdecke über die Papierpäckchen, wusch sich die Hände und lief zur Tür.

»Was haben Sie sich nur dabei gedacht?«, schallte es ihr entgegen. »Eben habe ich eine Mail von einem gewissen Doktor Andresen bekommen. Sie wollen doch wohl nicht ernsthaft vor Gericht gehen, oder?«

Alexandra Müller-Mertens' ebenmäßiges Gesicht war wutverzerrt, ihre blutrot geschminkten Lippen bebten. Vermutlich bekommt sie eine saftige Provision, wenn sie mich hier schleunigst rausekelt, überlegte Dana. Und kauft sich davon eine neue Lederhandtasche.

»Wir leben in einem Rechtsstaat, deshalb habe ich den Rechtsweg beschritten«, erklärte sie kurz angebunden. »Alles ganz legal.«

»Sie werden sich noch wundern«, wetterte Alexandra Müller-Mertens. »Wir sind ein seriöses Unternehmen und kooperieren mit dem örtlichen Stadtentwicklungsamt. Die Bebauungspläne sind genehmigt, Sie sind nur vorübergehender Sand im Getriebe, Frau Twilling.«

»Wer zuletzt lacht, lacht am besten«, erwiderte Dana etwas lahm.

»Falsch. Wer zuletzt lacht, denkt zu langsam. Aber Ihnen wird das Lachen schon noch vergehen, glauben Sie mir. Wollen Sie mich nicht hineinbitten? Wir sollten diese Angelegenheit nicht zwischen Tür und Angel besprechen.«

»Sorry, Sie müssen leider draußen bleiben, es gibt nämlich nichts zu besprechen.«

Ein lautes Surren kündigte an, dass sich ungefragt ein weiterer Diskussionspartner näherte.

»Guten Tag, mein Name ist Herrmann Twilling, Oberstudienrat a. D., der Vater dieser jungen Dame«, stellte er sich vor. »Und mit wem habe ich bitte schön das Vergnügen?«

Irritiert betrachtete die Frau den tadellos gekleideten älteren Herrn im Rollstuhl.

»Müller-Mertens von der Immobilienfirma Pro Domo GmbH. Es geht um die fristlose Kündigung des Mietraums sowie des Gewerberaums im Erdgeschoss.«

Dana hielt den Atem an. Noch hatte sie ihrem Vater nichts von der Kündigung erzählt. Dass er es ausgerechnet von dieser schnippischen Dame erfahren musste, tat ihr in der Seele weh. Vor allem schämte sie sich. Immer hatte sie ihrem Vater beweisen wollen, dass sie es zu etwas bringen würde, nun aber wusste er, dass sie absolut gar nichts im Griff hatte.

Bei den Worten der Immobiliendame war Herrmann Twilling zusammengezuckt. Seine Hände begannen zu zittern. Wie ein Ertrinkender klammerte er sich an den Griffen seines Rollstuhls fest.

»Sie wollen also, dass meine Tochter, meine Enkelin und ich unsere Bleibe verlieren?«, fragte er mit brüchiger Stimme. »Haben Sie denn gar kein Verständnis für die schwierige Situation, in die Sie uns damit bringen?«

So aufgewühlt hatte Dana ihren Vater, den sonst kaum etwas aus der Fassung brachte, noch nie erlebt. Vermutlich begriff er soeben, dass sein neues Zuhause nicht von Dauer sein würde.

»Verständnis ist aus, ab jetzt gibt es Konsequenzen«, ereiferte sich Alexandra Müller-Mertens. »Wie Ihre Tochter schon sagte, leben wir in einem Rechtsstaat. Es handelt sich um eine rechtsgültige Kündigung im Rahmen geltender Gesetze. Sie machen sich strafbar, wenn Sie sich der Aufforderung widersetzen, die Wohnung sowie die Gewerbemietsache innerhalb der kommenden drei Wochen zu räumen.«

Herrmann Twilling wurde aschfahl im Gesicht. Einen Moment lang fürchtete Dana, ihr Vater könnte ohnmächtig werden. Doch er straffte sich wieder und nahm Haltung an.

»Frau Müller-Mertens«, knurrte er, »ich war mein Leben lang Beamter. Vierzig Jahre habe ich diesem Staat gedient. Demselben Staat, in dessen Namen Sie eine Familie zerstören wollen!«

Es war sehenswert, wie schnell der hochmütige Ausdruck in den Zügen von Alexandra Müller-Mertens tiefer Verunsicherung wich.

»Wer redet denn von zerstören?«, zirpte sie.

»Klar, abreißen ist natürlich ein kreativer Akt«, spottete Dana. »Dies war mal ein lebenswerter, gemütlicher Stadtteil. Leute wie Sie machen alles kaputt.«

Sie sah zu ihrem Vater, dessen Gesichtsfarbe auf einmal ins Violette spielte. Jetzt würde einer seiner gefürchteten Monologe kommen.

»Lassen Sie mich ein wenig ausholen«, begann er seinen Vortrag. »Die Erhaltung gewachsener Milieus ist eine gesellschaftspolitische Aufgabe. Mit anderen Worten: Städtebauliche Maßnahmen sollten stets im Einklang mit den gewachsenen Strukturen und möglichst unter Beteiligung der Bürger erfolgen. Partizipation, Frau Müller-Mertens, Partizipation ist das Zauberwort. Integrative Konzepte gehören zum Tafelsilber eines demokratisch verfassten Gemeinwesens. Selbst die griechischen Götter …«

Eine Welle von Stolz durchflutete Dana. Sonst fand sie die Belehrungen ihres Vaters immer völlig überflüssig, wenn nicht ausgesprochen lästig. In dieser Situation fühlte es sich einfach nur großartig an. Hingerissen beobachtete sie, wie der gerade noch so selbstgewissen Dame die Kinnlade runterfiel.

Sicherlich hätte Herrmann Twilling mindestens eine Viertelstunde ohne Punkt und Komma weitergesprochen, wenn nicht auf einmal Paul hinter Frau Müller-Mertens aufgetaucht wäre. Und nicht nur Paul. Gleich zwei seiner Freunde hatte er als Verstärkung mitgebracht.

»Was'n hier los? Flurparty?«, unterbrach er den Redestrom.

Wenn Danas Vater etwas nicht ausstehen konnte, dann unterbrochen zu werden. Als ehemaliger Lehrer war er es gewohnt, sich selbst zuzuhören, ohne Rücksicht auf das etwaige Desinteresse seines Publikums. Einen kurzen Moment lang schnappte er nach Luft, dann fixierte er Paul mit einem vernichtenden Blick.

»Sie!« Wild fuchtelte er mit dem rechten Zeigefinger in der Luft herum. »Sie haben hier nichts, aber auch gar nichts verloren! Ich bemühe mich gerade, diese Person mit ihrem moralisch unzulässigen Verhalten zu konfrontieren.«

Paul taxierte fachmännisch Frau Müller-Mertens' schlanke Formen in dem kobaltblauen, goldbestickten Kostüm, bevor er die Fäuste in die Hüften stemmte.

»Indem Sie die arme Frau totquatschen, oder was?«

»Bitte geh, Paul«, flehte Dana. »Du bist im falschen Moment am falschen Ort.«

»Ich will nur, was mir gehört!«, rief er. »Aber dalli! Sonst zeig ich euch mal, wo der Spaßfrosch die Locken hat!«

Es wurde ziemlich still im Flur. Lediglich das Geräusch quietschender Plastikräder auf knarrendem Parkett war zu hören. Es steigerte sich zu einem ohrenbetäubenden Lärm, als Leonie auf ihrem feuerroten Bobbycar heranbollerte.

»Was ist ein Spaßfrosch, Mami?«

»Na ich, wer sonst?«, lächelte Paul. »Hallo, Engelchen. Und? Verbietet sie dir immer noch die Würstchen?«

Langsam beschlich Dana das Gefühl, dass ihr Krisenmanagement nichts als neuerliche Konfliktherde heraufbeschwor. Wie war das noch? Hatte der Mondkalender nicht besagt, dass heute der Tag der emotionalen Altlasten sei? Höchste Zeit für eine fachgerechte Kompostierung.

»Wir müssen reden, Paul«, sagte sie leise. »So geht das nicht weiter.«

»Wie jetzt – reden? Wörter und so?«

Seine Kumpels grinsten dümmlich. Obwohl es erst früher Abend war, meinte Dana, das dezente Aroma von Bierfahnen zu riechen. Dazu hätte sie einiges sagen können, unterließ es aber mit Rücksicht auf Leonie. Am besten, sie stellte alles als eine Art Scherz hin.

»Kurze Durchsage von Käpt'n Niveau – wir sinken!«, rief sie so aufgeräumt wie möglich. »Alle müssen jetzt Rettungswesten anlegen und nach Hause gehen. Paul, ich packe dir deine Sachen in einen Karton und stelle ihn vor die Tür. Frau Müller-Mertens, ich muss Abendessen kochen. Sie sind nicht eingeladen.«

»Mama kocht Gulasch«, strahlte Leonie. »Aus richtigem Fleisch!«

»*Fleisch?*«, wiederholten Paul und Frau Müller-Mertens wie aus einem Mund.

Dana starrte Löcher in die Luft.

»Es fällt mir schwer, das nicht persönlich zu nehmen«, stieß Paul erbittert hervor. »Du zettelst einen Dschihad gegen Steaks an, stellst mir diesen Gemüsequatsch hin, und jetzt gibt's auf einmal Gulasch? Hast du dich komplett in den Irrsinn verabschiedet? Oder bist du endlich zur Vernunft gekommen?«

»Lass doch, Paul, komm, wir gehen einen trinken«, rief einer seiner Kumpels. »Vergiss das Ganze.«

»Erinnerungslücken sind die Belohnung am Boden einer Bierflasche«, fügte der andere hinzu.

Zaudernd stand Paul da. Offenbar hatte ihn die Sache mit dem

Gulasch tiefer getroffen als alles andere. Ja, Fleisch schien eine wahre Herzensangelegenheit für ihn zu sein. Erst als er von seinen Begleitern einen kräftigen Schubs bekam, fand er seine Sprache wieder.

»Ciao, du Bioterroristin«, sagte er gepresst. »In einer Stunde hole ich meine Sachen ab. Aber pass auf, dass alles vollständig ist. Hier ist die Liste.«

Er warf Dana einen zusammengeknüllten Zettel zu, den sie geistesgegenwärtig auffing und in die Hosentasche steckte. Dann wurde er von seinen Freunden untergehakt. Ihre Schritte polterten eine Weile auf den Treppenstufen, bevor es wieder ruhig wurde.

Alexandra Müller-Mertens hatte die ganze Zeit über keinen Ton gesagt. Jetzt öffnete sie ihre Handtasche, zog ihr Handy heraus und tippte eine Nummer ein.

»Ja, bin gerade bei Frau Twilling«, wisperte sie. »Sie hat ohne Genehmigung untervermietet, an einen gewissen Paul, äh«, sie blickte auf das Klingelschild, auf dem neben Danas Namen immer noch der Name ihres Exfreunds stand, »Wegmann. Das verstößt doch gegen den Mietvertrag und untermauert die Kündigung, richtig?«

Mist, verdammt. Vielleicht sollte ich Verträge demnächst durchlesen, bevor ich sie unterschreibe, dachte Dana wütend.

»Das war kein Untermieter!«, rief sie. »Das war …«

»Jetzt sag bloß nicht Lebensgefährte«, unterbrach sie ihr Vater. »Dieser Paul lebt nicht, er vegetiert.«

»Papa, bitte!«

»Mami, was hat Opa gesagt?«, fragte Leonie. »Paul ist ein Tier?«

»Jedenfalls hat Emma deutlich menschlichere Züge«, antwortete Herrmann Twilling.

Wie aufs Stichwort kam die Hündin angelaufen, fröhlich bellend, mit wackelnden Ohren. Abrupt blieb sie vor der Besucherin stehen und kläffte sie an. Frau Müller-Mertens riss ihr Handy hoch. Es klickte mehrmals.

»Hübsche Beweisfotos. Haustiere sind in diesem Objekt nämlich ebenfalls untersagt. Falls Sie die Stirn haben zu klagen, Frau Twilling, wird der Richter Ihre Verstöße gegen den Mietvertrag sehr, sehr ernst nehmen.« Sie fotografierte das Türschild mit Pauls Namen. »So, das hätten wir.«

»Machst du auch ein Foto von mir?«, erkundigte sich Leonie. Sie streckte ihre Beine in die Höhe. »Guck mal, ich habe rosa Glitzerschuhe bekommen.«

Das zarte Stimmchen von Leonie ließ Frau Müller-Mertens innehalten. Unbehaglich musterte sie das kleine Mädchen auf dem Bobbycar. Die hat bestimmt keine Kinder, schoss es Dana durch den Kopf. Und bestimmt mag sie keine Kinder. Doch Alexandra Müller-Mertens' Züge wurden weich.

»Wer bist du denn?«

»Ich bin Nini. Soll ich dir mein Zimmer zeigen? Ich habe ganz viele Barbies. Sogar das Barbie-Traumhaus!«

»Barbies ...« Etwas in dieser eiskalten Dame schien zu schmelzen. »Die hatte ich früher auch mal.«

Sieht ja auch aus wie eine XL-Barbie, dachte Dana. Genauso überschlank, genauso feingemacht, genauso plastikmäßig.

»Ein andermal, Nini«, sagte sie resolut. »Frau Müller-Mertens muss jetzt gehen.«

»Kommt sie wieder?«, fragte Leonie.

»Wenn deine Mami es erlaubt, besuche ich dich demnächst«, erwiderte Alexandra Müller-Mertens zu Danas größter Überraschung.

Was sollte das denn heißen? Sie schaute genauer hin. Und dann sah sie den harten, resignierten Zug um den Mund, ein unmerkliches Zucken. Waren das Spuren eines Lebens, in dem es eine Leerstelle gab? Sollte sich hinter der Fassade aus Marmor etwa eine Frau verbergen, die sich vergeblich Kinder wünschte?

»Ich glaube nicht, dass Sie ein geeigneter Umgang für meine Enkelin sind«, meldete sich Herrmann Twilling zu Wort.

Auf der Stelle verhärteten sich die Gesichtszüge von Alexandra Müller-Mertens wieder.

»Und was soll sie von einem Beamten wie Ihnen lernen? Wie man auf Staatskosten faulenzt?«

»Frechheit! Wir Beamte sind die Stützpfeiler, was sag ich, die Träger der Nation!«, rief Danas Vater außer sich.

»Genau. Einer ist träger als der andere«, stichelte Frau Müller-Mertens. »Wie ich sehe, kommen wir in keinen Dialog. Sie hören von unseren Anwälten.«

Geräuschvoll schloss sie die Tür von außen. Es klang wie ein Ausrufezeichen. Vollkommen perplex starrte Herrmann Twilling auf den abgesplitterten Lack des Türblatts.

»Nimm es dir nicht zu Herzen«, tröstete Dana ihn. »Diese Frau hat es nicht verdient, dass man auch nur einen Gedanken an sie verschwendet.«

Leonie drehte eine ihrer Locken um den Finger.

»Aber sie ist superschick, Mami. Hast du gesehen? Da war ganz viel Gold auf dem Kleid. Und sie ist so schön wie Affendite.«

»Aphrodite«, wurde sie von ihrem Großvater korrigiert, der Nini offenbar schon tief in die Götter- und Sagenwelt der griechischen Mythologie geführt hatte.

»Mami, warum bist du nicht schick?«

Jetzt nur nicht die Nerven verlieren, dachte Dana. Nini meint es nicht böse.

»Weil ich …«

Irgendwie fiel ihr nichts ein. Abgesehen davon, dass sie bei Kleidung Wert auf das Ökosiegel legte oder aus Recyclinggründen secondhand kaufte, gab es keine Entschuldigung für langweilige T-Shirts und ausgetretene Latschen. Natürlich hätte sie niemals ein goldbesticktes Kostüm angezogen, dennoch durchzuckte sie plötzlich ein niederschmetternder Gedanke. Habe ich über dem permanenten Existenzkampf etwa meine Weiblichkeit vergessen?

»Du könntest wirklich etwas mehr Wertschätzung für die exzellenten Gene zeigen, die deine Mutter und ich dir vererbt haben«, sagte Herrmann Twilling. »Zum Beispiel durch ansprechende Kleidung.«

»Danke, dass du mich nach jeder Niederlage wieder aufbaust«, fauchte Dana.

»Schon gut.« Ihr Vater wendete den Rollstuhl. »Erwähnte ich bereits, dass ich einen Bärenhunger habe?«

7

Was für ein ekelhafter Gestank! Dana riss alle Fenster auf. Um des lieben Friedens willen hatte sie gegen ihre obersten Prinzipien verstoßen und tatsächlich ein Gulasch gekocht. Jetzt zogen übelriechende, fettige Schwaden durch die Wohnung, ein totes Tier befand sich zersäbelt im Schmortopf und ihre Laune im Keller.

Wie das Zusammenleben mit einem Mann weitergehen sollte, der an der primitiven Raubtierernährung festhielt, war ihr ein Rätsel. Keinesfalls würde sie jetzt Tag für Tag mit Fleisch herumhantieren. Niemals! Auch wegen Leonie. Immerhin aß Nini nach einer endlos langen Trotzphase mittlerweile das eine oder andere Gemüse und akzeptierte Sojabratlinge als Bulettenersatz. Diese schönen Erfolge hatte der liebe Opa im Handstreich zunichtegemacht.

Mürrisch schaute Dana zu, wie es sich ihre Tochter und ihr Vater schmecken ließen. Die Mandel-Tagliatelle betrachteten die beiden als Beilage, die man auch gleich weglassen konnte. Stattdessen konzentrierten sie sich auf den barbarischen Akt, ein Lebewesen zu verspeisen.

»Lecker, Mami!«, rief Leonie begeistert.

»Recht gelungen«, befand Herrmann Twilling. »Eine Prise Salz fehlt vielleicht.«

Dana stellte ihm einen Tontopf hin und nahm den Deckel ab.

»Bevor du fragst – das ist Himalaya-Salz. Es enthält Mineralien und Spurenelemente des Urmeers und ist damit weit wertvoller als gereinigte und gebleichte Industrieprodukte. Das Beste daran sind die energetischen Schwingungen, die denen des menschlichen Körpers entsprechen, wodurch die Vitalfunktionen harmonisiert werden.«

Neugierig spähte ihr Vater in den Tontopf, in dem zartrosa Salzkristalle lagen.

»Schwingungen, aha, deshalb die komische Farbe.«

»Das ist ionenhaltiges Eisenoxid, Papa.«

»Von Eisen wird man groß und stark«, versicherte Leonie, die ihre Portion in null Komma nix verschlungen hatte. »Darf ich spielen gehen, Mama?«

»Klar. Aber putz dir vorher bitte die Zähne.«

Während Leonie ins Badezimmer lief, lud sich Herrmann Twilling eine weitere Kelle Gulasch auf den Teller.

»Du siehst, mein Kind, Fleisch ist kein Teufelszeug. Wir sind wohlauf. Offen gestanden verstehe ich nicht, warum du solch einen Glaubenskampf um das Essen veranstaltest. Damals, in der schlechten Zeit nach dem Krieg, wären wir über solche Fleischportionen froh gewesen. Ich bin nur mit Steckrüben und Kartoffeln groß geworden.«

»Vielleicht ist das der Grund, warum du dich heute einer bemerkenswerten Gesundheit erfreust«, erwiderte Dana.

Ihr Vater tunkte ein Stück Gulasch in die Sauce. Er tat es mehrmals und ziemlich lange. Dann legte er die Gabel auf den Teller.

»Findest du nicht, dass du mir allmählich reinen Wein einschenken solltest? Du hast Probleme. Aber mir sagst du kein Sterbenswort. Nun mal raus mit der Sprache: Was ist hier eigentlich los?«

Das nannte man wohl »den Finger in die Wunde legen«. Verdrossen dachte Dana an ihre ältere Schwester, die ihr immer als leuchtendes Beispiel vorgehalten wurde: Germanistikstudium, Promotion, Professur an einer berühmten Universität. So sahen Lebensläufe aus, die Gnade vor den strengen Augen ihres Vaters fanden. Und sie? War drauf und dran, alles zu verlieren. Doch es hatte keinen Sinn, ihm länger die Erfolgsstory vorzuspielen.

Mit stockender Stimme berichtete Dana von der Kündigung und von dem seit Monaten leeren Lokal. Regungslos hörte Herrmann Twilling zu. Danach betrachtete er sehr lange seine dunkelblaue Krawatte mit den kleinen goldenen Wappen.

»Du hast also zu keinem Zeitpunkt in Erwägung gezogen, mich um Hilfe zu bitten?«, brach er schließlich das Schweigen.

Dana war völlig überrumpelt. »Dich?«

»Na, hör mal, ich bin dein Vater!«

»Ja. Mein Vater, der mir nichts als Belehrungen und Ermahnungen mit auf den Weg gegeben hat«, sagte Dana leise. »Der immer gegen alles war, was ich wollte. Und der nur darauf gewartet hat, dass ich scheitere.«

Mit gesenktem Blick saß Herrmann Twilling da.

»So siehst du mich also?«

Dana atmete schwer. Eigentlich war sie erleichtert, weil sie nach all den Jahren aussprach, was sie belastete: Eltern, die nicht zu ihr hielten, sondern immer nur alles besser wussten.

»Ich deute dein Schweigen als Ja.« Ihr Vater spielte mit dem Startknopf des Rollstuhls. Ein. Aus. Ein. Aus. Jedes Mal surrte es kurz. »Eine ernüchternde Bilanz.«

Dem gab es nichts hinzuzufügen. Dana stand auf und begann, den Tisch abzuräumen. Während sie innerlich Paul verwünschte, weil er die Spülmaschine mitgenommen hatte, schlug Herrmann Twilling so heftig mit der Faust auf den Tisch, dass die Gläser klirrten.

»Ich bin dein Vater, und ich werde dir helfen!«

Vor lauter Schreck fiel Dana das Besteck aus der Hand.

»Du?« Sie schüttelte den Kopf. »Ich will dein Geld nicht. Ich will es allein schaffen.«

»Wer redet denn von Geld?«

»Wovon redest du?«

Ihr Vater lockerte seine Krawatte. Ein Ausdruck äußerster Entschlossenheit trat in sein Gesicht.

»Die Begegnung mit dieser arroganten Vertreterin des Kapitals hat mich schwer getroffen. Bezeichne mich gern als altmodisch, aber ich glaube an Werte. Zwar teile ich nicht deine Weltanschauung, muss aber anerkennen, dass du mit guten Absichten handelst. Daher kann ich nicht hinnehmen, dass beim Duell von Idealismus und Materialismus Letzterer die Oberhand behält.«

Doller Vortrag. Dana ging in die Hocke und sammelte das heruntergefallene Besteck ein.

»Du meinst also, du willst deine abstrakten Werte verteidigen, nicht deine Tochter?«

»Wenn ich das gemeint hätte, dann hätte ich es gesagt, mein Kind. Leider muss ich zugeben, dass wir beide nie ein sonderlich inniges Verhältnis hatten.« Er seufzte tief. »Das lässt sich ändern. Es ist nie zu spät.«

Scheppernd landete das Besteck in der Spüle. Dana ließ Wasser in das Becken laufen und fügte einige Spritzer umweltfreundliches Geschirrspülmittel auf Orangenbasis hinzu.

»Zu spät für was? Wie stellst du dir denn deine Beteiligung am Duell zwischen Materialismus und Idealismus vor? Eine Gulaschkanone abfeuern?«

»Spar dir deinen Sarkasmus«, antwortete Herrmann Twilling. »Ich bin alt und sitze im Rollstuhl, aber mein Hirn ist ein bestens trainierter Muskel.«

Den letzten Satz hatte Dana schon mindestens hundertmal von ihrem Vater gehört. Möglicherweise tausendmal. Aber es war nie mehr dabei herausgekommen als die ausufernden Vorträge eines Lehrers, der sich mächtig viel auf sein Wissen einbildete. Seine Schüler hatten ihn heimlich Bedeutungskasper genannt. Ihre Mutter stand in dieser Hinsicht nicht viel besser da. Theoretisch wusste sie, wie das Leben funktionierte, aber praktisch? Auch sie hatte Dana immer nur belehrt, statt ihr tatkräftig unter die Arme zu greifen.

»Fehlt nur noch, dass du sagst: Wissensdurst ist die flüssige Form von Bildungshunger. Mit solchen Sprüchen hast du mich ein Leben lang abgespeist.«

Herrmann Twilling ignorierte ihren bitteren Tonfall.

»Wissen ist Macht, mein Kind. Wir müssen systematisch vorgehen. Alles über diese Immobilienfirma herausfinden, die Gesetzeslage studieren, Lücken finden …«

»Dafür ist es nun wirklich zu spät, Papa«, entgegnete Dana. »Wir haben nur noch drei Wochen.«

»Schön, dass du ›wir‹ sagst. Nun, ich sehe ein, dass ich mir die juristischen Details nicht binnen kurzer Zeit aneignen kann …«

»Lass gut sein. Ich habe einen Anwalt engagiert«, fiel Dana ihm ins Wort.

»Und? Bist du sicher, dass du gewinnst?«

Dana ließ die Spülbürste sinken, mit der sie das Besteck abgeschrubbt hatte. War sie sicher? Dieser Andresen machte den Eindruck eines gewieften Profis, aber Dana wusste, dass der Optimismus zum Anwaltsberuf gehörte wie der Bohrer zum Zahnarzt. Ohne Optimismus keine Klienten.

»Nein, bin ich nicht«, gab sie zu.

»Womit wir eine alternative Taktik ins Auge fassen sollten. Ich bin nur ein unnützer Rollstuhlfahrer, aber vielleicht kann ich ja dennoch deiner Sache dienen. Jedenfalls bin ich zu allem bereit. Auch zu …«, Herrmann Twilling hüstelte, »… nicht ganz legalen Tricks.«

Das war ein Paukenschlag. Dana ließ die Spülbürste ins Abwaschwasser gleiten und drehte sich um.

»Papa!«

Der Atem des alten Herrn ging plötzlich stoßweise. Auf seiner Stirn erschienen Schweißperlen. Hektisch zerrte er sich die Krawatte vom Hals und warf sie auf den Tisch.

»Ich war immer korrekt! Ich habe mir nichts zuschulden kommen lassen! Trotzdem hat mich deine Mutter rausgeworfen, und jetzt steht mir der nächste Rauswurf bevor! Das lasse ich mir nicht bieten! Schon gar nicht von einer Bildungsbanausin wie dieser Müller-Mertens! Und ich will auch nicht, dass du es dir bieten lässt!

Ich bin zu allem bereit! Wir werden kämpfen! Mit harten Bandagen!«

Hm. So recht wusste Dana nicht, was sie von diesem Temperamentsausbruch halten sollte. Noch weniger konnte sie sich vorstellen, wie ihr Vater kämpfen wollte. Doch es tat unendlich gut, seine Unterstützung zu spüren.

Daraufhin tat Dana etwas, was sie noch nie getan hatte: Sie ging zu ihrem Vater, beugte sich über ihn und umschlang seine Schultern mit ihren Armen.

»Danke, Papa.«

Seine Augen wurden feucht.

»Nicht der Rede wert. Wir sitzen in einem Boot. Jetzt mal von Seemann zu Seemann: Du gehst runter ins Lokal, ich erledige den Abwasch.«

»Hab mich wohl verhört«, murmelte Dana.

»Nein, nein, es hat alles seine Richtigkeit. Du bist eine hart arbeitende Frau, ab jetzt gehe ich dir etwas zur Hand. Das ist das mindeste, was ich für dich tun kann. Bestell auch gleich den Babysitter ab. Heute Abend kümmere ich mich um Nini.«

Wäre Herrmann Twilling aus seinem Rollstuhl aufgestanden und hätte einen Salto vollführt, Dana hätte nicht verblüffter sein können. Das war doch nicht ihr Vater, der ewige Obermacho!

»Nun geh schon«, insistierte er. »Und zieh dir was Nettes an. Deine Gäste werden es dir danken.«

Holla. Dana wollte gerade einwenden, sie habe ihren Stil gefunden, praktisch, ökologisch und basta, als ihr Jens Andresen einfiel. Warum nicht zur Abwechslung mal die weibliche Jokerkarte ausspielen? Sie könnte ja heute Abend ihr einziges Kleid anziehen, das mit den blauen Blümchen. Je mehr sich dieser smarte Anwalt für sie interessierte, desto mehr würde er sich für sie ins Zeug legen. Dass er sich für einen Womanizer hielt, konnte sie durchaus als Trumpf benutzen.

Herrmann Twilling schob seine Tochter sanft von sich weg.

»Ich schaffe das schon mit dem Abwasch.«

»Du bist schwer in Ordnung, Papa, weißt du das eigentlich?«, hauchte sie.

Er schmunzelte zufrieden, während er sich eine Träne aus dem Augenwinkel wischte.

»Das scheint ein Kompliment zu sein.«

Dana strich ihm über die Wange. Dann lief sie schnell aus der Küche, bevor sie selbst so sentimental wurde, dass sie Tränen vergoss.

Es rührte sie zutiefst, wie sehr sich ihr Vater um sie bemühte. Was für eine wunderbare Annäherung. Und was für ein wundersamer Sinneswandel. Falls die neuen Ansichten ihres Vaters mehr als eine vorübergehende Laune waren, konnte man sogar von einer kleinen Notgemeinschaft sprechen. Ganz egal, was passieren würde, dieses Glück hatte sie paradoxerweise ihrem Unglück zu verdanken.

Auf Zehenspitzen schlich Dana den Flur entlang und spähte ins Kinderzimmer. Leonie spielte in sich versunken mit ihren Barbie-Puppen.

»Paul ist ein Spaßfrosch«, ließ sie ihre Lieblingsbarbie sagen, eine hochblondierte Prinzessin im Spitzenkleid.

»Was ist das denn?«, fragte die Krankenschwesterbarbie mit Leonies verstellter Stimme.

»Das ist ein Tier, das aussieht wie ein Mensch. Paul sagt komische Sachen, aber er hat Mami lieb.«

An dieser Stelle hörte Dana auf zu atmen.

»Quatsch«, kicherte die Krankenschwesterbarbie, woraufhin die blonde Prinzessin naseweis erklärte: »Wenn du jemanden ärgerst, dann findest du den nämlich in Wirklichkeit toll. Ich ärgere auch immer Dennis im Kindergarten. Weil – ich trau mich nicht.«

»Was denn?«

»Ich möchte ihm einen dicken Knutscher geben, hihi. Und Dennis ärgert mich auch ganz doll.«

Reglos lehnte Dana am Türrahmen. Einerseits fand sie es bemerkenswert, dass Leonie den alten Satz *Was sich neckt, das liebt sich* ganz locker aus eigener Anschauung erläuterte. Andererseits lehnte sich alles in ihr dagegen auf, es könnten zwischen ihr und Paul noch Gefühle im Spiel sein. Aber hieß es nicht auch, Kindermund tue Wahrheit kund?

»Hallo, Schätzchen«, sagte sie sanft.

Leonie sah zur Tür. »Spielst du mit mir?«

Obwohl die Zeit drängte, setzte sich Dana zu ihrer Tochter auf den flauschigen blauen Teppich. Solche Momente waren wichtig. Nähe. Vertrautheit. Kleine Inseln im Sturm des Lebens. Zärtlich streichelte sie Leonies Locken.

Dass ihr Kind verrückt nach Barbie-Puppen war, fand Dana natürlich nicht gerade erhebend, schon allein wegen des verqueren Frauenbilds. Sie tröstete sich damit, dass es auch berufstätige Barbies gab – Krankenschwestern, Stewardessen, sogar eine Plätzchenbäckerin. Doch wie alle kleinen Mädchen liebte Nini am meisten die Glitzerweibchen, die *Magische Meerjungfrau* zum Beispiel, oder eben die *Superprinzessin* im violett-türkisfarbenen Abendkleid.

Leonie griff zu einem blonden Prinzen aus der Barbiewelt, in blauer Phantasieuniform und mit einer goldenen Krone auf dem Kopf.

»Guck mal, Mami, der sieht aus wie Paul.«

Uff. Der perfekte Anlass für ein pädagogisch wertvolles Gespräch. Kontinuität, Dana, Kontinuität! Das hatte jedenfalls Frau Dieckmann-Elmenreich angemahnt.

»Weißt du, Nini, Paul ist im Moment ein bisschen durcheinander, aber er wird immer ein Teil unseres Lebens bleiben. Und ich weiß, dass er dich lieb hat, auch wenn er nicht mehr bei uns wohnt.«

In Leonies Augen zeigte sich ein eigentümlicher Glanz.

»Wirklich, Mami?«

»Na, was denkst denn du?«, erwiderte Dana. »Manchmal funktioniert es leider nicht so gut zwischen Männern und Frauen, dann muss man sich eben trennen. Trotzdem ist es wunderschön, wenn man sich verliebt. Man muss einfach warten, bis der echte Prinz kommt.«

War das pädagogisch wertvoll? Was hätte wohl Dicki zu dieser etwas holprigen Erklärung gesagt?

»Wann kommt denn dein Prinz?«, fragte Leonie.

Gute Frage. Eine ehrliche Antwort wäre gewesen, dass Prinzen so wenig existierten wie der Weihnachtsmann. Dana hatte es längst aufgegeben, auf den Helden in schimmernder Rüstung zu warten, der sie auf sein Schloss führte. Die Idee, ein Mann könne alle Probleme lösen und das Leben in eine Zauberwelt verwandeln, hielt sie ohnehin für rückständig. Sie war schon froh, wenn ein Mann auftauchte, mit dem sie einigermaßen zurechtkam. Sie wollte respektiert werden, nicht erlöst.

»Mein Prinz … tja, der kommt genau dann, wenn es so weit ist«, antwortete sie vage. »Jetzt ist erst mal Opa da. Ist es in Ordnung, wenn ich dem Babysitter absage und Opa dich ins Bett bringt?«

»Ja! Liest er mir auch eine Geschichte vor?«

Leonie liebte Benjamin Blümchen, ihr Großvater Zeus, Merkur und Aphrodite. Sie würden sich arrangieren. Danas Tochter hatte es drauf, sanft, aber unnachgiebig ihre Interessen durchzusetzen, das wusste Dana nur zu gut.

»Ganz bestimmt.« Sie hauchte einen Kuss auf Leonies Lockenkopf. »Bis morgen früh, mein Liebling. Schlaf schön.«

Etwas schwerfällig erhob sie sich und steuerte das Badezimmer an. Paul sagt komische Sachen, aber er hat Mami lieb, hallte es durch ihren Kopf.

Ja, anfangs war sie von Paul fasziniert gewesen, gerade deshalb, weil er so anders war als die Männer aus ihrer Familie: kernig, kerlig, aber mit Herz. Dummerweise hatte sich sein Herz Stück für Stück verabschiedet. Und kernig und kerlig, das reichte nun einmal nicht.

Im Badezimmer zog Dana ihre Klamotten aus, duschte eilig und sprühte nach dem Abtrocknen ein wenig Vanilleessenz aus nachhaltigem Anbau hinter die Ohrläppchen.

Beim Gedanken an Jens Andresen trug sie eine Extradosis Lipgloss auf. Gottlob war es gesundheitlich unbedenklich. Dana hatte mal gelesen, dass eine Frau im Laufe ihres Lebens durchschnittlich zehn Lippenstifte runterschluckte. Bei ihrem Lipglosskonsum waren es vermutlich ein paar Liter Gloss, die in ihren Magen wanderten.

Mit diesen merkwürdigen Überlegungen räumte sie ihre Jeans und das T-Shirt in den Wäschekorb, als ein zusammengeknüllter Zettel aus der Hosentasche der Jeans fiel. Aha, dachte sie, Pauls Liste. Sie strich das zerknitterte Papier glatt. In Pauls leicht ungelenker Handschrift stand darauf geschrieben:

Taucheruhr
Adressbuch
Siegerurkunde
Fan-T-Shirt
Ich will dich zurück, Schnuckelhase.

8

»**Du probieren, Dana**, habe ich Ingwer zu Algen-Tofu-Pfanne kombiniert! Und Mark von Tomaten in Brennelpetto gerührt – schmeckt wie neu.«

Es war kurz vor sieben, in wenigen Minuten würde das Bistro Paradies für die Abendgäste öffnen. Wie immer hatte Hung Tai die Mittagsgerichte variiert, um für Abwechslung zu sorgen und damit bei den Gästen nicht der Eindruck aufkam, die Abendkarte sei so etwas wie die kulinarische Resterampe des Mittagessens. Erwartungsvoll blickte er Dana an.

»Brennnesselpesto«, verbesserte sie Hung Tai. »Tut mir leid, ich kriege gerade nichts runter. Später vielleicht.«

In ihrem Herzen tobte ein Sturm, dessen Ausläufer soeben ihren Magen erreichten. Sie wurde einfach nicht schlau aus den Männern. Warum hatte Paul diesen komischen Zettel geschrieben? Und welche Absichten verfolgte Jens Andresen mit seinem Besuch im Bistro Paradies? Wirklich nur berufliche? Sie war vollkommen durcheinander.

»Du sehen hübsch aus«, lächelte Hung Tai. »Kommen heute Abend gewisse Philipp?«

Dana strich ihr Kleid glatt. Das mit den blauen Blümchen. Ein bisschen zu weit ausgeschnitten, aber nun mal das einzige, das sie besaß.

»Ich weiß nicht, ob Philipp erscheint«, antwortete sie, während sie vergeblich versuchte, nicht rot zu werden. »Auf jeden Fall aber dieser Anwalt, Jens Andresen.«

Forschend ruhten Hung Tais Augen auf ihrem Gesicht.

»Mit Liebe Menschen verlieren Verstand, mit Sorgen sie verlieren Appetit, sagt alte vietnamesische Sprichwort. Was sagen Anwalt?«

»Dass ich vor Gericht gehen soll. Er meint, meine Aussichten seien ziemlich gut.«

»Anwälte immer so sagen«, orakelte Hung Tai. »Vorsicht mit Anwalt.«

So weit waren Danas Überlegungen auch schon gediehen. Und das galt nicht nur in juristischer Hinsicht.

Hung Tai legte seine Stirn in Falten.

»Sagt vietnamesische Sprichwort: Du verlieren Prozess, dann verlieren vierzehn Taler; du gewinnen Prozess, du verlieren fünfzehn Taler.«

»Verstehe ich nicht.«

»Du denken meine Worte«, sagte Hung Tai düster. »Richter nicht liebe Gott. Richter ist Mensch, und Menschen schwach. Wir müssen anders machen: Tiger am Schwanz ziehen!«

Was wohl so viel bedeutete, wie auf eigene Faust gegen das drohende Ungemach anzugehen. Über etwas Ähnliches dachte Dana seit ihrem Besuch bei Eddy nach. Die ungewohnt kämpferische Attitüde ihres Vaters hatte ihren Grübeleien weitere Nahrung gegeben, und vollends Hung Tais Worte bestärkten sie in der Überzeugung, die eine oder andere außergerichtliche Maßnahme könne nicht schaden.

Nur, dass sie keinen Mut dazu aufbrachte. Sie durfte sich nicht das Geringste zuschulden kommen lassen, sonst würde sie nie wieder ein Lokal eröffnen können.

Ein wenig zerstreut betrachtete sie die Küche und stutzte. Seit sie Sermin, ihre langjährige Putzfrau, nicht mehr bezahlen konnte, schrubbte sie den Raum nach Feierabend immer selber. Doch er befand sich bereits im Bestzustand. Kein Krümel lag auf der Arbeitsfläche, kein eingebrannter Saucenrest zierte den Herd, sämtliche Kochgeräte hingen ordentlich aufgereiht an der Wand. Und keine Spur von verdächtigem Fleisch. Offensichtlich hatte Hung Tai einen großen Teil seiner Pause damit verbracht, alles auf Hochglanz zu polieren.

»Respekt, du hast ja ein Großreinemachen veranstaltet«, lobte sie den Koch. »Danke schön!«

»Bitte schön. Gastraum auch saubergemachen. Viele, viele Spinnweben.«

Wenn ich ihm doch nur etwas mehr zahlen könnte, dachte Dana. Aber dafür brauchte sie mehr Gäste, mehr Umsatz und nicht zuletzt ein Restaurant, das von Abrissbirnen verschont blieb. Sie nahm eine frische Schürze aus dem Schrank und band sie sich um. Noch eine Portion Lipgloss, ein Blick in den Spiegel neben der Arbeitsplatte, und sie war bereit, die Eingangstür zu öffnen.

Schon auf dem Weg ins Lokal sah sie den Widerschein gelber Blinklichter. Der gesamte Gastraum war in gelbes Flirren getaucht wie eine Kirmesbude. In Windeseile lief Dana zur Glastür und schloss sie auf.

Draußen auf der Straße stand ein Kleinlaster, auf dem sich zwei gelbe Warnlampen drehten. Zwei Männer in Arbeitskleidung luden rot-weiße Gitter ab.

»Hallo, was machen Sie da?«, rief Dana.

»Absperren«, erwiderte einer der beiden gleichmütig. »Hier soll ja demnächst abgerissen werden. Wir sichern schon mal das Gelände.«

Von wegen sichern. Die Abbrucharbeiten sollten frühestens in drei Wochen beginnen! Bestimmt ein Einschüchterungsversuch von Frau Müller-Mertens. Und eine massive Behinderung des Restaurantbetriebs. Jeder Gastronom wusste, dass eine Baustelle vor der Tür – selbst eine, die keine war – die Gäste abschreckte.

»Sie können Ihre Absperrungen gleich wieder einpacken«, sagte Dana wutschnaubend. »Kein Bedarf.«

Der Mann nahm sein Käppi ab und kratzte sich am Kopf.

»Auftrag ist Auftrag. Wir müssen sogar extra Überstunden nach Feierabend schieben, weil es so dringend ist. Und jetzt aus dem Weg, junge Frau.«

Zusammen mit seinem Kollegen wuchtete er eines der Absperrgitter hoch und stellte es direkt vor den Eingang. Am liebsten hätte Dana dem Ding einen kräftigen Tritt verpasst. Die durften doch nicht ihr Lokal verbarrikadieren! Sie überlegte noch, was sie dagegen tun könnte, als ein elegant gekleideter Herr locker über das Gitter flankte und vor ihren Füßen zum Stehen kam.

»Einen schönen guten Abend, Frau Twilling.« Trotz seiner sportlichen Einlage war Jens Andresen überhaupt nicht außer Atem. »Haben Sie Ihr Bistro extra für mich neu dekoriert?«

»Das ist eine Schikane von dieser unterirdischen Müller-Mertens«, grummelte Dana. »Ein Gäste-Verhinderungs-Trick. So eine blöde Schnepfe.«

»Müller-Mertens?«, wiederholte der Anwalt. »Diese Dame hat mir heute gleich drei Mails geschickt. Und zwar nicht gerade freundliche. Ist die immer so, oder handelt es sich um eine Privatfehde zwischen zwei Frauen?«

»Für einen Anwalt haben Sie deutlich zu viel Phantasie. Denken Sie lieber mal darüber nach, wie ich die Dinger hier wieder loswerde.«

Jens Andresen verzog das Gesicht.

»Das müsste ich in Ruhe recherchieren. Eigentlich hatte ich mich auf Gaumenfreuden eingerichtet. Und auf Sie.« Interessiert glitt sein Blick über ihr üppiges Dekolleté. »Hübsches Kleid übrigens.«

So viel zum Thema anwaltlicher Beistand. Dana konnte sich gerade noch beherrschen und machte eine einladende Handbewegung.

»Na dann – hereinspaziert in mein veganes Paradies. Sie werden es nicht bereuen.«

Eine gewisse Skepsis war Jens Andresen anzumerken, als er das Lokal betrat. Schon nach wenigen Schritten blieb er stehen. Fassungslos musterte er das abgewetzte Mobiliar, die lose baumelnden Elektroleitungen, die schadhaften Bambusrollos.

»Wenn das das vegane Paradies ist, wie sieht dann erst die vegane Hölle aus? Und wieso riecht das hier so komisch?«

Alles klar. Einer aus der Fleisch-ist-mein-Gemüse-Abteilung. Hätte ich dir auch gleich sagen können, feixte Danas innere Stimme.

»Ich werde sofort renovieren, wenn wir den Prozess gewinnen«, sagte sie schnell. »Aber bis dahin …«

»… glauben Sie im Ernst, diese Bruchbude könnte Gäste anlocken?«

Sie spürte den bohrenden Blick des Anwalts fast körperlich. Was hatte er denn erwartet? Ein geschniegeltes In-Restaurant? Ein hippes Deli? Gut, das Bistro Paradies konnte man kaum als gepflegten Esstempel bezeichnen, aber das Wort Bruchbude war nun wirklich ziemlich hart. Auch Alexandra Müller-Mertens hatte es benutzt.

»Meine veganen Speisen reißen alles raus«, verteidigte sich Dana. »Das sind doch nur Äußerlichkeiten.«

Andererseits – wenn sie ehrlich war, musste sie sich eingestehen, dass neunzig Prozent der Leute, die hier zufällig reinkamen, erschrocken nach der nächsten McDonald's-Filiale fragten. Selbst gekachelte Fastfood-Schuppen schienen eine gemütlichere Atmosphäre zu bieten als das Bistro Paradies.

»Äußerlichkeiten nennen Sie das.« Jens Andresen begutachtete die Elektroleitungen. »Ich nenne es Totalschaden. Herrje. Haben Sie mal daran gedacht, alles hinzuschmeißen?«

»Ja, ungefähr alle drei Minuten«, seufzte Dana. »Wollen Sie sich nicht setzen? Heute freie Auswahl.«

Jens Andresen nahm am nächststehenden Tisch Platz, nachdem er prüfend mit der linken Hand über die Sitzfläche des Stuhls gewischt hatte.

»Hier ist alles sauber«, versicherte Dana. »Mein Koch hat heute ausgiebig den Putzlappen geschwungen.«

Der Anwalt holte sein Handy aus der Hosentasche und legte es auf den Tisch.

»Nur damit das mal klar ist: Ich bin passionierter Fleischesser, weil mir die niedlichen kleinen Tofus so leidtun.«

Haha. Dana kannte Sprüche dieser Art zur Genüge. Besser, sie ignorierte die Bemerkung und hüllte sich in Schweigen. Aus der Küche wehten die Klänge von elektronischem Gedudel und krachenden Explosionen. Immer wenn Hung Tai sich langweilte, holte er seine Spielkonsole aus der Tasche und zog sich ein Ballerspiel rein. In Ermangelung von Gästen langweilte er sich ziemlich oft.

»Möchten Sie einen Aperitif?«, erkundigte sich Dana.

»Auf den paradiesischen Schreck einen Wodka-Tonic«, antwortete der Anwalt konsterniert. »Haben Sie so was?«

»Fehlanzeige. Wodka wird mit Milch filtriert, wussten Sie das nicht?«

»Nein.« Er trommelte mit den Fingern aufs Tischtuch. »Campari-Orange?«

»Campari wird mit Läuseblut gefärbt. Ich empfehle Ihnen einen geeisten Ingweraufguss mit Minze oder einen Vitaltrunk aus Sojamilch, Sanddornsaft, Kokosöl …«

»Sekunde.« Danas Gast wirkte so versteinert, dass er jedem Bestattungsunternehmer Konkurrenz gemacht hätte. »Das heißt, wenn man bei Ihnen was Anständiges trinken will, muss man die Flasche selbst mitbringen?«

Noch immer flackerten gelbe Lichter durch den Raum. Das Gedudel aus der Küche wurde lauter. Dana huschte zur Musikanlage und legte eine CD mit Entspannungsmusik ein. Zart geklimperte Klavierklänge, untermalt von Meeresrauschen und dem Gesang der Wale. Die besänftigende Wirkung der Musik ließ jedoch auf sich warten.

»Aufguss. Vitaltrunk.« Jens Andresens Mundwinkel zeigten steil nach unten. »Wie sich das schon anhört – nach Stützstrümpfen und Nierentee.«

»Ich könnte Ihnen einen veganen Wein anbieten«, schlug Dana vor.

Der Anwalt zuppelte ungeduldig an seiner Krawatte herum.

»Wie jetzt? Wein besteht doch sowieso nur aus Trauben, oder irre ich mich?«

»Bei der Herstellung konventioneller Weine werden Hilfsmittel auf tierischer Basis eingesetzt«, dozierte Dana. »Eiweiß aus Hühnereiern, Lysozym aus Kuhmilch oder Gelatine von Rindern und Schweinen beispielsweise, um Trübungen zu entfernen. Man nennt es Schönung. Aber schön ist was anderes, wenn man vegan lebt. Meine Weine hingegen sind clean.«

»Bringen Sie einfach irgendwas«, stöhnte Jens Andresen.

Na, das lief ja großartig. Danas Stimmung schwankte zwischen Gereiztheit und Resignation. Sie lachte etwas verkrampft.

»Danke für Ihr Vertrauen. Ich bringe Ihnen einen würzigen Rotwein aus der Provence mit Bio-Zertifikat, garantiert vegan. Der besondere Clou: Er stammt aus biodynamischem Anbau nach der anthroposophischen Lehre von Rudolf Steiner. Was bedeutet, dass bei der Pflege der Weinreben und insbesondere bei der Traubenernte der Mondkalender berücksichtigt wird. Wobei ich anmerken möchte, dass der Mondkalender auch in meinem eigenen Leben eine wichtige Rolle spielt, etwa bei der Körperpflege oder im zwischenmenschlichen Bereich.«

Der Anwalt klappte den Mund auf und wieder zu. Dann schüttelte er den Kopf.

»Sagen Sie mal, haben Sie keine anderen Sorgen?«

»Wieso?« Dana war ehrlich erschüttert. Interessierte sich dieser Typ denn nicht für ihr konsequentes Konzept? »Sie glauben ja gar nicht, was das ausmacht. Haareschneiden, Zahnarztbesuch, Fensterputzen, alles gelingt besser, wenn man sich nach dem Mond richtet. Sogar Sex.«

Bestürzt schlug sie die Hand vor den Mund. Das mit dem Sex war ihr nur so rausgerutscht. Paul hätte es ein Eigentor genannt. Und da erschien es auch schon wieder, dieses anzügliche Grinsen, das sie bereits im Anwaltsbüro auf die Palme gebracht hatte.

»Sie sind eine erstaunliche Frau«, gurrte Jens Andresen. »Attraktiv, alternativ, abgefahren. Nur mit Ihrem Kopf ist irgendwas passiert. Wie ist bloß dieses ganze unnütze Wissen da reingekommen?«

Dana schwitzte Blut und Wasser. Es war beileibe nicht ihre erste Diskussion über die vegane Lebensweise, und normalerweise machte sie keinen Hehl aus ihrer Einstellung. Doch sie wollte diesen Typen nicht vor den Kopf stoßen. Immerhin hatte er angekündigt, sie vor Gericht rauszupauken. Deshalb gab sie nur ein halb ersticktes »Das ist nicht unnütz« von sich. Mit dem Effekt, dass Jens Andresen einmal mehr ihren Ausschnitt begutachtete.

»Klären Sie mich auf«, griente er. »Wie läuft Sex nach Mondkalender?«

Dana wollte nur noch runter von dem glatten Eis, auf das sie sich selbst katapultiert hatte.

»Bei Vollmond werden die meisten Heiratsanträge gemacht«, erklärte sie ausweichend. »Alles andere müssen Sie selbst herausfinden.«

Lüstern schaute er sie an. Himmel noch mal! Langsam verlor Dana die Geduld.

»Sie finden sich wohl sehr witzig, was? Und ich dachte, Sie wollten mir helfen!«

Sein Lächelnd verschwand.

»Ich pflege mir meine Klienten sehr genau auszusuchen. Wir können das Ganze auch beenden. Im Gegensatz zu Ihnen kann ich mich nämlich definitiv nicht über mangelnde Kundschaft beklagen.«

Herzlichen Glückwunsch, Dana Twilling, du bist ein Kommunikationsgenie. Immer schön mit dem Kopf durch die Wand. Und du wunderst dich, wenn du dir dabei die Frisur ruinierst. Beziehungsweise einen deiner wenigen Verbündeten abschießt.

»Bin gleich wieder da«, murmelte sie und floh in die Küche.

Hung Tai legte seine Spielkonsole beiseite.

»Was los?«

»Dieser Typ!«, regte sich Dana auf. »Der ist nur hergekommen, um mich vorzuführen! Und draußen vor der Tür lässt diese Immobilienschlange Müller-Mertens Absperrungen aufbauen!«

Sie riss die Tür des Weinschranks auf und holte eine Flasche heraus. Es quietschte, als sie mit aller Kraft den Korken herauszog.

»Was ich sollen kochen für deine Anwalt?«, fragte Hung Tai.

»Keine Ahnung. Dem wird sowieso nichts schmecken vor lauter Vorurteilen.«

Ein schlaues Lächeln glitt über Hung Tais Gesicht.

»Musst du Mann sänftigen mit Essen. Kann man sogar Mann in Liebe kochen.«

»In Liebe kochen? So einen großen Topf haben wir nicht.«

»Kenne ich alte vietnamesische Rezepte«, wisperte Hung Tai. »Machen Männer weich wie Flaum von Küken.«

Dana warf einen Blick durch das kleine Fenster ins Lokal. Jens Andresen tippte mit zusammengezogenen Augenbrauen auf seinem Handy herum. Er sah aus, als sei er auf dem Sprung zu gehen.

»Okay, was schlägst du vor?«

Hung Tai öffnete den Kühlschrank, stöberte ein bisschen herum und förderte schließlich eine Flasche Holunderblütensekt zutage.

»Holunder machen starke Gefühle, und Blätter von …«, er runzelte die Stirn, »… Bolletsch – heißen Bolletsch? – machen aus Bekanntschaft Liebe.«

»Borretsch«, verbesserte Dana ihn. »Aber bitte keinen Liebestrank. Dieser Typ ist schon draufgängerisch genug.«

»Du lassen Hung Tai machen. Dann Mann wie Wachs in deine Hände.«

Das wiederum hörte sich gar nicht so schlecht an. Gespannt sah Dana zu, wie Hung Tai ein Glas mit dem Holundersekt füllte, mehrere Borretschblätter im Mörser zerkleinerte und sie in das Getränk rührte. Er dekorierte sein Werk mit einer halbierten Limette, die er auf den Rand steckte.

»Das hilft?«, fragte sie zweifelnd.

Hung Tai schmunzelte nur.

Todesmutig stellte Dana das Glas auf ein Tablett und trug es in den Gastraum. Jens Andresen sah nicht einmal von seinem Handy auf, als sie den Sekt vor ihn hinstellte.

»Ihr Aperitif, sehr zum Wohl«, sagte sie. »Den Wein serviere ich dann zum Essen.«

»Hm.«

Geistesabwesend griff er nach dem Glas. Nippte daran. Nahm noch einen Schluck. Legte sein Handy beiseite.

»Oh.« Seine angespannten Züge glätteten sich. »Was ist das?«

»Ein … äh, energetisches Elixier«, improvisierte Dana.

Noch einmal würde sie nicht den Fehler begehen, von Aufguss oder Trunk zu sprechen. Und siehe da, ihr neuer Sprachgebrauch zeigte Wirkung. Jens Andresen setzte erneut das Glas an und trank es bis auf den letzten Tropfen leer.

»Könnte ich bitte noch so einen Energydrink haben?«

Besänftigende Wirkung, hoher Suchtfaktor. Danke, Hung Tai.

»Selbstverständlich«, säuselte Dana.

»Viele Grüße übrigens von Philipp.« Jens Andresen entblößte seine makellosen weißen Zähne, so breit lächelte er. »Mein Freund hat einen echten Narren an Ihnen gefressen.«

»Er schätzt mein Essen, trifft es wohl eher«, meinte Dana.

»Ist halt ein stilles Wasser, der gute Phil. Wir kennen uns seit Internatszeiten. Schon damals war er etwas schüchtern, aber unter der ruhigen Oberfläche brodelt ein Lavakern.«

Aha. Dana hatte nur ungenaue Vorstellungen von Familien, die ihre Kinder auf Internate schickten. Sicher schien jedoch, dass sowohl Jens Andresen als auch Philipp aus wohlhabenden Kreisen stammen mussten. Bei diesem Andresen war das überdeutlich spürbar. Seine Selbstsicherheit, seine Eleganz, sein überdominantes Auftreten passten dazu. Wesentlich schwerer vorstellbar war, dass Philipp mit seinen verwaschenen Sweatshirts und seiner zurückhaltenden Art einen ähnlichen Hintergrund haben könnte. Ganz zu schweigen von einem Lavakern.

»Kommt er denn auch heute Abend?«

»Eher nicht.« Jens Andresen betrachtete seine perfekt manikürten Fingernägel. »Wie ich ihn kenne, macht er bestimmt einen Yogakurs. Oder eine Tanzmeditation. Ich sag immer: Phil, du hast Hobbys wie eine sinnsuchende Lesbe im Klimakterium.«

Mit dieser Bemerkung hatte sich der Anwalt endgültig in die Volltrottelliga gebeamt. Philipp dagegen wurde Dana immer sympathischer. Es gab wenige Männer, die an sich arbeiteten, statt immer nur zu arbeiten.

»Wenn es Ihnen recht ist, bringe ich Ihnen das Abendmenü. Polenta-Chili-Taler und – na ja, Sie werden schon sehen.«

In diesem Moment ging die Tür auf, und ein Paar kam herein. Es verschwendete keinen Blick an das heruntergekommene Ambiente, vollauf damit beschäftigt, sich lautstark zu streiten. Die Frau, sie mochte Ende zwanzig sein, trug einen Parka, den sie auf den nächstbesten Stuhl schleuderte. Der Mann, ungefähr im selben Alter, knöpfte seine Jeansjacke auf, während er seine Begleiterin mit allerlei Schimpfwörtern bedachte, die sich seit den Segnungen des Feminismus eigentlich erledigt haben sollten. »Schlampe« war noch das Gefühlvollste, was er von sich gab.

Dana rannte in die Küche.

»Dreimal Holunder mit Borretsch, schnell.«

Im Handumdrehen standen die Gläser mit dem Zaubertrank auf dem Tablett. Das Paar stritt immer noch, als Dana in den Gastraum zurückkehrte. Es ging um das Übliche: Er wollte Distanz, sie Nähe. Es hagelte Vorwürfe, die Dana mehr als bekannt vorkamen. Wobei der weibliche Part deutlich differenzierter argumentierte.

»Du Sozialphobiker bist nie da, wenn ich dich brauche«, beschwerte sich die Frau. »Du hast ein Nähe-Distanz-Problem.«

»Und ich kann dein blödes Geklammer nicht mehr ertragen«, grunzte der Mann. »Du klebst an mir wie Pattex.«

»Einen schönen guten Abend, herzlich willkommen im Paradies«, begrüßte Dana die Neuankömmlinge. »Darf ich Ihnen unseren Spezialcocktail servieren?«

Wortlos griffen die beiden nach den Gläsern. Dana blieb abwartend am Tisch stehen. Ob Hung Tais Rezept bei diesen Streithammeln funktionierte? Ein bisschen verbale Schützenhilfe konnte bestimmt nicht schaden. Etwas Schnittiges musste her. Von wegen Aufguss und Trunk, selbst das Wort Cocktail kam ihr auf einmal sturzspießig vor.

Um sich besser konzentrieren zu können, schloss Dana die Augen. Was Englisches vielleicht? Eigentlich fand sie es ja überflüssig, dass inzwischen alles englische Namen haben musste, vom Coffee to go bis zum Creamy Cheese Cake. Aber hier ging es nicht um die Pflege der deutschen Sprache. Hier musste ein Abend gerettet werden.

»Wir nennen es … äh, Honeymooner's Delight, weil es die Sinne erweckt und auf eine unvergessliche Nacht einstimmt. Sehr zu empfehlen für verliebte Paare.«

»Können wir echt nicht gebrauchen«, zickte die Frau Dana an.

»Kein Problem, wird Ihnen trotzdem schmecken«, federte sie den Einwand ab. »Zum Wohl. Äh, Cheers.«

Dana machte einen Schritt rückwärts und war sofort vergessen. Munter stritten die beiden weiter.

»Du bist wirklich das …«, blaffte der junge Mann. Er probierte den Holundersekt, »das Allerl…«, er trank weiter, »das …«

Plötzlich verstummte er. Auch seine Freundin sagte nichts mehr, nachdem sie von Hung Tais Geheimwaffe gekostet hatte. Verwirrt schauten die beiden einander in die Augen. Dann lächelten sie sich an.

Ist ja sensationell, dachte Dana. Experiment geglückt!

Nun bekam auch Jens Andresen sein Glas. Sobald er wieder den Holundersekt auf der Zunge hatte, strahlte er.

»Hätte nicht gedacht, dass mir so was schmeckt. Mmh, irgendwie – verführerisch. Was ist da drin?«

»Geheimrezept«, trällerte Dana. »Gleich geht's dann auch mit der Vorspeise los.«

Ein tiefes Brummen ließ sie aufhorchen. Es steigerte sich unaufhörlich zu einem Dröhnen. Die Fensterscheiben erzitterten, und Dana schaute nach draußen. Ein riesiger Bagger schob sich wie in Zeitlupe vor das Lokal. Der Motor brüllte auf, und mit einem ohrenbetäubenden Krachen knallte die Baggerschaufel auf den Bürgersteig. Die Gehwegplatten zerbarsten, Steinbröckchen flogen gegen die Scheiben. Es war der Angriff einer feindlichen Macht.

9

Rummms. Immer wieder donnerte die Baggerschaufel auf die Gehwegplatten. Rummms. Rummms. Mütter mit Kindern an der Hand blieben stehen. Männer fachsimpelten über PS-Zahlen von Nutzfahrzeugen. Ein paar Teenager stiegen von ihren Mountainbikes ab und sahen gebannt zu, wie sich das Loch vor dem Bistro Paradies vergrößerte. Erbost drängte sich Dana durch die Gruppe der Schaulustigen.

»Hey, Sie!«, rief sie dem Baggerführer zu. »Was soll das?«

Er hörte sie nicht. Auf seinen Ohren klemmten Schallschutzmuscheln. Nachdem er ein Loch von etwa einem Meter Tiefe in den Bürgersteig getrümmert hatte, wendete er den Bagger und fuhr langsam davon. Die Arbeiter, die inzwischen weitere Absperrgitter abgeladen hatten, machten sich daran, das Loch einzuzäunen.

»So geht das nicht. Zeigen Sie mir mal Ihren schriftlichen Auftrag«, herrschte Dana sie an.

Achselzuckend ging einer der beiden Männer zum Führerhaus des Kleinlasters und kehrte mit einem in Folie eingeschweißten Formular zurück.

»Pro Domo GmbH«, las Dana vor. Dieser Name stand in dem Feld, das für den Auftraggeber vorgesehen war.

»Zufrieden, junge Frau?«, fragte der Arbeiter.

»Nein, äußerst unzufrieden. Sie haben Glück, dass ich mich um meine Gäste kümmern muss, sonst würde ich meinen Freund anrufen.« Man musste ja nicht unbedingt erwähnen, dass Paul ihr Exfreund war. »Wenn der sauer wird, koffert er Leuten wie Ihnen was vors Regal, da sind Sie erst mal eine Woche stillgelegt.«

Der Arbeiter wurde auf der Stelle zwei Zentimeter größer. Mindestens. Feindselig kniff er die Augen zusammen.

»Drohen Sie mir etwa?«

»Und wenn schon! Sie bedrohen mich ja auch mit dieser Mistabsperrung!«, schrie Dana.

»Frau Twilling, bitte, kommen Sie sofort wieder herein.«

Eine Hand legte sich um Danas Arm und zog sie unsanft ins Lokal. Es war Jens Andresens Hand. Vorwurfsvoll blinzelte er sie an.

»Ihr Verhalten ist inakzeptabel! Sie reiten sich in etwas rein, das vor Gericht gegen Sie verwendet werden kann!«

Auch Hung Tai war aus der Küche zur Eingangstür gelaufen. Betreten sah er Dana an.

»Kinder – viel Geschrei und viel Erdulden, Frauen – viel Geschrei und viele Schulden, sagt vietnamesische Sprichwort.«

»Ich habe wohl ein wenig zu emotional reagiert«, flüsterte Dana. »Aber es ist schrecklich, wenn man merkt, dass man einfach so ausradiert werden soll. Die Typen von der Pro Domo GmbH wollen mich fertigmachen!«

»Künftig überlassen Sie derartige Interventionen mir«, wies der Anwalt sie zurecht. »Gleich morgen setze ich mich mit der Pro Domo GmbH in Verbindung, um anschließend geeignete rechtliche Schritte zu erwägen.«

Es klang supervernünftig. Es klang superprofessionell. Es klang nicht so, als ob das Baggerloch und die Absperrgitter bald verschwinden würden. Dana tauschte einen kurzen Blick mit Hung Tai. Er schien derselben Meinung zu sein. Wortlos drehte er sich um und ging zurück in die Küche.

»Gibt's hier eigentlich auch was zu essen?«

Die Frage kam vom einzigen besetzten Tisch. Der Mann hielt mittlerweile Händchen mit seiner Freundin, die Gläser vor ihnen waren leer.

Binnen Sekunden legte Dana den Schalter um. Sie hatte Gäste. Und sie brauchte jeden einzelnen. Ohne sich ihre aufgewühlten Gefühle anmerken zu lassen, ging sie zu dem Paar.

»Selbstverständlich können Sie speisen. Möchten Sie die Karte, oder nehmen Sie das Menü des Abends?«

»Menü«, antwortete der Mann, während die Frau zur gleichen Zeit »Karte« sagte.

Einen Moment lang starrten sie einander an, dann brachen beide in ein befreiendes Lachen aus.

»Ich könnte Ihnen unser Spezial-Liebesmenü zusammenstellen«, behauptete Dana, obwohl so etwas im Bistro Paradies bisher nicht einmal ansatzweise existierte. »Für einen besonderen Abend zu zweit«, fügte sie geheimnisvoll hinzu.

»Nehmen wir«, erwiderte die Frau und drückte die Hand ihres Freunds.

»Ich auch!«, rief Jens Andresen, der sich wieder gesetzt hatte.

Dana flog förmlich in die Küche.

»Hung Tai!« Vor Aufregung brachte sie kaum einen Ton heraus. Akute Schnappatmung. »Wir müssen uns – was einfallen lassen! Dein Holunderdrink ist – super angekommen. Jetzt habe ich – o Gott – denen ein Liebesmenü versprochen.«

»Oh, Dana.« Der Koch zwirbelte an seinem Zopf herum. »Ist große Problem. Liebesmenü immer mit Eiweiß von Tier. Eier, Austern, Fleisch und so.«

»Aphrodisische Speisen«, murmelte Dana vor sich hin, während sie ihr Handy herauszog und die Wörter ins Suchfenster des Internetbrowsers eingab.

»Gibs vielleicht auch veegaaan Liebesessen«, lächelte Hung Tai. »Brauchen aber speziale Zutaten.«

Danas Kopf ruckte hoch.

»Was, Hung Tai? Was brauchst du? Sag es mir, ich besorge alles! Die Läden haben noch bis acht Uhr geöffnet.«

»Rosenblätte, Pimelblüten, Veilchen, Jasmin, Öl von Bergamotte und Limone, Vanilleschoten, Granatapfel, Feigen, weiße Ginsengwurzel, Safran, Kreuzkümmel, Mohnsamen, Rosmarin«, zählte der Koch ohne Zögern auf. »Sagt vietnamesische Sprichwort: Die List von Frau sein ihre Kochlöffel. Ist üblich in Vietnam kochen Mann in Verrucktheit.«

»Verrücktheit«, verbesserte Dana ihn automatisch. Den Rest sparte sie sich. »Ich nehme alles zurück. Das kann ich nicht auf die Schnelle besorgen.«

»Aber Hung Tai.«

Er warf seinen zerzausten Zopf auf den Rücken und holte sein eigenes Handy heraus, rosa, mit Strasssteinchen. Leonie wäre ausgeflippt. Dann folgte ein Telefonat, das in irrwitziger Geschwindigkeit geführt wurde. Sonst sprach Hung Tai immer eher gemächlich, aber in seiner Muttersprache parlierte er quasi im Turbomodus.

»Alle kommt«, erklärte er, nachdem er fertig war. »Thien Tung bringen gleich. Mein Bruder haben Geschäft mit asiatische Lebensmittel. Fangen jetzt an mit Ingwer. Wärmt Seele und machen Herz weich. Haben wir da Ingwer. Gut, dass Taler schon mit Chili – machen Sinne scharf.«

»Du meinst, das schärft die Sinne«, korrigierte Dana ihn, was Hung Tai zu einem fröhlichen Grinsen veranlasste.

»Nein, ich meinen – scharfe Sinne.«

Dana konnte gar nicht so schnell gucken, wie er auch schon eine große Ingwerwurzel in hauchfeine Blättchen schnitt, sie in süßem Mandelöl andünstete, Meersalz, marokkanisch gewürzten Cayennepfeffer und frische Minze hinzugab, auf die fertigen Polenta-Taler verteilte und in den heißen Ofen schob. Er zwinkerte Dana zu.

»Ist amüsante Göll.«

Amuse-Gueule sollte das wohl heißen, »der kleine Gruß aus der Küche« vor dem Menü. Aber Dana verbesserte Hung Tai nicht. Eher hätte sie sich die Zunge abgebissen.

»Du bist ein Schatz«, jubelte sie überwältigt. »Ich weiß gar nicht, wie ich dir danken soll.«

»Du mir schenken deine Lächeln, das genug.«

Ein phantastischer Duft breitete sich in der Küche aus. Dana schnupperte. Paradiesisch. Ihr lief das Wasser im Mund zusammen. Durch das Fenster zum Lokal sah sie hungrige Gesichter. Und einen Blumenverkäufer, der einen ganzen Arm voller roter Rosen anbot.

Fünf Minuten später kredenzte Dana ihren veganen provenzalischen Rotwein, den Hung Tai ein paar Sekunden lang mit in Mandelöl angedünsteten Rosenblättern aromatisiert hatte. Das Paar war restlos begeistert. Sogar Jens Andresen schmatzte ungeniert und drehte sein Glas überrascht in den Händen hin und her.

»Unglaublich. Bestimmt verraten Sie mir, was das ist, oder?«

»Ich habe Verschwiegenheit gelobt.« Aus dem Augenwinkel bemerkte Dana, wie Hung Tai durch das Fensterchen winkte. »Ah, das Amuse-Gueule ist fertig.«

Während sie in der Küche die Teller in Empfang nahm – der Koch hatte die Tellerränder mit Rosenblättern dekoriert –, dachte sie fieberhaft über einen Namen für das Gericht nach. Der Honeymooner's Delight war sicherlich auch deshalb ein Erfolg gewesen, weil sie ihn so genannt hatte. Also? Englisch musste es sein, Liebe sollte vorkommen, und die Erwähnung des Ingwers würde ein Übriges tun.

»Kleiner Gruß aus der Küche«, verkündete sie, als sie die Teller servierte, »unsere Ginger Love Story. Süß auf der Zunge, scharf im Abgang.«

Die getunten Polenta-Taler schlugen ein wie eine Bombe. Dana hatte sie kaum serviert, als energisch Nachschlag gefordert wurde. Obwohl das Lokal fast leer war, lag eine zauberische Stimmung im Raum – jenes tiefe Behagen, wie es nur ein kulinarischer Hochgenuss, ein echtes Fest der Sinne erzeugen konnte. Im Bistro Paradies schien die Zeit stillzustehen.

In der Küche hingegen herrschte emsige Geschäftigkeit. Inzwischen war Hung Tais Bruder Thien Tung durch die Hintertür hereingeschlüpft. Sein Name hatte ebenfalls eine Bedeutung: sanfter Baum. Er ähnelte Hung Tai wie ein Zwilling – die gleichen feinen Gesichtszüge, das gleiche schalkhafte Mienenspiel. Gemeinsam packten sie Kartons, Tütchen und Päckchen mit exotischen Beschriftungen aus. Auch Dana half mit. In einem Karton entdeckte sie Duftlampen aus Ton.

»Was hast du denn damit vor?«

Hung Tai goss aus einer kleinen blauen Flasche etwas Öl in die dafür vorgesehenen Mulden der Duftlampen und entzündete die Teelichter darunter.

»Öl von Zimt«, sagte er knapp. »Du reinbringen.«

Dana fragte nicht weiter. Wenn sich jemand mit raffinierten Aromen für Gaumen, Nase und Hormonsystem auskannte, dann offensichtlich Hung Tai. Allmählich dämmerte ihr, wie er es zu stolzen sieben Kindern gebracht hatte.

Sie hatte kaum die Duftlampen auf den Tischen verteilt, als ein warmer sinnlicher Duft den Gastraum erfüllte.

»Wow, wohlige Wellnessatmosphäre, Philipp würde begeistert sein«, sagte Jens Andresen mit triefender Ironie. »Aber wo bleibt der erste Gang?«

Sein herausforderndes Lächeln führte Dana zu einer weiteren Eingebung.

»Dies *ist* der erste Gang. Unser Liebesmenü soll ein Erlebnis für alle Sinne sein, deshalb sprechen wir auch ganz speziell den Geruchssinn an. Viel Vergnügen beim Cinnamon Dreaming.«

»Ist ja Wahnsinn«, japste die Frau vom anderen Tisch.

Jens Andresen leckte sich über die Lippen.

»Welche meiner anderen Sinne gedenken Sie denn heute Abend noch anzusprechen?«

Dana schluckte.

»Lassen Sie sich überraschen.«

Seine Bemerkungen wurden allmählich penetrant, fand sie. Anwaltliche Fachgespräche schien er jedenfalls nicht zu beabsichtigen, sondern eine Bestätigung dafür, dass er jede Frau zwischen neunzehn und neunzig um den Verstand bringen konnte. Doch gegen solche durchschaubaren Egotrips war Dana resistent.

Zurück in der Küche, wurde sie Zeuge, wie Hung Tai seine nächste Kreation kostete und auch Thien Tung einen gefüllten Löffel reichte. Die beiden Brüder sahen einander zufrieden an.

»In Limoneöl scharf gebratene Tofu mit grüne Spargel, Kreuzkümmel und iranische Steinsalz, garniert mit Granatapfelkerne«, erläuterte Hung Tai das Rezept.

Allmählich bekam sogar Dana Appetit. Jetzt musste auch dieses Gericht einen vielversprechenden Namen bekommen. Granatäpfel ... Sie überlegte kurz. Hatte ihr Vater bei seinen Privatvorträgen über die griechische Mythologie nicht immer gesagt, die Liebesgöttin Aphrodite werde mit Granatäpfeln dargestellt? Sie griff zu den Tellern, die Hung Tai gefüllt hatte.

»Verehrte Gäste«, mit diesen Worten betrat sie den Gastraum, »freuen Sie sich auf den Kiss of Aphrodite.«

»Wird dazu ein echter Kuss serviert?«, witzelte Jens Andresen.

»Nur unseren Stammkunden. Beim dritten Besuch gehören Sie zum Club. Zum, äh, Paradise-Club.«

»Wie wird man da denn Mitglied?«, fragte die Frau vom anderen Tisch.

Jetzt kam Dana ins Schleudern. Improvisieren war das eine, die Sache durchziehen das andere.

»Erzähle ich Ihnen nach dem Dessert«, vertröstete sie die Frau.

»Wir würden Sie gern liken«, sagte der Mann. »Sind Sie auf Facebook?«

»Auf ... also, nee, wir sind ...«, total rückständig, dachte Dana, »gerade offline. Auch unsere Website«, die es nicht gab, »wird gerade überarbeitet.«

Sie erschrak selbst ein bisschen über die Erkenntnis, dass sie nie den Versuch unternommen hatte, im Internet für ihr Lokal zu werben. Alles, was sie interessierte, waren vegane Lebensmittel, neue

Rezepte, ausgefallene Zutaten. Darüber hatte sie das Wichtigste vergessen: ein zeitgemäßes Marketing.

Auf dem Weg in die Küche wählte sie Eddys Nummer. Während Hung Tai am nächsten Gang bastelte, telefonierte sie halblaut mit dem begnadeten Nerd, für den Grün die Farbe des Lebens war.

»Natürlich helfe ich meiner Netzanalphabetin«, lachte er. »Facebook ist ein Kinderspiel, in fünf Minuten hast du ein Profil. Ich simse dir dann die Zugangsdaten. Ist der Name Danas Bistro Paradies in Ordnung?«

»Mehr als in Ordnung.«

»Für die Website brauche ich Texte. Und Fotos, viele, viele appetitliche Fotos. Daraus baue ich dir einen Granate-Internetauftritt. Ist mir ein *piacere.*«

Eddy war ein Engel. Und er machte es ihr so leicht, seine Hilfe anzunehmen. Ihre Stimme bebte, als sie sich bedankte.

»Ich revanchiere mich mit einem schönen Essen. Wir haben neuerdings ein Liebesmenü auf der Karte.«

»Sag bloß.«

Eine Pause entstand.

»Also, falls es eine Dame deines Herzens gibt – lass dich mit ihr blicken, und ich verwöhne euch«, spann Dana den abgerissenen Gesprächsfaden weiter.

Eddy atmete hörbar aus.

»Da gibt's nur eine, das weißt du, *cara bella.* Und jetzt, wo Paul die Kurve gekratzt hat …«

O nein, nicht das.

»Das hatten wir doch schon geklärt«, erwiderte sie sanft. »Schau dich um, es gibt viele Frauen, die vegan leben, weit besser aussehen als ich und nicht hunderttausend Probleme an der Hacke haben.«

Wieder hörte man nur Eddys Atemzüge.

»Ich muss jetzt leider weitermachen«, entschuldigte sich Dana. »Ich habe nämlich sage und schreibe drei Gäste, stell dir vor.«

Es hatte munter klingen sollen, doch es kam wie ein heiseres Krächzen rüber.

»Denk an die Fotos«, sagte Eddy matt. »Und an Texte. Dann baue ich dir morgen die Website. Ciao, meine Veggie-Angelina.«

»Ist Dana begehrte Frau«, raunte Hung Tai seinem Bruder zu. Er hob seine Stimme und lächelte vielsagend. »Folge Liebe, und sie wird fliehen, fliehe vor Liebe, und sie dir wird folgen.«

Na wunderbar. Dana fühlte sich sowieso nur noch auf der Flucht. Ihre Existenz wackelte gewaltig, da stand einem der Kopf nicht nach Flirts und anderen Spielereien. Sie trat einen Schritt näher zum Herd.

»Was zauberst du da eigentlich, Hung Tai?«

»Seitan-Schnitzel, paniert mit Vollekörnermehl, geröstet zusamm mit weiße Ginsengwurzel, dazu viele Kalamaksalz und Safran. Beilage ist kleine Kompott süßsauer aus Zucchini und rote Zwiebel, würzen mit Veilchen und Pimel.«

Primeln, hätte Dana fast gesagt. Und Vollkornmehl. Aber war dieser Abend nicht ein guter Anlass, das oberlehrerhafte Getue wegzulassen? Eben. Weit mehr interessierte sie eine bestimmte Zutat.

»Sag mal, Ginseng? Ist das nicht was für alte Leute, um das Hirn durchzupusten? So ein Anti-Demenz-Dings?«

»Alle Deutsche denken so. Ist aber Ginseng in Vietnam nennen Menschenwurzel mit magische Kräfte. Früher nur König durfte essen. Schöne bitter, weiße Ginseng. Passt zu liebliche Kompott.«

Ein Teelöffel dieser königlichen Speise überzeugte Dana auf der Stelle. Die Geschmacksknospen ihrer Zunge tanzten Tango.

»Das schmeckt phantastisch, Hung Tai. Du hast dich selbst übertroffen!«

»Warten auf Dessert, dann du sagen, was Beste.« Er grinste. »Du muss essen diese Gericht. Safran entzünden Leidenschaft von Frau. Anwalt schlechte Mann, aber bestimmt sein gute Liebhaber.«

»Danke für die Warnung.«

Es war genau der richtige Moment für eine großzügige Portion Lipgloss. Während Dana es auf ihren Lippen verteilte, verscheuchte sie den Gedanken an Jens Andresens potentielle erotische Qualitäten und grübelte stattdessen über einen Namen für den Seitan-Gang nach. Magische Kräfte – König …

»Was hältst du von Magic Kingdom, Hung Tai? Wäre das ein guter Name für dein Ginsenggericht?«

»Ist Magic Kingdom Zuhause von Mickey Mouse«, gab der Koch zu bedenken. »Kannst du finden andere Name?«

Und diesen Schlaukopf habe ich versucht zu belehren, dachte Dana beschämt.

»Stimmt. Hm. Warte mal. Magic, magic …«

»Paradise!«, rief Hung Tai.

»Das ist es! Magic Paradise! Da kann jeder in seinen eigenen Phantasien schwelgen.«

Ihr Handy klingelte. Hoffentlich war es nicht Paul, denn Dana hatte vergessen, ihm seine Sachen vor die Tür zu stellen. Fünf Anrufe in Abwesenheit zeigte das Display, und jedes Mal mit Pauls Nummer. Doch jetzt war die Nummer des Anrufers unterdrückt. Vielleicht hatte Eddy noch eine Frage? Er verwendete manchmal irgendwelche anonymen Telefonserver, um Geld zu sparen. Dana nahm das Gespräch an.

»Kind, hier spricht dein Vater.«

Oha. Telefonate mit Herrmann Twilling dauerten mindestens eine halbe Stunde. Dana hatte nicht mal eine halbe Minute Zeit. Die Teller mit dem sagenhaften Magic Paradise mussten serviert werden.

»Dich hab ich ja lange nicht, äh, vermisst«, stöhnte sie. »Passt gerade gar nicht. Ich muss meine Gäste bedienen.«

»Schalte das Handy keinesfalls aus«, rief ihr Vater beschwörend.

In Dana brodelte es. Ohne weiter zu fragen, legte sie das Handy auf die Arbeitsplatte, ließ sich von Hung Tai die hübsch dekorierten Teller geben und trug sie ins Lokal.

»Meine Damen und Herren, darf ich Sie mit dem vorläufigen Höhepunkt unseres Liebesmenüs bekannt machen? Magic Paradise, der Garten der Lüste.«

Die Wirkung ihrer Worte wurde von der Wirkung des Essens weit übertroffen. Wie gut es tat, Gäste zu beobachten, die nahezu andächtig ihre Gabeln zum Mund führten, die Augen schlossen und alle Feinheiten dieser kulinarischen Meisterleistung goutierten.

Jens Andresen betupfte sich seine Lippen mit einer Serviette.

»Vergessen Sie alles, was ich über Ihr Lokal gesagt habe. Ab jetzt behaupte ich das Gegenteil. Allmählich verstehe ich Philipp.«

»Ehrlich gesagt, möchte ich mich nicht mit fremden Federn schmücken. Sie sollten Hung Tai kennenlernen, den Schöpfer dieser Genüsse, der zudem ein Philosoph von großen Gnaden ist und …«

Weiter kam Dana nicht. Ein Klopfen an der Fensterscheibe lenkte sie ab. Fröhlich winkend, unternehmungslustig wie immer und in zackigem Tempo fuhr Herrmann Twilling an den bodentiefen Fenstern entlang auf die Eingangstür zu. Sollte er nicht bei Leonie sein? Was machte er da draußen?

Plötzlich gellte ein markerschütternder Schmerzensschrei auf, und Herrmann Twilling war wie vom Erdboden verschluckt. Nein, etwas hatte ihn buchstäblich verschluckt. Ein Baggerloch, das kein Mensch brauchte.

10

Es dauerte geschlagene zwanzig Minuten, bis ein Krankenwagen nebst Blaulicht und eingeschalteter Sirene um die Ecke bog. Mit quietschenden Reifen hielt er vor dem Bistro Paradies, direkt neben den Absperrungen, von denen mehrere umgekippt waren. Inzwischen hatte Dana ihren Vater mit Hilfe von Hung Tai und Jens Andresen aus dem Loch gehievt, ein paar Erdklumpen von seinem Anzug geklopft und ihn ins Lokal gebracht.

»Gemächliche Elefant kommen eher ans Ziel als wilde Hengst, sagt alte vietnamesische Sprichwort«, war Hung Tais trockener Kommentar gewesen. Sehr zum Ärger von Herrmann Twilling, der sich als ehemaliger Lehrer nur ungern von anderen belehren ließ. Hinzu kam, dass ihm der spektakuläre Absturz ins Baggerloch ausgesprochen peinlich war. Immer wieder beteuerte er, die Absperrung sei quasi unsichtbar, sein Tempo eher moderat und das Ganze ohnehin nicht weiter schlimm gewesen.

»Papa, der Krankenwagen ist da. Tut dir noch was weh?«, fragte Dana besorgt.

Ihre Knie zitterten. Der Anblick ihres Vaters, der kopfüber im Baggerloch gesteckt hatte, stand ihr immer noch vor Augen. Herrmann Twilling wirkte schwer mitgenommen. Über seine Stirn zog sich eine Schramme, das linke Auge war zugeschwollen. Doch er tat so, als sei das alles nur eine Lappalie.

»Ich brauche keinen Arzt«, versicherte er nun schon zum etwa zwanzigsten Mal. »Diese lächerliche kleine Rutschpartie habe ich ohne jedweden Schaden überstanden, nimm das doch bitte zur Kenntnis.«

Als Beweis seiner Unversehrtheit hob er sein zweites Glas Honeymooner's Delight hoch und prostete Dana zu.

»Großartig, das erinnert mich an meine Kindheit«, schwärmte er. »Da haben wir im Sommer immer Holunderblüten gesammelt. Deine Tante Frieda verstand sich großartig darauf, einen ansprechenden Schaumwein aus den Dolden herzustellen. Wobei ich anmerken möchte, dass dieses Getränk durchaus medizinische Verdienste aufzuweisen hat. Lass mich ein wenig ausholen. Wie in einschlägigen Fachbüchern zu lesen ist, wirken Holunderblüten wohltuend bei Gicht, Rheuma, Nasennebenhöhlenkatarrh, Verschleimungen …«

Zumindest sein Sprachzentrum hatte nicht gelitten. Bevor er weitere unappetitliche Krankheiten aufzählen konnte, stürmten zwei junge Männer in roten Overalls herein, gefolgt von einem hageren, kahlköpfigen Herrn im weißen Kittel.

»Wo ist das Unfallopfer?«, rief er in die Runde.

»Unfall trifft zu, Opfer nicht«, antwortete Hermann Twilling. »Mein Rollstuhl hat mich geschützt wie ein Panzer.«

»Auf den Kopf gefallen ist er definitiv nicht«, knurrte Jens Andresen. »Nun ja, wie man's nimmt.«

Er hatte bereits zwei Vorträge über sich ergehen lassen müssen. Einen über bürgernahe Städteplanung und einen weiteren über griechische Götter, die im Gegensatz zur herrschenden Elite der Gegenwart dann und wann Milde hätten walten lassen.

Alles in allem entsprach der Verlauf des Abends *definitiv* nicht dem romantischen Date, das sich der Anwalt offensichtlich ausgemalt hatte. Jedenfalls war unübersehbar, dass er nicht nur das Liebesmenü, sondern auch Dana mit Blicken verschlang.

»Was riecht hier eigentlich so komisch?«, erkundigte sich der Arzt.

Dana platzte fast. Herr im Himmel! Warum lehnten die meisten Leute alles Unbekannte kategorisch ab?

»Sie sollten mal lieber meinen Vater untersuchen. Er ist in das Erdloch draußen gefallen.«

»Was auf ein Verschulden der beteiligten Baufirmen sowie des

Auftraggebers hinausläuft«, ergänzte Jens Andresen. »Eine Klage liegt auf der Hand.«

»Nun macht doch nicht so ein Aufhebens, Kinder!«, wehrte Herrmann Twilling enerviert ab.

»Vergessen Sie nicht, dass eine schöne Stange Schmerzensgeld drin wäre.« Der Anwalt schnippte einen Granatapfelkern vom Tischtuch. »Das sollten Sie sich nicht entgehen lassen. Eine ärztliche Untersuchung ist als Basis einer solchen Klage natürlich unumgänglich. Also, Herr Doktor, walten Sie Ihres Amtes. Und finden Sie was!«

Der Arzt hob eine Augenbraue.

»Für die Winkelzüge einer unrechtmäßigen Regressklage stehe ich nicht zur Verfügung. Meine Aufgabe ist es, Menschen zu helfen.«

Er öffnete seinen Untersuchungskoffer und holte allerlei Gerätschaften heraus. Unter dem Protest seines Patienten fühlte er ihm den Puls, maß den Blutdruck, leuchtete mit einer kleinen Stablampe in seine Augen und tastete ihn vorsichtig ab.

»Es scheint nichts gebrochen zu sein. Für eine abschließende Klärung muss er geröntgt werden. Wir nehmen ihn mit ins Krankenhaus.«

»Dana! Sag doch auch mal was!«, ächzte Herrmann Twilling.

»Also, ich finde unbedingt, dass du richtig untersucht werden musst, Papa. Du stehst noch unter Schock, da spürt man die Schmerzen nicht. Das kommt erst später. Mach dir keine Sorgen um Nini. Ich versuche gleich, den Babysitter zu erreichen.«

Sie sah zu ihrem Handy, das vor ihr auf dem Tisch lag. Noch immer war es eingeschaltet, denn es fungierte gewissermaßen als Babyphon. Dank Herrmann Twillings Handy, das ebenfalls eingeschaltet neben Ninis Bett lag. Wenn man genau hinhörte, konnte man Leonies regelmäßigen Atemzügen und Emmas Geschnarche lauschen. Die Flatrate machte es möglich, ohne restlos zu verarmen.

»Trage«, befahl der Arzt den Sanitätern. »Bereiten Sie eine Beruhigungsspritze vor und vergessen Sie nicht, den Rollstuhl mitzunehmen.«

»Ich willige nur in eine weitergehende Untersuchung ein, weil ich mit dem zu erwartenden Schmerzensgeld meine Tochter unterstützen möchte!«, rief Danas Vater.

Etwas piepte. Eilig holte der Arzt sein Handy heraus und las die Nachricht, woraufhin er seine Instrumente einpackte.

»Abmarsch«, kommandierte er. »Wir haben gerade einen Verkehrsunfall auf dem Stadtring reinbekommen.«

Nun ging alles ganz schnell. Die Sanitäter rollten eine fahrbare Trage herein, hoben Herrmann Twilling darauf und schnallten ihn fest.

»Moment!«, ertönte eine Stimme.

Das Paar am Nebentisch hatte die Ereignisse interessiert verfolgt und immer wieder verstohlen miteinander geflüstert. Jetzt stand der Mann auf und zog eine kleine Plastikdose sowie ein Fläschchen aus seiner Hosentasche. Beides hielt er Danas Vater hin.

»Ich bin Heilpraktiker. Nehmen Sie ein paar Arnikakügelchen und Rescuetropfen, bevor die Schulmedizin Sie mit chemischen Keulen erschlägt.«

Etwas skeptisch betrachtete Herrmann Twilling die dargebotenen Gaben.

»Wie nett.«

»Außerordentlich nett«, bekräftigte Dana.

»Wir möchten uns nämlich bedanken«, sagte die Frau, die nun ebenfalls näher kam. »Sie haben uns bezaubert. Diesen Abend werden wir nie vergessen.«

Dana lächelte schief. »Ich auch nicht.«

»Auf Wiedersehen, Kinder«, rief Herrmann Twilling mit bühnenreifem Tremolo. »Morgen früh bin ich wieder da!«

»Wenn wir hier fertig sind, komme ich im Krankenhaus vorbei

und bringe dir Waschzeug und deinen Schlafanzug«, schniefte Dana bewegt. »Viel Glück, Papa. Soll ich Mama Bescheid geben?«

»Nicht nötig, mein Kind. Deine Mutter ist für mich Persona non grata. Falls dir dieser Begriff nicht vertraut sein sollte, nun, er stammt aus der Sphäre der Diplomatie und bedeutet unerwünschte Person. Was in diesem Falle mit dem fehlenden diplomatischen Geschick deiner Mutter und …«

Er brachte seinen Vortrag nicht zu Ende. Ohne Rücksicht auf den begonnenen Monolog wurde er hinausgerollt, die Glastür fiel zu, und man hörte nur noch zartes Klaviergeklimper mit Meeresrauschen und Walgesang.

Eng umschlungen ging das Paar zurück an seinen Tisch. Jens Andresen ließ sich auf seinen Stuhl fallen, Dana sah geistesabwesend zu, wie der Widerschein des Blaulichts schwächer wurde.

»Jetzt verstehe ich so einiges«, sagte der Anwalt nach einer Weile.

Dana wandte ihm den Kopf zu.

»Was – einiges?«

»Den Hang zu Vorträgen haben Sie definitiv von Ihrem Herrn Papa geerbt. Noch nicht gemerkt?«

Also so was! Obwohl sie gern widersprochen hätte, fühlte sich Dana ertappt. Ja, sie neigte eindeutig dazu, kleinere Vorträge zu halten. Über Umweltbewusstsein, Fleischkonsum oder vegane Ernährung zum Beispiel. Und dieser Anwalt ging ihr allmählich gehörig auf den Senkel.

»Hallo? Ich habe meinen Vater definitiv nicht beim Universum bestellt. Noch nicht gemerkt, dass Sie dauernd *definitiv* sagen?«

Jens Andresen runzelte die Stirn.

»Das ist def… das ist nicht wahr!«

»Nur nicht die Nerven verlieren«, sagte sie beschwichtigend. »Haben wir nicht ab dreißig alle unsere Macken? Der eine hält Vorträge, der andere kann sie *definitiv* nicht ausstehen. Beruhigen Sie sich, Herr Andresen.«

»Ich will mich aber nicht beruhigen! Mein Adrenalinspiegel hat noch Potential nach oben, glauben Sie mir!«

Ohne sich weiter um ihn zu kümmern, rauschte Dana in die Küche. Dort herrschte konzentrierte Stille. Auf der Arbeitsfläche lagen vier große glänzende Palmblätter, die Hung Tai mit Engelsgeduld verzierte. Unter seinen geschickten Händen entstanden eigenartige Phantasiegebilde, die wie blühende Eisberge in einem Meer halbierter Feigen aussahen.

»Was in aller Welt ist das?«, staunte Dana.

»Habe ich vor zwei Stunden unsere Mango-Kokos-Reissahne-Creme in Tiefkühle gestellt«, sagte Hung Tai, ohne von seinem Werk aufzusehen. »Vorher mit Vanillemark, Mohnsamen und Öl von Bergamotte Aroma gemacht. Jetzt halbgefroren, und ich dekorieren mit Jasminblüte, Feige und Rosmarin. Du haben vegane Schokolade?«

»Ich schaue nach.«

Unwillkürlich ging Dana auf Zehenspitzen, als sie die fensterlose Kammer hinter der Küche ansteuerte. Die Vorräte waren übersichtlich. Allzu viel Geld konnte sie nicht in den Einkauf investieren, außerdem verwendeten sie hauptsächlich frische Produkte. Aber Schokolade war vorhanden. Sogar drei Tafeln. Was Hung Tai wohl damit vorhatte?

In den nächsten Minuten fühlte sich Dana wie auf einem anderen Stern. Dies war keine Küche mehr. Dies war Zauberwerkstatt, Künstleratelier, Alchimistenlabor. Hung Tai war in seinem Element. Zwei Jahre lang hatte er sich Danas strengen Anweisungen gebeugt, nun blühte er auf.

Als Erstes erwärmte er die Schokolade im Wasserbad, fügte Zimt sowie Vanillemark hinzu und rührte kräftig durch. Winzige Chiliwürfel rundeten die Komposition ab. Ausgiebig reinigte der Koch eine Marmorplatte, bevor er die flüssige Schokolade in millimeterdünnen Streifen daraufgoss.

Dana wagte nicht mehr zu fragen, was das werden sollte, ja, sie wagte kaum zu atmen. Erst als Hung Tai Eiswürfel aus dem Gefrierfach holte und die Schokolade damit kühlte, ahnte sie, was er im Sinn hatte. Aus den erstarrten Streifen formte er winzige Gitter, mit denen er die gefrorene Creme umstellte.

»Fertig«, sagte er. »Du sehen Inspiration? Bist du Eisberg, auf dem blühen Blumen, nur Gitter schnell müssen verschwinden.«

Sprachlos sah Dana ihn an. Unglaublich, dachte sie, da rede noch einer abfällig von Küchenpsychologie. Hung Tais Dessert erzählte eine Geschichte, die von erkalteten Gefühlen, blumigen Hoffnungen und einer Bedrohung von außen erzählte, die sich originellerweise durch bloßes Verspeisen meistern ließ.

Thien Tung bedachte seinen Bruder mit einem anerkennenden Blick und begann auf Vietnamesisch draufloszureden. Sehr schnell, sehr aufgeregt, sehr erheitert. Hung Tai kicherte.

»Sagt Thien Tung, Dana schöne Mädchen, aber Herz hinter Gitter gefangen.«

War es so? Dana fühlte einen dummen kleinen Schluchzer in ihrer Kehle aufsteigen. Gut möglich, dass sie sich im permanenten Verteidigungsmodus befand. Seit der Geschichte mit Leonies Vater, der sich quasi über Nacht aus dem Staub gemacht hatte, glichen ihre Beziehungen zu Männern vermintem Terrain. Überall witterte sie Angriffe. Konnte sie keine Liebe annehmen? War es das?

Hung Tai legte ihr einen Arm um ihre Schulter. Es wirkte merkwürdig, weil der zierliche Koch ihr gerade mal bis zur Nasenspitze reichte, doch es fühlte sich tröstlich an.

»Du essen Dessert, und alle gut«, beteuerte er. »Sitzen an Tisch von Anwalt, Thien Tung und ich servieren Sweet Happy End.«

Damit hatte er ganz nebenbei auch die Frage nach dem Namen für die Nachspeise gelöst. Dana drückte Hung Tai vorsichtig an sich. Dann band sie die Schürze ab und ging ins Lokal. Als sie sich an den Tisch von Jens Andresen setzte, konnte sie schon wieder lächeln.

»Jetzt kommt das Finale. Unser Sweet Happy End. Bereit?«

Ohne Vorwarnung langte Jens Andresen über den Tisch und nahm ihre Hände in seine.

»Allzeit bereit. Ich liebe widerspenstige Frauen, mit denen wird es garantiert nicht langweilig.«

Er verstärkte den Druck seiner Finger. Ach du grüne Neune. Es war Dana sehr, sehr unangenehm. Schön, vielleicht war ihr Herz wirklich zum Eisblock erstarrt. Doch der wollte langsam aufgetaut werden, und Jens Andresen warf ihn sozusagen in die Mikrowelle.

Plötzlich musste sie an Philipp denken. Seltsam, sie vermisste ihn. Seine ruhige, freundliche Art. Das warme, unaufdringliche Lächeln, mit dem er ihr zu verstehen gab, dass sie sich in seiner Gegenwart sicher fühlen konnte. Niemals hätte er einen so groben Annäherungsversuch gewagt. Sie räusperte sich.

»Herr Andresen, möglicherweise haben Sie Ihr Herz auf dem rechten Fleck – aber definitiv nicht Ihre Hände.«

Er wollte etwas erwidern, doch in diesem Augenblick erloschen die Deckenleuchten über den Tischen. Die Musik brach jäh ab. Stromausfall! Dana musste nicht lange raten, wem sie das zu verdanken hatte.

»Ich bring sie um«, flüsterte sie verbittert.

Im schwachen Flackern der Duftlampen war deutlich zu erkennen, wie Jens Andresen erstarrte. Dann zog er seine Hände weg.

»Um Gottes willen, Sie wollen mich töten?«

»Nicht Sie, *sie* – Alexandra Müller-Mertens von der Pro Domo GmbH!«

»Sweet Happy End!«, rief eine hohe, dünne Männerstimme.

Hung Tai und Thien Tung kamen herein. Jeder von ihnen trug zwei große Teller, auf denen neben dem Dessert kleine Tischfeuerwerke Funken sprühten. Das Paar am Nebentisch applaudierte.

»Was für eine Wahnsinnsinszenierung«, rief die Frau. »Das vegane Las Vegas!«

Offenbar hielt sie die ausgeschalteten Deckenleuchten für den Clou einer wohldurchdachten Dramaturgie. Hung Tai und sein Bruder lächelten unergründlich, während sie die Teller verteilten. Der Funkenregen ebbte ab, was blieb, war eine feierliche Stimmung, wie Weihnachten und Silvester zugleich. Nur Jens Andresen beäugte zweifelnd das Dessert.

»Sicher, dass da kein Gift drin ist?«, fragte er.

»Und da sage noch einer, es gibt keine Romantiker mehr«, seufzte Dana. »Soll ich vorkosten? Damit Sie keine Angst vor einer gewissenlosen Mörderin haben müssen?«

Immerhin hatte Jens Andresen den Anstand, peinlich berührt zu hüsteln. Dana griff zum Dessertlöffel. Eine halbe Feige und ein Klacks schmelzender Eisberg wanderten in ihren Mund. Es schmeckte phantastisch, so wie das Schokoladengitter, dem der Chili eine freche Note gab.

Nachdem sich der Anwalt davon überzeugt hatte, dass sich keinerlei Unpässlichkeiten zeigten, machte auch er sich über das Dessert her.

»Sweet Happy End«, er verdrehte die Augen, »dieses Konzept wäre ausbaufähig.«

Es klang doppeldeutig. Seine Augen glühten im flackernden Kerzenlicht. Umso erleichterter registrierte Dana, dass in diesem Moment die Deckenleuchten angingen. Auch die Musik setzte wieder ein. Allerdings gab es keinen Grund zur Entwarnung, weder, was Jens Andresen betraf, noch den merkwürdigen Stromausfall. Irgendjemand musste sich am Hauptschalter im Keller zu schaffen gemacht haben, um den Restaurantbetrieb zu stören.

Spontan rannte Dana los. Durchquerte das Lokal, lief durch die Küche zur Kellertreppe und hechtete die ausgetretenen Stufen hinunter.

Ein modriger Geruch schlug ihr entgegen. Der typische Kellergeruch eines alten Hauses, in dem seit gut hundert Jahren Gerümpel aller Art gelagert wurde. Danas Herz hämmerte hart in der Brust, als sie in die Gänge zwischen den Holzverschlägen spähte. Sie spürte, dass sie nicht allein hier unten war. Es war unheimlich.

Ein scharrendes Geräusch ließ sie zusammenzucken. Dana sah gerade noch, wie ein dunkler Schatten geisterhaft schnell zum Ausgang auf den Hinterhof huschte. Ohne lange nachzudenken, nahm sie die Verfolgung auf. Wenn ich dich erwische!, dachte sie, dann … ja, was eigentlich?

Atemlos erreichte sie die Tür zum Hinterhof. Sie stand halb offen. Dana nahm zwei Stufen auf einmal und blieb oben auf dem Treppenabsatz stehen. Mittlerweile war es dunkel geworden. Nur ein paar wenige erleuchtete Fenster warfen ein schummriges Zwielicht auf den Hof.

Da! Irgendetwas klapperte hinter den Mülltonnen! Sie starrte in das Halbdunkel, aus dem sich ein Schatten löste. Bevor Dana zum neuerlichen Spurt ansetzen konnte, rannte die schwarze Gestalt wie ein geölter Blitz durch die Toreinfahrt auf die Straße.

Entwischt. Das war's dann. In Danas Frustration mischte sich Wut. Das vollkommen unnütze Baggerloch und die Barrikaden vor der Tür reichten Alexandra Müller-Mertens wohl nicht! Jetzt hatte sie auch noch einen Helfershelfer engagiert, der das Restaurant sabotierte. Aber es gab keine Beweise. Wer würde Dana schon glauben?

Entmutigt schleppte sie sich zurück zum Hintereingang des Kellers. Sie verschloss die Kellertür zweimal, bevor sie die Treppe zur Küche hinaufstieg. Auch die Tür, die vom Restaurant in den Keller führte, verriegelte sie von innen. Nicht auszudenken, was passierte, wenn jemand in die Küche eindrang und Fleischbröckchen ins Essen mogelte oder Sahne in die Saucen panschte!

»Was los mit Elektro?«, empfing Hung Tai seine Chefin. »Plötzlich alle dunkel.«

Dana brauchte erst einmal eine Portion Lipgloss. Erst danach konnte sie antworten.

»Jemand hat am Hauptschalter rumgespielt. Die fangen schon an mit der Entmietung, verstehst du? Diese Müller-Mertens, das elende Biest, steckt dahinter. Die will, dass wir gefälligst verschwinden.«

»Können wir auch Strom abstellen von böse Frau«, erwiderte Hung Tai entschlossen. »Thien Tung kenne alle Schalter.«

Er beriet sich kurz auf Vietnamesisch mit seinem Bruder, der zustimmend nickte.

»Ja, Dana, du sagen Adresse, Thien Tung machen dunkel.«

Es war rasend nett, aber auch rührend kindisch.

»Vielen Dank für das Angebot, wir sprechen noch einmal darüber. Ich muss jetzt wieder ins Lokal, bestimmt wollen die Gäste langsam gehen.«

Ihre Vermutung erwies sich als richtig. Das Paar stand bereits wartend am Tisch, die Köpfe über Smartphones gesenkt.

»Sie möchten zahlen?«, fragte Dana. »Oder kann ich noch etwas für Sie tun?«

»Wir haben Sie gerade auf Facebook gefunden und geliked«, antwortete die Frau. »Sie haben schon zweiunddreißig Follower!«

»Ist das gut oder schlecht?«

»Das ist phantastisch.« Die Frau lächelte glücklich. »Aber es gibt noch mehr Neuigkeiten: Mein Freund hat mir soeben einen Heiratsantrag gemacht.«

Dana konnte nicht anders, sie umarmte die Frau.

»Ja, ist denn schon Vollmond?«, fragte Jens Andresen.

Ein eisiger Blick von Dana stellte ihn vorerst ruhig. Sie hauchte der Frau zwei Luftküsse rechts und links auf die Wangen.

»Herzlichen Glückwunsch, ich freue mich so für Sie! Falls Sie ein veganes Hochzeits-Catering brauchen …«

»Versteht sich von selbst«, grinste der Mann verschmitzt. »Sie haben unser Leben verändert. Ganz bestimmt kommen wir bald wieder.«

Wann – bald?, dachte Dana beklommen. Wenn hier nur noch eine Baulücke klafft?

»Ich bringe Ihnen die Rechnung«, sagte sie mit einem Kloß im Hals. »Bin gleich wieder da.«

In der Küche beratschlagte sie mit Hung Tai, was sie für das Liebesmenü berechnen sollte. Die Zutaten waren ziemlich teuer gewesen, aber Dana wollte keine unerschwinglichen Preise. Sie einigten sich auf fünfunddreißig Euro pro Person, inklusive Getränke. Das deckte kaum die Kosten. Doch Dana brachte es nicht übers Herz, diesen stimmungsvollen Abend und die Erinnerung an raffinierte Genüsse durch eine gesalzene Rechnung zu zerstören.

»Was, so wenig?«, entfuhr es dem Mann, als Dana ihm die Summe nannte. »Nicht, dass Sie pleitegehen. Wir wollen noch ganz oft ins Paradies.«

»Das ist unser Spezialpreis für sympathische Gäste«, entgegnete sie.

Einmal mehr fiel ihr auf, dass sie keine gewiefte Geschäftsfrau war, sondern mit Leib und Seele Gastgeberin. Würde sie dereinst im Lotto gewinnen, sie würde sogar umsonst kochen.

»Wir werden Sie all unseren Freunden empfehlen«, versprach die Frau. »Und viele Grüße an Ihren Vater. Sagen Sie ihm gute Besserung von uns.«

»Mach ich.«

Sie geleitete die beiden zur Tür. Arm in Arm stapften sie davon, und auf einmal durchströmte Dana ein großes Glücksgefühl. Was gab es Schöneres, als zwei Menschen durch ein besonderes Essen einander näherzubringen? Alle Wogen zu glätten und für Herzenswärme zu sorgen?

Kopfschüttelnd stand Jens Andresen vom Tisch auf, als sich Dana von der Tür abwandte.

»Das mit dem Kochen haben Sie echt drauf, aber was das Business betrifft, müssen Sie def…, müssen Sie noch einiges lernen, Dana. Ich darf doch Dana sagen?«

Sie nickte. Und war heilfroh, dass sie mit diesem forschen Anwalt nicht allein auf weiter Flur herumstand. Aus der Küche hörte man das beruhigende Klappern von Geschirr und eine halblaute Unterhaltung auf Vietnamesisch.

Jens Andresen lehnte sich lässig an die Tischkante. Bestimmt hatte er diese Pose lange vor dem Spiegel geübt.

»Wie lassen wir den Abend ausklingen? Gibt's noch einen veganen Absacker?«

Natürlich war klar wie Korn, dass es ihm nicht um ein alkoholisches Getränk, sondern um die nächste Phase ihrer frischen Bekanntschaft ging. Doch Dana tat so, als bemerke sie es nicht.

»Auf Digestifs verzichten wir im Bistro Paradies. Die meisten Obstbrände und andere hochprozentige Getränke sind zwar grundsätzlich vegan, doch das Problem verbirgt sich in den Flaschenetiketten. Sie werden häufig mit einem Kleber befestigt, der Casein enthält, das wiederum aus Kuhmilch gewonnen wird. Leider Gottes wird das nicht eigens deklariert, und daher …«

Unbeweglich starrte der Anwalt auf Danas Mund. Dann zog er sie plötzlich mit beiden Händen an sich.

»Weißt du eigentlich, dass du mich vollkommen verrückt machst mit deinem süßen Geplapper?«

Dana machte sich ganz steif. Innerhalb des Bruchteils einer Sekunde sank die gefühlte Temperatur ihres Herzens unter den Gefrierpunkt. Wobei schwer zu sagen war, was sie mehr ärgerte: der plötzliche Klammergriff oder das »süße Geplapper«.

So ein widerlicher Kerl! Dachte der wirklich, sie sei eine Frau, die man ganz nebenbei vernaschte? Als fleischhaltigen Nachtisch sozusagen?

Es war eine helle Kinderstimme, die ihr die Entscheidung abnahm, wie sie auf Jens Andresens Annäherungsversuch reagieren sollte.

»Mami? Opa? Wo seid ihr?«

Leonie hatte vermutlich einen sechsten Sinn. Vielleicht war sogar Telepathie im Spiel. Auf jeden Fall aber war sie im richtigen Moment aufgewacht. Blitzschnell entwand sich Dana der Umklammerung ihres Anwalts und schnappte sich das Handy, das auf dem Tisch lag.

»Nini? In drei Minuten bin ich bei dir.« Sie funkelte Jens Andresen an. »Warten Sie nicht auf mich, es könnte länger dauern. Mutterpflichten, Sie verstehen …«

»Natürlich. Von einem frigiden Kühlschrank wie Ihnen war ja auch nichts anderes zu erwarten.«

In seinem Mienenspiel wechselten sich Enttäuschung, Verblüffung und Ärger ab. Hat er verdient, dachte Dana grimmig. Eigentlich hat er noch weit mehr verdient.

11

»Mami, aufwachen!«

Dana gab etwas Unverständliches von sich, das entfernt an ein »Hmmmbinnochsooomüdegibmirnochnwinzigenmoment« erinnerte. Schlaftrunken schmiegte sie ihre Wange tiefer ins Kopfkissen.

»Mami?«

Unter Aufbietung all ihrer Willenskraft öffnete Dana die Augen. Auf der Stelle wurde sie von drei Barbie-Puppen und einer fordernd fiependen Emma in den Wachzustand geholt. Wie so oft hatte es sich die Dackeldame in Leonies Bett gemütlich gemacht. Dana drehte sich um und entdeckte nun auch Nini, die ihr Gesicht in die Hand gestützt hatte. Aufmerksam beobachtete sie ihre Mutter.

»Du schnarchst lauter als Emma, echt jetzt, Mami.«

»Hab dich auch lieb, mein Engel.«

»Sogar lauter als Paul«, gluckste Leonie. »Kissenschlacht?«

Die Uhr zeigte halb sieben. Theoretisch war noch ein kleines Nickerchen bis sieben drin. Theoretisch. Eins von Leonies bunten Schmusekissen landete auf Danas Kopf, und dieser Angriff rief nach Revanche.

Minutenlang flogen die Kissen hin und her, begleitet von Emmas Gebell. Erst nachdem der Waffenstillstand mit einer Runde Kuscheln besiegelt worden war, fiel Dana alles wieder ein. Der Abend im Bistro Paradies. Das Liebesmenü, der Unfall ihres Vaters. Der Stromausfall, Jens Andresens Annäherungsversuch. Danach hatte sie sich nur ein paar Minuten zu Nini legen wollen und war prompt eingeschlafen. Noch immer trug sie das Kleid mit den blauen Blümchen, das ziemlich zerdrückt aussah.

»Wo ist Opa?«, fragte Leonie. »Ich hab schon überall geguckt. Opas Bett ist leer. In der Küche und im Badezimmer ist er auch nicht.«

Es schellte mehrmals. Froh, dass sie mit den schlechten Neuigkeiten über Abstürze, Prellungen und Notärzte noch ein wenig warten konnte, schlüpfte Dana aus dem Bett und lief zur Wohnungstür.

»Guten Morgen, mein Kind, ich habe Brötchen mitgebracht!«

Als sei nichts gewesen, rollte Herrmann Twilling in die Wohnung. Mit seiner rechten Hand schwenkte er eine weiße Papiertüte.

»Um Punkt sechs Uhr habe ich mich abgemeldet und ein Taxi bestellt. Die Leute im Krankenhaus waren reizend, aber ich hatte den Verdacht, dass sie es auf eine Darmspiegelung abgesehen hatten.«

Dana rieb sich über die müden Augen.

»Und dir geht es wirklich gut?«

»Einen alten Haudegen wie mich bringt so leicht nichts um«, versicherte Herrmann Twilling. »Wie du siehst, erfreue ich mich bester Gesundheit.«

Die Schramme auf seiner Stirn und das blauviolette Veilchen an seinem linken Auge erzählten eine andere Geschichte.

»Warum hast du überhaupt gestern Abend die Wohnung verlassen?«, wollte Dana wissen. »Was gab es denn so Wichtiges?«

Ihr Vater faltete feierlich die Hände.

»Ich habe einen Plan ausgetüftelt.«

»Einen Plan. Geht es ein bisschen genauer?«

»Sehr gern. Lass mich ein wenig ausholen.«

Dana sah auf die Uhr. »Wäre schön, wenn du vor dem Mittagessen fertig bist.«

»Kind, es ist unbestreitbar, dass eine Ausschöpfung der rechtlichen Möglichkeiten der naheliegende Weg ist, um unser Zuhause vor der Zerstörung zu schützen. Ergänzend halte ich jedoch gewisse flankierende Maßnahmen für unumgänglich, die ein Dorn im

Auge des Gesetzes sein dürften, jedoch jenem Bürgerrecht auf zivilen Ungehorsam zuzuordnen sind, das mit dem Terminus Gefahr im Verzug im Zusammenhang steht.«

Geht's vielleicht noch ein bisschen komplizierter?, dachte Dana entnervt. So wie Papa die Kunst beherrscht, mit vielen Worten wenig zu sagen, hätte er auch Politiker werden können.

Resolut schob sie ihren Vater samt Rollstuhl in die Küche. Vor ihrem morgendlichen Fair-Trade-Bio-Espresso aus Eddys Ökoladen war ihr Hirn nicht in der Lage, vom Dämmerzustand auf volle Funktionstüchtigkeit umzuschalten. Schon gar nicht, wenn sich jemand derart geschraubt ausdrückte wie ihr Vater.

»Nur mal so aus der Perspektive eines Normalos: Könntest du eventuell etwas deutlicher werden, Papa?«

Herrmann Twilling sah interessiert zu, wie seine Tochter die eindrucksvolle chromglänzende Espressomaschine anstellte, eine Handvoll Kaffeebohnen in die elektrische Mühle rieseln ließ und Wasser in den Tank füllte.

»Gegenfrage: Macht dieses Ungetüm auch einen schönen Filterkaffee?«

»Ich habe es dir doch schon gestern erklärt. Auf Wunsch gibt es einen Lungo und heißes Wasser extra. Mit Filterkaffee kann ich nicht dienen.«

»Hm.« Er legte die Brötchentüte auf den Tisch. »Aber Butter und Honig wirst du doch wohl mittlerweile im Haus haben? Ich denke, dahingehend hatte ich mich gestern früh deutlich genug geäußert.«

»Nee, Opa, wir dürfen den Bienen nichts wegnehmen«, rief Leonie, die in Nachthemd und rosa Glitzerschuhen in die Küche gelaufen kam.

Emma dackelte hinterher, die Nase witternd in die Luft gehoben. Bellend legte sie sich vor den Kühlschrank. Auch Herrmann Twilling sah auf einmal so aus, als wollte er losbellen.

»Herrschaftszeiten, der Imkerberuf ist ein überaus respektables und traditionsreiches Gewerbe! Schon die alten Griechen erfanden das Speiseeis, indem sie Schnee mit Honig mischten. Was soll denn so schlimm daran sein?«

»Veganer lehnen es ab, Tiere auszubeuten«, spulte Dana die Standarderklärung ab, während sie das Kaffeemehl in den Siebträger gab und diesen mit einer gekonnten Bewegung einrasten ließ.

»Kind, die Bienen verhungern doch nicht. Sie bekommen Zuckerwasser als Ersatz.«

»Genau, es ist ein mieser Ersatz.« Sie stellte eine Tasse unter das Auslaufrohr, dann drückte sie die Taste für Espresso. »Stell dir vor, du hast ein Leben lang gespart, ein hübsches Sümmchen auf dem Konto, und dann kommt jemand und sagt: April, April, ich nehme dir dein Geld weg, aber dafür bekommst du Spielgeld von Monopoly. Wie fändest du das?«

»Jeder Vergleich hinkt, aber dieser sitzt im Rollstuhl«, grummelte ihr Vater. »Ich bekomme also wieder kein Honigbrötchen zum Frühstück?«

Emma bellte lauter. Mit geschlossenen Augen stürzte Dana den fertigen Espresso hinunter. Und jetzt tief durchatmen. Auch diese Diskussion wirst du überstehen. Sie öffnete einen der Glasschränke und zeigte auf die Schraubgläser.

»Wir haben tolle Fruchtzubereitungen. Alternativ gibt es vegane Gemüseaufstriche in diversen Geschmacksrichtungen, die locker den Tagesbedarf an allen wichtigen Vitaminen decken: Linse-Tomate, Champignon-Bärlauch …«

»Iiiii, probier bloß nicht den fiesen Bärlauch, Opa!«, rief Leonie.

»… Zucchini-Tofu, Rote-Bete-Gurke, Möhre-Nuss, Kürbis-Kokos …«

»Besten Dank, schon allein diese Aufzählung deckt meinen Tagesbedarf an schlechter Laune.« Verärgert fuhr Herrmann Twilling mit seinem Rollstuhl hin und her. »Seit fünfzig Jahren esse ich ein weichgekochtes Ei und ein Honigbrötchen zum Frühstück. Wer sich von Tieren ernährt, ist kein Unmensch!«

»Sagte der Löwe, bevor er dem Zebra den Kopf abbiss«, konterte Dana.

»Das arme Zebra!«, jammerte Leonie.

Herrmann Twilling sagte gar nichts mehr. Verdrossen betrachtete er Emma, die immer noch vor dem Kühlschrank lag und zum Gotterbarmen winselte. Leonie kraulte sie hinter den Ohren, dann kletterte sie auf den Schoß ihres Großvaters und musterte eingehend sein Gesicht.

»Hast du dich gekloppt? Mama sagt, man darf sich nicht hauen. Reden ist besser, Opa.«

Nach dem verbalen Schlagabtausch mit ihrem Vater war Dana keineswegs mehr sicher, ob diese Regel stimmte. Er hatte einfach die schreckliche Gabe, alles kurz und klein zu reden. Man kam nicht dagegen an. Seine Wortlawinen walzten selbst das vernünftigste Argument nieder.

Aber vielleicht winkte ja kosmische Erlösung?

Dana schaute auf dem Mondkalender am Kühlschrank nach. Er verkündete einen Licht- und Blütentag, der sich für Gymnastik und Dampfbäder eignete. Dafür war leider keine Zeit, so wenig wie für die empfohlene Maniküre. Solche luxuriösen Freizeitbeschäftigungen konnte sich Dana nicht leisten. Seelisch wies der Tag in die Vergangenheit und mahnte Klärungsbedarf an. Ob damit Paul gemeint war?

Von ferne hörte man ein Handy klingeln. Von sehr fern. Doch schon am Klingelton erkannte Dana, dass es Eddy war. Sie lief ins Kinderzimmer und fand ihr Handy nach einigem Suchen unter dem Kissenberg in Leonies Bett.

»Ja?«

»Hallo, Dana, weißt du eigentlich, dass auf deiner Facebook-Seite die Hölle los ist?«

»Äh – nein?«

»Über zweihundert Follower schon! Wie hast du das denn bloß angestellt?«

»Ich habe gar nichts angestellt«, erwiderte Dana verwundert. »Aber warte mal, gestern Abend war ein total sympathisches Paar im Paradies, vielleicht sind die aktiv geworden.«

»Aktiv ist eine nette Untertreibung. Die loben dein Restaurant in den höchsten Tönen. So weit, so gut – jetzt musst du auch was posten. Ich würde das ja gern für dich tun, *cara mia*, aber ich habe zu viel im Laden um die Ohren.«

»Facebook.« Dana zupfte sich eine Locke aus der Stirn. »Da habe ich null Ahnung von nix.«

»Dann such dir einen, der sich damit auskennt. Ist wirklich megawichtig. Die Facebook-User sind Kommunikationsjunkies. Die wollen Kommentare, Fotos, Infos …«

Das Gebell und Gejaule hatte plötzlich aufgehört. Dana ahnte Schlimmes. Mit dem Handy am Ohr ging sie zurück in die Küche, wo Emma gerade ein rohes Schweinerippchen zerkaute. Allein das Geräusch der knackenden Knochen trieb Dana einen Schauer über den Rücken.

»Bist du noch dran?«, fragte Eddy.

»Ja.« Dana schnitt eine vorwurfsvolle Grimasse in die Richtung ihres Vaters. »Du, Eddy, ich kenne niemanden, der das draufhat, mit Facebook und so. Könntest du dich vielleicht mal umhören, ob ein Bekannter von dir für kleines Geld einspringen kann?«

»Mein Kind, du kennst sehr wohl jemanden, der weiß, wie man sich in sozialen Netzwerken à la Facebook artikuliert«, sagte Herrmann Twilling.

Dana zog die Augenbrauen hoch.

»Wen denn?«

»Mich!«

Nachdem sich Danas Atmung wieder normalisiert hatte, wischte sie sich mit dem Handrücken über die Stirn.

»Es ist noch zu früh am Morgen, um schlechte Witze zu machen.«

Ihr Vater spitzte beleidigt die Lippen, bevor er weitersprach.

»Ich schätze feingeistigen Humor, aber Witze gehören nachweislich nicht zu meinen Vorlieben. Wie ich dir bereits erzählte, habe ich einen sechsmonatigen Computerkurs in der Volkshochschule absolviert. Lass mich ein wenig ausholen.«

Dana zeigte auf ihr Handy.

»Papa, ich …«

»Denk nur nicht, dass ich zum alten Eisen gehöre. Das ist nichts weiter als ein gängiges Vorurteil, mit dem viele meiner Altersgenossen konfrontiert sind. Einer aktuellen Studie zufolge sind knapp drei Viertel der Fünfzig- bis Vierundsechzigjährigen online. Bei den Senioren über fünfundsechzig beläuft sich der Anteil immerhin noch auf fast ein Drittel, die …«

»Bist du noch dran?«, fragte Eddy.

»Entschuldige, eine Sekunde.« Dana starrte ihren Vater an, der hochzufrieden die Arme verschränkte. »Du meinst also wirklich, du könntest dich um diese Facebook-Sache kümmern?«

»Unter gewissen Umständen, ja.«

»Und die wären?«

Ein triumphierendes Lächeln glitt über Herrmann Twillings Gesicht. Theatralisch breitete er die Arme aus und deutete mit den Daumen auf den Küchentisch.

»Morgens ein weiches Ei, exakt fünfeinhalb Minuten gekocht, kaltgeschleuderter Tannenhonig und gute Butter.«

Danas Haut begann zu kribbeln. Von den Fußsohlen bis zu den Haarwurzeln. Als sei sie in einen Ameisenhaufen gefallen.

»Das ist Erpressung!«

»Das ist die Kunst der Verhandlung«, erwiderte Herrmann Twilling. »Übrigens bin ich der Meinung, dass es für dich ein überaus vorteilhafter – Deal wäre. So formuliert man das doch heute, oder? Deal?«

»Bist du noch dran?«, tönte es aus dem Handy.

»Äh, ja?«

»Also, ich müsste mal hier weitermachen«, sagte Eddy. »Gerade ist frische Ware gekommen, die packt sich nicht von selber aus. Soll ich denn nun einen einsamen Nerd auf Speed finden, der deine Facebook-Seite für ein paar schlappe Hunderter tunt?«

»Danke, Eddy, ich glaube, ich habe schon jemanden gefunden.« Danas Stimme klang gepresst. »Wirklich, tausend Dank noch mal.«

»Für dich immer gern. Freu mich, wenn du bald wieder vorbeischaust.«

»Ja, mach ich.«

Das Telefongespräch war beendet, und Dana stand kurz vor einem Nervenzusammenbruch. Sie konnte sich keinen Nerd für ein paar Hunderter leisten. Nicht mal für einen Fünfziger. Aber sollte sie wirklich alles, woran sie glaubte, alles, was sie lebte, auf dem Altar eines starrköpfigen alten Mannes opfern?

Ihr Blick fiel auf die Knochenreste in Emmas Körbchen und wanderte zum Tisch, auf dem plötzlich viele kleine Butterpäckchen in Goldfolie und einige folienverschweißte Plastikschälchen mit Honig lagen.

»Diese Notration habe ich im Krankenhaus mitgenommen«, erklärte ihr Vater seelenruhig. »Weil ich mir schon dachte, dass du die bescheidenen Wünsche eines Rentners ignorierst.«

»Hast du das geklaut, Opa?«, fragte Leonie mit weit aufgerissenen Augen. »Das darf man nicht!«

»Meine liebe Nini, für das Geld, das ich als Privatpatient diesem Krankenhaus für eine einzige Nacht zahlen muss, könnte die Klinikleitung ganze Wagenladungen voller Butter und Honig kaufen.«

Diese höchst kreative Interpretation von Eigentum teilte Dana zwar nicht, aber im Moment gab es Wichtigeres als stibitzte Butterpäckchen. Sie ging zur Espressomaschine, um sich mit einer weiteren Koffeindosis gegen die Beredsamkeit ihres Vaters zu wappnen.

»Mami, was ist ein Piratpatent?«, erkundigte sich Leonie.

»Einer, der uns Kassenpatienten die guten Termine wegschnappt, immer gleich drankommt und homöopathische Medizin umsonst kriegt.«

Leonie dachte angestrengt nach.

»Ist Opa ein Homopirat?«

Es fiel Dana schwer, ernst zu bleiben.

»Nein, er ist hingefallen und musste sich von einem Arzt untersuchen lassen. Und da er ein sehr freundlicher älterer Herr ist, waren alle besonders lieb zu ihm. Den Rest erkläre ich dir ein anderes Mal.«

Leonie hatte ohnehin die Lust auf dieses komplizierte Thema verloren. Mit einem »Schsch, wird alles wieder gut« tätschelte sie die Wange ihres Großvaters und hüpfte von seinem Schoß, um Emmas Wassernapf zu füllen.

»Ich finde, dass unsere Nini eine substantiellere Erläuterung des deutschen Krankenversicherungswesens verdient hat«, sagte Herrmann Twilling milde.

»Und ich finde, dass wir allmählich frühstücken sollten.« Wie eine Verdurstende schlürfte Dana ihren zweiten Espresso an diesem vertrackten Morgen. Allmählich zeigte das Koffein Wirkung in ihrem Hirn. »Der Deal, wie du es nennst, ist erst perfekt, wenn du mir versprichst, dass wir eine Kompromisslösung anstreben. Eine Woche bekommst du deine Butter, deinen Honig, dein Ei, danach probierst du es eine Woche lang vegan.«

»Gut, so machen wir es.«

Er hatte etwas zu schnell zugestimmt. Wahrscheinlich, weil er bereits überlegte, wie kreativ er auch diesen Kompromiss handhaben würde. Dana richtete sich auf ein zähes Tauziehen ein. Und hoffte inständig auf den Sieg der Vernunft. Irgendwann.

»Dann schauen wir uns gleich nach dem Frühstück die Facebook-Seite an. Wenn du Beratung brauchst, ruf Eddy an. Ach, bevor ich's vergesse, Papa – wie sieht denn nun der Plan aus, für den du gestern Abend extra ins Lokal kommen wolltest?«

Herrmann Twilling schob die Butterpäckchen auf dem Tisch hin und her, während er unbehaglich zu Leonie schaute.

»Nini, hast du schon deine Zähne geputzt?«

»Fast«, antwortete sie und sauste los zum Badezimmer.

»Du willst keine Ohrenzeugen für deinen Obergeheimplan, was?«, neckte Dana ihren Vater. »Papa? Hörst du mir überhaupt zu?«

Mit einem seltsam entrückten Lächeln türmte er einige Butterpäckchen zu einem Stapel, der aussah wie ein goldener Miniaturwolkenkratzer.

»Seit diese impertinente Müller-Mertens mich und zugleich die gesamte Lehrer- und Beamtenschaft gekränkt hat, halte ich es für gerechtfertigt, die Zone der Legalität auszuweiten.« Wohlgefällig betrachtete er den goldenen Turm. »Mein Kind, es handelt sich um das perfekte Verbrechen. Was in diesem Fall kein Verbrechen ist, sondern die moralisch gerechtfertigte Sabotage der Pro Domo GmbH.«

Die anschließende Stille in der Küche wirkte wie elektrisch aufgeladen. Verbrechen. Sabotage. Unheilvoll schwebten die Begriffe über den Köpfen. Ohne ein Wort zog Herrmann Twilling das unterste Butterpäckchen aus dem Stapel, und das goldene Hochhaus stürzte in sich zusammen.

»Ich glaub, jetzt brauche ich einen doppelten Espresso«, stöhnte Dana.

12

Jenseits von feindlichen Immobiliengiganten, gefährlichen Baggerlöchern und Vätern auf Abwegen hatte sich die Welt zu Danas Erstaunen einfach weitergedreht. Sie hielt den Wagen vor dem Kindergarten an. Rund um die idyllische kleine Villa tobten Kinder auf dem Klettergerüst, andere spielten im Sandkasten oder rannten schreiend und quietschend durch den verwilderten Garten. Ein tröstlicher Anblick. Die heile Welt aus dem Bilderbuch.

Leonie schnallte sich ab, öffnete die Tür und sprang mit einem fröhlichen »Tschüss, Mami!« aus dem Wagen. Emma, die auf der Rückbank saß, kläffte ihr aufgeregt hinterher. Ehe Dana überhaupt ausgestiegen war, verschwand ihre Tochter zwischen bunten Sweatshirts und Anoraks.

Dana winkte ihr nach. Eine überflüssige Geste eigentlich, aber ein mütterliches Ritual, auf das sie nicht verzichten mochte.

»Wie ich sehe, haben Sie Nini endlich neue Schuhe gekauft.« Frau Dieckmann-Elmenreich schlenderte heran. Sie lächelte nachsichtig. »Sehr schön, die Sneakers. Und, na ja, ich glaube, ich muss mich bei Ihnen entschuldigen.«

»Wofür denn?«

Etwas verlegen strich sich die Erzieherin die rötlichen Haare aus der Stirn. Sie trug eine modische Fetzenjeans und eine lachsfarbene Lederjacke, die Dana für Sekundenbruchteile bedauern ließ, dass sie nie wieder eine Tierhaut an sich heranlassen würde.

»Ich habe darüber nachgedacht, was Sie gestern gesagt haben. Das mit den Männern. Sie haben recht, Frau Twilling: Ein Mann ohne Sollbruchstellen ist in etwa so wahrscheinlich wie kalorienfreies Tiramisu. Bitte verstehen Sie mich nicht falsch. Ich habe gestern nur Ninis emotionale Entwicklung im Blick gehabt. Ich wollte Ihnen keine Schuldgefühle aufdrängen.«

»Ist Ihnen aber bestens gelungen«, brummte Dana.

»Wissen Sie …«, Dicki knabberte auf ihrer Unterlippe herum, »ich lebe auch nicht in einer Bambiwelt.«

Oha. Was kam denn jetzt? Während sich Dana an die noch warme Kühlerhaube lehnte, betrachtete Dicki ihre Hände.

»Mein letzter Freund war ein Teilzeitmacho und ein wandelndes Tattoo. Auf seinem Oberkörper waren mehr Sprüche als in einem Sack Glückskekse, aber in seinem Kopf war eher wenig los.«

»Meiner hat sich nur für Fußball interessiert«, bekannte Dana, erleichtert, dass sie doch nicht die Einzige mit verkorksten Beziehungen war. »Dauernd bolzte er mit seinen Kumpels, und im Fernsehen lief nur der Sportkanal. Wenn sein Lieblingsspieler durchs Mittelfeld tanzte, kriegte er feuchte Augen und Schluckreflex. Das war aber dann auch schon der emotionalste Aspekt unserer Beziehung.«

Ein blauer Ball kam angeflogen. Geschickt fing die Erzieherin ihn auf und warf ihn einem kleinen dicken Jungen zu.

»Viel zu viele Männer bleiben emotional im Kindergartenstadium stecken. Wollen Verständnis, Essen, ein warmes Nest, und wenn sie genug davon haben, gehen sie spielen.«

»Kenn ich«, erwiderte Dana. »Die Kerle wollen einfach nicht erwachsen werden, stimmt's?«

Dicki lächelte wissend und ein klein wenig melancholisch.

»Für die ist das Leben ein einziger Flipperautomat. Rumdaddeln, Radau machen, jeden Tag Kirmes. Manchmal frage ich mich, ob für Frauen wie uns überhaupt noch was halbwegs Akzeptables kommt.«

»Viel Spaß beim Warten. Leider sind wir mit jedem weiteren Jahr halb so schön und doppelt so schwer«, philosophierte Dana. »Was die Aussichten nicht gerade verbessert.«

Eine Weile sagten beide nichts. Aber zusammen schweigen,

das war auch schon was, fand Dana. Sofern man einvernehmlich schwieg.

Dicki sah nachdenklich zu den Baumwipfeln hoch.

»Ich bin kein Eso-Fuzzi oder so was, aber ich glaube, das Universum wird uns ein Zeichen geben, wenn es so weit ist.«

»Wie jetzt? Meinen Sie, dass dann Räucherstäbchen vom Himmel fallen?«

»Wir werden es spüren.« Dicki malte mit der Spitze ihres Cowboystiefels Kreise in den sandigen Boden. »Es wird vielleicht nicht prickeln, aber es wird sich gut anfühlen. Das ist viel wichtiger als diese verdammten Schmetterlinge im Bauch.«

Die letzten Worte hatte sie mit ungewöhnlicher Heftigkeit hervorgestoßen. Überrascht registrierte Dana, dass Frau Dieckmann-Elmenreich keineswegs der dauersanfte Engel war, für den man sie auf den ersten Blick halten konnte. Das machte sie menschlicher. Und sympathischer. Dana nahm all ihren Mut zusammen.

»Wollen wir demnächst mal einen Kaffee zusammen trinken gehen?«

»Gern.« Dicki schien sich ehrlich zu freuen. »Wissen Sie was? Schon länger hatte ich das Gefühl, dass wir uns bestimmt viel zu erzählen hätten.«

Als ob sie meine Gedanken erraten hätte, dachte Dana.

»Wollen wir uns nicht duzen?«

»Sagen Sie … Sag einfach Dicki. Machen alle so, und ich mag den Namen mittlerweile.«

Die Erzieherin warf einen Blick auf ihre Armbanduhr, dann zu den Kindern, die sich mittlerweile kreischend mit Sand bewarfen.

»Tja, also, ich müsste mal wieder meinen Pflichten nachkommen. Und nicht vergessen: Wenn es sich gut anfühlt, ist es der Richtige.«

Sie tippte Dana auf die Schulter, drehte sich um und ging zum Sandkasten, wo sich die Kinder auf ihre Lieblingserzieherin stürzten.

Die wäre was für Eddy, schoss es Dana durch den Kopf. Nicht dass sie ausgeprägte Kuppelinstinkte gehabt hätte, aber es tat ihr in der Seele weh, dass Eddy sich vergeblich um sie bemühte. Er hatte eine richtig tolle Frau verdient. Eine wie Dicki.

Emma saß auf dem Beifahrersitz, als Dana in den Wagen stieg. Mit einem Dackelblick, der ihrer Rasse alle Ehre machte. Als wüsste sie genau, dass sie ihr Frauchen schnöde hintergangen hatte.

»Ja, du bist eine kleine Verräterin«, sagte Dana tadelnd. »Schäm dich. Du hast heute Morgen Fleisch gefressen! Schweinerippchen! Aber ich verzeihe dir, meine Süße, und mache einen schönen Spaziergang mit dir.«

Sie brauchte eine kleine Auszeit. Einmal frische Luft schöpfen, einmal die Seele durchatmen lassen. Und vergessen, dass das Leben keine Kindergartenidylle war.

Zehn Minuten später ließ sie die Stadt hinter sich und bog in einen schmalen Waldweg ein. Der Kastenwagen holperte durch tiefe Schlaglöcher bis zu einem baumumstandenen See, wo Dana den Wagen auf einem Parkplatz abstellte und ausstieg.

Die Morgensonne schimmerte auf dem Wasser, das in träge plätschernden Wellen ans Ufer schwappte. Außer Vogelgezwitscher und Froschgequake war nichts zu hören. Tief sog Dana die frische Waldluft ein. Dies war ihr Lieblingsplatz. Hier schöpfte sie Kraft, wenn gar nichts mehr ging.

Früher hatte sie regelmäßig Yogakurse und Meditationsworkshops besucht, doch mittlerweile fehlte ihr die Zeit für solche Hobbys. Die Spaziergänge waren ihre einzigen kleinen Fluchten aus dem Alltag.

Sie legte Emma die Leine an und ging zum Ufer, wo ein Trampelpfad rund um den See führte. Diese Ruhe. Dieser Frieden. Alles, was sie bedrückte, war weit, weit weg.

Nicht weit genug, wie sie im nächsten Moment feststellen musste.

»Hallo, Dana.«

Wie ein Geist stand Paul vor ihr. Er musste ihr aufgelauert haben, anders war sein plötzliches Auftauchen nicht zu erklären. Müde sah er aus, ein bisschen durch den Wind. Sein rot-blau kariertes Holzfällerhemd war falsch geknöpft, unter seinen Augen lagen dunkle Schatten. Er wirkte so verknittert, als habe er die ganze Nacht durchgemacht.

»Paul!«

»Ich bin wach, mehr möchte ich zu meinem derzeitigen Zustand nicht sagen.« Er räusperte sich. »Ich irre auch nicht auf Parkplätzen rum und suche eine Mitfahrgelegenheit. Ich bin deinetwegen hier. Hast du kurz Zeit für mich?«

Noch hatte sich Dana nicht ganz von ihrem gelinden Schrecken erholt. Und ihr Lipgloss lag im Wagen. Sie ging in die Hocke, um Emma zu streicheln.

»Hey, wenn *du* kurz Zeit hast – könntest du dann bitte aufhören, mir nachzuspionieren?«

»Tu ich doch gar nicht. Dachte mir nur, dass du vielleicht hierherkommst«, sagte er. »Ist doch dein Lieblingsort. Und deine Zeit für den Morgenspaziergang, kurz nach halb neun.«

»Super, James Bond, genial kombiniert. Leider möchte ich allein sein. Grüß Miss Moneypenny von mir. Oder wie auch immer dein«, sie wedelte mit den Fingern Gänsefüßchen in die Luft, »Auswärtsspiel heißt.«

Paul vergrub die Hände in den Hosentaschen. Über seine meergrünen Augen legte sich ein Schleier.

»Es war eine Riesendummheit, echt. Die Frau bedeutet mir gar nichts. Sie war nur eine …«

»Du verwechselst mich mit jemandem, den das interessiert«, unterbrach Dana ihn. »Und jetzt tu mir den Gefallen, und lass mich meine Runde um den See drehen, ja?«

Sie richtete sich auf. Wenn Paul zerknirscht war, sah er aus wie ein kleiner Junge. Den Dackelblick hatte er mindestens so gut drauf wie Emma. Nicht hinsehen, befahl Danas innere Stimme.

»War doch nicht alles schlecht mit uns, oder?«, fragte er treuherzig.

Zum Glück zog Emma wie verrückt an der Leine, so dass Dana einen Vorwand hatte, ein paar Schritte Abstand zwischen sich und Paul zu bringen.

»Es gab ein paar gute Phasen mit deiner Ökoschlampe, wolltest du wohl sagen.«

»Mannomann, Dana, ich weiß, dass ich mich wie ein Idiot benommen habe!«, brach es aus ihm heraus.

»Und jetzt willst du ein – Beziehungsgespräch?«

Er grinste. »Dafür bin ich nicht annähernd betrunken genug.«

So ein Kindskopf. Dana ging einfach weiter. Für Paul und seine alkoholbetriebenen Einfälle fehlte ihr schlicht die Energie nach dem turbulenten Abend im Bistro Paradies. Gut, der Mondkalender hatte angedeutet, dass sie mit ihrer Vergangenheit abschließen sollte, aber war das wirklich der richtige Moment?

»Dana, jetzt bleib doch mal stehen!«

Aufstöhnend drehte sie sich um. Also schön. Dann eben die finale Klärung. Besten Dank auch, zunehmender Mond. Sie suchte nach den passenden Worten. Nach etwas Versöhnlichem.

»Paul, ich hab mir was vorgemacht. Ich habe dich nicht so gesehen, wie du wirklich bist, sondern so, wie ich dich gern sehen wollte. Schieb die Schuld gern auf mich, dass das nicht klappen konnte.« Sie schluckte. »Du wirst immer ein Teil meines Lebens bleiben, aber meine Gefühle für dich reichen nicht aus fürs Zusammenleben. Das mit uns ist ab jetzt eher was, hm, Platonisches.«

Darüber musste Paul erst mal nachdenken. Geistesabwesend kickte er mit seinem rechten Fuß Kieselsteine in den See, während er vor sich hin grübelte. Schließlich schien bei ihm der Groschen zu fallen.

»Meinst du platonische Liebe? Mit vegetarischem Sex? Was ja wohl heißt – gar keinem Sex?«

»Schön, dass du es auf das reduzierst, was dir am wichtigsten ist.«

Er schob sein Kinn vor.

»Hör mal, ich bin kein primitives Sexmonster, ich bin nur wohlfühlorientiert.«

Dana unterdrückte ein Kichern. So war es immer gewesen: Paul brachte sie zum Lachen. Ja, genauso hatte damals alles angefangen, als sie sich zufällig an einer Tankstelle kennengelernt hatten. Paul hatte ihren uralten Kastenwagen beäugt, ihr zugelächelt und »Voll Steinzeit, ey« gesagt. Das war lange her. Sie schaute über den See, der jetzt glatt wie ein Spiegel in der Sonne lag.

»Nini freut sich bestimmt, wenn du ab und zu vorbeischaust. Sie hängt an dir, ist ja klar.«

»Und du?«

Dana horchte in sich hinein. Hing sie noch an ihm? Es war erst wenige Tage her, dass sie auf einen Heiratsantrag gehofft hatte. Doch das war mehr die Sehnsucht nach Stabilität als eine Gefühlssache gewesen, wie ihr jetzt bewusst wurde. Paul und sie, das war nie ein Einklang gewesen, geschweige denn eine Seelenverbindung. Eher ein fröhliches Zusammenraufen als Harmonie, eher eine leidlich funktionierende und irgendwann nur noch zweckdienliche Lebensgemeinschaft als eine Beziehung, in der sie Geborgenheit gefunden hätte.

Und jetzt? Leider fühlte es sich nicht sonderlich gut an, mit Paul zu reden. Zu viel Bedauern, zu viele Erinnerungen an Streitigkeiten. Auch das Universum meldete sich nicht. Es war vorbei.

»Du müsstest dich verändern, damit es mit uns funktioniert. Aber ich will dich nicht erziehen, verstehst du? Ich bin keine Kindergärtnerin. Bleib einfach, wie du bist, Paul. Du wirst eine Frau finden, die besser zu dir passt als ich.«

»Amen«, knurrte er. »Wenn ich gewusst hätte, wie das Erwachsenenleben mit diesem ganzen Beziehungsgedöns läuft, wäre ich im Sandkasten sitzen geblieben.«

»Und wenn du wüsstest, was Fleisch mit dir anstellt, würdest du mich auf Knien anflehen, dass ich nur noch Tofu für dich koche«, lächelte Dana.

Damit hatte sie ungewollt einen neuralgischen Punkt getroffen. Paul warf den Kopf in den Nacken und drückte sein breites Kreuz durch.

»War ja klar, dass du auch noch darauf rumreiten musst. Ich sag dir was: Du willst die Männer kleinkriegen, aber das schaffst du nicht. Ich hab jedenfalls keinen Bock mehr darauf, dass du meine Eier in deinem Handtäschchen spazieren führst.«

»Lass es gut sein, Paul«, bat Dana.

Doch sein Gesicht verzerrte sich vor Wut.

»So einen wie mich kriegst du nie wieder. Einen echten Mann, nicht so einen bescheuerten Tofukasper. Wusstest du eigentlich, dass Vegetarier ein Ausdruck aus der Indianersprache ist? Wörtlich übersetzt heißt das ›einer, der zu blöd zum Jagen ist‹.«

Damit drehte er sich um, stiefelte schwankend davon, und Dana wusste auf einmal nicht mehr, ob sie lachen oder heulen sollte.

13

»Nein, heute Abend keine Platz, nein, morgen auch nicht, sorry, rufen an nächste Woche, Wiedersehen!«, rief Hung Tai ins Festnetztelefon des Bistro Paradies, das neben dem Gläserschrank der Küche hing.

Wie angewurzelt blieb Dana auf der Schwelle stehen.

»Hung Tai?«

Nach dem Spaziergang hatte sie eine volle Stunde im Bürgeramt verbracht, zusammen mit ihrem Vater, der sämtliche Wartenden mit seinen Monologen terrorisiert hatte. Nun war es offiziell: Herrmann Twilling wohnte in häuslicher Gemeinschaft mit seiner Tochter und seiner Enkelin. Das war schon bizarr genug. Aber dass Hung Tai in ihrer Abwesenheit potentielle Gäste wegschickte, darauf wäre Dana nicht im Traum gekommen.

»Wieso sagst du, wir hätten keinen Platz?«

»Weil alle voll heute, und morgen und Tag nach morgen. Ist ein Gästetsunami. Rufen Leute an wie verruckt.«

»Verrückt.«

Das war es in der Tat. Dana durchblätterte das Terminbuch und konnte nicht fassen, was sie entdeckte. Die verschnörkelten Hieroglyphen, die nur Hung Tai entziffern konnte, ließen erkennen, dass alle Tische in den kommenden Tagen ausgebucht waren. Mittags und abends.

Sie klappte das Buch zu. Freude und Schreck hielten sich in etwa die Waage. Immer hatte sie von einem vollen Lokal geträumt, aber jetzt machte ihr der unerwartete Ansturm ein bisschen Angst.

»Schaffen wir das, Hung Tai?«, flüsterte sie.

»Sagt vietnamesische Sprichwort: Fürchten nicht die Enge von

Haus, fürchten viel mehr Enge von Herz. Du haben große Herz, Dana.«

»Ja, einen großen Eisblock, wenn ich dich gestern richtig verstanden habe.«

»Jetzt Frühling, viele Gefühle, Eisblock schmelzen«, lächelte Hung Tai. »Und viele, viele Gäste kommen.«

Dana musste sich setzen. Sie zog einen kleinen Schemel heran und sank darauf nieder. Nie hätte sie für möglich gehalten, dass der Erfolg quasi über Nacht kommen könnte. Nervös stand sie wieder auf, kramte in ihrer Tasche und verteilte ein wenig Gloss auf ihren Lippen.

»Lassen wir mal die Gefühle beiseite: Verkraften wir überhaupt so viele Gäste auf einmal?«

»Ist einfach, weil alle Leute wollen Gleiche – unsere Liebesmenü.« Der Koch stellte Pfannen und Töpfe auf den Herd. »Müssen kaufen Zutaten, Dana. Ich Thien Tung anrufen, brauchen mehr Rosenblätte, Pimelblüten und so weiter. Okay?«

»Ja, danke, Hung Tai.« Mechanisch griff Dana zu einem Messer und würfelte einige Zucchini, die abgespült auf der Arbeitsplatte lagen. »Apropos Thien Tung – könnten wir um elf Uhr eine kleine Besprechung mit ihm abhalten?«

»Ich schicken SMS. Was du haben vor?«

Genau genommen wusste Dana es selbst nicht. Ihr Vater hatte lediglich angedeutet, für seinen Plan brauche er Spezialisten. Ein mobiles Einsatzteam. Eine Gang. Völlig absurd. Herrmann Twilling, der korrekte Beamte, der einen illegalen Coup vorbereitete?

Die anderen Hausbewohner waren jedenfalls weniger phantasievoll gewesen. Zwei von Danas Wohnungsnachbarn hatten bereits die Kündigung akzeptiert und waren ausgezogen. Auch an diesem Morgen stand ein Umzugswagen auf der Straße. Es wurde leerer und leerer in dem alten Haus. Und wir sind die letzten Mohikaner, dachte Dana.

Ein zartes Klirren verriet, dass jemand die gläserne Eingangstür öffnete. Danas Magen zog sich zusammen, als sie durch das Fenster ins Lokal blickte und eine hochelegante Dame hereinstöckeln sah, in einem klatschmohnroten Designerkostüm, mit dickem Goldschmuck und irre hohen Leopardenpumps.

Wütend lief Dana ihr entgegen. Alexandra Müller-Mertens öffnete die mohnrot geschminkten Lippen, doch Dana kam ihr zuvor.

»Bevor Sie etwas sagen – Ihr Entmietungsterror ist mir nicht entgangen. Das Baggerloch, die Absperrung, der Stromausfall! Aber damit beißen Sie auf Granit! Auch Ihr mieser Trick, mir das Gewerbeaufsichtsamt auf den Hals zu hetzen, war ein Schuss in den Ofen. Mein Anwalt hat dafür gesorgt, dass ich weiterkochen darf. So, jetzt sind Sie dran.«

Frau Müller-Mertens hatte Dana mit einer Miene zugehört, als sei es richtig harte Arbeit, in Leopardenpumps rumzustehen und das Leben anderer Leute in der Toilette runterzuspülen. Nun setzte sie ein gewinnendes Lächeln auf.

»Sie haben mein vollstes Verständnis, wenn Sie sich durch den bevorstehenden Abriss gestört fühlen. Darüber wollte ich ja mit Ihnen sprechen.«

Ihre Stimme klang untypisch sanft. Besorgniserregend sanft. Sie öffnete ihre Handtasche, ein überdimensional großes Modell aus rotem Schlangenleder mit goldenen Troddeln. Dana wurde ganz schlecht bei dem Gedanken, dass irgendwo in der Dritten Welt unschuldige Reptilien dran glauben mussten, nur damit eine Müller-Mertens ihr Angebertäschchen durch die Gegend schleppen konnte.

»Warum lassen Sie mich nicht einfach in Ruhe?«, begehrte Dana auf.

»Weil Sie ein Verwertungshemmnis sind, oder anders ausgedrückt: Sie selbst sind das Problem«, sagte Alexandra Müller-Mertens spitz. »Ich mache Ihnen überhaupt keine Scherereien.«

Dana lachte unfroh. »Nein, kein bisschen.«

»Wir von der Pro Domo GmbH sind an einer ebenso reibungslosen wie menschlich kompatiblen Abwicklung Ihres Umzugs interessiert. Hier«, Alexandra Müller-Mertens zog einen Schnellhefter aus der Tasche, »dies sind zwei Objekte, die als Alternative für Sie in Frage kommen. Verkehrsgünstig gelegen, erschwingliche Miete, sofort bezugsfertig.«

Ein kurzer Blick auf die Immobilienexposés genügte Dana.

»Ich weiß ja nicht, was Sie genommen haben, aber Sie wollen mir doch wohl nicht ernsthaft diese Dinger andrehen. Eins liegt direkt an einer Autobahnauffahrt, das andere in einem Gewerbegebiet.«

»In Ihrer Situation sollte man nicht allzu wählerisch sein«, erwiderte Alexandra Müller-Mertens schmallippig. »Kommen Sie doch zur Vernunft. Bei dem Lokal im Gewerbegebiet wäre auch eine kleine Wohnung für Sie dabei, und eine weitere für Ihren Koch. Zwei Zimmer, Küche, Bad.«

»Für einen Mann mit sieben Kindern immer eine gute Idee.«

»Lassen Sie mich selbst mit ihm reden.«

Dana hyperventilierte.

»Raum ist in der kleinsten Hütte, was? Bieten Sie ihm am besten gleich ein Dixie-Klo an!«

Ohne zu antworten, stöckelte Frau Müller-Mertens in die Küche. Dana vermied es einzuatmen, als sie ihr folgte, denn schon allein das penetrante Parfum dieser Frau roch, als könnte man damit Fliegen töten. Und wie die sich aufführte! Als gehörte ihr der ganze Laden! Einfach so in die Küche zu rauschen war schon ein starkes Stück.

Hung Tai öffnete gerade den Deckel einer Styroporverpackung, unter dem drei XXL-Eier zum Vorschein kamen.

Dana holte tief Luft. »Hung Tai, bitte.«

»In Vietnam wir nennen Balut. Enteneier neunzehn Tage brüten, dann kochen. Ist Delikatesse.«

Grundgütiger! Dana musste würgen. Eier plus angebrütete Küken, diese Kombination war einfach nur pervers.

»Warum in aller Welt hast du die Dinger mitgebracht?«

»Nicht für Essen, Dana. Nur hinstellen. Du erinnern? In Vietnam wir sagen: Enteneier, ungerade Zahl, bringen Glück.«

»Sehen Sie, und schon ist das Glück im Anmarsch!«, tirilierte Alexandra Müller-Mertens. »Ich habe eine Wohnung für Sie, mein lieber Freund, direkt über dem neuen Lokal von Frau Twilling.«

Misstrauisch schielte Hung Tai auf das Exposé, das sie ihm vor die Nase hielt.

»Ich schon haben gute Wohnung.«

»Denken Sie darüber nach.« Alexandra Müller-Mertens legte den Schnellhefter neben die gewürfelten Zucchini. »Ach, dürfte ich bei der Gelegenheit einmal in Ihre Vorratskammer schauen? Die Nachbarn haben sich über Ratten beschwert.«

Es dauerte einige Sekunden, bis Dana den abrupten Themenwechsel verdaut hatte. Was für eine üble Verleumdung! Sie war komplett bedient. Bis auf Hung Tais undefinierbare Fleischvorlieben hatte sich noch nie eine Ratte im Bistro Paradies blicken lassen, weder in der Küche noch in der Vorratskammer.

Innerlich bebend ging Dana vor und öffnete die Tür zu dem kleinen Lagerraum.

»Überzeugen Sie sich selbst, dass bei uns alles in Ordnung ist. Sehen Sie sich in Ruhe um. Ich schätze mal, Sie lassen nichts mitgehen. Ist nämlich alles vegan hier.«

Alexandra Müller-Mertens' Lächeln nahm einen säuerlichen Zug an.

»Danke für Ihr Vertrauen.«

So eine Hexe. Dana hatte ein ungutes Gefühl. Sobald diese Dame auftauchte, lag Ärger in der Luft.

Mit steifen Schritten ging sie zur Arbeitsplatte zurück und band sich eine Schürze um. Nahezu manisch begann sie, Tofu in Scheiben zu schneiden. Ob Jens Andresen wohl erreichen konnte, dass Alexandra Müller-Mertens Hausverbot bekam?

Die Tür zur Vorratskammer fiel geräuschvoll zu.

»Also, Frau Twilling, mir ist nichts aufgefallen. Rufen Sie mich an, wenn Sie an den Immobilienobjekten interessiert sind. Einen schönen Tag noch in Ihrem vegaaanen Paradies.«

So künstlich langgezogen, wie sie vegan aussprach, hörte es sich nach einer Krankheit an.

»Danke, Sie mich auch«, raunte Dana vor sich hin, sobald die wandelnde Arroganz verschwunden war. Sie hob den Kopf. »Wie weit sind wir, Hung Tai?«

»In fünf Minute fertig. Zwölf Uhr kommen erste Gäste, elf Uhr kommen Thien Tung.«

Jetzt war es Viertel vor elf. Dana hielt es für angemessen, eine Kanne grünen Tee zu kochen und vegane Haferkekse aus der Vorratskammer zu holen, um dem mobilen Einsatzkommando – was auch immer es anstellen mochte – einen würdigen Empfang zu bereiten.

Zwei Packungen Kekse holte sie vom Regal und wollte schon das Licht in der engen Kammer ausschalten, als sie plötzlich eine wuselnde Bewegung wahrnahm. Sie sah genauer hin. Braune käferartige Wesen krabbelten zwischen Tüten mit Hirse, Kichererbsen und texturiertem Sojaprotein herum. Unfähig, auch nur einen kleinen Finger zu bewegen, starrte Dana auf die Invasion einer ganzen Kompanie von Küchenschaben.

»Dana? Du kommen, ist Mann von Amt da.«

»Frau Twilling?«

Langsam drehte sich Dana um und sah direkt in das staubgraue Gesicht von Herrn Wehmeyer. Interessiert spähte er über ihre Schulter. Straffte sich. Und schob Dana unsanft zur Seite.

»Kakerlaken«, er konnte seine Genugtuung kaum verbergen, »das wird ja immer besser. Und ich dachte schon, angebrütete, verdorbene Eier seien der Höhepunkt meines Tages. Tja, Frau Twilling, ich muss Ihnen wohl nicht näher erläutern, welche Konsequenzen das nach sich zieht.«

»Aber wir hatten noch nie …«, wollte Dana zu einer Verteidigung ansetzen.

»Schnickschnack«, fuhr ihr der Beamte über den Mund. »Diesmal werden Ihnen Ihre Kontakte nichts mehr nützen. Ein derartiger Saustall ist unter keinen Umständen tragbar.«

Er hätte sich auch »Terminator« auf die Stirn stempeln können. Im vollen Bewusstsein seiner alles vernichtenden Macht füllte er das Formular auf seinem Klemmblock aus und überreichte es Dana. Deren Gedanken drehten sich im Kreis. Wir sind ausgebucht. Das Restaurant muss schließen. Endlich kommen Gäste. Und wir müssen sie alle nach Hause schicken.

Ihre Nerven befanden sich im Zustand fortgeschrittener Auflösung. Und dann, aus heiterem Himmel, hatte sie eine Erleuchtung. Wie von Sinnen rannte sie hinter Herrn Wehmeyer her, der bereits auf dem Weg nach draußen war.

»Warum sind Sie gerade heute, gerade jetzt hergekommen?«

Er schlug den Kragen seines Popelinemantels hoch.

»Reine Routine. Ist ein Lokal erst einmal auffällig geworden, sind weitere Kontrollen üblich.«

»Sie haben wieder einen Tipp bekommen, richtig?«, fragte Dana.

Sein Schweigen hatte etwas Verstocktes.

»Diese Müller-Mertens hat Sie angerufen!«, rief Dana. »Und wissen Sie was? Ganz zufällig war sie vor fünf Minuten hier, in der Vorratskammer. Mit ihrer verdammten Schlangenledertasche, in der sie die verdammten Kakerlaken hatte, um sie auszusetzen!«

Der Blick des Mannes wurde unstet. Er richtete seine Augen abwechselnd auf seine Schuhe und einen undefinierbaren Punkt an der Decke.

»Lächerlich. Sie leiden wohl unter Verfolgungswahn.«

»Man hat Sie geschmiert«, sagte Dana mit tonloser Stimme.

»Das habe ich nicht gehört.« Merkwürdig linkisch knöpfte er seinen Mantel zu. »Aber Tipps sind keine Seltenheit. Wir sind darauf angewiesen, dass die Bevölkerung wachsam ist.«

Vor lauter Empörung wusste Dana nicht, wohin mit ihren Händen. Zu gern hätte sie dieses graue Männlein am Kragen gepackt und kräftig durchgeschüttelt. Stattdessen riss sie sich die Schürze vom Körper und pfefferte sie auf den Boden.

»Andere Leute in die Tonne zu treten war schon immer Ihr Traumberuf, oder?«

Herr Wehmeyer sog scharf die Luft durch die Zähne ein.

»Falls Sie Ihr Lokal trotz der behördlich angeordneten Schließung weiterbetreiben, droht Ihnen neben einem empfindlichen Bußgeld ein Strafverfahren.«

Zack, bumm, aus. Es war ein himmelschreiendes Unrecht. Der Durchbruch des Bistro Paradies schien zum Greifen nahe, und ausgerechnet jetzt machte diese Teufelin Müller-Mertens alles zunichte.

Dana hatte einiges überstanden in ihrem wechselvollen Leben, doch dies war der absolute Tiefpunkt. Sie wollte niemanden sehen. Endlich ihren Kummer rauslassen, die Tränen, die sie seit Minuten runterschluckte. Wie ein geprügelter Hund schlich sie in die Vorratskammer und schloss sich darin ein.

Noch immer krabbelten die Küchenschaben herum, auf dem Boden, in den Regalen, sogar an den Wänden. Artgerechte Haltung war was anderes. Die armen Tiere. Eins nach dem anderen sammelte Dana vorsichtig ein und steckte sie in eine halbvolle Tüte Maismehl. Es waren genau fünfzig. Später würde sie die gequälten Geschöpfe im Park freilassen.

Ein lautes Stimmengewirr ließ sie aufhorchen. Mit der Tüte unter dem Arm schloss sie die Tür auf und prallte überrascht zurück. Rund um den Herd hatten sich Hung Tai, Thien Tung, Herrmann Twilling und Eddy versammelt. Eddy?

»Was machst du denn hier?«, fragte Dana. »Hast du nicht im Laden zu tun?«

»Dein Vater sagte, es sei dringend.«

»Aber woher …?«

»Du hast dein Handy zu Hause liegenlassen«, klärte Herrmann

Twilling seine Tochter auf. »Ich habe mir erlaubt, in deiner Telefonliste zu stöbern, um diesen Herrn zu kontaktieren.«

Datenschutz war bei seinem Computerkurs offenbar kein Thema gewesen.

»Wir haben es gerade von Hung Tai erfahren«, sagte Eddy. »Dass dein Lokal schließen muss.«

»Eine Katastrophe, ja.«

»Nicht unbedingt.« Eddy schob seine Sonnenbrille, heute war es eine pinkfarbene, vom Haar auf die Nase. »Wir können von den Mafiosi lernen, *cara mia*. Die haben nie Kneipen betrieben, sondern Clubs. Geschlossene Gesellschaft, *capisce*? Dagegen kann kein Amt der Welt was unternehmen.«

Jetzt brauchte Dana wieder den kleinen Schemel. Etwas benommen ließ sie sich darauf nieder und zog die Knie ans Kinn. Die Tüte mit den Kakerlaken stellte sie auf den Boden.

»Wie soll das funktionieren?«

»Jeder Gast wird Clubmitglied, und wie der Zufall so spielt, ist der Mitgliedsbeitrag identisch mit dem Menüpreis.«

Das war einfach nur genial. Sogar Herrmann Twilling, der normalerweise Vorschläge aller Art mit neunmalklugen Kommentaren zerlegte, nickte anerkennend.

»Werter Herr Eddy, wie schön, dass Sie eine derart zügige Lösung des Problems in Aussicht stellen. Nachdem diese Sache vom Tisch ist, sollten wir uns jetzt der langfristigen Planung widmen.«

Dana sah auf die Uhr.

»Apropos langfristig – fasse dich bitte freundlicherweise kurz, Papa, ja? Um zwölf öffnet das Bistro, äh, der Club Paradies.«

Herrmann Twillings Begeisterung bewegte sich im unteren Bereich.

»Meine Überlegungen sind es wert, ausführlich erörtert zu werden. Wollen wir nicht alle Platz nehmen? Ich meine, ich selbst sitze ja bereits, aber für unsere Kumpane ist es doch ein wenig unbequem.«

Alle setzten sich an einen Tisch im Lokal, Dana servierte grünen Tee und einen Teller Haferkekse. Ihr Vater eröffnete seinen Monolog mit der Vorbemerkung, er sei ein korrekter Bürger, hege keine niederen Motive, sondern engagiere sich lediglich für eine höhere Sache. Dann folgte sein Plan, der sofort für heftige Diskussionen sorgte. Im Kern ging es darum, dass die Pro Domo GmbH in die Knie gezwungen werden sollte, indem man sie mit ihren eigenen Waffen schlug: Manipulation, Spekulation, Emotion.

»Komplett irrsinnig«, seufzte Dana.

»Riskant, aber reizvoll«, brummte Eddy.

»Müssen gut aufpassen, wie Tiger anschleichen«, gab Hung Tai zu bedenken.

»Ich wiederhole noch einmal mein vierstufiges Konzept, das ich an Homers Epos *Die Odyssee* angelehnt habe«, fasste Herrmann Twilling zusammen. »Erstens: Verwirrung stiften, und zwar durch unerlaubtes Eindringen in die Pro-Domo-Büros, sodann psychologische Kriegsführung und angemessene Sabotage. Zweitens: Mitstreiter rekrutieren. Drittens: die Politik unter Druck setzen. Viertens: den Erfolg feiern.«

»Könnten wir Viertens vorziehen?«, grinste Eddy. »Ich habe schneidigen Hunger.«

»Ein wenig mehr Disziplin wäre angebracht«, murrte Herrmann Twilling.

»Nee, ein wenig mehr Realitätssinn.« Dana stützte das Kinn in die Hände. »Ihr seid liebenswert. Vier erwachsene Männer, die Räuber und Gendarm spielen wollen. Echt süß und komplett durchgeknallt. Ich bin schon beim Punkt ›unerlaubtes Eindringen‹ ausgestiegen. Solche kriminellen Aktionen kann ich mir als Geschäftsfrau nicht leisten. Tja, Jungs, ich bin raus.«

Keiner sagte etwas. Betreten sahen alle einander an. So als hätte man ihnen gerade die Spielkonsole weggenommen. Männer wollen eben nicht erwachsen werden, dachte Dana.

»Die Aktion ist abgeblasen. Danke, dass ihr es versuchen wolltet. Aber diesen Kinderkram muss letztlich ich auf meine Kappe nehmen, und ich habe schon Ärger genug. Bleibt also nur der Rechtsweg.«

Niemand hatte auf die Uhr geachtet. Deshalb hoben alle erstaunt die Köpfe, als Punkt zwölf Uhr der erste Gast das Bistro Paradies betrat.

»Philipp.« Dana erhob sich und begrüßte ihn mit Handschlag. »Gut, dass Sie so früh kommen, heute wird es nämlich voll.«

»Ach ja?« Er ließ ihre Hand nicht los. »Was ist passiert?«

»Ein Wunder! Gestern Abend haben wir ein Liebesmenü erfunden, zwei Gäste haben es auf Facebook gepostet, und jetzt ist aus einem Schneeflöckchen eine Lawine geworden!«

Zögernd gab Philipp ihre Hand frei. Ein intensiver Blick durch Brillengläser traf Dana.

»Ein Liebesmenü. Das passt zu Ihnen.«

Seine Stimme. Irgendetwas war mit seiner Stimme passiert. Sie klang warm und männlich, nicht so verhuscht wie sonst. Dana spürte sie wie einen feinen Schauer auf ihrer Haut.

»Ja? Äh, finden Sie?«, stammelte sie verwirrt.

Inzwischen drängten weitere Gäste ins Lokal. Die meisten kamen zu zweit, auch eine größere Gruppe war dabei, und allen konnte man die brennende Neugier auf liebesförderliche Genüsse ansehen. Binnen Minuten hatte sich das Bistro Paradies gefüllt.

Ziemlich kleinlaut räumte Herrmann Twillings mobiles Einsatzkommando den Tisch. Hung Tai flitzte in die Küche, Thien Tung verabschiedete sich hastig, Danas Vater rollte verstört Richtung Ausgang. Nur Eddy blieb unschlüssig stehen. Wachsam beobachtete er Philipp, der nicht wusste, wohin mit seinen Händen, und an den Nähten seiner Jeans herumspielte.

»Dana?« Eddy räusperte sich. »Kann ich dich kurz sprechen?«

»Na klar.«

Etwas umständlich erläuterte er noch einmal seine Clubidee und versprach, entsprechende Formulare zu entwerfen. Einstweilen reiche es, den Clubbeitritt handschriftlich festzuhalten. Dana hatte Konzentrationsprobleme. Während Eddy redete, spürte sie Philipps Blick auf sich ruhen. Und wenn sie ehrlich war, freute sie sich wie verrückt, dass er da war. Einfach so. Es war eine reine, unschuldige Freude. Irgendetwas an Philipp fühlte sich vertraut und richtig an.

»Danke, Eddy. Ich – ich würde gern morgen Nachmittag mit einer Freundin bei dir vorbeikommen und die Formulare abholen. Ist das in Ordnung?«

»Mit einer Freundin. Verstehe.« Er hauchte ihr einen Kuss auf die Wange, ohne Philipp aus den Augen zu lassen. »Liebe tut weh, sagte der Hase und umarmte den Igel.«

14

Tisch drei: ein Wasser, einen Hibiskustee. Tisch acht: zweimal veganer Weißwein. Tisch zwei: viermal veganer Rotwein mit Rosenblättern. Tisch sieben – was wollte Tisch sieben noch mal haben?

Dana rotierte. Seit der Eröffnung des Bistro Paradies war es noch nie so hektisch in ihrem Lokal zugegangen. Der mit Borretsch aromatisierte Holunderblütensekt war längst ausgetrunken. Wie am Vorabend hatte das magische Elixier mit dem vielversprechenden Namen für eine vibrierende Atmosphäre, aber auch für Lust auf mehr gesorgt. Die Gäste konnten es kaum erwarten, sich nach dem Honeymooner's Delight durch das Liebesmenü zu futtern.

Unablässig raste Dana zwischen Küche und Gastraum hin und her, servierte, erklärte, lächelte, um dann wieder Teller zu dekorieren und Saucen umzurühren. Auch Hung Tai gab alles, doch der Ansturm brachte beide an ihre Grenzen.

»Die Ginger Love Story schmeckt himmlisch«, sagte Philipp, als Dana ihm das zweite stille Wasser hinstellte. »Nur kann ich das Essen nicht genießen, wenn ich sehe, wie Sie sich abrackern. Gestatten Sie mir, Ihnen zu helfen.«

»Sie sind mein Gast!«, widersprach sie.

»Ihr Stammgast. Außerdem haben wir doch schon mal zusammen gekocht. Ich helfe Ihnen wirklich gern. Sie sehen ja selbst, was hier los ist. Das schaffen Sie nicht allein.«

Dana zögerte, doch sie wusste, dass Philipp recht hatte.

»Also gut. Danke. Willkommen im Team, Philipp.«

Er machte ein Gesicht, als hätte er gerade drei Michelin-Sterne für seine Kochkünste eingeheimst. Strahlend faltete er seine Serviette zusammen und stand auf.

»Was soll ich als Erstes tun?«, fragte er auf dem Weg zur Küche.

Dana warf ihm einen Blick über die Schulter zu. Wie rührend, dachte sie, wie ritterlich. Seine schmale Gestalt steckte wie üblich in Jeans, dazu trug er einen beigefarbenen Rollkragenpullover. Er wirkte angenehm testosteronfrei. Nicht so markig wie Paul oder so auftrumpfend wie Jens Andresen. Die reine Wohltat.

»Wir müssen die Duftlampen vorbereiten. Das ist der erste Gang des Liebesmenüs.« Sie drückte ihm die kleine blaue Flasche in die Hand und zeigte ihm, wie man die Lampen füllte. »Zimtöl. Riecht gut, oder?«

»Wow, raffiniert. Solche Düfte stimulieren über Rezeptoren in der Nase unter anderem die Amygdala im Hirn«, murmelte er halblaut, während er das Öl tröpfchenweise in die Mulden der Duftlampen fließen ließ. »Dort werden die Gerüche Emotionen zugeordnet, die von Angst bis zu lustbetonten Empfindungen reichen können. Die Amygdala gehört zum limbischen System.«

Dana lächelte ungläubig.

»Amytralala, soso. Bist du Wissenschaftler oder so was?«

Unwillkürlich war sie zum Du übergegangen. Mit einer genau abgezirkelten Bewegung füllte Philipp die nächste Lampe, und er schien froh zu sein, dass er Dana nicht ansehen musste.

»Ach, ich habe alles Mögliche studiert und mir einen Haufen Wissen angeeignet, das eigentlich keiner gebrauchen kann. Na ja. Auf jeden Fall ist ein Menügang nur für die Nase, als ein Fest der unbewussten Emotionen, ein großartiges Konzept. Sehr innovativ. War das Ihre, äh, deine Idee?«

Unterdessen hatte Dana begonnen, einen Berg grünen Spargel zu schälen. Nur an den unteren Enden, versteht sich, denn die schlanken Stangen waren zarter als ihre weißen Schwestern.

»Ach, nicht der Rede wert. Die Sache mit dem Zimtöl kam von Hung Tai, und ich habe halt das Cinnamon Dreaming daraus gemacht.«

Er sah von den Duftlampen auf. Seine Augen hinter den Brillengläsern sprühten Funken wie Hung Tais Tischfeuerwerk am Abend zuvor.

»Weißt du eigentlich, dass du eine außergewöhnliche Frau bist?«

Dana ließ den Spargelschäler sinken. Ihr Sonnengeflecht pulsierte. Oder war es ihre Herzgegend?

»Da habe ich in letzter Zeit aber ganz andere Sachen gehört. Ökoschlampe zum Beispiel. Mangelnde Beziehungsfähigkeit. Oder frigider Kühlschrank. Such dir was aus.«

Ihre Antwort schien Philipp zu irritieren. Umständlich entzündete er die Teelichter mit einem Feuerzeug und schob sie in die Duftlampen, bevor er seine Brille geraderückte.

»Wie lief es eigentlich mit Jens? Jens Andresen? Er war doch gestern hier, oder?«

Du lieber Himmel. Über den aalglatten Charmebolzen, der sich als routinierter Beschlafungsfachwirt entpuppt hatte, wollte Dana jetzt am allerwenigsten sprechen.

»Entschuldigung, könntest du bitte erst mal die Duftlampen reinbringen?«, wich sie aus. »Und Tisch sieben fragen, welche Getränke gewünscht sind?«

Philipps Augen verengten sich zu Schlitzen, seine Kiefermuskulatur spannte sich an.

»Gibt es irgendetwas, was du mir sagen solltest?«

Nein, Dana hatte nicht die Absicht, über Zudringlichkeiten und andere Katastrophen zu plaudern. Dieser Andresen war unausstehlich, aber sie hatte die Erfahrung gemacht, dass man sich besser zurückhielt, wenn es um Männerfreundschaften ging. Männer mochten es überhaupt nicht, wenn man ihre Kumpels madigmachte.

»Er hat versprochen, die Klage erfolgreich zu führen. Und jetzt, lieber Philipp, bring bitte die Duftlampen rein. Damit die Amydingsda unserer Gäste Pirouetten dreht.«

Sein Gesicht entspannte sich ein wenig, und ein Lächeln breitete sich darauf aus, immer noch besorgt zwar, aber voller Wärme. Es fühlte sich wie Sonne auf der Haut an. Dana erschauerte, als sich die Wärme in ihrem ganzen Körper ausbreitete.

Ohne einen weiteren Kommentar stellte Philipp die gefüllten Duftlampen auf ein Tablett und trug es ins Lokal. Hung Tai, der stumm Tofu angebraten hatte, schob seine Kochmütze aus der Stirn.

»Du denken an vietnamesische Sprichwort: Augen von Menschen sind Spiegel von Seele. Und Augen von diese Mann brennen wie Flammen von Feuer.«

»Pass lieber auf, dass dein Tofu nicht anbrennt«, erwiderte Dana unwirsch.

Ihr war ja selbst nicht ganz klar, was plötzlich mit Philipp los war. Und mit ihr.

»Brillenmann lieben deine Essen, Brillenmann lieben Dana«, erklärte Hung Tai ruhig.

»Quatsch!« Eine Spargelstange zerbrach zwischen Danas Fingern, so grob hatte sie den Schäler angesetzt. »Und nur, damit das geklärt ist: Ich kann keinen Mann gebrauchen. Nicht jetzt. Nicht schon wieder. Ich muss erst mal Paul verarbeiten. Ach, Hung Tai, bei der Liebe gibt es für mich kein Sweet Happy End.«

Hingebungsvoll löffelte der Koch leuchtendrote Kerne aus einer Granatapfelhälfte, die im Licht der Küchenlampen sinnlich glänzten.

»Nein, Liebe haben keine Happy End, weil wahre Liebe nie zu Ende.«

Wahre Liebe. Gab es die überhaupt?

»Tisch sieben möchte Ingwerwasser«, mit diesen Worten kehrte Philipp in die Küche zurück. »Wo finde ich das?«

»Im Kühlschrank stehen zwei Karaffen, Gläser findest du daneben im Geschirrschrank«, antwortete Dana. »Wenn es für dich wirklich in Ordnung ist zu kellnern.«

»Ich bin kein Kellner, ich bin Geschmacksträger. Macht mir Spaß, ehrlich.«

Der tat ja geradezu so, als hätte er immer schon im Restaurant gearbeitet. Dabei wusste Dana, dass Philipp auf irgendeinem teuren Internat gewesen war. Sehr seltsam. So seltsam wie die Tatsache, dass sie ihn überhaupt in der Küche ertrug. Normalerweise empfand sie Besucher hier als Fremdkörper. Doch mit Philipp war es anders. Als würde er dazugehören.

Zischend landete der geschälte grüne Spargel in dem riesigen Wok, wo Hung Tai ihn vorsichtig mit dem Tofu vermengte und das Ganze mit Kreuzkümmel und iranischem Steinsalz würzte. In der Zwischenzeit bereitete Dana die Teller vor, indem sie einige Granatapfelkerne auf den Rändern verteilte.

»Das ist unser Kiss of Aphrodite«, erläuterte sie den zweiten Gang.

»Verstehe.« Philipp betrachtete die exotischen Gewürze, die neben dem Herd in einem Hängeregal lagerten. »Amomum subulatum – Kardamom. Der Duft wirkt stark anregend auf die, ähem, Libido.«

Hung Tai hörte auf zu rühren.

»Wir nennen Thao Qua. Ist *starke* Kraft für Lust auf Liebe. Wir probieren, Dana, ja?«

Es war Philipp, der zu dem Schraubglas griff und ein paar Kardamomsamen herausholte. Ohne Scheu nahm er sich einen Mörser und zerdrückte die Kapseln, um sie über das Gericht zu streuen. Ein Duft nach Eukalyptus, vermischt mit rauchigen Aromen, zog durch die Küche.

»Mmmmmhh.« Dana schnupperte verzückt. »Danach könnte ich süchtig werden.«

»Schmeckt übrigens auch hervorragend im Kaffee«, sagte Philipp. »Aber ich fürchte, jetzt müssen wir uns beeilen, damit die Gäste nicht ungeduldig werden.«

Dana zwinkerte ihm zu.

»Gib Schub, Rakete.«

Von nun an arbeiteten sie Hand in Hand. Dana schnippelte und dekorierte, Hung Tai kochte, Philipp trug die Gerichte in den Gastraum, nahm weitere Getränkebestellungen auf und war immer haargenau dann zur Stelle, wenn er gebraucht wurde. Auch beim Magic Paradise und beim Sweet Happy End. Alles lief wie am Schnürchen.

Einige Male berührten sich ihre Finger, wenn Dana ihm die Teller anreichte, und es war überhaupt nicht unangenehm. Philipp verströmte etwas, was Dana tiefenentspannt machte, trotz Stress und Hektik. Deshalb ignorierte sie die vage Erotik, die in diesen Berührungen lag. Nur einmal, als sein Ellenbogen aus Versehen ihre Taille streifte, spannte sich ihr gesamter Körper an. Es ging ihr durch und durch. Zum ersten Mal dachte sie darüber nach, wie es sich anfühlen mochte, von ihm umarmt zu werden.

Zwei Stunden später saßen sie alle drei in der Küche, genehmigten sich einen Honeymooner's Delight und beglückwünschten einander zu der gelungenen Mittagsrunde. Ausnahmslos alle Gäste hatten sich überschwänglich bedankt und angekündigt wiederzukommen.

»Ihr wart phantastisch«, seufzte Dana. »So viele Gäste, und wir haben es trotzdem hinbekommen.«

»Sagt man in Vietnam: Ein Schälchen Schweiß – ein Schälchen Reis«, schmunzelte Hung Tai. »Aber andere Sprichwort sagt: Viele Hände machen schnelle Ende.«

Er stand auf und fing an, die Spülmaschine einzuräumen. Philipp und Dana halfen ihm. Berge von Tellern stapelten sich auf der Arbeitsfläche, wacklig übereinandergetürmte Schüsseln standen neben dem Herd und sogar auf dem Boden.

»Was ist eigentlich in der Tüte da?«, fragte Philipp.

»Die Kakerlaken!« Dana hatte sie vollkommen vergessen. »Hoffentlich geht es ihnen gut!«

Hung Tai sah ihr über die Schulter, als sie sich vergewisserte, dass die Tiere noch lebten und wohlauf waren. Das Maismehl schien ihnen ausgezeichnet zu schmecken. Munter krabbelten sie übereinander.

»Kann ich mitnehmen Kakerlaken in meine Haus«, sagte der Koch.

»Damit du sie grillst und deinen Kindern vorsetzt?«, fauchte Dana. »Nur über meine Leiche! Auch diese Geschöpfe sind Lebewesen, die Respekt verdienen. Und ganz bestimmt nicht auf dem Grill landen sollten.«

Philipp setzte seine Brille ab, um die Kakerlaken genauer zu betrachten.

»Leider schätzt man sie in vielen asiatischen Ländern als hervorragende, preiswerte Eiweißlieferanten, die zudem kaum Fett und Cholesterin enthalten. Was hattest du denn damit vor?«

»Im Park aussetzen«, erwiderte Dana.

»Nicht gerade der ideale Lebensraum.« Mit einer abgezirkelten Bewegung setzte er seine Brille wieder auf. »Sie sind Kulturfolger, lieben Dunkelheit, feuchte Wärme und vermodernde Essensreste.«

Es war ein Meilenstein für mehr Menschlichkeit im Tierreich, als Dana die Tüte an sich nahm und eine Entscheidung traf. Für andere Leute waren Kakerlaken ein ekliges Ärgernis. Für sie waren es schlicht und einfach unschuldige Tiere, mit denen sich jemand einen üblen Scherz erlaubt hatte.

»Das Universum hat sie mir geschickt, und ganz bestimmt wollte es mir damit etwas sagen. Sie werden bei mir zu Hause wohnen. Ich baue ihnen einen schönen großen Kasten unter der Spüle und füttere sie mit Kartoffelschalen.«

Philipp zwinkerte überrascht, Hung Tai seufzte bedauernd.

»Kann man auch frittieren Kakerlaken. Ist gesunde Essen und köstlich mit Chilisauce.«

»Nichts da.«

Dana stellte die Tüte gut sichtbar auf die Arbeitsfläche. Man konnte nie wissen. Schweigend widmete sie sich wieder den Aufräumungsarbeiten.

Sie waren gerade mit den Töpfen beschäftigt, als es an der Küchentür klopfte und ein Fahrradbote in einem magentafarbenen Neoprenanzug hereinkam.

»Einschreiben für Frau Dana Twilling!«

Das verhieß nichts Gutes. Auf dem weißen Kuvert, das er Dana reichte, prangte der Schriftzug der Pro Domo GmbH. Sie riss den Umschlag auf und überflog den Brief.

»... möchten wir Sie informieren, dass im Zuge des bevorstehenden Bauvorhabens zeitweilig Strom und Wasser abgestellt werden müssen, was unter anderem zu Ausfällen der Heizung und des Aufzugs führt«, las sie zitternd vor Aufregung vor. »Die Unannehmlichkeiten bitten wir zu entschuldigen. Des Weiteren ist es ab sofort untersagt, PKWs auf dem Hinterhof abzustellen.«

Es war so perfide. Ohne Fahrstuhl konnte ihr Vater nicht die Wohnung verlassen. Außerdem parkte Dana ihren Kastenwagen immer auf dem Hinterhof, weil sie nie einen Parkplatz auf der Straße fand. Wie sollte sie künftig die Einkäufe in die Küche schleppen? Wutentbrannt zerfetzte sie den Brief in winzige Schnipsel.

»Soll ich Jens Andresen anrufen?«, fragte Philipp.

»Ich gehe morgen selbst hin«, erwiderte Dana wild entschlossen. »Unser Vorzeigejurist muss jetzt Gas geben.«

Der Fahrradkurier hielt ihr einen Zettel und einen Kugelschreiber hin.

»Würden Sie dann mal bitte unterschreiben?«

»Auf keinen Fall. Aber Sie können gern eine Portion Tofupfanne mitnehmen, garantiert bio, öko, vegan. Ich pack Ihnen was ein.«

»Nee.« Der Mann grinste. »Ich steh mehr auf Supermarktfutter.«

»Ja, auf Fleischabfälle, Antibiotika und Fischmehl. Guten Appetit.«

Achselzuckend zog der Kurier ab.

»Immer diese faktenresistenten Tütenweintrinker und Tiefkühlpizzaauftauer«, grummelte Dana vor sich hin.

Philipp betrachtete sie versonnen, als sei sie ein besonders interessantes Studienobjekt.

»Offen gestanden bewundere ich, dass du nie aufgibst. Du kämpfst wirklich an allen Fronten. Ich könnte das nicht. Woher nimmst du nur die Energie?«

Von einem Moment auf den anderen wurde Dana unsicher. Es stimmte. Sie war erfüllt von ihrer Mission, ihrem vitalen Kampfgeist. Manchmal vielleicht etwas zu erfüllt, wie sie sich selbstkritisch eingestand.

»Frag ruhig, warum ich so eine Mordsnervensäge bin.«

»Nein, so habe ich es nicht gemeint!«, protestierte Philipp.

Dana setzte sich auf den Schemel und seufzte tief.

»Aber ein bisschen rabiat bin ich schon, oder? Liegt vielleicht daran, dass ich nicht gestillt wurde.«

»Äh – wie?«

»Muttermilch wirkt wie Glückshormone, Penicillin und Ecstasy zugleich – es gibt nichts Besseres. Beim Stillen wird außerdem eine intensive Bindung aufgebaut, die das gesamte spätere Verhalten prägt. Tja, Fehlanzeige: Meine pflichtbewusste Frau Mutter ging vier Wochen nach meiner Geburt wieder in den Schuldienst, und ich musste in der Krippe ums Fläschchen kämpfen. Nur wer am lautesten brüllte, bekam was. Das hat sich bis heute nicht geändert.«

Dana hatte diese Erklärung kaum zum Besten gegeben, als sie es auch schon wieder bereute. Zwar war sie überzeugt von ihrer Theorie, erntete damit jedoch meistens Lachstürme bis hin zu offener Ablehnung. Paul hatte ihr seinerzeit eine schwere Meise attestiert. Doch Philipp hörte ihr aufmerksam zu, ohne sich lustig über sie zu machen.

»Spannend«, sagte er. »Ich weiß noch nicht mal, ob ich gestillt wurde oder nicht. Meine Eltern sprachen nie über solche Dinge. Aber ich rede auch schon seit Jahren nicht mehr mit ihnen.«

Jetzt war Dana vollkommen perplex. Ausgerechnet der sanfte Philipp lag im Streit mit seinen Eltern? Möglicherweise war er ja doch das berühmte stille Wasser mit unterirdischen Strudeln. Unter der ruhigen Oberfläche brodelt ein Lavakern, hatte Jens Andresen über seinen Freund gesagt.

»Mann ohne Eltern ist wie Gitarre mit zerrissene Saiten, sagt man in Vietnam«, warf Hung Tai ein. »Du müssen gehen zu Eltern und versöhnen machen.«

»Niemals!« Philipp verschränkte trotzig die Arme. »Niemals«, sagte er noch einmal etwas leiser.

Hung Tai bedachte ihn mit einem nachdenklichen Blick. Dann band er zwei große Abfallsäcke zusammen und schleppte sie zum Hinterausgang.

»Ich bringen Müll raus, Dana.«

Sie nickte. Noch immer stand Philipp mit verschränkten Armen da. Sie berührte ihn leicht an der Schulter.

»Hey, entspann dich. Was ist denn los?«

»Was los ist?«

Seine starre Haltung lockerte sich. Und dann sah er sie an, mit einer Leidenschaft, die Dana wie eine heiße Welle überrollte. Da war er, der Lavakern, sie spürte ihn bis in den kleinen Zeh. Ohne ein weiteres Wort legte er seine Arme um ihren Nacken, zog sie an sich und hob ihr Kinn zu sich hoch. Bevor Dana überhaupt einen klaren Gedanken fassen konnte, küsste er sie. Nein, er verbrannte sie mit seiner Glut, nahm sie mit auf die Erkundungsreise seiner Zunge, presste sie an sich, hielt sie ganz fest.

Es war, als ob das Universum die Festtagsbeleuchtung angeknipst hätte. Hinter Danas geschlossenen Augen drehten sich Feuerräder, Silvesterraketen explodierten gleißend, und sie schwebte durch einen glühenden Kosmos mit funkelnden, zitternden Sternen.

Der Trip endete erst, als das Geräusch der Hintertür sie auseinandertrieb. Philipp ließ sie los, strich ihr zärtlich über die Wange und angelte sich den nächstbesten Putzlappen, um die Arbeitsfläche zu säubern. Mit seinem unergründlichen Lächeln kehrte Hung Tai zurück. Schweigend widmeten sie sich wieder den Aufräumungsarbeiten.

Oha, dachte Dana. Wenn es schon so losgeht, was erwartet mich dann wohl noch bei Philipp? Ihr war heiß, ihre Kopfhaut kribbelte, ihre Lippen brannten. Aber war es nicht viel zu früh für etwas Neues? Musste sie nicht erst einmal über Paul hinwegkommen? Oder gab es in solchen Dingen vielleicht gar keine unumstößlichen Regeln?

Sie ging zum Spülbecken, um sich die Hände zu waschen, die vor lauter Aufregung ganz feucht geworden waren. Dem Wasserhahn entwich ein blubberndes Geräusch. Er spuckte eine bräunliche Pfütze aus, dann kam gar nichts mehr.

»Ich fasse es nicht! Das ist nicht mehr Entmietung, das ist Entheimatung!«, rief Dana. »Die haben tatsächlich das Wasser abgestellt!«

Philipp runzelte die Stirn.

»Wer – die?«

»Na diese schreckliche Pro Domo GmbH! Hab ich dir doch erzählt! Das sind die Immobilienfritzen, die mir das Leben schwermachen.«

Bei ihren Worten war Philipp blass geworden. Unruhig ruckelte er an seiner Brille herum, während er halblaut »Pro Domo GmbH« vor sich hin sagte.

»Kennst du die etwa?«, fragte Dana.

»Ich? Äh, nein, nein.«

Plötzlich vollführte Philipp eine so heftige Geste mit der rechten Hand, dass er eine halbvolle Weinflasche auf der Arbeitsplatte streifte, die umkippte und auslief. Es schien ihm unendlich peinlich zu sein.

»Entschuldigung, ich muss gehen.«

Ohne weitere Erklärung wandte er sich zur Tür und lief davon.

»Warte, ist doch nicht schlimm …«, rief Dana ihm hinterher, doch das Klirren der Glastür besiegelte seine Flucht.

Wie vom Donner gerührt stand sie in der Küche. Warum der plötzliche Aufbruch? Bedauerte er, sie geküsst zu haben? War er weiter gegangen, als er wollte?

Ach was, beruhigte sie sich, bestimmt hat ihn die Sache mit seinen Eltern aufgewühlt. Da hatte sie immer gedacht, sie hätte Probleme mit ihren Eltern, aber anderen erging es offenbar noch viel schlimmer. Oder war diese Stillgeschichte einfach nur voll daneben gewesen? Verwirrt blickte sie zu Hung Tai, der ein paar Saucenspritzer von den Herdplatten wischte.

»Wieso ist er denn jetzt weg?«

»Sagen vietnamesische Sprichwort: Was du lieben, du müssen freilassen. Wenn kommen zurück, dir gehören für immer.«

»O Mann, Hung Tai!« Sie stemmte die Hände in die Hüften. »Was heißt hier lieben? Ich kenne den Mann doch kaum. Ja, er ist nett, interessant, liebenswert und all das, aber mehr kann man zu diesem Zeitpunkt nicht behaupten.«

Hung Tai wischte weiter, obwohl die Saucenreste längst verschwunden waren.

»Du denken mit Kopf, aber Klugheit kommen von Herzen.«

»Jaja, und auf jeden Topf passt ein Deckel. Weißt du was? Mir reicht mittlerweile Frischhaltefolie.«

15

Das Zischen der Espressomaschine war Musik in Danas Ohren. Schläfrig beobachtete sie, wie die braune, schäumende Flüssigkeit in ihre Lieblingsespressotasse lief. Die mit dem Aufdruck *Wer seine Träume verwirklichen will, muss erst mal aufwachen.*

Aber selbst die Droge Koffein wirkte heute nicht. Dana hatte Mühe, die Augen offen zu halten, während sie vor dem Kühlschrank stand und den Mondkalender studierte. Er empfahl einen entspannenden Wellnesstag. Das jedenfalls legte der zunehmende Mond nahe, der in wenigen Minuten von den Zwillingen in den Krebs wechseln sollte, und damit von einem Licht- in einen Wassertag.

Wellness. Entspannung. Planschen im Pool. Darüber konnte Dana nur müde lächeln. Es war kurz vor sieben, sie hatte bereits olympiaverdächtig schnell geduscht, ein vollwertiges Frühstück vorbereitet, aus einer Holzkiste ein Kakerlakenterrarium gebaut und drei Espresso getrunken, um sich aus einem nahezu komatösen Schlaf in so etwas wie einen Wachzustand zu beamen.

Hinter ihren Schläfen pochte ein schädelspaltender Kopfschmerz. Kein Wunder. Ein anstrengender Tag lag hinter ihr, ein nicht minder anstrengender wartete auf sie. Der Gedanke an den bevorstehenden Termin mit Jens Andresen machte sie auch nicht fröhlicher. »Acht!«, hatte er ins Telefon gebellt. Und als sie sich höflich erkundigt hatte, ob wirklich acht Uhr morgens gemeint sei, ein entnervtes »Nein, acht Grad Celsius« hinterhergeschoben.

Wie Philipp mit diesem Mann befreundet sein konnte, blieb ein Rätsel. Ach, Philipp. Er war ja selbst ein Rätsel. Dana wurde rot, als sie an den leidenschaftlichen Kuss dachte. Allein schon die Erinnerung daran brachte sie vollkommen durcheinander. Unglaublich, wie viel Feuer in diesem auf den ersten Blick unauffälligen Mann steckte. Er war eine Mogelpackung im besten Sinne: außen unscheinbar, innen eine Offenbarung. Plötzlich stellte sie sich vor, wie es wäre, mit Philipp zu frühstücken. Bestimmt angenehm entspannt. Und Diskussionen über Butter, Eier und Honig gäbe es ganz bestimmt nicht.

Dumm nur, dass Philipp weggelaufen war. Sie besaß nicht einmal seine Handynummer, und Jens Andresen danach zu fragen, kam überhaupt nicht in Frage. Er musste schon selbst zurückkommen. Und wenn er verschwunden bleibt?, überlegte Dana bang. Wenn das nur ein Ausrutscher war? Sie wischte den Gedanken beiseite. Philipp war keiner, der eine Frau aus Versehen und nebenbei küsste. Außerdem hatte er die Kakerlaken vor dem Kältetod im Park bewahrt, was für ein gewisses Verantwortungsbewusstsein sprach.

»Hallo, wie geht es meinen kleinen Lieblingen?«, raunte sie, während sie sich vor die Spüle hockte und die Tür des Unterschranks öffnete.

Vorsichtig lüpfte sie den Deckel der Holzkiste und ließ ein paar Kartoffelstückchen hineinfallen. Gingen Kakerlaken als Botschaft des Universums durch? Und wenn ja, was wollte ihr das Universum damit sagen?

Philipp fehlte ihr. Am Abend zuvor hatte sie gehofft, er würde sich melden. Doch während die Gäste sich begeistert durch das Liebesmenü geschlemmt hatten, war er unsichtbar geblieben. Keine Nachricht, kein Zeichen, nichts. Sehr merkwürdig.

Heute würde ein Neffe von Hung Tai aus dessen weitverzweigtem Familienclan aushelfen, ein junger Mann mit dem schönen Namen Minh Hai – klares Meer.

Aus dem Kinderzimmer hörte man Emmas Gebell und Leonies Lachen, das sich mit einem übermütigen Kichern mischte. Kati, ihre beste Freundin aus der Nachbarschaft, hatte bei Nini übernachtet. Die beiden waren unzertrennlich. Es sei denn, die Pro Domo GmbH risse sie auseinander.

Dana brachte den Mädchen zwei Schüsselchen Obstsalat mit Haferflocken und Sojajoghurt. Sie waren gerade damit beschäftigt, Emmas Dackelohren mit Glitzerspangen zu verzieren.

»Kann ich ein Nutellabrot haben?«, fragte Kati, deren Eltern es mit dem Ernährungsbewusstsein nicht so genau nahmen.

»Im Prinzip ja«, antwortete Dana. »Wir haben eine vegane Creme aus gerösteten Haselnüssen mit Sesamöl und Ahornsirup.«

Zweifelnd sah das Mädchen Leonie an.

»Ich will aber lecker Nutella. Meine Mama gibt mir immer Nutella.«

»Sie kauft ja auch Eier bei freilaufenden Bauern«, seufzte Dana. »Was du lecker nennst, besteht zu zwei Dritteln aus Zucker und zu einem Drittel aus Fett.«

Das beeindruckte Kati überhaupt nicht. Sie zog eine Schippe.

»Bei euch riecht es immer so komisch. Mama sagt, das kommt davon, dass ihr Körnerfresser seid.«

Der perfekte Moment, um die Kinder mit ihrem vollwertigen Frühstück allein zu lassen. Während Dana in die Küche zurückging, massierte sie sich die Schläfen.

Für das Kopfweh gab es natürlich auch eine lunare Erklärung, was sonst? Laut Mondkalender signalisierte der Körper unverarbeitete Gefühle, die besser kreativ ausgelebt werden sollten. Kreativ. Was sollte das bitte schön heißen? Den Katzenjammer über die gescheiterte Beziehung mit Paul in eine farbenfrohe Wollmütze stricken? Die verwirrenden Gedanken an Philipp als Graffiti an die Küchenwände sprayen?

»Kind, du siehst müde aus«, sagte ihr Vater überflüssigerweise, der frisch und munter in die Küche gefahren kam. »Dein naturtrüber Gesichtsausdruck spricht für sich. Ein schönes Rührei mit Schinken würde dir guttun. Oder Nürnberger Rostbratwürstchen. Die habe ich auch immer gegessen, wenn ich Kraft brauchte und …«

»Papa?«

»Ja?«

»Das Ding ist durch.«

»Aber …«

Mein lieber Herr Gesangsverein! Wann gab dieser Mann endlich Ruhe? Bevor bei Dana vollends die Sicherungen durchknallten, konzentrierte sie sich lieber auf die Espressomaschine. Fachgerecht ließ sie einen Lungo für ihren Vater in den Kaffeebecher laufen.

»Ich weiß, dass du locker sechs Rostbratwürstchen zum Frühstück wegziehen kannst. Anschließend beklagst du dich dann über deine träge Verdauung. Na? Klingelt was bei dir?«

Pikiert betrachtete Herrmann Twilling die Gläser mit Gemüseaufstrichen, die Dana auf den Tisch gestellt hatte.

»Meine Tochter, die vegane Fundamentalistin.«

»Und immer zur Stelle beim Kampf gegen das organisierte Erbrechen.« Dana dachte kurz über einen vierten Espresso nach. »Sieh dich um, Papa. Den Ernährungssensiblen gehört die Zukunft. Vegetarische Gerichte gibt es mittlerweile an jeder Ecke, so wie laktosefreien Cappuccino, glutenfreies Brot und pestizidfreies Gemüse.«

»Ja, und demnächst kommt essenfreie Ernährung in Mode«, knurrte Herrmann Twilling missvergnügt. »Sogar deine Mutter faselt neuerdings davon, dass sie keine Milch verträgt – aber Schlagsahne zu den Erdbeeren muss sein. Sie will mir allen Ernstes erzählen, dass sie allergisch auf Nüsse reagiert – aber Nusspralinen schmecken ihr immer noch. Alles modisches Papperlapapp. So wie dieses dumme Gerede über Fleischverzicht.«

»Dann leg dich doch gleich selbst auf die Schlachtplatte«, giftete Dana. »Mit einer Blutwurst zwischen den Zähnen.«

Dieser Tag war nachweislich eine Gefahrenzone für zwischenmenschliche Kontakte. Ein letztes Mal konsultierte Dana den Mondkalender. *Verbringen Sie den Tag im Kreise Ihrer Liebsten, am besten mit Ihrer Familie*, hieß es abschließend, *und meiden Sie den Kontakt mit Unbekannten.* Merkwürdig. Irgendwas stimmte nicht mit dem Kosmos. Oder mit der Definition von Familie.

Inzwischen war Dana endgültig der Appetit vergangen. Sie trank den Smoothie mit Spinat und Brokkoli aus, den sie sich gleich nach dem Aufstehen gemixt hatte, und schnappte sich die Autoschlüssel vom Tisch.

»Ich habe jetzt einen Termin, spätestens um zehn bin ich wieder da. Bis dahin solltest du mindestens drei vegane Aufstriche probiert haben.«

Angeekelt verzog Herrmann Twilling den Mund. Dann zeigte er auf die fünf Mülleimer, in denen Dana ihren Abfall nach Recyclinggesichtspunkten sortierte.

»Und du solltest diesen Schund entfernen. So was verdirbt Ninis kindliches Gemüt.«

»Wie jetzt – die Mülleimer?«

»Nein, darüber. An der Wand.«

Seit einer Ewigkeit, die ziemlich genau zwei Jahre gedauert hatte, hing dort der Kalender eines Reifenherstellers. Auf Hochglanzfotos räkelten sich allmonatlich leichtbekleidete junge Frauen über, auf und in schnittigen Sportwagen. Es war Pauls Kalender. Dana hatte sich so sehr daran gewöhnt, dass sie ihn gar nicht mehr wahrnahm. Obwohl sie weder auf frauenfeindliche Pin-up-Fotos noch umweltzerstörende Spritschleudern stand, spürte sie auf einmal den dringenden Wunsch, diesen Kalender zu verteidigen.

»Ist doch total harmlos, Papa. Die Kinder sehen heute mehr im Fernsehen als deine Frau in der Hochzeitsnacht.«

»Soso. Du meinst also, in dieser Hinsicht hätte ich deiner Mutter nicht genug zu bieten gehabt?«

Ein leises Stöhnen kam von Danas Lippen.

»Das ist kein angemessenes Vater-Tochter-Gespräch, finde ich.«

Herrmann Twilling bugsierte seinen Rollstuhl näher an den Kalender heran und betrachtete ihn eingehend. Das Ergebnis seiner pädagogisch untermauerten Analyse wartete Dana nicht ab, sondern zog es vor, den Schauplatz des allmorgendlichen Grabenkampfes zu verlassen.

»Kann ich dir sonst noch was anbieten, bevor ich gehe?«, fragte sie. »Ein Taxi? Ein örtliches Hotelverzeichnis?«

Funkstille. Er drehte nicht mal den Kopf zu ihr um. Seit Dana den Aktionsplan ihres Vaters torpediert hatte, verschanzte er sich wieder hinter seiner Antihaltung. Neben den üblichen drei Kilo zu viel auf der Hüfte ein Grund mehr, auf das Frühstück zu verzichten, auch wenn ihr Magen knurrte.

Dana ging nicht, sie floh. Um zwanzig vor acht hatte sie Leonie und Kati bereits im Kindergarten abgesetzt, den Weg in die Innenstadt absolviert und in einem Biomarkt feststellen müssen, dass weder ihre Bankkarte noch ihre Kreditkarte funktionierten.

Sie stand am Limit. Bei den Einnahmen des Bistro Paradies konnte sie sich nicht bedienen, weil der Einkauf der besonderen Zutaten Unsummen verschlang. Sie brauchte jeden Cent, um ihren Gästen das Beste zu bieten. Was jetzt?

Wenigstens fand sie auf Anhieb einen Parkplatz direkt vor der Anwaltskanzlei. Zehn vor acht. Es war selten, dass sie zu früh dran war. Hungrig kramte sie in ihrem Jutebeutel und fand eine Packung mit veganen Mangocrunchies.

Beim dritten Crunchie hörte sie auf zu kauen. Plötzlich kam es ihr vor, als bräuchte sie ein Kilo Lipgloss. Sie riss die Augen auf.

Auf der anderen Straßenseite stieg Jens Andresen aus einem silbergrauen Porsche. Doch das war es nicht, was ihre Kiefer lähmte und ihre Lippen trocken werden ließ. Es war die Frau, die auf der Fahrerseite saß und dem Anwalt eine Kusshand zuwarf. Eine dunkelhaarige Frau mit einer riesigen Sonnenbrille, die ein zitronengelbes Jackett und üppigen Goldschmuck trug.

In großen Lettern frästen sich fünf Worte durch Danas übermüdetes Gehirn. DAS. DARF. NICHT. WAHR. SEIN.

Federnden Schritts überquerte Jens Andresen die Fahrbahn, während der Porsche röhrend davonfuhr. Der Anwalt schien bester Laune zu sein, ganz so, als sei Verrat ein Kavaliersdelikt. Schwer atmend kurbelte Dana die Scheibe herunter.

»Hey, Rechtsverdreher, wie war die kleine Goldschnecke?«

Jens Andresen reagierte nicht gleich. Erst als er an dem Kastenwagen vorbeikam, entdeckte er Dana. Sie stieg aus, schluckte die Crunchiekrümel hinunter und musste sich sehr zusammenreißen, um einen eisigen Ton anzuschlagen, statt Kraftausdrücke zu gebrauchen.

»Gehe ich recht in der Annahme, dass es mit der Gegenseite zu Intimitäten gekommen ist?«

Jens Andresen erstarrte.

»Dana. Äh, Frau Twilling.«

Sie widerstand der Versuchung, ihm ihren Jutebeutel über die Fönfrisur zu ziehen.

»Herr Andresen. Herr *Doktor* Andresen. Offenbar befinden Sie sich in einem Interessenkonflikt. Fragt sich nur, was Sie an dieser aufgedonnerten Schnepfe finden.«

Er fing sich überraschend schnell. Lediglich ein flüchtiges Nesteln an seinem Krawattenknoten verriet ihr, dass seine Coolness nur gespielt war.

»Mein Privatleben geht Sie überhaupt nichts an. Im Übrigen ist Frau Müller-Mertens eine ebenso attraktive wie elegante Erscheinung.«

»In Odessa vielleicht«, schnaubte Dana, die sonst nicht zu Vorurteilen neigte, aber zwei Herzschläge vor einem Kollaps stand. »Glitzergedöns und Goldklunker – jede gutsortierte Transe würde *definitiv* ausflippen.«

Der Anwalt machte eine wegwerfende Handbewegung.

»Verschonen Sie mich mit Ihrem Zickenkrieg. Wenn ich mich nicht täusche, haben wir einen Termin, richtig?«

Er besaß also tatsächlich die Frechheit, an eine weitere Zusammenarbeit zu glauben. Dana war außer sich.

»Den Termin können Sie sich sonst wohin schmieren. Nur eine Frage: Wie lange währen denn schon die überaus vertraulichen Kontakte zu Frau Müller-Mertens?«

Jetzt geriet Jens Andresen sichtbar ins Trudeln. Mit einer fahrigen Geste deutete er ins Nirgendwo.

»Sie hat mich gestern angerufen und um ein Gespräch gebeten. Ich muss schon sagen, dass sie über exzellente Argumente verfügt, die für die Kündigung sprechen. Es wurde eine längere Unterhaltung, die wir in einer Bar fortsetzten, und danach – aber warum erzähle ich Ihnen das überhaupt? Ich verbürge mich dafür …«

»… dass Sie den Baggermethoden dieser Dame auf den Leim gegangen sind«, höhnte Dana. »Mensch, Anwalt, Sie haben wohl den Schuss nicht gehört? Die Frau hat Sie lässig in die Tasche gesteckt, damit sie bloß nicht den Prozess und jede Menge Kohle verliert. Aber als selbsternannter Mr Wonderful dachten Sie bestimmt, es läge an Ihrem Proficharme.«

Reglos stand Jens Andresen da, während Dana ihm die schmuddlige Wahrheit präsentierte.

»Träumen Sie weiter. Nur so am Rande: Sie haben gerade den ersten Preis in Begriffsstutzigkeit gewonnen und eine Klientin verloren. Entscheiden Sie selbst, was kläglicher ist.«

Jetzt entgleisten Jens Andresen die Gesichtszüge. Seine Unterlippe begann zu zittern.

»So was muss ich mir nicht anhören! Erstens behalte ich stets meine professionelle Objektivität, zweitens verstehe ich mich bestens auf die Kunst, eine Frau zu erobern.«

»Was ja in meinem Fall zu Ihrer vollen Zufriedenheit geklappt hat«, krächzte Dana. »Ciao, mein Prinz.«

Sie ging zu ihrem Kastenwagen, ließ sich auf den Fahrersitz fallen und knallte die Tür zu. Obwohl Kavalierstarts unnötige Benzinverschwendung bedeuteten, bog sie mit quietschenden Reifen aus der Parklücke und sauste davon. So ein Luder, so ein Hirni, so ein Luder, so ein Hirni, dachte sie abwechselnd. Fragte sich nur, wie es jetzt weitergehen sollte.

Als Erstes erwog Dana, sich einen anderen Anwalt zu suchen.

Eine kurze Internetrecherche und ein paar Telefonate belehrten sie jedoch, dass kostenlose Erstberatungen nicht die Regel waren. Mindestens fünfhundert Euro und eine Menge Zeit hätte sie investieren müssen, und beides stand ihr nicht zur Verfügung.

Auf das, was folgte, war Dana alles andere als stolz. O nein, sie wusste: Noch jahrelang würde sie sich für das schämen, wozu sie sich nun überwand. Selbst ein Abstecher in den Sexshop wäre ihr weniger peinlich gewesen als der Gang in eine Metzgerei. Der einzige Trost bestand darin, dass sie es für den Sieg des Veganismus im Allgemeinen und das Überleben des Bistro Paradies im Besonderen tat.

Herrmann Twilling saß noch immer in der Küche, als sie in ihre Wohnung zurückkehrte. Das Frühstück auf dem Tisch war unberührt, der Kalender verschwunden, Emma kaute selig auf einem Stück Fleisch herum. Eine Niederlage auf der ganzen Linie für Dana, das Tierreich, die Umwelt und irgendwie für das gesamte Universum. Doch das alles musste warten.

»Hallo, Papa.« Sie hielt ihm eine rötliche Tüte hin. »Lust auf Rostbratwürstchen?«

Dana hatte noch mehr gekauft. Mit verachtungsvoller Miene war sie aufs Ganze gegangen und hatte außerdem Eier, Butter, Buletten und Schwarzwälder Schinken erstanden. Wortlos sah Herrmann Twilling zu, wie Dana die Produkte des Grauens auf dem Tisch ausbreitete.

»Greif zu«, ermunterte sie ihren Vater. »Ist alles für dich.«

»Und wie kommt es zu diesem plötzlichen Sinneswandel?«, erkundigte er sich misstrauisch.

Mit spitzen Fingern holte Dana die Rostbratwürstchen aus der Tüte und stellte eine Pfanne auf den Herd. Natürlich briet sie die Dinger in Butter an. Wenn schon, denn schon. Und da sie schon mal dabei war, alle Regeln zu brechen, gönnte sie Emma zwei Buletten.

»Ich brauche dich. Die legale Methode hat sich als Sackgasse erwiesen, daher würde ich es gern auf dem Highway to Hell probieren.«

»Die Tendenz zu Anglizismen geht mit einem verhängnisvollen Verfall der deutschen Sprache einher«, sagte Herrmann Twilling streng. »Lass mich ein wenig ausholen …«

»Genug ausgeholt«, fiel Dana ihm ins Wort. »Der Anwalt hat sich als absolute Fehlbesetzung erwiesen, jetzt müssen wir selbst handeln.«

Im Gesicht ihres Vaters malte sich pure Genugtuung. Und das lag nicht nur an den formvollendet gebratenen Rostbratwürstchen, deren Geruch Danas limbisches System in Panik versetzte. Mit größter Überwindung stellte sie ihm den Teller hin. Das erste Würstchen atmete er quasi ein, so schnell verschlang er es.

»Den Gesetzen der Logik folgend, handelt es sich bei diesem fleischhaltigen Frühstück also um eine Kombination aus Bestechung und Friedensangebot«, erklärte er kauend. »Hättest du vielleicht die Liebenswürdigkeit, mir deine genaueren Absichten mitzuteilen?«

»Wir gehen nach deinem Plan vor. Von erstens bis viertens.«

Das letzte Rostbratwürstchen musste dran glauben, bevor Herrmann Twilling etwas erwiderte.

»Kind, bist du auch ganz sicher?«

»Todsicher.«

»Nun denn.« Er betupfte sich die fettigen Lippen mit einer Serviette. »Lass uns das mobile Einsatzkommando, kurz: MEK, zusammentrommeln.«

Eine Stunde, einige Telefonate und einiges an Überzeugungsarbeit später saßen wieder alle im Bistro Paradies. Dana fühlte sich, als müsste sie im offenen Cabrio durch eine Waschanlage fahren. Da hatte sie die Aktion erst vor vierundzwanzig Stunden abgeblasen, und nun gab es einigen Erklärungsbedarf, warum sie es sich anders überlegt hatte.

Schweigend hörten ihre Mitstreiter zu, während sie berichtete, dass Jens Andresen ins Gegenlager übergelaufen war. Man kam überein, dies sei ein Grund mehr, mit aller Vehemenz gegen die Pro Domo GmbH vorzugehen. *Definitiv.*

»Also: Heute beginnen wir mit Phase eins«, verkündete Herrmann Twilling. »Die antike Sagenwelt hat mir die Inspiration geliefert. So wie Odysseus das Trojanische Pferd erfand und seine Mitstreiter unbemerkt in die Stadt der Feinde brachte, werden wir in die Höhle des Löwen gelangen.«

»Aber du kennst die Höhle des Löwen doch gar nicht«, warf Dana ein.

»O doch. Schon mal von Google Streetview gehört? Ich habe mich zunächst ein wenig im Netz umgesehen und mir erlaubt, trotz deiner Intervention am gestrigen Nachmittag das Gebäude mit eigenen Augen auszukundschaften. Insbesondere den Lieferanteneingang. Noch heute werden wir hinter die feindlichen Linien vordringen wie einst Odysseus und seine Mannen in Troja. Damit rechnen diese Pro-Domo-Leute am allerwenigsten – wir setzen auf den Überraschungseffekt.«

Eddy stopfte sich zwei Haferkekse in den Mund.

»Das geht auch digital. Trojaner sind meine Spezialität, schließlich ist Anarchie mein zweiter Vorname. Die Pro-Domo-Accounts zu hacken dürfte nicht ganz leicht, aber nicht unmöglich sein. Noch besser wäre es, wenn wir bestimmte Aktionen direkt von einem der Firmenrechner aus starten. Mit der dazugehörigen IP-Adresse.«

Herrmann Twilling nickte bedächtig.

»Odysseus verkleidete sich als Bettler, als er nach seiner Irrfahrt in die Heimat zurückkehrte. Wir könnten Dana als Putzfrau reinschmuggeln.«

»Als ferngesteuerte Putzfrau mit Knopf im Ohr, die meine Instruktionen befolgt.« Eddy lachte. »Nicht schlecht. Aber die haben bestimmt eine Videoüberwachung. Was, wenn man Dana hinterher auf den Bändern erkennt?«

»Thien Tung können Strom abstellen, wenn Dana rein- und rausgehen«, schlug Hung Tai vor.

Eddy strich sich über seinen stoppligen Bart.

»*Molto bene.* Nur – wie kommt Thien Tung unbemerkt da rein?«

»Bringen Essen«, sagte Hung Tai. »Leute von Büro viele bestellen asiatische Essen. Und für Deutsche alle Vietnamesen sehen gleich aus.« Er schnippte mit den Fingern. »Oh, Dana. Wir bringen böse Frau Essen, wovon ...« Er steckte sich einen Finger in den Hals und deutete heftiges Erbrechen an.

Es zeugte nicht gerade von moralischer Größe, dass Dana dieses Detail des Plans am besten gefiel, aber sie war auch nur ein Mensch.

»Der Trojanische Krieg ist hiermit beschlossen«, erklärte Herrmann Twilling, bevor er ein letztes Mal alle Details seines Plans erläuterte. Ausführlich, versteht sich. Als er fertig war, hatte Dana eine ganze Kanne grünen Tee getrunken. Sie stellte ihre Tasse auf den Tisch.

»Du verlangst von mir, dass ich unbefugt die Pro-Domo-Zentrale betrete?«

»Ja.«

»Mit dem Auftrag, dort alles durcheinanderzubringen?«

»Ja.«

»Du forderst mich also zu Gesetzesübertretungen auf?«

»Exakt, mein Kind.«

»Mann, ist das abgefahren!«

16

Das Mittagsgeschäft übertraf Danas kühnste Erwartungen. Weder das Baggerloch noch die Absperrungen hatten die Gäste abschrecken können, und manche Tische waren sogar zweimal hintereinander besetzt. Wie schon am Vortag fiel die Resonanz überwältigend aus.

»Danke, dass Sie dem Paradies Club beigetreten sind«, verabschiedete Dana ein älteres Paar, das ihr gestanden hatte, normalerweise Rouladen und Schweinenackensteaks zu verdrücken.

Die ältere Dame kicherte.

»Wir halten jetzt unseren Mittagsschlaf nach Ihrem vorzüglichen Liebesmenü. Ich kann es kaum erwarten, ein echtes Happy End zu erleben.«

»Das Fleisch hat mir überhaupt nicht gefehlt«, fügte ihr Gatte, ein ergrauter Schwerenöter, hinzu. »Ganz im Gegenteil: Man fühlt sich angenehm unbeschwert und zu großen Taten bereit!«

Die beiden lächelten einander an. Es bewegt sich eben doch was in dieser trägen Welt, dachte Dana gerührt.

»Dann frohe Verrichtung«, rief sie dem Paar hinterher.

Dann seufzte sie tief. Vergeblich hatte sie auf Philipp gewartet. Immer wieder war ihr Blick zur Tür gewandert, doch ihr Stammgast war nicht aufgetaucht. Erfahrungsgemäß bedeutete das nicht etwa, dass er einen Unfall gehabt, einen Herzinfarkt erlitten oder einen Flugzeugabsturz zu beklagen hatte. Männer zogen sich manchmal aus unerklärlichen Gründen zurück, das wusste Dana. Doch warum Philipp? Und warum jetzt?

Sehr sorgfältig verschloss sie die Eingangstür, für den Fall, dass Goldschneckchen einen neuerlichen Besuch plante. Dann erst ging sie in die Küche.

»Läuft das Wasser wieder?«

Hung Tai hob die Achseln.

»Mal laufen, mal nicht laufen. Ich haben Vorrat in Eimer gemacht.«

Er deutete auf zwei Zinkeimer, die er randvoll mit Wasser gefüllt hatte. Währenddessen räumte sein Neffe Minh Hai, ein zarter junger Mann in schlabbernden Jeans, die Spülmaschine aus. Sämtliche Teller waren noch schmutzig.

»Na super, wie soll das Geschirr denn ohne Wasser sauber werden?«, fragte er bekümmert. »Wir müssen wohl alles mit der Hand abwaschen.«

Diese Müller-Mertens hat hundertpro einen Kellerschlüssel, überlegte Dana, sonst käme ihr Helfershelfer weder rein noch raus. Ob es sich lohnte, eine Kamera im Keller zu installieren? Oder gab es eine andere Taktik, um den ominösen Saboteur von seinem Treiben abzuhalten?

Sie würde später Eddy danach fragen. Jetzt war es kurz vor zwei Uhr mittags. Die Zeit drängte. Ihr Ausflug in die Anarchie passte gerade so zwischen Bistro und Kind abholen. Mami muss mal kurz in verbotenen Zonen surfen, dachte Dana. Krass. Also los.

Hung Tai, der ihre Gedanken zu lesen schien, hielt eine Styroporverpackung hoch, die mit Alufolie bedeckt war.

»Essen für böse Frau mit Sonnenbrille.« Er zwinkerte Dana zu. »Danach Frau heute nicht mehr arbeiten.«

Es war furchtbar gemein. Es war ausgesprochen niederträchtig. Mit einem Wort: großartig. Dana fragte lieber nicht, was Hung Tai ins Essen gemischt hatte. Sie traute ihm jede kulinarische Raffinesse zu, auch eine mit verdauungsbeschleunigender Durchschlagskraft.

Ihr Handy klingelte. Auf dem Display erschien die Nummer von Herrmann Twilling.

»Kind, soll ich nicht besser mitkommen?«

Natürlich. Wieder einmal war ihr Vater der Meinung, dass sie nichts allein auf die Reihe bekam.

»Klar, eine Putzfrau, die einen elegant gekleideten älteren Herrn durch die Gegend schiebt, ist total unauffällig«, stöhnte sie.

»Ich meinte ja nur …«

»… dass ich es versiebe?«

Herrmann Twilling atmete aus.

»Viel Glück, mein Kind.«

Damit legte er auf. Falls sein Anruf bezwecken sollte, Dana zu beruhigen, hatte er das Gegenteil bewirkt. Sie spürte brennendes Lampenfieber. Wie damals, als sie in der Schulaula ein Gedicht aufsagen musste, vor der gesamten Lehrerschaft, unter den Augen aufgekratzt johlender Schüler. Danas Talent hatte darin bestanden, Geschichten zu erfinden. Im Improvisieren war sie immer großartig gewesen, im Auswendiglernen eine Null. Deshalb war sie damals mit Pauken und Trompeten untergegangen. Doch diese Zeiten lagen hinter ihr. Endgültig.

»Sagen vietnamesische Sprichwort: Vater geben Kind Leben, aber Himmel geben Charakter«, wisperte Hung Tai. »Du stark, Dana.«

Er legte ihr den Glücksbringer um, der an einem Lederband über der linken Ecke des Spiegels hing. Ein kleiner Drache aus Ahornholz, das aus nachhaltiger Forstwirtschaft stammte und von einem kanadischen Schamanen energetisch aufgeladen worden war. Angeblich. Der Glücksbringer war ein Geschenk von Paul gewesen. Was nicht ausschloss, dass das Ding aus einem Billigramschladen stammte. Immerhin war es eine nette Geste gewesen. Vielleicht reichte das energetisch aus.

Die Ankunft Thien Tungs gab das Startsignal. Wie verabredet, trug Hung Tais Bruder einen dunkelblauen Arbeitsoverall unter seiner Steppjacke. Er hatte einen Transportkasten mitgebracht, auf dem ein Zettel mit der Aufschrift *Asia Food de luxe* klebte.

»Sag mal, Hung Tai«, Danas Augen nahmen einen verschmitzten Ausdruck an, »hast du genug von diesem sehr speziellen Essen, um auch den Anwalt damit zu beglücken?«

»Sicher haben genug. Ich packen noch eine Portion. Du sagen Thien Tung Adresse, er liefern.«

Hieß es nicht, Rache sei ein Gericht, das kalt gegessen wurde? Nun, dieses Gericht würde seinen Empfänger mit mundgerechter Esstemperatur erreichen und Dana für einen peinlichen Abend sowie für einen eklatanten Mangel an Loyalität entschädigen. Nicht nur Alexandra Müller-Mertens, auch Jens Andresen würde einen Vollwaschgang erleben.

Deutlich besserer Laune zog Dana den alten, hässlich geblümten Kittel ihrer einstigen Reinemachefrau Sermin an, knotete sich deren Kopftuch über die Haare und begutachtete ihre Erscheinung im Spiegel. Hung Tai sah ihr amüsiert zu.

»Sagen vietnamesische Sprichwort: Schöne Frau noch schöner, wenn gehen in hässliche Kleid.«

»Danke. Den Tipp merke ich mir, falls ich jemals wieder Geld für neue Klamotten habe.« Dana schob ihr Handy in die Kitteltasche. »Wünsch mir Glück, Hung Tai.«

Der Koch legte die Handflächen aneinander und verneigte sich feierlich.

»Wenn Hoffnung aufwachen, Kummer gehen schlafen. Alle werden gut, Dana.«

Sein Optimismus war beneidenswert. Ein letzter Blick auf Hung Tais lächelndes Gesicht genügte Dana, um alle Zweifel zu zerstreuen. Nun denn, sagte sie sich, jetzt sind diese Pro-Domo-Typen fällig. Auf sie mit Gebrüll.

Zwanzig Minuten später parkte sie ihren Kastenwagen vor einem Hochhaus, das mit seiner grauen Granitfassade und den hellblaubeschichteten Fensterscheiben wie eine uneinnehmbare Festung wirkte. In großen silbergrauen Buchstaben prangte der Schriftzug *PRO DOMO GmbH* über dem obersten Stockwerk.

Dana klopfte Thien Tung auf die Schulter.

»Schick mir eine SMS, wenn du das Essen ausgeliefert hast und der Strom abgestellt ist.«

Er hob den Daumen und stieg aus. Dana wartete, bis er den Haupteingang passiert hatte. Dann zog sie das Kopftuch tiefer in die Stirn, stopfte ein paar widerspenstige Locken unter den Stoff und stieg ebenfalls aus. Langsam umrundete sie das Gebäude und fand den Lieferanteneingang, vor dem rauchend einige Angestellte standen – Männer in Anzügen und Frauen in Kostümen, die irgendwie geklont aussahen.

Ganz klein machte Dana sich. Mit nach vorn geschobenen Schultern und gesenktem Kopf schlurfte sie auf eine halb geöffnete Metalltür zu. Niemand beachtete sie. In dem ausgesucht scheußlichen Kittel und mit den sorgsam zusammengestellten Accessoires Kopftuch, Gummihandschuhe und Putzlappen gehörte sie für die Angestellten quasi einer unsichtbaren Spezies Mensch an, das spürte sie ganz deutlich.

Neben der Metalltür blieb sie stehen, im toten Winkel der Überwachungskamera, die auf den Eingang gerichtet war. Ihre rechte Hand umklammerte das Handy in der Kitteltasche. In der anderen Kitteltasche wartete eine Flasche Desinfektionsspray auf den strategischen Einsatz. Wann ging es endlich los?

Vor ihrem geistigen Auge sah sie Thien Tung, der sich zum Büro von Alexandra Müller-Mertens durchfragte. Sah ihn mit der Dame diskutieren, weil er ihr ein Essen brachte, das sie nicht bestellt hatte. Sah Frau Müller-Mertens lächeln, als Thien Tung ihr eröffnete, ein gewisser Jens Andresen lasse ihr das Essen schicken, als kleine Aufmerksamkeit und mit ganz lieben Grüßen.

Nun musste auch Dana lächeln. Sie stellte sich vor, wie die Entmietungsfachfrau das gebratene Gemüse hinunterschlang, das Hung Tai mit gedünsteter Hühnerbrust und einer weiteren, nicht näher definierten Zutat aufgepeppt hatte. Dana tippte auf etwas wie Rizinusöl. Falls der Koch nicht zu viel versprochen hatte, würde die Wirkung prompt einsetzen – innerhalb weniger Minuten, die Thien Tung, mittlerweile ohne Jacke, nur im Blaumann, nutzen konnte, um in den Keller zu gelangen. So weit der Plan.

Eine gefühlte Ewigkeit später vibrierte ihr Handy. Eine SMS war eingetroffen: *10. Stok, Zima 1044, gleih Strohm wek.*

»Möge die Übung gelingen«, murmelte Dana.

Neben diversen Yogakursen, Meditationswochenenden und Tai-Chi-Seminaren hatte sie einst einen Workshop chinesischer Artisten besucht. Möge die Übung gelingen, hatte der Chefakrobat immer gesagt, bevor er Seile hinaufkletterte oder Flickflacks vollführte.

Dana war froh, dass sie heute nicht ihre Gelenkigkeit unter Beweis stellen musste. Nur ihre schauspielerischen Fähigkeiten. Ich bin Sermin, eine türkische Putzfrau, die sich Tag für Tag mit dem Dreck anderer Leute abrackert, programmierte sie ihr Hirn. Ich komme im Auftrag des Facility-Managements, weil das Büro 1044 verunreinigt ist und die Toiletten des zehnten Stockwerks unbenutzbar sind.

Ja, ihr Vater hatte den perfekten Plan ausgeklügelt.

Sie spähte zur Metalltür. Dahinter sah man einen langen graugestrichenen Flur, der von Neonröhren erhellt wurde. Ein kurzes Flackern, und sie gingen surrend aus. Was bedeutete, dass auch die Überwachungskamera vorübergehend außer Gefecht gesetzt war.

Das Herz klopfte Dana bis zum Hals. Ein letzter Blick zu den Angestellten, die sie noch immer nicht beachteten, und schon huschte sie in den Flur.

Aufatmend stellte sie fest, dass hier keine Kameras hingen. Schritt für Schritt arbeitete sie sich vor, auf der Suche nach den Aufzügen. Ihr Mund war wie ausgetrocknet, auf ihrer Stirn sammelten sich Schweißtröpfchen. Ihr Herz klopfte mittlerweile so heftig, dass sie Angst hatte, man könnte es hören.

Da, das Licht ging wieder an. Mit klammen Fingern drückte sie den Aufzugsknopf. Die Lifttür öffnete sich, und Dana betrat den Aufzug, der sie einem ungewissen Schicksal näher bringen würde. Jede Bewegung, jeder Schritt spannte ihre Nerven bis zum Zerreißen an. Langsam schoben sich die Türen wieder zusammen, und sanft gleitend setzte sich die Kabine in Bewegung. Jetzt gab es kein Zurück mehr.

Jedes Mal, wenn Leute zustiegen, quetschte sich Dana eng an die Rückwand der Liftkabine, das Gesicht nach unten gerichtet. Doch auch hier nahm niemand Notiz von ihr. Eigentlich ärgerte sie das. Waren denn Putzfrauen nicht auch Menschen? Warum sagte man ihnen nicht guten Tag, wie unter einigermaßen gut erzogenen Leuten üblich?

Die Taste für das zehnte Stockwerk leuchtete auf. Inzwischen hatte Dana jedes Zeitgefühl verloren. Ihr Magen kribbelte, sie spürte ihre Beine nicht mehr. Wie eine Schlafwandlerin stakste sie über den dunkelgrauen Nadelfilzboden, während sie die weißen Schildchen neben den Türen checkte. 1039, 1040, 1041 … Jetzt hieß es aufgepasst.

Sie wich erschrocken zurück, als eine Tür von innen aufgerissen wurde und eine Frau in einem zitronengelben Jackett herausstürzte. Die grelle Farbe harmonierte überraschend gut mit ihrem grünlichen Teint. Vor den Mund hielt sie ein beflecktes Taschentuch gepresst. Ohne einen Blick für Dana, die sich halb weggedreht hatte, wankte sie über den Flur und verschwand in der Damentoilette.

Dana begann zu laufen. Mit wehendem Kittel rannte sie zu Zimmer 1044, zog die offen stehende Tür hinter sich zu und ließ sich auf den schweren ledergepolsterten Schreibtischstuhl fallen. Der Computer war eingeschaltet, das E-Mail-Programm und mehrere Fenster nebeneinander geöffnet.

Danke, Schatz stand in einer angefangenen Mail an jens@andresen.com. *Süße Idee mit dem Essen. Sehen wir uns heute Abend? Ich denke so oft daran, wie du meine Zehen gelutscht hast. Mmmmh. Möchte so gern noch mal genüsslich Deinen*

An dieser Stelle brach der Text ab. Die Welt würde nie erfahren, was genau Alexandra Müller-Mertens genüsslich mit welchem Körperteil des Anwalts hatte anstellen wollen. Geschenkt, dachte

Dana. Weder Jens Andresen noch diese hinterhältige Schlange würden in absehbarer Zeit in der Lage sein, ihre unheilvolle Allianz mit erotischen Spielchen auszuleben.

Sie gab sich einen Ruck. Nun war Eddy an der Reihe. Nachdem sie das Handy laut gestellt hatte, hagelte es Befehle. Wie aufgeschreckte Vögelchen flatterten Danas Finger über die Tastatur. Was genau sie da tat, begriff sie nicht, aber irgendwann rief Eddy: »Ich bin drin!«

Uff. Geschafft. Dana lauschte zum Flur hin, doch weder Schritte noch Stimmen waren zu hören. Alexandra Müller-Mertens war offenbar noch vollauf mit ihren Ausscheidungen beschäftigt.

»Super, Eddy«, raunte Dana. »Und jetzt?«

»Jetzt stiften wir Verwirrung, wie dein Vater sagen würde.«

Daraufhin verschickte Dana noch einige E-Mails, die ihr ein grimmiges Vergnügen bereiteten. Eddy war wirklich unschlagbar. Die entsprechenden Mailadressen lagen bereits bei ihm parat, Dana musste sie nur noch eingeben. Und bei der Formulierung der Texte den leicht schnippischen Tonfall imitieren, der ihr in letzter Zeit zur Genüge auf die Nerven gegangen war.

Am Ende hatte Alexandra Müller-Mertens auf Firmenkosten eine Spülmaschine für Frau Dana Twilling, Schillerstraße 5, bestellt, mit einem dreimonatigen Zahlungsaufschub, damit es nicht sofort auffiel. Natürlich würde Dana das Geld zurückzahlen, sobald sich ihr Konto von der Schwindsucht erholt hatte. Außerdem forderte die Pro Domo GmbH bei einer Securityfirma einen 24-Stunden-Wachschutz für das Bistro Paradies an, um verdächtige Subjekte vom Lokal fernzuhalten.

Weitere Mails gingen an das Städtische Elektrizitätswerk und die Städtische Wasserversorgung mit der Bitte, plötzliche Stromausfälle sowie die Unterbrechung der Wasserzufuhr künftig zu vermeiden, indem die Zugänge im Keller verplombt würden.

Eddys Meisterstück bestand in einer Mail an die Städtische Baubehörde: Die Pro Domo GmbH ziehe den Bauantrag für die Schillerstraße 5 zurück, weil massive Proteste der angestammten Bevölkerung des Stadtteils zu erwarten seien; man befürchte einen Imageverlust sowohl für die Pro Domo GmbH als auch für die Politik, falls das Gebäude abgerissen würde.

Diese Information erhielt besondere Brisanz, weil Dana gleich darauf mit Eddys Unterstützung eine Mail an die Lokalredaktion der größten Zeitung der Region schrieb.

Pressemitteilung
Die Pro Domo GmbH bedauert zutiefst, Dana Twilling, Geschäftsführerin des veganen Restaurants Bistro Paradies, mit unzumutbaren Entmietungspraktiken behelligt zu haben. Es war der Fehler eines inzwischen entlassenen Mitarbeiters, für den wir uns öffentlich entschuldigen. Des Weiteren versprechen wir, den Restaurantbetrieb sowie das Wohnverhältnis fortan nicht mehr mit Schikanen wie Unterbrechungen der Strom- und Wasserversorgung, fingierten Bauarbeiten und künstlichem Kakerlakenbefall zu belasten.
Mit freundlichen Grüßen
Alexandra Müller-Mertens

Wow. Dana lehnte sich zurück. Hammer. Oberhammer.

Sie ließ ihren Blick durch das Büro schweifen, das sie bis jetzt noch gar nicht richtig wahrgenommen hatte. Es wirkte karg wie eine Mönchszelle – Stahlrohrmöbel, Aktenschränke, weißgetünchte Wände. Nichts Persönliches stand herum, kein Schnickschnack, keine silbergerahmten Fotos. An der Wand hing nicht ein einziges Bild, nur das Konterfei eines massigen, verspannt aussehenden älteren Herrn mit einer wuchtigen Hornbrille. Darunter stand geschrieben: *Prof. Dr. jur. Dr. h. c. Hans-Jürgen Dennermann wünscht all seinen Mitarbeitern ein erfolgreiches Geschäftsjahr.*

»Sehr geehrter Herr Professor Dennermann«, murmelte Dana, »auch ich wünsche Ihnen viel Erfolg. Vorausgesetzt, dass Sie immer schön anständig bleiben. Sonst können Sie was erleben.«

Alexandra Müller-Mertens erlebte *definitiv* etwas, denn sie glänzte weiterhin durch Abwesenheit. Aufmerksam horchte Dana auf verdächtige Geräusche, doch es blieb alles still. Nur von ferne hörte man Telefongebimmel.

»Hey, bist du noch da, *bella* Dana?«, quakte es aus dem Handy. »Du musst den E-Mail-Ausgang löschen, damit man dir nicht auf die Schliche kommt. Ich kümmere mich später um den Facebook-Account dieser Müller-Dingenskirchen.«

»Danke, Eddy.« Dana klickte auf der Tastatur herum. »Äh, wie löscht man noch mal den E-Mail-Ausgang?«

»*Cara mia*, so was solltest du wirklich wissen«, lachte Eddy. »Ich dachte immer, Frauen sind intelligenter formatiert als Männer. Also. Du gehst ...«

Dana hörte ihn nur noch wie durch einen Nebel. Bei ihrer wilden Klickerei war sie aus Versehen in der Fotodatei von Alexandra Müller-Mertens gelandet. Die Härchen auf ihren Unterarmen stellten sich senkrecht. Neben Urlaubsschnappschüssen, Aufnahmen von Häusern und anderem uninteressanten Zeug stachen ihr Fotos eines kleinen Mädchens ins Auge. Es war etwa fünf Jahre alt, hatte goldbraune Locken und rosa Glitzerschuhe an.

»Schon gelöscht?«, fragte Eddy.

Dana war unfähig zu sprechen. Ihre Augen brannten, sie hatte das Gefühl, ihr Kopf müsse platzen. Das Mädchen war Leonie. Wie eine heiße Säure kroch die Angst durch Danas Körper, versengte ihr Herz, ließ ihr Hirn auf Siedetemperatur hochkochen. Was zum Teufel hatte das zu bedeuten?

Sie hörte weder das Herunterdrücken der Türklinke noch die gedämpften Schritte auf dem dunkelgrauen Nadelfilzboden.

»Wer sind Sie? Was machen Sie da?«, ertönte eine ungehaltene Männerstimme.

Erwischt! Das hatte sie jetzt davon, dass sie ein Geschenk von Paul als Glücksbringer trug.

Fahrig senkte Dana die Hand in die linke Kitteltasche, holte das Desinfektionsspray heraus und begann, die Tastatur und die Schreibtischplatte einzusprühen. Den exotischen Akzent lieh sie sich kurzerhand von Hung Tai.

»Ich Sermin, ich Putzfrau, kommen von Facility-Management. Sagen Büro 1044 schmutzig und Toilettendamen zehnte Stock saubermachen.«

»Damentoiletten«, korrigierte der Mann sie.

So fühlte es sich also an, wenn einen andere verbesserten. Dana versuchte, sich ihre Panik nicht anmerken zu lassen. Hektisch wienerte sie mit dem Putzlappen auf dem Schreibtisch herum.

»Zeigen Sie mir sofort Ihren Hausausweis!«, blaffte der Mann.

Dana schluckte.

»Den …«

Es gab keine perfekten Pläne. Niemand hatte an so was wie Hausausweise gedacht, nicht einmal ihr neunmalkluger Vater.

Der Mann zückte sein Handy.

»Dachte ich mir schon. Die Putzkolonne kommt immer erst nach Büroschluss. Ich werde die Polizei rufen.«

Das war's. Dana wurde schwarz vor Augen. Begleitet von einem hässlich klackenden Geräusch landete ihr Gesicht auf der Computertastatur.

17

Es war Herrmann Twilling und seinen ausgedehnten Privatvorträgen zu verdanken, dass Dana über umfangreiche Kenntnisse der großen Heldensagen verfügte. Manches hatte ihr Vater auch als Gutenachtgeschichte vorgelesen. Tja. Andere Kinder durften sich an der Raupe Nimmersatt erfreuen oder mit den Fünf Freunden Abenteuer bestehen, Dana hingegen war mit kulturgeschichtlich wertvollen Epen eingeschlummert.

Lerne von den Helden, hatte ihr Vater immer gesagt. Kurioserweise war es das Erste, was Dana einfiel, als sie wie aus einem Fiebertraum wieder zu sich kam.

Am liebsten hätte sie sich unsichtbar gemacht. Doch sie besaß weder ein Trojanisches Pferd, in das sie flüchten konnte, noch eine Tarnkappe wie Siegfried, der Drachentöter aus dem Nibelungenlied. Nicht einmal ihr Lipgloss hatte sie dabei.

Sie hob den Kopf und sah ein Stück Nadelstreifenstoff, das sich über einem massigen Bauch wölbte. Meiden Sie den Kontakt mit Unbekannten, dachte Dana. Besten Dank auch, lieber Mondkalender.

»Geht's wieder?«, erkundigte sich der Mann, der sie ertappt hatte, eine Spur freundlicher.

»Dana?«, tönte Eddys Stimme aus dem Handy. »Alles in Ordnung? Wer ist da bei dir?«

Ich muss die Mails löschen, ich muss die Mails löschen, hämmerte es in ihrem Kopf. Ein anderer Gedanke drängte sich dazwischen: Wie kommt Alexandra Müller-Mertens dazu, Leonie zu fotografieren? Was hat sie vor?

Kalter Schweiß stand Dana auf der Stirn, während ihre Gedanken wie Schneegestöber durcheinanderwirbelten.

»Mir w-war wohl et-etwas schwindlig«, stotterte sie. Mist, der Akzent! Sie hatte den Akzent vergessen! »Können bitte eine Glas Wasser holen?«

Die Miene des Mannes verhärtete sich wieder.

»Und vielleicht noch ein Kaviarhäppchen dazu? Ihr Glas Wasser können Sie gern bei der Polizei trinken.«

Wie in Zeitlupe nahm Dana wahr, dass er drei Zahlen in sein Handy eingab. Eins. Eins. Null. Er rief tatsächlich die Polizei an! Gleichzeitig durchzuckte sie die Erkenntnis, dass sie vor dem Mann saß, der ihre Existenz vernichten wollte. Sie schaute zu dem Foto an der Wand, dann wieder zu dem Mann. Kein Zweifel, sie hatte es mit Prof. Dr. jur. Dr. h. c. Hans-Jürgen Dennermann höchstpersönlich zu tun.

»Bitte, liebe Herr Professor Dennermann, nichts sagen Polizei«, wimmerte sie.

Verblüfft ließ er sein Handy sinken.

»Kennen wir uns?«

Improvisieren, Dana! Auswendiglernen war nie dein Ding, aber Geschichten erfinden!

»Sie nicht erinnern kleine Putzfrau, aber ich wissen genau. Putzen bei Ihnen zu Hause.«

Er kniff die Augen zusammen.

»Tatsächlich?«

Dana beschloss, ins Blaue hinein zu fabulieren.

»Haben Professor schöne Haus. Ich immer bewundern schöne Haus. Alle machen sauber, wenn kommen bei Ihnen. Aber Geld nicht reichen. Haben ich Kinder. Sieben Kinder. Müssen putzen heimlich hier. Nicht verraten, Professor Dennermann.« Sie ließ sich leicht nach vorn sinken. »Oh, mir werden wieder schlecht.«

Er zögerte. Betrachtete Dana noch einmal von oben bis unten. Dann räusperte er sich.

»Gut, ich hole Ihnen ein Glas Wasser. Aber Sie rühren sich nicht vom Fleck! Was Ihre Identität betrifft, so werden wir die leicht herausfinden, denn zufällig holt mich meine Frau gleich hier ab.«

Mit einem gewaltigen Plumpsen rutschte Dana das Herz in die Hose.

»Haben Sie nette Frau, Professor Dennermann.«

Seine Mundwinkel verzogen sich nach unten.

»Das spricht nicht gerade dafür, dass Sie meine Frau kennen. Es ist kein Geheimnis, dass sie die wandelnde Pest ist.«

Na, das war ja ein herzwärmendes Paar. So kam Dana nicht weiter.

»Wasser«, jammerte sie. »Bitte.«

Den verzweifelten Augenaufschlag musste sie nicht einmal schauspielern. Wenn die Polizei sie verhaftete, war alles aus.

Endlich rang sich ihr Peiniger dazu durch, den Raum zu verlassen. Ein prüfender Blick durch Brillengläser, dick wie Leselupen, traf Dana, bevor Professor Dennermann abzog. Sie riss das Handy ans Ohr.

»Also, Eddy, wie ging das noch mal mit dem Löschen?«

Ein entsetztes Stöhnen erklang.

»O Gott, mir geht echt die Pumpe. Ich dachte schon, alles fliegt auf. Wer war der Typ, mit dem du gesprochen hast?«

»Später. Drück auf die Tube, Eddy. Ich muss hier weg.«

Wieder kamen knappe Anweisungen, und eine Minute später hatte sich der vollgestopfte E-Mail-Ausgang von Alexandra Müller-Mertens in ein jungfräulich weißes Rechteck verwandelt.

»Ist auch wirklich alles gelöscht?«, fragte Dana. »Wird niemand die Wahrheit erfahren?«

Eddy lachte amüsiert.

»Werd erwachsen, Dana. Für die Wahrheit ist ohnehin kein Platz im Internet. Sag mir nur: Kommst du da allein wieder raus? Der Typ klang ganz schön angepisst.«

»Keine Ahnung. Ich versuch's.«

Dana beendete das Gespräch, schloss das Mailprogramm und

hievte ihren zitternden Körper aus dem Schreibtischstuhl hoch. Mit weichen Knien lief sie zur Tür, wo sie mit Professor Dennermann zusammenprallte, der einen Plastikbecher vor sich her trug. In hohem Bogen spritzte das Wasser aus dem Becher, direkt auf das Hemd und die Krawatte des Unternehmers.

»Sie Trampel!«, schimpfte er drauflos. »Dachte ich mir doch, dass Sie entwischen wollten! Aber so kommen Sie mir nicht davon!«

Hinter ihm tauchte ein bulliger Securitymann in schwarzer Uniform auf. Er schwenkte einen Gummiknüppel, an seinem Hosengürtel baumelten Handschellen.

Womit sich einmal wieder die alte Weisheit bestätigte, dass man nicht in Geld schwimmen musste, um baden zu gehen. Dana gab sich geschlagen. Es hatte keinen Sinn mehr, irgendwelche neuen Ausreden zu erfinden. Mit hängenden Schultern stand sie da und erwartete ihr Schicksal. Wie hatte sie sich nur auf diesen beknackten Plan einlassen können?

»Halt! Stopp!«, brüllte plötzlich eine Männerstimme.

Untermalt wurde sie von einem eigenartigen Surren. Dana zwinkerte. Zwinkerte ein zweites Mal. Doch es war keine Halluzination. Seinen Rollstuhl auf Höchstgeschwindigkeit eingestellt, raste Herrmann Twilling heran, hochkorrekt im dunkelgrauen Anzug, blütenweißen Hemd und Krawatte.

»Siegfried, Ausländerbehörde!«, bellte er schon von weitem und hielt eine laminierte Karte hoch, die wie ein Dienstausweis aussah. »Wir wurden informiert, dass hier Putzfrauen ohne Aufenthaltserlaubnis beschäftigt werden. Was zugleich den Tatbestand der Schwarzarbeit erfüllt.«

Professor Dennermann erstarrte, der Wachmann rieb sich irritiert die Stirn.

»Sie da!« Drohend richtete Herrmann Twilling einen Zeigefinger auf Dana. »Ihre Papiere, aber dalli!«

Freude und Beschämung durchzuckten sie. Aber es war, wie es

war: Ihr Vater kam genau im richtigen Augenblick. Wie Siegfried, der Drachentöter.

»Ich – ich haben keine, äh, Papiere«, stammelte sie.

»Aha. Mitkommen.« Herrmann Twilling winkte den Securitymann näher heran. »Sie begleiten uns zum Ausgang. Alles Weitere klären wir in der Behörde. Die Pro Domo GmbH sollte sich auf ein Strafverfahren gefasst machen.«

Professor Dennermann hob erschrocken die Hände.

»Ich habe diese Frau noch nie gesehen! Ich war ja selbst drauf und dran, die Polizei zu rufen!« Nervös ruckelte er an seiner Brille herum. »Gestatten, Dennermann. Mir gehört dieses Unternehmen. Hier geht alles ordnungsgemäß zu.«

»Papperlapapp, das können Sie Ihrer Großmutter erzählen«, erwiderte Danas Vater barsch. »Halten Sie sich für eine Vernehmung bereit. Verlassen Sie nicht die Stadt.«

In seinem markigen Auftreten lag die ganze Autorität eines Mannes, der jahrzehntelang aufsässige Teenager diszipliniert hatte. Sogar Professor Dennermann ließ sich davon einschüchtern, wie Dana unendlich erleichtert feststellte.

»Das wird sich alles aufklären«, sagte er. Es klang nicht sehr überzeugt. »Wie war noch Ihr Name?«

»Siegfried, Hagen Siegfried. Und jetzt lassen Sie mich meines Amtes walten.«

Herrmann Twilling packte seine Tochter am Handgelenk und zerrte sie zu sich heran.

»Sie haben Anspruch auf einen Anwalt, gute Frau. Aber zunächst nehme ich Sie in Gewahrsam. Haben Sie mich verstanden?«

Dana konnte nur noch nicken. Eines musste man ihrem Vater lassen: Es war genial, einfach den Spieß umzudrehen und so zu tun, als ob dieser Dennermann Dreck am Stecken hätte. Was ja irgendwie sogar stimmte.

Der Securitymann nahm Haltung an.

»Ich bringe Sie beide runter. Keine Sorge, die Frau kann Ihnen nicht entwischen. Ich passe auf.«

»Es wird sich alles aufklären«, wiederholte Professor Dennermann lahm.

»Das will ich hoffen.« Herrmann Twilling wendete seinen Rollstuhl. »Gott zum Gruße.«

Ohne sich noch einmal umzusehen, rollte er los. Wie in Trance trottete Dana hinterher, den Flur entlang, der endlos schien. Dicht neben ihr ging der Wachmann, der ihr warnende Blicke zuwarf.

Als sie an der Damentoilette vorbeikamen, hörte sie ein hustendes Keuchen. Schlagartig fielen ihr wieder die Fotos ein, die sie auf dem Rechner von Alexandra Müller-Mertens gefunden hatte. Ihre Kehle schnürte sich zu. Sie musste dieser Ungeheuerlichkeit auf den Grund gehen, so rasch wie möglich.

Vor der Lifttür wandte sich Herrmann Twilling halb zu dem Wachmann um.

»Haben Sie vielen Dank. Ab jetzt schaffe ich es allein.«

Der Wachmann ließ seinen Gummiknüppel kreisen, als warte er nur darauf, dass das Ding zum Einsatz kam.

»Wirklich?«

»Aber sicher.« Danas Vater strich sich über seine Krawatte mit den kleinen goldenen Wappen. »Meine Kollegen warten unten. Verbindlichsten Dank noch einmal.«

»Wie Sie wollen.«

Sichtlich enttäuscht blieb der Wachmann stehen, während Dana und ihr Vater im Aufzug verschwanden. Ein paar klemmige Sekunden lang war es still. Dann ergriff Dana das Wort.

»Danke, Papa.« Sie zog eine trotzige Schippe. »Aber ich hätte es auch ohne dich geschafft. Na ja, fast.«

»Sei froh, dass meine Menschenkenntnis über dein Selbstvertrauen gesiegt hat«, erwiderte ihr Vater spitz. »Ich hielt mich in der Nähe auf, vorsichtshalber. Als Eddy anrief und mir von deiner unerfreulichen Begegnung erzählte, konnte ich flugs aktiv werden.

Siegfried, der Drachentöter, du verstehst? Als Tarnkappe diente mir die Behauptung, ich sei von der Ausländerbehörde. Der vermeintliche Dienstausweis ist in Wirklichkeit meine Mitgliedskarte von der Volkshochschule. Nun, das ist niemandem aufgefallen.«

»Aber wie bist du überhaupt so schnell hier reingekommen?«, fragte Dana.

Herrmann Twilling sah an ihr vorbei und tat so, als seien die Liftknöpfe ein spannendes Studienobjekt.

»Ich gelangte unbemerkt durch den Haupteingang in das Gebäude, in dem Moment, als Thien Tung den Strom abgestellt hat.«

Dana schluckte.

»Das heißt, du bist zeitgleich mit mir gekommen. Weil du von Anfang an sicher warst, dass ich es komplett vergeige.«

Er ließ sich Zeit mit der Antwort.

»Bitte bewerte es nicht als Misstrauen, nenn es lieber Teamgeist«, sagte er nach einer Weile. »Eine emanzipierte Frau wie du meint vermutlich, Männer können nur im Schritttempo denken. Aber, wenn ich mir diese Bemerkung erlauben darf, ich habe schon so einige Kilometer auf den Reifen, verfüge über entsprechende Lebenserfahrung und hielt es deshalb für das Beste, mich als rettender Held bereitzuhalten.«

Dagegen ließ sich schwerlich etwas sagen.

Den Rest der Aufzugfahrt verbrachten sie schweigend. Als sie im Erdgeschoss angelangt waren, zückte Herrmann Twilling sein Handy und versendete eine SMS. Wenige Sekunden später gingen alle Lichter in der weiträumigen Eingangshalle aus. Im Laufschritt folgte Dana ihrem Vater, der zackig die Schwingtür nach draußen ansteuerte. Keine Kamera würde festhalten, wer da aus dem Gebäude floh.

Sie hatten gerade den Ausgang erreicht, als eine ziemlich korpulente Dame ihnen den Weg verstellte. Sie mochte Anfang sechzig sein, trug trotz des warmen Wetters ein hellbraunes Nerzcape und einen hochnäsigen Gesichtsausdruck zur Schau. Ihr weißes

Haar spielte ins Violette, ihre Lippen waren in schreiendem Pink geschminkt.

»Aus dem Weg«, herrschte sie Dana an. »Für Putzfrauen ist der Lieferanteneingang da.«

Wie war das? Klarer Fall von Arroganz-ADHS, dachte Dana wütend. Sie holte tief Luft.

»Putzfrauen sind auch Menschen. Ich habe es eilig und keine Zeit, extra zum Lieferanteneingang zu laufen.«

Die Dame lachte hysterisch.

»Ach, aufsässig sind wir auch noch? Ihren Namen, bitte. Mein Mann wird dafür sorgen, dass Sie heute Ihren letzten Arbeitstag bei Pro Domo hatten.«

»Und Ihr Mann ist …?«

Im selben Augenblick wusste Dana, wen sie vor sich hatte. Dieser fiese Drachen musste Frau Professor Dennermann sein. Ihr Mann hatte nicht übertrieben – sie besaß eine wenig einladende Persönlichkeit. Wandelnde Pest traf es ziemlich gut.

»Sie geben auf der Stelle den Weg frei!«, rief Herrmann Twilling erbost. »Behinderte haben Vorfahrt!«

Er drückte auf den Startknopf seines Rollstuhls und schob die entgeisterte Dame einfach beiseite. Dana hüpfte leichtfüßig hinterher. Das Ehepaar Dennermann würde sich so einiges zu erzählen haben.

Draußen auf der Straße wartete ein Großraumtaxi. In Windeseile wuchtete der Fahrer Danas Vater auf den Beifahrersitz und verstaute den Rollstuhl im Kofferraum.

»Auf Wiedersehen, Kind!«, rief Herrmann Twilling winkend. »Ich gehe jetzt auf Facebook!«

Bevor Dana reagieren konnte, fuhr das Taxi los. Jetzt erst wurde ihr wieder die ganze Tragweite ihres Abenteuers bewusst, und plötzlich durchflutete sie eine Welle der Dankbarkeit. Sicher, sie hätte es lieber allein hinbekommen. Und, ja, ihr Vater war ein pingeliger Besserwisser. Doch sein Herz saß auf dem rechten

Fleck, schließlich hatte er mit seinem Auftritt eine ganze Menge riskiert.

Grund für Entwarnung gab es allerdings nicht. Nicht, solange die Sache mit Leonies Fotos auf dem Rechner von Alexandra Müller-Mertens ungeklärt blieb. Erschöpft schleppte sich Dana zu ihrem Wagen. Ihre Knie schlotterten, als sie sich auf den Fahrersitz fallen ließ.

Es dauerte ein paar Minuten, bis Thien Tung angelaufen kam, den Kasten mit dem Aufkleber *Asia Food de luxe* unterm Arm, außer Atem und äußerst vergnügt.

»Alle gut, Dana«, lachte er. »Deine Papa kluge Mann. Schnell, fahren los.«

Während Dana Gas gab, behielt sie die Straße im Blick. Man konnte nie wissen, ob das dicke Ende nicht doch noch kam. Immer wieder sah sie in den Rückspiegel, aber niemand folgte ihnen. Allmählich normalisierte sich ihr Herzschlag. Unbehelligt tuckerte der Kastenwagen Richtung Innenstadt, wo Dana Thien Tung vor der Anwaltskanzlei absetzte.

»Nicht vergessen – mit vielen lieben Grüßen von Frau Müller-Mertens«, sagte sie.

Thien Tung strahlte sie an, während er den Transportbehälter vom Rücksitz holte.

»Ich erledigen. Anwalt werden haben viele Spaß.«

Das glaubte Dana gern. Sie sah auf die Uhr. Mittlerweile war es kurz vor vier, Abholzeit für Nini. Mit einem flauen Gefühl im Magen fädelte sie sich wieder in den Verkehr ein. Je näher der Kindergarten kam, desto mehr steigerte sich das flaue Gefühl zu schleichender Panik. Was plante diese Müller-Mertens?

Die letzten Meter fuhr Dana im Schritttempo, um nach verdächtigen Personen Ausschau zu halten. Rund um die idyllische Villa wirkte jedoch alles normal. Keine finsteren Gestalten, nur Mütter und Väter, die ihre Kinder abholten, standen plaudernd im Garten beisammen. So herrlich sorglos. Als gäbe es nichts

Böses, was ihren Kindern drohte. Dana schickte ein Stoßgebet zum Himmel, dass es tatsächlich so bleiben würde.

Nachdem sie den Kastenwagen vor dem gelbgestrichenen Holzzaun der Villa geparkt hatte, knöpfte sie den Kittel auf und warf ihn auf den Rücksitz. Dann zog sie sich das Kopftuch von den Haaren und stieg aus.

Wie immer war Dicki umringt von Eltern, die sich nach dem Wohlergehen ihres Nachwuchses erkundigten. Sie machte Dana ein Zeichen, auf sie zu warten.

»Hallo, Mami!«

Leonie kam angesprungen, ihre Locken flogen, ihr Gesichtchen war hochrot vor Aufregung. Fest schloss Dana ihre Tochter in die Arme. Gott sei Dank ahnte Nini nichts, weder von dem drohenden Rausschmiss aus der Schillerstraße 5 noch von irgendwelchen Fotos.

»Dana? Alles in Ordnung?« Dicki schlenderte auf sie zu, in einem schicken roten Lederrock und einem passenden rot-weiß gestreiften T-Shirt. »Du siehst reichlich blass um die Nase aus.«

»Nee, nee, ich bin okay«, wehrte Dana ab. »Um vier habe ich immer meinen toten Punkt und brauche einen starken Kaffee. Lust auf Fair-Trade-Bio-Espresso?«

»Hört sich interessant an. Warte, ich hole meine Handtasche, dann komme ich nach. Nimmst du mich mit?«

»Klar. Bis gleich.«

Mit Leonie an der Hand ging Dana vor zum Wagen. Während Nini auf den Kindersitz kletterte, klingelte das Handy. Dana warf einen Blick auf das Display. Unterdrückte Nummer. Wer mochte das sein? Besser, sie meldete sich.

»Sie Miststück! Sie haben Alexandra und mich vergiftet!«, röchelte Jens Andresen am anderen Ende der Leitung.

»Ich weiß überhaupt nicht, wovon Sie sprechen«, flötete Dana.

»O doch! Aber das werden Sie noch bereuen!«

Dana schlug einen sarkastischen Tonfall an.

»Huhuu, ich krieg ja solche Angst. Was haben Sie denn vor? Spucken Sie's aus, bevor ich eine Herz-Lungen-Maschine brauche.«

»Ich habe Philipp gewarnt«, keuchte der Anwalt. »Aber er wollte Ihnen ja unbedingt helfen. Der Idiot hat sogar das Honorar für die Erstberatung übernommen.«

»Moment mal, das kostet Geld?«

»Tausend Tacken. Was dachten Sie denn? Dass ich meine kostbare Zeit an eine ausgetickte Mondsüchtige verschenke?«, höhnte Jens Andresen.

Dana fiel die Kinnlade herunter. Philipp hatte den Anwalt bezahlt, das musste sie erst einmal verarbeiten. Ihr fehlten die Worte.

»Bilden Sie sich bloß nichts darauf ein«, blaffte Jens Andresen. »Inzwischen hat sich die Sache sowieso vollkommen gedreht. Mehr darf ich nicht sagen, sonst bringt Philipp mich um. Oder schleppt mich zur Strafe in so einen verdammten Yogakurs.«

Das klang vollkommen wirr. Wie sollte man daraus schlau werden?

»Herr Andresen? Könnten Sie bitte etwas deutlicher werden? Was ist mit Philipp?«

»Sie stressen brutal«, ächzte der Anwalt. »Aber von mir werden Sie nichts erfahren. Ich, o Gott …«

Man hörte würgende Geräusche, dann brach das Gespräch ab.

Bei Dana schrillten sämtliche Alarmglocken. Was wurde hier gespielt?

18

Der Ökoladen Grün ist Leben war zum Bersten gefüllt. Eine Gruppe Jugendlicher belagerte den Tresen, vor den Regalen herrschte dichtes Gedränge. Das Ganze hatte was von Mittelalterfestival mit Hippiearoma. Frauen in bunten Kleidern über Jeans stöberten in der Naturkosmetikabteilung, Männer in brustweit geöffneten Baumwollhemden fachsimpelten über Teesorten und checkten zwischendurch ihre Smartphones. Dazwischen parkten mehrere ultrahippe Kinderwagen mit den dazugehörigen Jungmüttern, die vermutlich benzinfressende Geländewagen fuhren, ihren Kindern jedoch biologisch einwandfreies Essen auf den Tisch stellen wollten.

Möglich, dass ein Teil der weiblichen Kundschaft auch ganz einfach wegen Eddy kam. Er war mal wieder ein Hingucker mit seinen breiten Schultern und dem sexy Netzhemd. Seelenruhig stand er mitten im Gewühl und erläuterte Rezepte für Hirsefladen, klärte über die entgiftende Wirkung von Brennnesseltee auf und schwärmte von den Vorteilen nachhaltig gewonnener Sheabutter für die Haut.

»Eddy!« Dana flog förmlich auf ihn zu. »Du warst phantastisch! Ohne dich hätte ich in der Patsche gesessen!«

Er drückte sie ein paar Sekunden länger an sich als nötig.

»Je genauer man plant, desto härter trifft einen der Zufall, *cara mia*. Anders gesagt: Wer mit nichts rechnet, hat sich verzählt. Aber es ist ja noch mal gutgegangen. Dein Daddy war echt cool. Nur warum er das ›die Siegfriedtaktik‹ genannt hat und total lustig fand, verstehe ich nicht.«

»Wenn mein Vater eine Pointe loslässt, muss man immer erst bei Wikipedia nachsehen, bevor man sie witzig finden kann«, erwiderte Dana. »War so ’n Drachentöterding. Na egal. Ich habe übrigens eine Freundin mitgebracht.«

Eddy atmete vernehmlich aus.

»Ach ja, die Freundin. Die hattest du ja schon angekündigt.«

Widerstrebend gab er Dana frei und warf einen Blick auf ihre Begleiterin, die abwartend stehen geblieben war.

»*Capisce*. Mit wem habe ich das Vergnügen?«

»Das ist Dicki.« Dana zog die Erzieherin etwas näher zu sich heran. »Und das ist Eddy, der den besten Bioespresso der Stadt fabriziert. Auch alles andere ist sehr zu empfehlen, der grüne Tee zum Beispiel.«

»Nee, die Honigkekse!«, krähte Leonie, woraufhin sie sich zum Tresen durchschlängelte, um ihren gewohnten Snack zu ergattern.

»Qualität ist, wenn die Kunden zurückkommen, nicht die Ware«, sagte Eddy und zeigte mit einigem Stolz auf den gutgefüllten Verkaufsraum. »Zwei Doppelte, Dana?«

»Mindestens. Bin koffeinmäßig total unterzuckert.«

Während Eddy den Tresen umrundete und die Espressomaschine anstellte, setzten sich Dana und Dicki auf zwei Barhocker, die soeben frei geworden waren. Leonie krabbelte hinter die Theke und begann, in einer Kiste mit Holzspielzeug zu kramen, das Eddy extra für Kinder angeschafft hatte.

Erst mal runterkommen, dachte Dana. Sie ermahnte sich, tief und regelmäßig zu atmen, denn noch immer war sie aufgewühlt von ihrem Besuch bei der Pro Domo GmbH. Am liebsten wäre sie mit der Tür ins Haus gefallen und hätte sofort von den Fotos auf Alexandra Müller-Mertens’ Rechner erzählt. Doch sie zügelte sich, um Eddy und Dicki Gelegenheit zu geben, einander näher zu beschnuppern.

Gespannt beobachtete sie, wie sich Dickis Augen an Eddy festsaugten. An seinem muskulösen Oberkörper, an den geschmeidigen Bewegungen, mit denen er die Espressomaschine bediente, am Lächeln, mit dem er ihnen zwei Tassen auf den Tresen stellte. Doch Eddy schien Dicki kaum wahrzunehmen.

»War jedenfalls 'ne knappe Kiste«, raunte er Dana zu. »Diesem Dennermann hat's ja wohl völlig in die Murmel gehagelt, was?«

Sie trank einen Schluck Espresso.

»Allmählich begreife ich, wie das da läuft bei Pro Domo. Professor Dennermann ist ein Despot von Chef, und er macht seinen Mitarbeitern ziemlichen Druck.«

»Ist doch überall so. *Così fan tutte.* Der Arbeiter muss arbeiten, und der Angestellte muss sich hinten anstellen, damit der Chef scheffelt. Ich würde ja nie im Leben …«

Oha. Es sah ganz so aus, als wollte er sich in eines seiner gesellschaftspolitischen Anliegen reinsteigern, aber Dana hielt allmählich einen Themenwechsel für angebracht. Sanft legte sie Dicki eine Hand auf den Arm.

»Entschuldige, es ging um etwas Berufliches.« Etwas lauter sagte sie: »Du solltest wissen, lieber Eddy, dass Dicki Erzieherin und der Schwarm aller Kinder ist. Nini liebt sie über alles.«

»Aha.«

Jetzt erst musterte Eddy sie genauer, und Dana sah, dass sie ganz leicht errötete.

»Der Kindergarten ist mein Leben«, erklärte Dicki und strich ihr Haar aus der Stirn. »Man tut etwas Sinnvolles. Und man hat mit reinen Seelen zu tun, auch wenn die kleinen Seelchen manchmal ganz schön anstrengend sein können.«

»Das heißt, du hast granitharte Nerven, was?«, grinste Eddy.

»Ja, zum Beispiel wenn es darum geht, die Kleinen aus der digitalen Welt loszueisen und mit der Wirklichkeit bekannt zu machen«, seufzte Dicki. »Leonie ist ja zum Glück analog groß geworden, aber es gibt Kinder, denen schon mit der Babyflasche ein Smartphone in die Wiege gelegt wird. Die würden den ganzen Tag an irgendwelchen Displays kleben, wenn man sie ließe.«

Eddy zog eine Augenbraue hoch.

»Nur keine Vorurteile. Bildung kommt von Bildschirm, nicht von Buch – sonst hieße es ja Buchung.«

Immerhin schaffte er es damit, Dicki ein ironisches Lächeln zu entlocken.

»Ich hörte schon, dass du ein Nerd bist. Früher war ich auch total digital unterwegs, aber seit einiger Zeit bin ich runter von dem Zeug.«

»Ach, und was ist passiert?«, fragte Eddy.

»Eines Morgens bin ich aufgewacht und habe beschlossen, erwachsen zu werden.«

Auch die andere Augenbraue von Eddy rutschte hoch. Dieses Gespräch lief eindeutig in eine Richtung, die Dana missfiel.

»Also ich würde sagen, dass Eddy absolut kein digitaler Autist ist«, versuchte sie zu vermitteln. »Ganz im Gegenteil. Er steht mitten im Leben und hilft mir, das Bistro Paradies ganz nach vorn zu bringen. Zum Beispiel mit der Idee, daraus einen Club zu machen.«

In groben Zügen erläuterte sie, wie Eddy die Schließung des Restaurantbetriebs verhindert hatte. Dicki hörte voller Bewunderung zu.

»Wow. Sehr kreativ.«

»Ja, und das, obwohl ich bloß eine nerdige Dumpfkachel bin«, brummte Eddy. Er langte unter den Tresen und holte einen Papierstapel hervor. »Hier, die Mitgliedsanträge, *cara mia*. Einfach nur ausfüllen und unterschreiben lassen. Wie läuft es denn, dein Liebesmenü?«

Dana stopfte den Stapel in ihren Jutebeutel.

»Danke für die Vordrucke. Schon verrückt – da rede ich mir seit Monaten den Mund fusslig, wie gesund und umweltbewusst vegane Ernährung ist, aber seit die Leute glauben, sie bekommen ein hormonelles Doping, rennen sie mir die Bude ein.«

Eddy tauschte einen skeptischen Blick mit Dicki.

»Und? Stimmt es denn nicht, dass das Menü anregend für *amore* wirkt?«

»Doch, natürlich.« Auch Dana musste lächeln. Die Angel war ausgelegt, jetzt musste Eddy nur noch anbeißen. »Alle Zutaten sind garantiert aphrodisisch, regen also die Lust an. Entscheidend ist jedoch, dass man's weiß. Und glaubt. Probier's aus, wenn du dich traust.«

Eddy straffte seine imposanten Schultern.

»Wieso sollte ich mich nicht trauen?«

Jetzt hatte Dana ihn am Haken.

»Okay, dann gleich heute Abend. Wir sind zwar ausgebucht, aber für dich habe ich immer einen Platz. Was ist mit dir, Dicki? Wäre eine gute Gelegenheit, die vegane Esskultur kennenzulernen.«

Die Erzieherin legte einen Finger an die Lippen, als müsse sie nachdenken.

»Heute Abend?«, wiederholte sie gedehnt. »Hm. Nein. Eher nicht. Ich habe schon was vor.«

Irgendeine höhere Macht schien beschlossen zu haben, dass Pläne aller Art an diesem Tag nicht funktionierten. Eddy zwinkerte Dana zu, dann ging er zum Tisch am Eingang des Lokals, auf dem eine altertümliche Registrierkasse stand. Davor staute sich bereits eine Schlange von Kunden, die darauf warteten, ihre Einkäufe zu bezahlen.

»Sag mal«, Dicki rührte nachdenklich mit dem Löffel in ihrer leeren Espressotasse herum, »kann es sein, dass du Eddy unterschätzt?«

Dana meinte, nicht richtig zu hören.

»Ich ihn unterschätzen? Nein. Wieso?«

»Nichts für ungut. Ich vermute, du hältst deinen amourösen Plan für sehr raffiniert, aber es könnte leider sein, dass er ziemlich dusslig ist.«

Jetzt war Dana platt.

»Aber …«

Dicki lächelte wehmütig.

»Meiner Erfahrung nach sind Männer Jäger. Sie wollen selbst draufkommen, welches Wild sie aufs Korn nehmen. Und nicht am Halsband zum toten Reh geführt werden.«

»Oh.«

So hatte es Dana noch gar nicht betrachtet. Schuldbewusst knetete sie ihre Hände. Glückwunsch, Frau Twilling, bist mal wieder Spitzenreiter der Pannenstatistik für Beziehungsangelegenheiten.

»Entschuldigung, Dicki. Du hast wahrscheinlich recht. War echt dämlich von mir. Ich dachte einfach, Eddy …«

»… ist ein Knaller, stimmt«, fiel Dicki ihr ins Wort. »Aber man darf es ihm nicht zu leicht machen. Der hat von Anfang an durchschaut, was du vorhast. So wie ich.«

»Das heißt, du kommst nicht heute Abend?«

»Mami, mir ist langweilig!«, rief Leonie. »Wann gehen wir denn nach Hause?«

Sie lief um den Tresen herum, kletterte auf Danas Schoß und lehnte den Kopf an ihre Schulter.

»Süße, du bekommst noch deinen Orangensaft, dann ziehen wir los«, versprach Dana. »Vorher muss ich eine Minute mit Eddy reden, ja?«

»Hm.«

Dana wartete, bis Eddy den letzten Kunden abkassiert hatte, dann rutschte sie vom Barhocker, setzte Nini darauf und bahnte sich einen Weg zu ihm.

»Sag nichts«, grinste er. »Du willst mich emotional entsorgen, aber so läuft das nicht, *bella* Dana. Dicki ist nett, klar, aber überhaupt nicht mein Typ.«

»Ich weiß gar nicht, wovon du sprichst«, schwindelte Dana. Sie senkte die Stimme. »Du, Eddy, ich muss über was anderes mit dir reden.«

Seine Augen funkelten sie übermütig an.

»Hast du etwa neue Ideen für die ökologisch korrekte Erotik? *Allora.* Wir haben heute vegane Kondome aus England reinbekommen, ohne Casein, rein pflanzlich. Tierleidfreier Sex, na bitte. Ich könnte auch vegane Lederpeitschen aus recycelten Autoreifen ins Angebot nehmen, wie fändest du das? Sadomaso voll biologisch?«

»Nein, es geht um was Ernstes. Was wirklich Ernstes. Es geht um Nini.«

Mit zunehmender Betroffenheit hörte Eddy zu, wie sie von den Fotos erzählte. Dabei spannte sich sein Körper so stark an, dass seine Muskeln zitterten.

»Das ist ja unterirdisch! *Maledetta fattucchiera*!«

»Eddy, was bezweckt sie damit? Wie weit würde sie gehen?«

Er ballte die Fäuste, seine Stimme wurde rau.

»Wie du weißt, habe ich mich in ihren Account gehackt. Sobald hier im Laden ein bisschen Ruhe einkehrt, schaue ich nach, was sonst noch auf ihrem Rechner rumliegt.«

»Ich habe Angst, Eddy.«

»Musst du nicht.« Beruhigend drückte er sie an sich. »Das könnte sich genauso gut als relativ harmlos herausstellen, *cara mia.* Wer weiß, vielleicht hat sie auch dich und deinen Vater beobachtet, um rauszufinden, wie sie euch nerven kann. Doch damit ist Schluss, sobald unsere Mails Wirkung zeigen. Keine Panik, ja?«

Seine Worte taten unendlich gut. Dana spürte, wie sie sich ein wenig entspannte. Zumindest war es plausibel, dass Alexandra Müller-Mertens für ihre perfiden Schikanen ihre gesamte Familie ausgespäht hatte. Dennoch blieb ein mulmiges Gefühl zurück.

»Ruf mich bitte an, wenn du irgendetwas Verdächtiges entdeckst«, bat sie. »Heute Abend sehen wir uns, ja?«

Er deutete mit dem Kopf in Dickis Richtung.

»Ich komme gern. Aber verschone mich mit arrangierten Dates, *per favore.*«

Das war eine klare Ansage.

»Gut, gut, ich hab's geschnallt. Jetzt lass mich bitte bezahlen, und schreib auch gleich einen O-Saft für Nini dazu. Keine Einladung heute, du hast schon mehr als genug für mich getan.«

Man sah deutlich, dass es Eddy gegen den Strich ging, Geld von Dana anzunehmen, doch schließlich akzeptierte er den Schein, den sie ihm reichte, und gab ihr das Wechselgeld heraus.

Danach verzog er sich hinter den Tresen. Nur die energischen Bewegungen, mit denen er die Orangen halbierte und auspresste, verrieten, dass er nicht so entspannt war wie sonst.

»Hier«, er stellte Leonie den Saft hin, »die volle Dosis Vitamin C für meine *principessa*! Wohl bekomm's.«

Brav trank Nini ihr Glas bis auf den letzten Tropfen aus.

»Danke für den Vitamin-Zeh.« Mit dem Handrücken wischte sie sich einen Rest Saft von den Lippen. »Dicki sagt, du bist ein Knaller.«

Warum hatten Kinder immer dann so gute Ohren, wenn es um hochdelikate Dinge ging? Die Erzieherin bekam einen hochroten Kopf. Hastig glitt sie vom Barhocker und lief so schnell zur Tür, dass Dana sie mit einem kleinen Sprint einholen musste.

»Nur eine letzte Frage: Was sagt das Universum?«

Dicki schüttelte den Kopf, und bevor Dana etwas erwidern konnte, stürzte sie davon.

»Ist Dicki krank?«, erkundigte sich Leonie, die ihrer Mutter gefolgt war.

»Nein«, lächelte Dana. »Schätze, es ist so was wie Herzflimmern, und das fühlt sich sehr schön an.«

»Aber Dicki sah so aus, als ob sie Bauchweh hat, nicht Herzfimmel. Was ist überhaupt Herzfimmel? Mami? Hörst du mich?«

Dana hörte zwar Ninis Stimme, doch sie war abgelenkt durch so etwas wie eine Erscheinung. Auf der anderen Straßenseite ging Philipp, in Jeans und grauem Sweatshirt, den Blick vor sich auf den Bürgersteig gerichtet. In der rechten Hand trug er ein Einkaufsnetz voller Obst.

Danas Herzschlag verdoppelte seine Geschwindigkeit. Warum

mied Philipp sie, obwohl sich gerade eine vibrierende Spannung zwischen ihnen aufgebaut hatte? Und wer war eigentlich der Mann, der unglaubliche tausend Euro ausgegeben hatte, um sie in den Genuss anwaltlicher Beratung zu bringen?

»Mami, gehen wir jetzt nach Hause?«, fragte Leonie.

Unverwandt starrte Dana auf den überraschend breiten Rücken, der sich allmählich entfernte. Sie hatte Philipp immer schmal in Erinnerung gehabt. Jetzt, aus der Entfernung, wirkte er größer und kräftiger. Aber viel wichtiger: Sie musste herausfinden, welches Geheimnis er vor ihr verbarg.

»Süße, was hältst du von einem Eis?«

Leonie blieb der Mund offen stehen. Tonlos formten ihre Lippen das Wort nach.

»EIS?«

Pädagogisch betrachtet, beging Dana soeben einen schweren Fehler. In detektivischer Hinsicht war es allerdings die einzige Möglichkeit, Leonie davon zu überzeugen, nicht auf der Stelle nach Hause zu fahren. Dana winkte Eddy zum Abschied zu, ergriff Ninis Hand, zog sie aus dem Laden und weiter über die Straße.

»Ich kenne eine tolle Eisdiele, nicht weit von hier. Mit echtem Sahneeis. Kein veganes Sorbet oder so.«

»Ja, Mami, super, Mami, danke, Mami!«

Wie ein Flummi hüpfte Leonie neben Dana her, die ihren Schritt beschleunigte. Philipp ging nur etwa zehn Meter vor ihnen, doch der Bürgersteig war um diese Uhrzeit angefüllt mit Menschen, die ihr die Sicht versperrten. Betagte Rentner schlurften in Pantoffeln an den Schaufenstern vorbei, kichernde junge Mädchen mit bunten Shoppingtüten machten Selfies, Familien mit Kinderwagen erschwerten Dana die Verfolgung. Immer wieder verschwand Philipp hinter Passanten, um unversehens wieder aufzutauchen, bis er vor einem unscheinbaren, etwas heruntergekommenen Wohnhaus stehen blieb.

Dana hielt den Atem an. Mit einer eckigen Bewegung holte Philipp einen Schlüssel aus der Hosentasche, öffnete die schwere hölzerne Haustür und trat ein. Die Tür fiel ins Schloss. Dana wartete zwei Sekunden, dann rannte sie zu dem Haus und überflog die Klingelschilder.

Zunächst fiel ihr nichts Besonderes auf. Beim Schild rechts oben musste sie näher herangehen, um die kraklige Kugelschreiberschrift entziffern zu können. Plötzlich fingen die Buchstaben vor ihren Augen zu tanzen an. In ihrem Magen bildete sich ein fester, schwerer Klumpen, als hätte man sie gegen ihren Willen mit einer Familienpackung Hamburger abgefüllt und einen XXL-Becher übersüßten Milkshake hinterhergegossen.

Dennermann stand auf dem obersten Schild. *Dr. P. Dennermann.*

19

»Kind, ich mache ja so manches mit, aber das geht entschieden zu weit!«

Fassungslos zeigte Herrmann Twilling auf den geöffneten Schrank unter der Spüle, wo die Holzkiste mit den Kakerlaken stand. Der Deckel war etwas zur Seite geschoben worden, soeben entdeckte eines der Tiere den Weg in die Freiheit. Behutsam setzte Dana es zurück in die Kiste und verschloss den Deckel, in den sie am Morgen winzige Luftlöcher gebohrt hatte. Ja, sie war gewillt, jedes Lebewesen zu achten, zu hegen und zu pflegen.

»Ich weiß gar nicht, was du hast, Papa. Kakerlaken sind sehr angenehme Haustiere. Sie brauchen keine besondere Pflege, fressen fast alles und schrecken unliebsame Verwandte ab.«

»Wie zartfühlend von dir.«

»Ich musste sie retten«, erklärte Dana. »Sonst hätte Hung Tai sie gegrillt, oder sie wären im Park erfroren. Übrigens fühlen sie sich sehr wohl bei uns. Wenn ich heute Morgen richtig gezählt habe, haben sie bereits Nachwuchs bekommen.«

Ihr Vater schnaubte verächtlich.

»Kakerlaken und wohlfühlen. Herrjemine! Das sind Insekten, Dana, nichts weiter als bewegliche, keratinhaltige Zellhaufen! Die suchen sich keine Seelenverwandten, die vermehren sich aus blindem Instinkt. Aber du musst ja sogar noch dieses Ungeziefer vermenschlichen.«

»Opa, man sagt nicht Ungeziefer, man sagt Tiere«, warf Leonie ein. »Man sagt auch nicht Unkraut, man sagt Pflanze!«

»Sehr gut, mein Schatz!«

Dana gab ihr einen Kuss auf die Wange. War ja doch so einiges hängengeblieben von den Lektionen in Sachen Respekt und richtiges Bewusstseins, die sie ihrer Tochter beim Vorlesen in die Benjamin-Blümchen-Geschichten gemogelt hatte.

»Du bist ein verrücktes Huhn«, murmelte Herrmann Twilling.

»Komisch, als ich das letzte Mal nachgesehen habe, war ich noch eine Frau. Dein Programm ist etwas pointenarm geworden, Papa. Sonst muss ich doch immer jeden Gag googeln. Du hast nicht mal *ausgeholt.*«

»Vielleicht, weil ich ein bisschen erschöpft bin?«

Dana, die gerade den Unterschrank verschloss, sah auf. Jetzt erst bemerkte sie, dass ihr Vater tatsächlich abgekämpft wirkte. Die Furchen auf seiner Stirn schienen sich vertieft zu haben, sein Teint spielte ins Wächserne. Außerdem hing seine Krawatte schief, womöglich das besorgniserregendste Indiz dafür, dass er am Ende seiner Kräfte war.

Sie stand auf.

»Entschuldige. Du hast heute einiges geleistet. Ohne dich stände ich jetzt nicht hier in meiner Wohnung, sondern mit mindestens einem Bein im Kittchen. Soll ich dir etwas zu essen machen?«

»Mama, warum stehst du mit einem Bein im Kettchen?«, fragte Leonie.

»Kittchen«, verbesserte ihr Großvater.

»Ist das was Gutes?«

»Etwas sehr Schönes«, sagte Dana schnell.

»Wir haben Eis gegessen, Opa!«, verkündete Leonie. »Echtes Eis mit echter Sahne!«

»Ausnahmsweise«, fügte Dana verschämt hinzu.

»Dann koch mir doch bitte *ausnahmsweise* ein schönes Kassler mit Sauerkraut«, stöhnte Herrmann Twilling. »Im Kühlschrank findest du alles, was du für diese Köstlichkeit brauchst.«

Dana hätte gern angemerkt, dass es sich keineswegs um eine Köstlichkeit, sondern um antibiotika- und hormonhaltiges Teufelszeug in nitrathaltiger Pökellauge handelte, mit dem man auch gleich ein Säureattentat hätte verüben können.

Doch sie schwieg. Ihr Vater hatte sich seine Belohnung redlich verdient. Damit er sie einigermaßen rückstandsfrei verdauen konnte, würde sie ihm zum Nachtisch eine Orange schälen. Vitamin C hemmte die schädlichen Nitrosamine, die beim Erhitzen von Kassler entstanden, hatte sie mal gelesen.

Dana schwieg aber noch aus einem weiteren Grund. Sieben Gongschläge hallten seit geraumer Zeit dumpf und unheilvoll durch ihren Kopf. *Dok. Tor. Pe. Punkt. Den. Ner. Mann.*

Während sie eine Dose veganes Sauerkraut öffnete und in eine Kasserolle schüttete, ging sie ein weiteres Mal alle Erklärungen durch, die ihr bislang eingefallen waren.

Zufall? Möglich. Bestimmt gab es diverse Dennermanns in der Stadt, die mit dem Prof. Dr. jur. Dr. h. c. nichts zu tun hatten. Ebenfalls möglich war, dass irgendein verarmtes Mitglied der mächtigen Dennermann-Familie in dem Haus wohnte. Oder, sie bekam akute Schluckbeschwerden, es war tatsächlich Philipp, der Dennermann mit Nachnamen hieß. Was wiederum die Frage aufwarf, ob er mit dem Horrorpaar enger verwandt war, als Dana lieb sein konnte.

Aber das ergab keinen Sinn. Wieso ging der Spross eines schwerreichen Immobilienclans in Sack und Asche und wohnte in einem Viertel, das als charmantes, aber reichlich abgeratztes Öko-Biotop galt? Außerdem – wieso sollte Philipp einen Anwalt bezahlt haben, um gegen seine eigene Familie vorzugehen?

In ihre Grübeleien versunken, öffnete Dana die Kühlschranktür, was Emma aus ihrem vorabendlichen Dämmerschlaf weckte. Mit einem kühnen Sprung schoss die Hundedame aus ihrem Korb und pflanzte sich bellend vor Dana auf. Ihre Rute schlug rhythmisch auf den Küchenboden, während sich ihr Gebell zu einem fordernden Kläffen steigerte.

»Hm, was riecht hier eigentlich so komisch?«, fragte Herrmann Twilling. »Das Sauerkraut ist es nicht.«

Kichernd ging Leonie auf die Knie und zog sanft an den haarigen Dackelohren.

»Emma hat gepuuhuupt, Emma hat gepuuhuupt! Pfui, Emma!«

Wenigstens diesen kleinen Triumph musste Dana auskosten, wenn sie schon eingewilligt hatte, Kassler mit Sauerkraut zu kochen.

»Tja, Papa, so riecht es, wenn Fleisch den Verdauungstrakt durchläuft. Emma hat heute Morgen zwei Buletten gefressen. Mit allen Risiken und Nebenwirkungen. Solche üblen Gerüche können uns Veganern nicht passieren.«

»Ja, und nebenbei können Veganer Wasser in Wein verwandeln und auf Seen herumspazieren«, knurrte Herrmann Twilling.

Dana fing an zu lachen.

»Meinen Heiligenschein trage ich schon lange nicht mehr. Steht mir nicht.«

Das Kläffen ging in ein hohes Jaulen über. Es klang so herzzerreißend, dass sie der Dackeldame ein Stück Rinderroulade gab. Blitzschnell verkroch sich Emma mit dem Fleisch hinter den Mülleimern, als müsse sie es vor einem Rudel Pitbulls verteidigen.

»Darf ich nachher mit Emma Gassi gehen?«, fragte Leonie.

Danas Hände, die gerade vier große Stück Kassler in den Schmortopf legen wollten, blieben auf halbem Wege in der Luft hängen.

»Äh, ja, natürlich, aber nur, wenn Opa mitkommt.«

»Ich will aber allein mit ihr runter. Ich bin doch schon ganz groß. Du hast es mir versprochen!«

Das stimmte. Schon vor längerer Zeit hatte sich Nini das Recht erbettelt, Emma dann und wann ohne erwachsene Begleitung ausführen zu dürfen. Doch das war, bevor Dana die beunruhigenden Fotos gefunden hatte.

»Versprochen ist versprochen und nicht gebrochen!«, insistierte Leonie.

Zischend landete das Kassler im heißen Fett. Dana betrachtete das Fleisch, das sich über der Hitze des Topfbodens leicht wölbte und einen unnatürlichen Rosaton annahm.

»Wir werden darüber reden.«

»Das heißt nein. Und das ist voll gemein von dir.«

Wütend lief Nini aus der Küche.

»Du solltest sie zu mehr Selbständigkeit erziehen«, rügte Herrmann Twilling seine Tochter. »Überbehütung ist nur eine andere Form der Vernachlässigung.«

Seine tadelnde Miene wich tiefer Bestürzung, als Dana ihm den wahren Grund für ihre Bedenken schilderte – die Fotos auf Alexandra Müller-Mertens' Computer. Fahrig griffen seine Hände ins Leere, bevor sie Halt an den Griffen des Rollstuhls fanden.

»O Gott, Dana, warum sagst du mir das erst jetzt? Warte, ich hole mein Tablet.«

Und schon raste er aus der Küche. Wie ein Geschoss flitzte Emma hinterher, offenbar in der Annahme, dass dieser Zweibeiner auf Rädern eine geheimnisvolle Einheit mit saftigen Fleischportionen bildete.

Als er zurückkam, sein Tablet auf den Knien, war das Essen fast fertig. Das Fleisch brutzelte, das Sauerkraut köchelte vor sich hin, außerdem hatte Dana Vollkornreis mit Erbsen und Möhren für die veganen Teilnehmer der Tischrunde gekocht. Nur die Kartoffeln, die sie ihrem Vater zuliebe mit durchwachsenem Speck angebraten hatte, brauchten noch ein bisschen.

»Bis jetzt nichts«, japste Herrmann Twilling. »Ich war auf Google Bilder und habe Mädchen, fünf Jahre, Locken, rosa Glitzerschuhe eingegeben. Kein Treffer.«

»Wir sollten jetzt ganz ruhig bleiben«, sagte Dana, die lieber nicht erwähnte, dass ungefragt veröffentlichte Bilder auf Google das kleinste Übel des Internets waren. »Ich erlaube Leonie, nach dem Essen mit Emma vor die Tür zu gehen. Du folgst ihr eine Minute später und behältst sie im Auge. Falls das für dich in Ordnung ist.«

Ihr Vater fixierte sie einige Sekunden lang. Dann stemmte er sich mit aller Kraft ein Stück aus seinem Rollstuhl hoch. Sein eben noch fahles Gesicht wurde von einer flammenden Röte überzogen, auf seiner Stirn schwoll eine Ader an.

»Was hast du gesagt? Ob das *in Ordnung* ist?«

In seiner Stimme lag fast so etwas wie Todesverachtung.

»Äh – ja. Warum …«

»Wir sind eine Familie!«, rief Herrmann Twilling in höchster Erregung. »Wir halten zusammen! Hast du das denn immer noch nicht begriffen?«

Dana spürte, dass sie kurz davor war, in Tränen auszubrechen. Wegen des täglichen Scharmützels über Ernährungsfragen hatte sie vollkommen ausgeblendet, was ihr Vater am heutigen Tag in die Waagschale geworfen hatte. Welche Veränderung mit ihm vorgegangen war, wie viele Stunden er seine Pläne ausbaldowert und was er seither riskiert hatte. Für sie und Nini.

»Ich – es tut mir so leid«, wisperte sie.

»Du kannst dich auf mich verlassen! Du bist meine Tochter, und ich halte zu dir! Brauchst du das schriftlich, oder geht das endlich in dein störrisches Hirn?«

Krampfhaft schluckte Dana ihre Tränen hinunter.

»Es ist so ungewohnt, Papa. Ich kenne das nicht. Weder von früher noch in den letzten Jahren. Meine Freunde waren meist für mich da, ja, aber die Familie …«

Herrmann Twilling ließ sich schwerfällig zurück in seinen Rollstuhl sinken.

»Schon gut. Gib mal deinem senilen alten Vater einen Kuss, und dann wird gegessen.«

Typisch Lehrer. Immer eine Lösung parat, die mit einem Befehl verbunden ist, dachte Dana, während sie vergeblich versuchte, den drohenden Tränenausbruch zu verhindern. Sie hauchte ihrem Vater einen flüchtigen Kuss auf die Stirn.

»Zufrieden?«

Kopfschüttelnd zog er sie an sich, mit beiden Händen, zog sie ganz zu sich herunter und umarmte sie fest. In diesem Moment lugte Leonie um die Ecke.

»Streitet ihr?«

»Ach was«, schluchzte Dana. »Wir haben uns alle lieb, piep, piep, piep.«

»Ihr habt euch aber ganz schön laut lieb.« Nini kam ein wenig näher. »Mama, warum brennt der Topf?«

Langsam richtete sich Dana auf. Rauschschwaden durchzogen die Küche, es roch durchdringend nach verkohltem Fleisch. Sie hastete zum Herd und zog den rauchenden Schmortopf vom Feuer. Die Kasslerscheiben sahen merkwürdig geschrumpft aus.

»Schneid einfach das Angebrannte weg«, sagte ihr Vater. »Der Rest schmeckt umso besser. Erinnert mich an Zuh… an deine Mutter und ihre Kochkünste.«

Mein Zuhause ist jetzt hier, sagten seine Augen. Und obwohl Dana das Gefühl hatte, dass gerade die Wellen über ihrem Kopf zusammenschwappten, konnte sie dieser Botschaft etwas Tröstliches abgewinnen. Ihr neuer Mitbewohner verhielt sich ohnehin nicht mehr wie ein Gast. Völlig selbstverständlich half er mit, den Tisch zu decken, und sie servierte das seltsame Mahl.

»Darf ich auch Klassefleisch probieren?«, fragte Leonie.

»Kassler«, verbesserte ihr Großvater. »So hieß der Berliner Metzger, der diesen kulinarischen Genuss erfand, auch wenn sich die Identität des wackeren Mannes nie beweisen ließ.«

»Ein kleines Stück«, antwortete Dana. »Nicht zu viel. Für uns habe ich lecker Vollkornreis mit deinem Lieblingsgemüse.«

Nini war schlau genug, sich jedes Kommentars zu enthalten. Beherzt stach sie ihre Gabel in eines der Fleischstücke und lud es auf ihren Teller. Danach nahm sie einen winzigen Löffel von dem Reis-Gemüse-Gemisch.

Sehr diplomatisch, fand Dana, die sich allmählich fragte, wie weit man den Spagat zwischen Fleischkonsum und Fleischverzicht eigentlich treiben konnte. Es war ein krasser Verrat an der veganen Idee, was hier lief. Es war so gut wie schizophren. Aber vielleicht war es auch einfach nur das Leben, voller Widersprüche eben, die man nur mit einem gewissen Pragmatismus ertragen konnte. Moment – Dana Twilling und pragmatisch?

Ihr Vater hatte großzügig zugelangt. Sein Teller quoll fast über. Bevor er zu essen begann, zog er eine Tube Senf aus der Innentasche seines Jacketts wie ein Zauberkünstler sein Kaninchen.

»Kassler ohne Senf ist nur eine halbe Sache. Deshalb habe ich mir erlaubt, auf dem Nachhauseweg welchen zu kaufen. Willst du auch?«

Dana kannte die Marke. Sie bedeutete Spuren von Milcheiweiß und Branntwein aus ungeklärter Herkunft, deshalb lehnte sie dankend ab.

»Tja, mein Kind«, Herrmann Twilling genehmigte sich einen Senfsee, der seine Fleischportion fast bedeckte, »es war ein interessanter Tag für mich. Ich glaube an die soziale Marktwirtschaft. Doch dann erlebt man jemanden wie diesen Dennermann. Der seine Mitarbeiter ausquetscht. Und nach dem Prinzip verfährt: Man muss immer unten an der Senftube drücken, damit oben was rauskommt.«

Dana fiel fast die Gabel aus der Hand.

»Papa! Du redest ja schon wie Eddy!«

»Man nennt es lebenslanges Lernen, Kind. Selbst in meinem Alter kann man seine Meinung noch ändern.« Er schloss kurz die Augen, während er genüsslich auf einem Bissen Fleisch kaute. »Deine Facebook-Seite erfreut sich übrigens reger Beteiligung. Das Echo ist überwältigend, wenn auch mit nahezu abenteuerlichen Rechtschreibfehlern. Die Gäste schwärmen vom Essen, alle anderen regen sich über die Entmietungspraktiken der Pro-Domo-Leute auf. Eure Aktion zeigt Wirkung.«

Dana nahm sich die zweite Portion Vollkornreis und gab auch Leonie etwas davon auf den Teller.

»Und was schreibst du so auf Facebook?«

Er schmunzelte.

»Dass veganes Essen die Zukunft ist. Auch wenn ich persönlich die kulinarische Vergangenheit bevorzuge.«

20

»**Nur die Runde**, die wir besprochen haben«, sagte Dana etwa zum zehnten Mal. »Zweimal um den Block, keine Gespräche mit Fremden.«

»Ja, Mami, weiß ich doch.« Leonie knöpfte sich ihre Jacke zu, dann legte sie der Dackeldame die Hundeleine an. »Komm, Emmalein, Gassi gehen.«

Es war nicht leicht für Dana, die Wohnungstür zu öffnen und ihrer Tochter hinterherzuschauen, wie sie die Treppen hinunterging. Sobald Nini den unteren Treppenabsatz erreicht hatte, gab Dana ihrem Vater ein Zeichen. Er wartete schon abfahrbereit im Flur.

»Lass sie nicht aus den Augen«, beschwor sie ihn.

»Nicht eine Sekunde«, versicherte er.

Sie horchten kurz, dann rollte Herrmann Twilling zum Fahrstuhl und drückte den Aufzugknopf. Er drückte ihn ein zweites, ein drittes Mal. Ungeduldig sah Dana ihm zu.

»Was ist denn los?«

»Leuchtet sonst nicht immer ein Licht auf, wenn man den Knopf betätigt?«

Jetzt probierte es auch Dana. Nichts. Der Knopf blieb dunkel. Kostbare Sekunden verstrichen, bevor sie auf das Naheliegende kam. Alarmiert betätigte sie den Schalter für die Treppenhausbeleuchtung, die ebenso wenig funktionierte wie der Aufzug.

»Stromausfall«, presste sie zwischen schmalen Lippen hervor.

Sie trug nur Socken, deshalb vergingen weitere kostbare Sekunden, in denen sie zurück in die Wohnung rannte, ihre Bastsandalen überstreifte und ins Treppenhaus zurückkehrte.

»Ich gehe sie suchen, Papa!«

In ihren Schläfen pochte es, ihr Herz klopfte zum Zerspringen, als sie die Stufen hinunterraste. Draußen auf der Straße blieb sie schwer atmend stehen und schaute nach rechts und links. Von Nini keine Spur. Nur zwei ältere Damen mit Rollator standen schimpfend vor dem eingezäunten Baggerloch.

»Haben Sie ein kleines Mädchen mit einem Hund gesehen?«, fragte Dana hechelnd.

Die beiden sahen einander an.

»Nein«, antwortete die eine. »Sagen Sie mal, ist das Ihr Baggerloch? So eine Unverschämtheit. Hier kommt man ja gar nicht mehr durch. Wie sollen wir denn …«

Dana rannte bereits weiter, getrieben von schrecklicher Angst. Ich hätte sie niemals allein gehen lassen dürfen! Es war ein unverzeihlicher Fehler!

Sie fragte ein paar Jungs, die mit ihren Mountainbikes vor einem altmodischen Süßwarenladen rumhingen, fragte ein junges Mädchen, das den Blick fest auf sein Handy gerichtet hatte, fragte jeden, der ihr begegnete. Niemand hatte Nini gesehen.

Mittlerweile liefen Dana Tränen über die Wangen. Bitte nicht!, betete sie in einem fort, bitte, bitte nicht! Die vergangenen Tage hatten ihr fast übermenschliche Nervenstärke abverlangt, jetzt spürte sie, dass sie kurz davor war durchzudrehen.

Dana war zweimal um den Block gelaufen, als ihr klarwurde, dass sie die Polizei verständigen musste. Aber sie hatte nicht einmal ihr Handy mitgenommen, so überstürzt war sie aufgebrochen. Panisch sah sie sich um. Vor dem Süßwarenladen lungerten immer noch die Jungs herum, betont gelangweilt, mit Marshmallowtüten in den Händen.

»Hat einer von euch ein Handy?«, rief Dana. »Bitte, ich muss die Polizei anrufen!«

»Meine Prepaid-Karte ist alle«, sagte einer der Jungen achselzuckend, die anderen schauten desinteressiert an ihr vorbei.

Und dann sah sie ihre Tochter. Jenseits des Schaufensters. Im Laden, vor einem Drehständer mit dem denkbar schrecklichsten, knallbuntesten Zuckerzeug. Froschgrünes Weingummi, pinkfarbene Lakritze, quietschgelbe Bonbons, in kleine, handliche Tüten verpackt. Leonie hielt eine Tüte mit weiß-rosa Toffeebonbons hoch und sprach mit der Ladenbesitzerin.

Wie ein Stein sank Dana auf den Bürgersteig und zog die Knie ans Kinn. Dann fing sie lautlos an zu weinen. In den vergangenen Minuten hatte sie ihre dunkelsten Alpträume durchlebt, das Schlimmste für möglich gehalten. Jetzt war sie wie gelähmt. Sie konnte nicht einmal ihre Erleichterung genießen.

Und plötzlich durchzuckte sie die Frage, ob sie nicht besser aufgeben sollte. Wenn ihr Kampf gegen die Pro Domo GmbH dazu führte, dass Nini in Gefahr geriet, auch nur in die Nähe einer Gefahr, dann war es der falsche Kampf. Alexandra Müller-Mertens hatte gerade erst angefangen mit ihrer Entmietungstaktik, und Dana war ziemlich sicher, dass diese gewissenlose Frau sehr viel Phantasie besaß. Psychoterror wirkte hundertmal schlimmer als Baggerlöcher und Stromausfall.

Ein elektronisches Piepsen kündigte an, dass die Ladentür sich öffnete. Als sei nichts gewesen, kam Leonie heraus, begleitet von Emma und der schon etwas betagten Besitzerin, die der Dackeldame lächelnd übers Fell strich. In diesem Moment traf Dana die niederschmetternde Erkenntnis, dass Nini schnurstracks an einen Ort marschiert war, den Dana ihr streng verboten hatte. Immer wieder hatte sie ihr erzählt, wie schädlich Zucker im Organismus wirkte. Und nun nutzte ihre Tochter den Spaziergang mit Emma, um heimlich Süßes zu kaufen.

»Mami? Was machst du hier?«, fragte Leonie erstaunt. »Ich darf doch allein mit Emma raus! Und warum weinst du denn?«

Weil ich Todesangst um dich hatte. Weil ich mit den Nerven am Ende bin. Weil mein Leben komplett aus den Fugen geraten ist. Dana rappelte sich auf. Der Impuls, ihre Tochter in den Arm zu nehmen, war stärker als alles andere, schluchzend presste sie Leonie an sich.

»Weil du dir heimlich Zucker reinziehst. Hast du etwa vergessen, was ich dir über Süßigkeiten gesagt habe?«

Die weißhaarige Ladenbesitzerin, eine vollschlanke Frau in einem eher unvorteilhaften schwarz-rot gestreiften Strickkleid, schüttelte den Kopf.

»Oh, Ihre Tochter hat mitnichten etwas gekauft.«

Dana ließ Nini los.

»Hat sie nicht?«

Das Lächeln auf dem runden Gesicht der Frau erstarb.

»Sie hat mir erklärt, dass ich meinen Laden dichtmachen soll, weil Zucker Karies verursacht, zu Übergewicht führt und süchtig macht.«

»Das, äh, hat sie gesagt?«

Entgeistert ließ Dana ihr Kind los, das sie erwartungsvoll ansah. So, als wollte es gelobt werden. Und dazu gab es auch allen Grund.

Die Frau rieb sich verdrießlich die Nase.

»Ich verstehe Mütter nicht, die ihren Kleinen so was beibringen. Was Süßes hat noch keinem geschadet.« Sie kniff die Augen zusammen. »Ach, jetzt erkenne ich Sie. Sie haben doch dieses komische Lokal, wo die Leute nur rohes Grünzeug auf Papptellern bekommen, stimmt's?«

»So ähnlich«, nuschelte Dana. »Komm, Nini, wir gehen.«

Sie zitterte immer noch, aus Sorge und Angst und Panik. Zugleich war sie unendlich stolz auf Leonie. Meine Tochter, dachte sie. Genauso konsequent wie ich. Und genauso missionarisch drauf – vielleicht etwas zu sehr?

»Hab ich das gut gemacht?«, erkundigte sich Leonie.

Dana nahm sie an die Hand und ging ein paar Schritte, bis die Ladenbesitzerin außer Hörweite war.

»Sehr gut, mein Hase. Aber man sollte die Leute auch nicht verletzen. Diese Frau lebt seit dreißig Jahren davon, dass sie Süßigkeiten verkauft. Sie kennt nichts anderes. Und vermutlich liebt sie das, was sie tut.«

Leonie runzelte die Stirn.

»Aber du hast gesagt: Wenn jemand Drogen verkauft, ist er genauso gefährlich wie die Droge.«

Ja, das hatte Dana gesagt. Wie erklärte man einem Kind, dass die Wahrheit auch dann die Wahrheit blieb, wenn man sie ab und an für sich behielt?

»Nini, mein Liebling, ich …«

Sie verstummte. Inzwischen waren sie am Bistro Paradies angelangt. Im Halbkreis vor dem Lokal hatte sich eine Menschentraube gebildet, die Schilder hochhielt. *Nieder mit den Immobilienhaien*, las Dana, und *Schluss mit Abriss*. Ein junger Mann ganz in Schwarz, der Mund und Nase mit einem Totenkopftuch verhüllt hatte, brüllte lauthals: »Burn, Pro Domo, burn!« Dana konnte ihn gerade noch davon abhalten, einen Stapel Flugblätter anzuzünden.

»Was ist denn los?«, fragte sie.

Der junge Mann steckte sein Feuerzeug ein.

»Hast du's nicht im Netz gelesen? Die Pro Domo GmbH hat hier echt Scheiße gebaut. Und jetzt denken die, eine kleine Entschuldigung, und alles ist wieder paletti.«

»Wir müssen kämpfen, kämpfen, kämpfen!«, rief ein junges Mädchen in Jeans und Parka, das neben ihm stand. Ihr Gesicht war mit einer Art Kriegsbemalung verziert, in der Faust hielt sie einen Stein.

»Kämpfen, kämpfen, kämpfen!«, skandierte die Menge.

Ausgerechnet jetzt, dachte Dana. Ausgerechnet jetzt, wo ich schon aufgeben will, rücken die Unterstützer an. Obwohl sie Sympathien für Leute hegte, die aus innerer Überzeugung auf die Straße gingen, bereit, sich für etwas zu engagieren, flößte ihr dieser Aufmarsch vor allem eines ein: Furcht. Was, wenn Alexandra Müller-Mertens die Bescherung sah? Was würde sie tun, um Dana zurückzupfeifen? Und da war sie wieder, die Angst um Leonie.

»Mami, ich will nach Hause«, sagte ihre Tochter mit einem ungewöhnlich zarten Stimmchen und nahm Emma auf den Arm, die wild kläffte.

Ohne ein weiteres Wort ergriff Dana ihre Hand und lief ins Haus. Das Treppenhauslicht funktionierte wieder. Eigentlich hätte Dana beruhigt sein müssen, doch ihre innere Unruhe steigerte sich mit jeder Treppenstufe. Was sollte sie tun? Den Demonstranten sagen, dass sie vergeblich da unten standen? Dass sie diesem Krieg nicht mehr gewachsen war?

»Nini, mein Liebling!«

Totenbleich empfing Herrmann Twilling seine Tochter und seine Enkelin. Doch er unterließ jede Bemerkung, die Leonie hätte verunsichern können. Stumm rollte er hinter ihnen her, als sie die Wohnung betraten.

»Da draußen ist echt was los«, sagte Dana. »Demonstranten. Sie protestieren gegen die Pro Domo GmbH.«

»Kind, das ist ein Flashmob«, erklärte ihr Vater. »Deine Follower haben sich auf Facebook verabredet. Eine gute Sache, oder?«

»Ja.« Dana betrachtete ihre zittrigen Hände. »Ich mache mich dann mal für die Abendschicht fertig.«

Was soll ich bloß tun?, dachte sie ein weiteres Mal, während sie ins Badezimmer ging. Das Ganze hatte eine Dynamik angenommen, die ihr unheimlich war. Sie duschte und zog danach Jeans und ein T-Shirt mit dem Aufdruck *Dürfen Veganer Schmetterlinge im Bauch haben?* an.

Während sie ihr Haar bürstete, sah sie in den Spiegel und erschrak ein bisschen darüber, wie müde sie aussah. Unter ihren Augen lagen bläuliche Schatten, die feinen Linien, die von den Nasenflügeln zu den Mundwinkeln führten, waren deutlich zu sehen. Was sah Philipp in ihr? War schon wieder alles vorbei, bevor es überhaupt richtig angefangen hatte? Und wie entsorgte man bitte schön Schmetterlinge im Bauch?

Als ihr Handy klingelte, ging sie sofort ran. Ob Philipp sich ihre Nummer besorgt hatte und sich endlich meldete?

»Dana, ich bin's, Eddy.«

Sie versuchte, ihre leichte Enttäuschung zu verbergen.

»Oh, schön, dass du anrufst. Gibt es was Neues?«

»Es läuft sensationell, *cara mia*. Alle Nachrichtenagenturen bringen die, haha, Entschuldigung von Alexandra Müller-Mertens, in den Foren und Blogs ist die Hölle los. Ich hab mich eben bei der Müller-Dingenskirchen eingeklinkt. Vom Elektrizitätswerk und vom Wasserwerk kamen Mails, dass sie sich drum kümmern, und der Wachdienst ist ab heute Abend auf Posten. Natürlich habe ich diese Mails sofort gelöscht.«

»Hast du denn auch was Verdächtiges auf ihrer Festplatte gefunden?«, fragte Dana.

»Diese *maledetta puttana*!« Eddy schnaufte ärgerlich. »Die hat einen Privatdetektiv beauftragt und euch alle fotografieren lassen. Vermutlich, um eure Gewohnheiten kennenzulernen und entsprechend querschießen zu können. Aber von Leonie gibt es die meisten Fotos. Leider.«

Also doch. Dana schluckte.

»Reicht das für eine Anzeige?«

»Hm. Keine Ahnung. Soll ich die blöde Kuh zur Rede stellen? Mach ich gern für dich.«

Dana überlegte. Eddys Entdeckung fachte ihre Wut aufs Neue an, gleichzeitig erwachte wieder ihr Kampfgeist. Es ging ja nicht nur um ihre Familie, das Restaurant und die Wohnung. Es ging um üble Machenschaften, die Unternehmen wie die Pro Domo GmbH für völlig normal hielten. Und es ging um Menschen wie Alexandra Müller-Mertens, die nicht ungestraft davonkommen durften.

»Lass uns die Fotos als Trumpf im Ärmel behalten«, schlug Dana vor. »Du kommst doch gleich zum Essen?«

»Na klar. Falls der Flashmob mich durchlässt. Tja, sieht so aus, als hättest du außer mir noch ein paar mehr glühende Fans.«

»Die habe ich dir zu verdanken, Eddy.«

»Blödsinn. Du stehst auf der richtigen Seite. Außerdem scheinst du die Leute ins Paradies zu kochen. Kann es kaum erwarten, im veganen Garten Eden zu futtern.«

Er beendete das Gespräch, und Dana trug eine üppige Portion Lipgloss auf. Wenn sie sich doch bloß nicht so ungeschickt bei ihrem Kuppelversuch angestellt hätte. Dicki und Eddy, diese Vorstellung gefiel ihr einfach.

Das Schrillen der Türklingel stoppte ihre Überlegungen. Sie sah auf die Uhr. Zwanzig vor sieben. Ob sich Alexandra Müller-Mertens schon von ihrem Magen-Darm-Desaster erholt hatte und jetzt als Rächerin auf der Matte stand?

Vorsichtshalber schlich sich Dana lautlos zur Wohnungstür und schaute durch den Spion. Ein großes grünes Auge starrte sie an. Dana zuckte zurück.

»Daniela!«, rief eine resolute Frauenstimme. »Mach sofort auf! Ich weiß, dass ihr da drin seid!«

Begleitet wurde diese Aufforderung von einem Klopfen, das an einen militärischen Trommelwirbel erinnerte. Dana fasste sich an den Kopf. Wenn ihr noch etwas gefehlt hatte an diesem ereignisreichen Tag, dann der Besuch einer Frau, die für ihr herrisches Gehabe bekannt war.

Neugierig kam ihr Vater angerollt.

»Ist das etwa – sie?«, fragte er flüsternd.

»Daniela!«

Der Trommelwirbel steigerte sich zu einem lautstarken Bummern.

»Lass sie bloß nicht rein«, wisperte Herrmann Twilling.

»Herrmann?« Die Stimme nahm eine diamantscharfe Färbung an. »Ich verlange, dass ihr mich auf der Stelle reinlasst!«

Es hatte keinen Sinn. Dana öffnete die Tür.

»Ha! Da haben wir ja die beiden Verschwörer!«, rief die ungebetene Besucherin.

Sie trug einen grünen Lodenjanker und geländegängige Lederschnürschuhe zu einem grün-blau karierten Faltenrock. Ihre strengen Gesichtszüge wurden von einer eisgrauen Dauerwelle eingerahmt, die wie einbetoniert wirkte.

»Hallo, Mutter«, sagte Dana matt.

»Deine Schwester rief mich an, Daniela. Sie hat im Netz gelesen, dass hier seltsame Dinge vor sich gehen. Typisch. Kaum lässt man euch allein, stellt ihr Unsinn an. Doch damit ist jetzt Schluss.«

Keine Frage, Eleonore Twilling behielt gern die Kontrolle. Gestählt durch vierzig Jahre Schuldienst, hatte sie sich nie mit sanften pädagogischen Methoden anfreunden können. Hart, aber gerecht, lautete ihr Motto. Immer noch. Denn auch nach ihrer Pensionierung fiel es ihr nicht im Traum ein, jemand könnte sich ihren Anweisungen widersetzen.

»Eleonore, ich verbitte mir diesen Ton«, protestierte ihr Mann.

Vergeblich. Wie eine Herbergsmutter marschierte sie durch die Räume, inspizierte sie gründlich und blieb in der Küche stehen. Mit ausgestrecktem Arm zeigte sie auf den Herd, auf dem immer noch die Reste des Abendessens standen.

»Ich nehme an, du hast das gekocht, Daniela?«

Dana verschränkte die Arme.

»Ja. Putzig, was? Dies ist nämlich meine Küche. Und wie der Zufall so spielt, koche ich hier.«

»Übrigens sehr gut, wenn ich das anmerken darf!«, sagte Herrmann Twilling.

»Mit dir rede ich später«, fuhr seine Frau ihm über den Mund. Sie schleuderte Dana einen wütenden Blick entgegen. »Ich habe deinen Vater nicht rausgeworfen, damit er anderswo seine Machoallüren ausleben kann. Und du? Bedienst ihn auch noch! Kassler mit Sauerkraut, ich bitte dich! Habe ich dir nicht immer eingeschärft, dich kritisch mit der Rolle der Frau auseinanderzusetzen?«

»Dana ist eine wunderbare, emanzipierte Frau!«, rief Herrmann Twilling.

Danas Mutter lachte unfroh.

»Was verstehst du denn davon?«

»Mehr, als du denkst«, verteidigte Dana ihren Vater. »Papa wohnt jetzt hier. Wir haben eine WG.«

»Danach sieht's auch aus«, spöttelte Eleonore Twilling. »Du betätigst dich doch schon beruflich als Küchensklavin. Und nun auch noch privat! Ich sage immer: Dumm stellen schafft Freizeit. So habe ich verhindert, dass ich als Frau am Herd gelandet bin.«

»Mama ist keine Sklavin«, meldete sich Leonie zu Wort. »Mama steht mit einem Bein im Kittchen.«

Eine Pause entstand.

Es war eine Weile her, dass Dana ihre Mutter gesehen hatte. Anlässlich ihres siebzigsten Geburtstags war es zu einer unerfreulichen Begegnung gekommen, in deren Verlauf sich Dana wieder einmal hatte anhören müssen, dass sie ihr Leben in der Küche verplemperte. Ohnehin war ihre Beziehung von jeher eher distanziert gewesen, was an Eleonore Twillings rigiden Erziehungsmethoden gelegen hatte. Nur keine Sentimentalitäten, lautete ihr Credo.

»Also, ich müsste dann mal runter ins Lokal«, sagte Dana. »Ihr könnt euch ja in Ruhe aussprechen.«

»Nein, Daniela, ich habe eine Erklärung verdient!«

Allmählich reichte es Dana.

»Mutter, ich hatte eine bretharte Woche. Wir kommen bestens ohne dich klar, auch wenn du hier wie die Königinmutter persönlich reinplatzt.«

»Die bin ich schon lange nicht mehr.« Eleonore Twilling lächelte säuerlich. »Kleines Missverständnis im Buckingham-Palast. Aber Scherz beiseite: Was hast du ausgefressen? Raus mit der Sprache!«

»Raus ist ein gutes Stichwort«, lächelte Danas Vater. »Ich möchte wirklich nicht unhöflich sein, aber wir haben zu tun. Auf Dana wartet die Abendschicht im Restaurant, ich räume jetzt die Küche auf, spüle das Geschirr und bringe anschließend Nini ins Bett.«

Noch nie hatte Dana ihre Mutter sprachlos erlebt. Es war ein historischer Moment.

21

Die Demonstranten hatten sich inzwischen zerstreut. Nur der junge Mann in Schwarz und das Mädchen mit dem Parka kampierten auf Schlafsäcken neben dem Baggerloch und tranken Wein aus einer Flasche, die sie abwechselnd ansetzten. Bewacht wurde das Idyll von einem hünenhaften uniformierten Securitymann. Eddy hatte nicht zu viel versprochen.

An ein Absperrgitter gelehnt, wartete Hung Tai auf Dana.

»Meine Neffe leider heute krank. Müssen allein schaffen, Dana.« Er senkte seine Stimme und deutete mit dem Kopf auf das Lokal. »Ist böse Frau da drin!«

»Die Müller-Mertens?«

Er nickte.

»Haben grüne Gesicht und reden viele Wörter. Eddy bewachen Küche. Was sollen tun, Dana?«

»Also, wir bringen erst einmal unseren wackeren Unterstützern etwas zu essen, finde ich. Dann sehen wir weiter. Komm, wir lassen uns nicht einschüchtern.«

Als Dana das Bistro Paradies betrat, stellte sie fest, dass es bereits bis auf den letzten Platz besetzt war. Auf den Tischen standen Gläser mit dem Honeymooner's Delight, die Stimmung wirkte fröhlich, fast aufgekratzt, wie bei einer Klassenfahrt. Sobald die Gäste Dana entdeckten, standen alle auf und applaudierten. Überwältigt und auch ein klein wenig peinlich berührt, nahm sie die Ovation entgegen. So viel Aufmerksamkeit war sie nicht gewohnt.

»Danke, vielen Dank«, murmelte sie.

»Wir sind auf Ihrer Seite!«, rief eine junge Frau.

»Nur nicht unterkriegen lassen!«, sagte ein junger Mann, der nebenbei ein Foto von Dana und ihren Gästen machte und es gleich bei Facebook postete.

Alle sahen Dana erwartungsvoll an.

»Ich … ich freue mich, äh, sehr darüber«, stammelte sie. »Nochmals vielen lieben Dank. Jetzt genießen Sie bitte unser Liebesmenü – mit Liebe gekocht, mit Liebe serviert, Liebe garantiert.«

Wieder erhob sich Applaus. Alle redeten aufgeregt durcheinander, während Dana die Vordrucke für den Clubbeitritt verteilte.

Ein smarter Herr in einem karierten Jackett trat auf sie zu.

»Grählert, von der Lokalredaktion des *Anzeigers*. Wären Sie vielleicht bereit zu einem Interview?«

»Gern nach dem Essen«, antwortete Dana. »Sie sehen ja, das Lokal ist voll, ich muss mich zuerst um meine Gäste kümmern.«

Der Journalist legte den Kopf schräg.

»Verstehe. Wissen Sie was? Wenn es Sie nicht stört, komme ich einfach mit in die Küche, und wir unterhalten uns nebenbei. Dann kann der Artikel noch in die morgige Ausgabe. Wir haben nämlich die gesamte Seite zwei für Sie freigeräumt.«

»Einverstanden. Und danke, dass Sie berichten.«

Anders als im Gastraum herrschte in der Küche eine arktische Atmosphäre. Wie ein Raubtierdompteur hielt Eddy Alexandra Müller-Mertens in Schach, die mit verkniffener Miene neben der Arbeitsfläche stand, in einem flaschengrünen Kostüm, dessen Farbe perfekt auf ihren Teint abgestimmt war.

Dana beschloss, sofort in die Offensive zu gehen. Angriff ist die beste Verteidigung, sagte ihr Vater immer.

»Der Club Paradies akzeptiert nur eingetragene Mitglieder. Also? Was machen Sie hier?«

»Sie haben Jens und mich vergiftet!«, kam es schrill zurück. »Aber ich werde Sie zerquetschen wie eine Kakerlake. Wenn ich mit Ihnen fertig bin, werden Sie den Tag verfluchen, an dem Sie mit Ihren dummen Spielchen angefangen haben.«

»Hey, hey, hey«, grunzte Eddy warnend. »Wohl zu viele schlechte Filme gesehen, was?«

Dana spürte, wie der Journalist die Ohren spitzte. Sie lächelte eisern, obwohl ihr die Drohung durch Mark und Bein gegangen war.

»Über Ihre Ernährungsgewohnheiten kann ich nur spekulieren. Tatsache ist, dass meine Gäste sich bester Gesundheit erfreuen. Und jetzt lassen Sie uns bitte in Ruhe arbeiten.«

»Sonst muss ich unseren privaten Wachdienst rufen, der Sie gern nach draußen begleitet«, ergänzte Eddy.

Unterdessen hatte Hung Tai die Chili-Polenta-Taler aus dem Ofen geholt. Ein herrlich würziger Duft nach Ingwer und Mandelöl erfüllte die Küche. Alexandra Müller-Mertens schwankte leicht und hielt sich die Nase zu.

»Sie halten sich wohl für sehr schlau, was, Frau Twilling?«, keifte sie. »Jens und ich werden Sie hinter Gitter bringen, verlassen Sie sich drauf. Dank Ihrer grenzenlosen Naivität hat er einiges in der Hand, was er gegen Sie verwenden kann.« Ihre Stimme überschlug sich. »Drei Jahre Haft sind drin!«

Dana wurde flau. Purer Hass sprach aus den Worten ihrer Kontrahentin. Dies war kein Kräftemessen mehr, dies war ein Vernichtungskrieg. Wenn sich der aalglatte, mit allen juristischen Wassern gewaschene Andresen tatsächlich mit dieser Frau verbündete, konnte es gut sein, dass sie vor Gericht siegten. Jetzt half nur noch psychologische Kriegsführung, um dieses unselige Bündnis zu sprengen. Mit den Waffen einer Frau. Nicht nett, aber nötig.

»Ach ja, Jens …« Dana trat dichter an die Abgesandte der Pro Domo GmbH heran. »Er hat mir von Ihrer rauschenden Liebesnacht erzählt. Wissen Sie, wir erzählen uns alles, wir führen eine offene Beziehung. Jens ist ein phantastischer Liebhaber, nicht wahr? Hat er Ihnen auch die Zehen gelutscht? Ich steh da total drauf.«

Alexandra Müller-Mertens riss die Augen auf.

»Was?«

Vollkommen ruhig wandte sich Dana an den Journalisten.

»Frau Müller-Mertens ist sehr aufopferungsvoll. Sie hat keine Mühen gescheut und sogar meinen Anwalt vernascht. Aber ich bleibe gelassen. Jens Andresen und ich, wir sind so gut wie verlobt.«

»Was?«, riefen Eddy und Alexandra Müller-Mertens wie aus einem Mund.

»Interessant.« Der Journalist zog einen Block heraus und machte sich Notizen. »Das ist also die Frau, die sich öffentlich für die Entmietungspraktiken der Pro Domo GmbH entschuldigt hat. Das heißt, für die angeblichen Fehler eines angeblich entlassenen Mitarbeiters. Eine kurze Nachfrage in der Personalabteilung hat nämlich ergeben, dass in der letzten Zeit niemand entlassen wurde.«

Alexandra Müller-Mertens sank auf den Schemel neben der Arbeitsfläche.

»Was, was, was?«

Es war offensichtlich, dass sie keinen Schimmer hatte, wovon der Mann redete. Vermutlich hatte sie den Nachmittag auf der Toilette verdämmert und befand sich daher im Zustand völliger Ahnungslosigkeit.

»Na, Ihre Mail, in der Sie die Schikanen zugeben«, beharrte der Journalist. »Die ganze Stadt redet darüber. Gestatten – Grählert, vom *Anzeiger*. Das wird eine saftige Geschichte.«

»Was meinen Sie, was passiert, wenn ich den Gästen sage, wer hier in der Küche steht?«, trumpfte Eddy auf. »Die zerreißen Sie in der Luft und verspeisen Sie zum Dessert, Gnädigste. Ohne Messer, ohne Gabel, ohne Tischgebet.«

Damit brachte er das Fass zum Überlaufen.

»Dies ist kein Restaurant, dies ist ein Krisenherd!«, kreischte Alexandra Müller-Mertens.

»Müssen servieren Ginger Love Story, sonst werden kalt«, erklärte Hung Tai, der die Chili-Polenta-Taler auf vorgewärmte Teller gelegt hatte.

Alexandra Müller-Mertens ignorierte ihn.

»Sie alle, Sie … sind doch nur hirnlose Hohlbratzen!«

Hung Tai rückte seine Kochmütze gerade.

»Sagt vietnamesische Sprichwort: Wenn Mensch schreien, Worte werden vergessen. Ruhige Mensch sprechen durch Taten, und gute Taten nie vergessen.«

»Sie Pfeife haben hier schon mal gar nichts zu sagen!«, schrie Alexandra Müller-Mertens.

Eddy lachte entnervt.

»Womit der traurige Höhepunkt Ihrer schwachen Vorstellung erreicht sein dürfte. Ihnen mangelt es an Unterhaltungswert, *maledetta intrigante*. Sie sind so spannend wie langsam vor sich hin schimmelndes Brot.«

Er fackelte nicht lange, hakte die Dame unter und führte sie aus der Küche. Es wurde ein bemerkenswert geräuscharmer Abgang. Offenbar waren Alexandra Müller-Mertens die Argumente ausgegangen.

»Es wird Sie freuen, dass Ihre Kakerlaken ein neues Zuhause gefunden haben«, rief Dana ihr hinterher. »Es geht ihnen prächtig!«

Der Journalist grinste vergnügt.

»Darf man Details erfahren?«

Dana erzählte ihm kurz vom Erfindungsreichtum der Frau, für die miese Tricks zum Beruf gehörten. Sein Block füllte sich mit weiteren Notizen, dann verabschiedete er sich mit dem Hinweis, dass er den Redaktionsschluss nicht verpassen dürfe.

»Schon klar«, sagte Dana. »Kommen Sie doch morgen zum Essen vorbei. Ich reserviere Ihnen gern einen Tisch.«

Sie stellte ein paar Teller auf ein Tablett und trug es in den Gastraum. Niemand beschwerte sich über die Verzögerung. Ganz im Gegenteil. Wo Dana servierte, löste die Ginger Love Story Erstaunen und Begeisterung aus. Längst waren die Portionen üppiger bemessen als am ersten Abend, denn jedes Mal hatten die Gäste Nachschlag verlangt, und Dana knauserte nicht gern mit Essen.

»Was Sie auf den Tisch bringen, ist besser als jede Sterneküche«, schwärmte ein geschmackvoll gekleideter Herr.

»Ja, mit dem Unterschied, dass Sterneküche bedeutet: zu wenig auf dem Teller, zu viel auf der Rechnung«, lächelte seine elegante Begleiterin. »Ab heute ist veganes Essen für mich der Gipfel der Kulinarik.«

Solche Kommentare entschädigten Dana für einiges. Sogar die beiden Demonstranten, denen sie eine großzügige Portion nach draußen brachte, verdrehten genießerisch die Augen. Nur, dass sich Philipp immer noch nicht zeigte, wurmte Dana. Man verschwand doch nicht einfach von der Erdoberfläche nach so einem Kuss.

Als die Eingangstür aufging, bekam sie spontanes Herzklopfen. Doch es war nicht Philipp, sondern Dicki, die hereinkam und sich suchend umsah. Etwas verlegen huschte sie auf Dana zu.

»Ich habe mir überlegt, dass ich dir helfen könnte«, wisperte sie. »Dann sieht's nicht so nach Absicht aus.«

»Tolle Idee.« Dana umarmte sie. »Du kommst wie gerufen, unsere Aushilfe ist krank geworden. Komm mit, in die Küche.«

Wie sich herausstellte, besaß Dicki die seltene Gabe, alle gastronomischen Abläufe intuitiv zu verstehen. Nachdem Dana ihr das Menü erklärt hatte, lief alles wie von selbst. Dicki kümmerte sich um die Duftlampen, half Hung Tai beim Dekorieren, servierte und trug Teller ab, als hätte sie nie etwas anderes getan. Und da sie als Erzieherin über die Maßen stresserprobt war, geschah das alles gelassen und liebenswürdig. Selbst dann, wenn ihr die Getränkebestellungen förmlich um die Ohren flogen.

Mit Eddy wechselte sie kein Wort. Er hatte ihr nur irritiert zugenickt, als er wieder hereingekommen war, und sie behandelte ihn wie Luft. Freundlich, aber distanziert brachte sie ihm Gang um Gang an seinen Tisch. Dana hoffte inständig, dass sie damit sein Interesse weckte.

In ihrem eigenen Herzen breitete sich währenddessen ein finsteres Loch aus. Sie konnte den Gedanken an Philipp nicht mehr beiseiteschieben. Sie brauchte Gewissheit. Irgendwie hing alles zusammen, sagte ihr Bauchgefühl. Philipp, Jens Andresen, Alexandra Müller-Mertens. Hatte Philipp sie nicht an genau jenem Tag angesprochen, als sie von der Kündigung erfahren hatte? Und war der Anwalt nicht ein Vorschlag von Philipp gewesen?

O Gott, dachte Dana, ist Philipp etwa Teil dieses miesen Spiels?

Nachdem die Desserts serviert worden waren, hielt sie es nicht mehr aus.

»Dicki, ich muss unbedingt was Wichtiges erledigen. Könntest du bitte kassieren? Ich komme dann später wieder und helfe beim Abwasch.«

»Klar.« Dicki machte ein verschwörerisches Gesicht. »Geht es um einen Mann?«

»Um ein wandelndes Rätsel.«

»Dann viel Spaß beim Lösen.«

Ob das ein Spaß werden würde, dessen war sich Dana nicht so sicher. Ihr Atem flog, als sie auf den Hinterhof rannte, wo ihr Kastenwagen stand. Trotz der schummrigen Beleuchtung registrierte sie auf der Stelle, dass etwas nicht stimmte. Irgendwie schien der Wagen tiefer zu liegen. Sie sah genauer hin. Alle vier Reifen waren platt. Zerstochen, wie sie auf den zweiten Blick erkannte. Der Krieg ging in die nächste Phase.

Aufstöhnend holte sie ihr Fahrrad aus dem Ständer. Das Gefährt war schon etwas altersschwach, und das Licht funktionierte nicht richtig, aber Geld für ein Taxi hatte sie nun mal nicht.

Eine Minute später sauste sie durch die Straßen, in das Viertel, in dem sich nicht nur Eddys Ökoladen, sondern auch die Wohnung des Mannes befand, der ihr Kopfzerbrechen und Herzkasper zugleich bereitete. Sie trat kräftig in die Pedale. Die frische Nachtluft kühlte ihre Stirn, die Bewegung tat ihr gut. So vieles hatte sich angestaut in den vergangenen Tagen, was sie jetzt wegstrampeln konnte.

Möglich, dass es mit ihrer Geistesgegenwart nicht zum Besten stand. Möglich auch, dass das trübe flackernde Licht ihres Fahrrads nicht für die nötige Verkehrssicherheit sorgte. Direkt vor Philipps Wohnung nahm ihr ein Kleinwagen die Vorfahrt. Erschrocken wich Dana aus, zu spät. Sie hörte nur noch quietschende Reifen, der Boden stellte sich senkrecht, die Lichter ringsum drehten sich, und dann lag sie mit verrenkten Gliedmaßen und dem Gesicht nach unten auf der Straße.

Das Klappen einer Autotür. Trappelnde Schritte. Jemand beugte sich über sie.

»Ich habe Sie überhaupt nicht gesehen! Sind Sie verletzt? Tut Ihnen was weh?«

Dana konnte die Augen nicht öffnen, weil ihr so schwindlig war, dass sie sicherlich ohnmächtig werden würde. Doch auch so erkannte sie den Mann.

»Irgendwer da oben im Universum hat einen ziemlich schrägen Sinn für Humor«, flüsterte sie.

Und dann wurde sie tatsächlich ohnmächtig.

Als sie wieder zu sich kam, lag sie in einem Bett. Nicht in ihrem, wie sie panisch feststellte. Auf ihrer vor Schmerz pochenden Stirn klebte ein Eisbeutel, ihre rechte Hand war dick verpflastert. Sie sah sich um. Himmel, wo war sie gelandet? So sahen doch keine Krankenhäuser aus! Wände in Latte-macchiato-Braun, gedämpftes Licht, Landschaftsfotos in hölzernen Vintagerahmen.

»Na, aufgewacht?«

Sie drehte den Kopf in die Richtung, aus der die Stimme gekommen war, wobei der Eisbeutel herunterfiel, und starrte auf die Gestalt, die ins Zimmer kam.

»Philipp.«

Er hielt einen Becher in der Hand.

»Während du geschlafen und mich Paul genannt hast, habe ich dir einen Tee gekocht. Gleich kommt der Notarzt. Wie geht es dir?«

Entgeistert betrachtete Dana erst Philipp, dann den Becher.

»Wie komme ich hierher?«

»Auf meinen starken Armen, würde ich sagen.« Philipp lächelte unsicher. »War das Zufall, dass du mir vor meiner eigenen Haustür ins Auto gebrettert bist?«

Jetzt fiel Dana alles wieder ein. Sie achtete nicht auf den bohrenden Schmerz, der ihr durch die rechte Hand fuhr, und richtete sich kerzengerade auf.

»Gegenfrage: Ist es Zufall, dass in diesem Haus ein gewisser Doktor P Punkt Dennermann wohnt?«

Philipp setzte sich auf die Bettkante und presste die Lippen aufeinander. In seiner Miene malte sich größtes Unbehagen.

»Ich hätte es dir schon eher sagen sollen.«

»Was denn, Philipp, was?«

Er sah sie an.

»Ehrlich, ich wusste nicht, welche Immobilienfirma dich vertreiben will. Ich wusste nicht, dass …«, seine Züge verzerrten sich, »dass mein Scheißvater seine Hände im Spiel hat.«

Dana brachte keinen Ton heraus. Ihr Hirn lief Amok. Doktor Philipp Dennermann. Der Sohn von Prof. Dr. jur. Dr. h. c. Dennermann, das war alles, was sie denken konnte.

»Jens hat es mir auch nicht gesagt, der Blödmann«, stieß Philipp heftig hervor. »Er wusste es früher als ich und hat sich einen Spaß daraus gemacht, dass ich dafür bezahlte, meinem alten Herrn ein Ei ins Nest zu legen. So war er schon im Internat. Immer zu einem saublöden Streich aufgelegt.«

»Jens Andresen interessiert mich einen feuchten Kehricht«, fauchte Dana. »Tut mir leid, aber es sieht so aus, als würdest du eine ziemlich zwielichtige Rolle in dem Ganzen spielen.«

»Nein! So ist es nicht!«

Dana lehnte sich erschöpft ins Kissen zurück und betrachtete Philipp. Die gleiche dicke Hornbrille, die gleichen eckigen Bewegungen. Vater und Sohn. Sie war aber auch zu dämlich.

»Wie war's dann?«, fragte sie tonlos. »Klär mich auf.«

Stockend begann Philipp zu erzählen. Von seinen Eltern, die ihn schon mit sechs in ein teures Internat gesteckt hatten. Die ihn zum Kronprinzen hatten aufbauen wollen, um das väterliche Imperium zu übernehmen. Er schilderte seine Rebellion, seine fluchtartigen Reisen rund um den Globus, sein Studium der Ökologie und Biochemie, das er gegen den Willen seiner Eltern begonnen hatte.

»Es gab einen Riesenstreit, und dann hat mein Vater mich enterbt«, schloss Philipp seine Erzählung. »Ich will nie wieder etwas mit ihm zu tun haben, weder im Guten noch im Bösen.«

Dana hatte Mühe, die Fassung zu bewahren.

»Und für dieses bescheuerte Vater-Sohn-Ding lässt du eine Frau abtropfen, die du ins Nirwana geküsst hast?«

Philipp nahm seine Brille ab. Eigentlich sieht er unverschämt gut aus, dachte Dana. Der Schuft.

»Ist es denn so?« Er atmete tief ein. »Dass ich dich …«

Mist. Warum konnte sie ihm nicht böse sein?

»Na ja, hundertprozentig sicher bin ich nicht.« Ein winziges Lächeln umspielte ihre Mundwinkel. »Davon müsste ich mich noch einmal persönlich überzeugen. Falls es keine größeren Umstände macht.«

22

»Wo ist das Unfallopfer?«

Der Notarzt rannte so schnell ins Schlafzimmer, dass sich sein weißer Kittel blähte und die Sohlen seiner polierten Lederschuhe übers Parkett schlitterten. Philipp folgte ihm etwas langsamer.

»Opfer ja, Unfall nein.« Verlegen zog Dana ihr T-Shirt runter, das bei dem dann doch sehr ausführlichen Kusstest verrutscht war. »Ich würde es eher einen Glücksfall nennen.«

Der Arzt kratzte sich seinen kahlen Schädel, und in diesem Moment schien ihm ein Licht aufzugehen.

»Ich habe doch vorgestern Ihren Herrn Vater untersucht, richtig?«

»Ganz genau«, bestätigte Dana.

»Da scheint ja eine gewisse Tollpatschigkeit in der Familie zu liegen.« Vorsichtig tastete der Mediziner ihre Stirn ab. »Ist Ihnen schwindlig?«

»Sie ist nicht tollpatschig, es ist alles meine Schuld«, beteuerte Philipp. »Ich habe sie mit meinem Wagen über den Haufen gefahren.«

»Ja, und er macht mich ganz schwindlig«, lächelte Dana selig.

Der Notarzt verzog missbilligend den Mund.

»Hört sich so an, als hätten Sie alle beide eine kräftige Gehirnerschütterung. Am besten, ich nehme Sie mit in die Klinik.«

»Aber nur, wenn Sie Doppelbetten haben«, krähte Dana und wunderte sich über ihre eigene Albernheit.

Wahrscheinlich war es der Schock. Oder der Kuss. Oder Philipp. Oder alles zusammen. Sagte man nicht, dass Verliebtheit schmerzdämpfend wirkte? Jedenfalls tat ihr nichts weh, sie spürte nur ihr wild puckerndes Herz.

»Ihre Entscheidung«, blaffte der Arzt, während er seine Instrumente zusammenpackte.

Er hatte Dana nicht einmal in die Augen geleuchtet oder den Puls gefühlt, nur die Schürfwunde auf ihrer Hand desinfiziert und verbunden. Bevor er sich zum Gehen wandte, ließ er seine Augen wachsam durchs Schlafzimmer schweifen. Als suche er nach verdächtigen Gegenständen. Schließlich blieb sein Blick an Dana hängen, die ihren lädierten Kopf ans Kissen geschmiegt hatte.

»Ich weiß ja nicht, welcher Art Ihre Beziehung ist, aber falls häusliche Gewalt oder Sadomasospiele zu Ihren Gewohnheiten zählen, sollten Sie ein bisschen auf sich aufpassen, Frau …?«

»Twilling, Dana Twilling. Ich kann Sie beruhigen, dieser Herr und ich haben gar keine Beziehung. Wir kennen uns nur flüchtig.«

»Aha.«

Nun war der Notarzt komplett bedient. Ohne ein weiteres Wort verließ er seine Patientin und ging hinaus. Eine Sekunde lang sah Philipp ihm hinterher, dann nahm er Anlauf und sprang aufs Bett. Grinsend robbte er auf Dana zu.

»Hey, du freches Ding, was sollte das denn heißen – nur flüchtig?«

Sie streckte den Arm nach ihm aus. Danke, liebes Universum, dachte sie. Es fühlt sich so gut an. Ihre Lippen brannten von seinen Küssen.

»Bis auf die Kurzversion deines Lebenslaufs weiß ich überhaupt nichts von dir. Nur, dass du Veganer bist und wegrennst, wenn's Probleme gibt.« Sie dachte kurz nach. »O Gott, und ich kenne deine Eltern!«

»Wie bitte?«

Die Veränderung, die mit Philipp vor sich ging, war verblüffend. Gerade noch hatte er zärtlich mit Danas Fingern gespielt, jetzt rückte er von ihr ab und setzte sich im Schneidersitz an die äußerste Ecke des Bettes. Alles an ihm drückte Abwehr aus.

»Woher kennst du sie?«

Sein Ton war so scharf geworden, dass Dana es fast unangemessen fand. Litt er denn so sehr unter seinen Eltern? Es sah ganz danach aus.

»Darf ich offen sprechen?«

Er nickte betreten.

»Deine Mutter ist eine statusbesoffene Kampfhenne, die jeden wegpickt, der ihr in die Quere kommt. Ich hatte zufällig das zweifelhafte Vergnügen, in den Genuss ihrer Herablassung zu kommen.«

Philipp begann zu lachen.

»Punktlandung. Und mein Vater?«

»Sehr gebildet, sehr gediegen, sehr machtbewusst. Aber im Herzen einsam.«

Unversehens war Philipps Heiterkeit wie weggeblasen.

»Einsam? Wie meinst du das?«

Dana rief sich Professor Dennermann in Erinnerung. Sein selbstgewisses Auftreten, seine unerbittliche Autorität, die sich allerdings überraschend schnell verflüchtigt hatte, als ihr Vater in Form einer gestrengen Respektsperson aufgetaucht war.

»Ich glaube, sein starkes Ego ist nur gespielt. Vermutlich macht ihn deine Mutter zur Minna. Oder er weiß im Grunde seines Herzens, dass sein Immobilienimperium mit einigen Ungerechtigkeiten erkauft ist.«

Unbeweglich saß Philipp auf der Matratze.

»Sag mal, Dana, hast du Psychologie oder so was studiert?«

»Über zehn Jahre Gastronomie ersetzen locker ein Hochschulstudium inklusive Doktortitel«, erwiderte sie. »Ich habe täglich Gelegenheit, Feldforschung zu betreiben. Irgendwann weißt du, was hinter der Stirn eines Gastes vor sich geht. Du siehst, ob er Liebeskummer hat, ob er als Frustesser oder passionierter Genießer kommt. Und du kannst förmlich riechen, ob jemand eine gesellige Natur ist oder ein einsamer Höhlenbewohner.«

Wie in Zeitlupe entknotete Philipp seine Beine. Er angelte sich ein Kissen und stützte seinen Ellenbogen darauf, während er Dana fasziniert betrachtete.

»Wahnsinn. Ich hatte wirklich eine hohe Meinung von dir, und doch habe ich dich unterschätzt.«

Dana pulte mit ihrer linken Hand an dem Verband herum.

»Hab mich schon dran gewöhnt. Für die meisten Leute bin ich wohl so was wie eine intellektfreie Küchensklavin. Sogar meine Mutter ist davon überzeugt. Na ja.«

»Bitte hör auf zu pulen«, sagte Philipp. Dann fuhr er sich nervös durchs Haar. »Wie war denn deine Expertise über mich, bevor wir uns näherkamen?«

»Höhlenbewohner«, antwortete Dana wie aus der Pistole geschossen. »Einsamer Wolf, etwas antriebsschwach. Tretbootfahrer. Tja, ich lag leicht daneben. Nur Hung Tai hat dich sofort durchschaut. Er ist sowieso der brillanteste Küchenpsychologe diesseits des Indischen Ozeans. Apropos«, ihr Atem ging schneller, »wie spät ist es eigentlich?«

Philipp drehte seinen Körper zur Seite, um auf den Wecker zu schauen.

»Halb eins.«

»HALB EINS?«

Ruckartig sprang Dana aus dem Bett und bereute es sofort. Die abrupte Bewegung löste einen dröhnenden Kopfschmerz aus. Ächzend holte sie ihr Handy aus der Hosentasche und entdeckte jede Menge verpasster Anrufe. Sie hatte das Handy vor der Abendschicht auf lautlos gestellt. Sofort verschickte sie gleichlautende SMS an Hung Tai, Eddy, Dicki und ihren Vater.

Hatte einen leichten Fahrradunfall. Kein Grund zur Sorge. Melde mich später. LG, D

»Ich kann immer noch nicht fassen, dass du meine Eltern getroffen hast«, sagte Philipp nachdenklich. »Haben sie dich kontaktiert oder du sie? Wollten sie dich bestechen? Oder habt ihr etwa über mich geredet?«

Oha, Philipps Hypothesen zeugten von ziemlicher Panik. Dana kickte ihre ramponierten Bastsandalen beiseite, die neben dem Bett standen, und wanderte ein wenig im Schlafzimmer herum, um Zeit zu gewinnen. In ihrem Herzen kämpften zwei Fraktionen. Die eine fand, sie sollte Philipp alles erzählen, die andere mahnte zur Vorsicht.

Nachdem sie sich die schwarz-weißen Landschaftsfotos angeschaut hatte, eine Sanddüne, einen malerischen Küstenstrich und ein Bergmassiv, entschloss sie sich zur Vorsicht. Trotz allem, was Philipp von seinen Eltern trennte – Blut war dicker als Saft, das hatte sie nur zu oft erlebt. Sie gab sich zerstreut.

»Was hattest du noch gefragt? Du, das sind ja phantastische Fotos. Hast du die etwa gemacht?«

Philipps Augen leuchteten auf.

»Ja, gefallen sie dir?« Er erhob sich vom Bett und trat neben Dana. »Sieh mal, das war während meiner Wanderung durch die Sahara. Die Aufnahme vom Strand ist auf Mauritius entstanden, und das da ist der Himalaya. War eine Trekkingtour, ohne Sauerstoffgerät. So, Dana Twilling, und jetzt Klartext: Traust du mir nicht?«

Die innige Atmosphäre war jäh verflogen. Dana starb tausend Tode. Sie hatte Eddy hoch und heilig versprechen müssen, absolut niemandem von der illegalen Online-Aktion zu erzählen. Wirklich niemandem. Keiner wusste so gut wie Eddy, dass für Hackerangriffe hohe Haftstrafen drohten. Glücklicherweise gab es bisher keine Spur, die zu ihm oder Dana führte. Professor Dennermann würde über den Vorfall mit der illegalen Putzfrau schweigen, und Alexandra Müller-Mertens wusste nicht einmal, dass jemand in ihrem Büro gewesen war und sich an ihrem Computer zu schaffen gemacht hatte.

Jetzt saß Dana in der Zwickmühle. Aber watteweiches Herumlavieren kam nicht in Frage. Dafür war Philipp zu schlau. Nein, sie musste ihm irgendeinen Brocken hinwerfen, den er zu schlucken bereit war. Dana versuchte es mit ihrem unschuldigsten Augenaufschlag.

»Als ich noch kein eigenes Lokal hatte, habe ich mal hier, mal da gekocht und gekellnert, auch auf diversen Events.« Das stimmte sogar. Fieberhaft durchforstete sie ihr Gedächtnis. »Es waren auch Empfänge im Rathaus dabei, für die Honoratioren der Stadt. Bei dieser Gelegenheit bin ich vor Jahren Professor Dennermann und seiner Frau Gemahlin begegnet. Sehr anspruchsvoll, sehr fordernd, die beiden. Man vergisst nicht so schnell, wenn man systematisch zur Schnecke gemacht wird, weißt du …«

Ob er ihr das abkaufte? Dana fühlte sich schrecklich. Sie wollte Philipp nicht belügen, aber genauso wenig durfte sie Eddy in Gefahr bringen. Verdammte Axt! Warum wurde das hier auf einmal so furchtbar kompliziert?

»Hm.« Philipp rieb an einem der hölzernen Rahmen herum und rückte das Bild gerade. »Na, wenn das so ist …«

Vor lauter schlechtem Gewissen brach Dana der Schweiß aus. Er wusste, dass sie nicht die Wahrheit gesagt hatte. Er wusste es einfach, das spürte sie überdeutlich.

»Soll ich dich nach Hause bringen?«, fragte er unvermittelt. »Oder möchtest du doch noch in die Klinik? Vorsichtshalber?«

Zwar hatte Dana keinen müden Cent in der Tasche, aber um nichts in der Welt hätte sie es jetzt ertragen, sich von ihm chauffieren zu lassen.

»Nein, nein, bemüh dich nicht. Mir geht es bestens, ehrlich. Ich rufe mir unten auf der Straße ein Taxi.«

»Wie du willst. Und pul nicht am Verband, ja?«

Dana hatte gar nicht bemerkt, dass sie vor lauter Nervosität wieder begonnen hatte, an dem weißen Gazestoff herumzuzupfen. Sie wollte sich in Philipps Arme werfen, seinen Körper spüren, seine Lippen, doch sein leerer Gesichtsausdruck errichtete eine gläserne Wand zwischen ihnen.

»Danke für alles«, murmelte sie.

»Sehr witzig. Wofür bedankst du dich denn? Dafür, dass ich dich angefahren habe?« Er versenkte die Hände in den Hosentaschen. »Wenn irgendetwas nachbleibt, melde dich. Meine Versicherung übernimmt deine Arztkosten, das versteht sich von selbst. Und ein neues Rad zahlt die Versicherung natürlich auch, dein altes dürfte schrottreif sein. Kleiner Tipp: Wenn du ein Fahrrad kaufst, sollte es eine sichtbare Beleuchtung haben. Wer weiß, wer dich das nächste Mal übersieht.«

Jedes seiner Worte verwundete ihre aufgewühlte Seele. Ein vietnamesisches Sprichwort von Hung Tai fiel ihr ein: Ein Messer hat nur eine Schneide, die Zunge hat hunderte.

Stumm hockte sie sich aufs Bett und zog die Bastsandalen an. Das heißt, sie versuchte es, denn der Sturz hatte den Dingern den Rest gegeben. Schon vorher hatten sie sich im Zustand beginnender Auflösung befunden, jetzt hingen die Bastfäden lose an der Sohle, beide Halteriemchen waren abgerissen. Dana schleuderte die Sandalen von sich, klaubte die Einzelteile auf und tapste auf Socken aus dem Raum.

An der Wohnungstür holte Philipp sie ein. Er sah auf einmal grau und müde aus.

»Mach's gut, Dana. Ich melde mich.«

»Das sagen die Kerle immer.«

Sie kriegte so gerade eben ein süffisantes Grinsen zustande, obwohl ihr ein Meer von Tränen die Kehle zuschnürte. Klackend schloss sich die Tür hinter ihr, und sie stand auf Socken in einem fremden Treppenhaus, versuchte, nicht zu schluchzen und nebenbei auch noch ihren Kopfschmerz zu ignorieren.

Als Erstes warf sie die Bastsandalen übers Geländer und wartete, bis sie im Erdgeschoss aufprallten. Dann begann der mühsame Abstieg aus dem fünften Stock. Jeder Schritt tat weh. Es fühlte sich an, als hätte sie keine Knochen mehr im Fleisch, nur Splitter. Sie musste sich mit beiden Händen am Geländer festhalten, um nicht umzukippen.

Du hast es vergeigt, sagte sie sich immer wieder. Du hast diesen tollen Mann vor den Kopf gestoßen mit deiner elenden Schwindelei. Doch sosehr sie sich auch das Hirn zermarterte, es hätte keine Alternative gegeben. Niemand durfte erfahren, dass sie die Mails von Alexandra Müller-Mertens' Computer verschickt hatte.

Endlich erreichte sie die Haustür. Mehrere Anläufe waren nötig, bevor sie sich bücken und die traurigen Reste ihrer Sandalen aufsammeln konnte. Als sie ins Freie trat, fühlten sich ihre Wangen nass und kalt an. Die Tränen liefen ihr in Strömen herunter.

Es dauerte eine Viertelstunde, bis endlich ein freies Taxi vorbeikam. Mit millimeterfeinen Bewegungen stieg Dana ein, doch wie sie es auch anstellte, bei jeder Bewegung meldeten sich die Schmerzen.

»Schillerstraße fünf«, stöhnte sie.

Der Taxifahrer, ein älterer Herr mit schlohweißem Haar, beobachtete sie besorgt im Rückspiegel.

»Also, wenn ich mit so 'nem Veilchen rumlaufen müsste, würde ich dem Mann was vor den Latz koffern und ihn verlassen.«

Dana lächelte dünn.

»Schon geschehen.«

Sie hatte weder die Lust noch die Energie, das Missverständnis aufzuklären. Was ging ihr Schlamassel einen Wildfremden an? Außerdem hätte sie für ihre Geschichte Stunden gebraucht, und dazu war weder der Anlass noch die Zeit.

Kopfschüttelnd legte der Fahrer den Gang ein.

»Ich fahre seit dreißig Jahren Taxi. Da erlebt man so einiges und sammelt einschlägige Erfahrungen. Wenn Sie mich fragen: Sie brauchen einen Arzt oder einen Schnaps. Suchen Sie sich's aus.«

Irgendwie klang das vernünftig und doch ziemlich abwegig. Hochprozentiges trank Dana normalerweise nie. Aber die Aussicht, die Nacht in der Notaufnahme zu verbringen, stimmte sie nur noch deprimierter. Als Baby hatte Leonie unter schlimmen Koliken gelitten, und weil Dana das Gebrüll nicht einzuordnen wusste, hatte sie mehrfach stundenlang mit der Kleinen in der Notaufnahme gewartet, zwischen anderen schreienden Babys, übermüdeten Müttern, alkoholisierten Obdachlosen und grässlich entstellten Unfallopfern.

Da war die Aussicht auf eine Kneipe irgendwie tröstlicher, fand Dana. Wenn sie saß, ging's eigentlich.

»Äh, dann lieber einen Schnaps. Haben Sie so was dabei?«

Ein trockenes Lachen rollte nach hinten, bevor der Fahrer antwortete.

»Nee, nee, in meiner Thermoskanne ist nur Kaffee. Aber hier in der Nähe gibt es eine gemütliche Kneipe. Da können Sie sich ein bisschen erholen, bevor's nach Hause geht. Ich meine – Schillerstraße fünf ist doch Ihr Zuhause, oder?«

Ja, falls nicht die Abrissbirnen kommen. Dana war plötzlich alles egal. Warum nicht einen Schnaps trinken? Machten Männer doch auch so, wenn es mal unrund lief. Nicht vorglühen, gleich abfackeln, hatte Paul immer gesagt. Ach, Paul.

Es war ein Reflex. Und ganz bestimmt nicht die hellste Idee am Baum der Erkenntnis, als sie ihr Handy zückte und ihn anrief.

»Schnuckelhase!«, tönte es ihr entgegen. »Kommst du zurück zu Papa?«

»Paul, es gibt ein Problem. Könntest du mich bitte in zehn Minuten abholen? In einer Kneipe namens …«

»… bei Inge«, sagte der Taxifahrer, »Griegstraße zehn.«

»Griegstraße zehn«, wiederholte Dana. »Und bring bitte ein bisschen Geld mit, ich gebe es dir morgen zurück.«

»Irre.« Pauls Stimme vibrierte vor Aufregung. »Davon habe ich immer geträumt: dass du mich nachts mal betrunken anrufst.«

»Es ist nicht so, wie du denkst«, lispelte Dana.

»Klar. Bis gleich.«

In diesem Augenblick hielt das Taxi vor einem Lokal, dessen flackernder pinkfarbener Neonschriftzug *Bei Inge* verhieß. Der

Fahrer stellte den Motor aus, drehte sich zu Dana um und hielt ihr seine Hand hin.

»Benno. Ich bring Sie jetzt da rein. Können wir davon ausgehen, dass dieser Paul Sie nicht auch vermöbelt? Sonst fahren wir woandershin.«

»Nein, nein, alles in Ordnung«, versicherte Dana. »Danke, Benno.«

»Keine Ursache.«

Er stieg aus und half Dana aus dem Wagen. Ritterlich hielt er ihr den Arm hin und bugsierte sie Schritt für Schritt in die Kneipe. Musik und Stimmengewirr schlugen ihnen entgegen. Das Lokal war schummrig, gemütlich und sehr voll. Hinter dem Tresen residierte eine rothaarige Frau mit einem beeindruckenden Busen, der in schwarzes Leder geschnürt war.

»Hallo, Inge, mein Augenstern«, rief Benno, »einen Seelentröster für die junge Dame und einen starken Kaffee für mich.«

»Wo hast du die denn aufgegabelt?«, fragte die Wirtin. »Ist ja 'n heißes Gestell. Nur etwas renovierungsbedürftig. Und wo hat sie bloß ihre Schuhe gelassen?«

»Quatsch keine Opern«, brummte der Taxifahrer. »Die Frau braucht eine kleine Aufmunterung.«

Vorsichtig ließ er Dana auf einen Stuhl an einem freien Tisch gleiten. Dann setzte er sich ihr gegenüber und betrachtete sie forschend.

»Geht's?«

»Ja, schon besser.«

Das entsprach sogar der Wahrheit. Nach dem niederschmetternden Abgang bei Philipp tat es Dana einfach gut, dass sich jemand um sie kümmerte, ohne ihr Vorwürfe zu machen. Jedenfalls war sie nicht besonders scharf darauf, daheim mit ihrem Vater eine Grundsatzdebatte über verkehrstüchtige Fahrräder zu führen.

Die Wirtin brachte die Getränke mit einem formvollendeten

Hüftschwung. Auf ihrem üppigen Dekolleté baumelte ein rotes Strassherz.

»Wohl bekomm's. Vielleicht 'ne Bulette dazu?«

Dana winkte ab.

»Ich esse kein Fleisch. Bin Veganerin.«

Die tiefen Falten um Bennos Mund kräuselten sich zu einem belustigten Lächeln.

»Sind das nicht diese Leute, die an UFOs glauben?«

»So ähnlich«, erwiderte Dana.

»Also, ich lebe schon länger in Italien und komme nur dann und wann hierher zurück, weil ich immer noch gern Taxi fahre. So wie in den alten Zeiten. In Italien habe ich ein kleines Restaurant, wissen Sie. Kein Mensch redet da von vegan, das Essen wird einfach genossen. Na ja.«

Er zeigte auf das Glas, das vor ihr stand und bis zum Rand mit einer wasserhellen Flüssigkeit gefüllt war.

»Hopp, hopp – rin in'n Kopp. Das ist Slibowitz. Der räumt die Seele auf.«

Dana überhörte ihre innere Stimme, die sie vor Schnaps aus ungeklärter Herstellung, caseinhaltigen Etiketten und einer überhöhten Alkoholdosis warnte. Mit einem heiser gekrächzten »Prost« kippte sie den Inhalt des Glases hinunter. Es brannte scheußlich, und sie musste husten.

In diesem Augenblick schlug ihr jemand beherzt auf die Schulter. Sie hob den Blick und sah direkt in Pauls lachende Augen.

»Hey, Schnuckelhase, da bin ich. War gerade in der Gegend, deshalb ging's schnell. Moment mal, wie sieht denn dein Gesicht aus?«

»Paul. Ich bin ja so froh, dass du gekommen bist. Könntest du bitte Benno bezahlen? Er hat mich hierhergefahren. Und auf die Getränke würde ich ihn auch gern einladen.«

Paul zog die Augenbrauen zusammen. Dann setzte er sich zu ihr und legte schützend einen Arm um ihre Schultern.

»Erst sagst du mir, was passiert ist. Herrgott, du siehst aus, als wärst du in deinen eigenen Gemüsemixer gefallen.«

»Ein andermal. Ich surfe auf der letzten Rille. Lass mich noch einen trinken, und dann fahren …«

Die Worte erstarben ihr auf der Zunge. Ein zweiter Mann war an den Tisch getreten. In Jeans und grauem Sweatshirt. Es traf sie wie ein Stromschlag. Starkstrom. Eine Million Volt. Philipp sah sie nur an, und sein grenzenlos enttäuschter Blick genügte, um alles Blut aus ihrem Kopf entweichen zu lassen. Sie konnte weder denken noch sprechen.

»Hallo, Weichpuper«, sagte Paul. »Musst du deine Frisur trockenlaufen, oder warum kreuzt du hier auf?«

Philipp beachtete ihn gar nicht.

»Ich hatte mir Sorgen gemacht«, presste er zwischen zusammengebissenen Zähnen hervor. »Deshalb bin ich dem Taxi hinterhergefahren. Wollte nur wissen, ob du gut nach Hause kommst. Aber wie man sieht, bist du schon wieder auf einem anderen Dampfer unterwegs. Dann gute Fahrt. Sex mit dem Ex soll ja was ganz Besonderes sein.«

Er machte auf dem Absatz kehrt und lief aus dem Lokal.

»Nein«, wimmerte Dana. »Nein, nein, nein.«

23

So fühlt es sich also an, wenn die Welt in Scherben liegt, war Danas erster Gedanke, als sie am nächsten Morgen erwachte. Ihr Schädel brummte, ihr Magen setzte einen Notruf nach dem anderen ab, ihre Arme und Beine lagen bleischwer neben ihr, als ob sie nicht richtig dazugehörten. Viel schlimmer aber: Es gab nichts mehr zu retten, was Philipp betraf. Gleich zweimal hatte sie ihn vor den Kopf gestoßen. Zweimal zu viel.

Kraftlos schloss sie die Augen. Und klappte sie wieder auf. Es war ein Geräusch, ein vertrautes Geräusch, das sie irritierte. Alarmiert sah sie nach rechts – und erstarrte.

Neben ihr lag Paul und schnarchte durchdringend. Einen Moment lang hoffte Dana, dass die Nachwirkung des Alkohols ihr einen bösen Streich spielte. Doch es blieb dabei: Nur mit knappen Boxershorts bekleidet, auf denen Bart Simpson sein grimmiges Lächeln zeigte, schlief Paul auf ihrem Futon.

Sie überlegte noch, wie es dazu hatte kommen können, als die Schlafzimmertür aufgestoßen wurde. In das hingebungsvolle Geschnarche mischte sich ein wespenartiges Surren.

»Guten Morgen, mein Kind, ich hoffe, es geht dir gut, ich war schon unten am Kiosk, du musst unbedingt den *Anzeiger* lesen. Auf Seite zwei …«

Der Rollstuhl blieb stehen, und Herrmann Twilling verstummte, während ihm die Zeitungsseiten einzeln aus der Hand glitten.

»Hallo, Papa«, sagte Dana.

Am liebsten hätte sie sich wie früher die Bettdecke über den Kopf gezogen, in der irrigen Annahme, auf der Stelle unsichtbar zu werden. Früher war lange vorbei. So wie die Zeiten, als ihr Vater sie schon vor dem Frühstück mit lateinischen Vokabeln behelligt hatte. Na ja, so ganz waren diese Zeiten vielleicht doch nicht vorbei, wenn es auch nicht mehr um Vokabeln ging.

»Kind!«, rief Herrmann Twilling entsetzt, ohne Paul aus den Augen zu lassen, und weil ihm offenbar partout nichts anderes mehr einfiel, noch einmal: »Kind!«

»Ja, Papa. Ich bin deine Tochter, wie wir beide wissen, aber kein Kind mehr und habe deshalb Anspruch auf Privatsphäre.«

Herrmann Twilling musterte erschüttert Pauls guttrainierten Oberkörper, der da und dort mit Tattoos verziert war.

»Er hat hier geschlafen?«

»Er schläft immer noch«, seufzte Dana. »Sofern du ihn nicht aufweckst.«

»Ihr seid getrennt. Was macht er hier? Es ist zehn vor sieben. Muss er denn nicht aufstehen? Was hat er überhaupt für einen Beruf?«

Es überstieg Danas Konzentrationsfähigkeit, ihrem Vater zu erklären, dass es Menschen gab, die keiner geregelten Arbeit nachgingen. Paul verkaufte ab und an Autos, die er vorher auf Auktionen ersteigerte, handelte nebenbei mit Elektronikartikeln obskurer Herkunft und organisierte Umzüge im Umfeld seiner zahlreichen Kumpels. Eine konkrete Berufsbezeichnung für solche Aktivitäten gab es nicht. Lebenskünstler traf es vermutlich am ehesten.

»Sei so gut, und frag ihn selber, wenn er wach ist«, gähnte sie. »Jetzt gönn uns bitte noch ein wenig Ruhe.«

Mit der Ruhe war es jedoch endgültig vorbei, weil jetzt Emma schwanzwedelnd hereingetrappelt kam. Freudig kläffend stürzte sie sich auf Paul, denn der Futon war so niedrig, dass sie trotz ihrer kurzen Beinchen draufspringen konnte.

»Verdammt, was …« Allmählich kam Leben in Danas Ex. Blinzelnd öffnete er die Augen. »Mann, Emma, runter da. Sabber mich bloß nicht voll.«

»Guten Morgen, junger Mann«, sagte Herrmann Twilling.

Paul sah erst ihn, dann Dana an.

»Ist nicht dein Ernst.«

»Was denn?«

Stöhnend schob er Emma beiseite und grabschte nach der Bettdecke, um seine Boxershorts zu verhüllen.

»Na, dein Vater. Wieso kurvt der in unserem Schlafzimmer rum?«

Dana betastete mit den Fingerkuppen die Schwellungen in ihrem Gesicht. Das Ergebnis ihrer Erkundung verhieß ein nicht gerade erfreuliches Spiegelbild.

»In *meinem* Schlafzimmer, Paul. Und Papa ist neuerdings mein Mitbewohner. Ganz offiziell.«

»Dann sage ich dir jetzt ganz offiziell, dass du schwer einen an der Waffel hast. Nimm's nicht persönlich, aber abgedreht ist das schon. Man muss doch einen ziemlichen Lattenschuss haben, wenn man in deinem Alter mit dem eigenen Vater zusammenwohnt.«

»Wir pflegen eine äußerst harmonische Wohngemeinschaft, auch WG genannt«, erklärte Herrmann Twilling pikiert. »Und dieses Modell beruht nicht etwa auf der Studentenbewegung, die ja glaubte, jene Lebensform erfunden zu haben. Lassen Sie mich ein wenig ausholen. Schon im antiken Griechenland ...«

Dana stellte ihre Ohren auf Durchzug. Unauffällig schaute sie unter der Decke nach, ob sie ein Höschen trug, und war erleichtert, dass sie sogar noch ihre Jeans anhatte. Also war nach menschlichem Ermessen nichts vorgefallen, was sie bereuen musste. Jedenfalls nicht zwischen ihr und Paul.

Ihr Herz krampfte sich zusammen, als sie an Philipp dachte. Es gab Risse im hauchdünnen Porzellan beginnender Beziehungen, die sich nicht wieder kitten ließen. Niemals würde Philipp ihr noch glauben, sie nie wieder warm und vertrauensvoll anschauen.

»Hört ihr mir überhaupt zu?«, rief Herrmann Twilling.

Von Paul konnte man das nicht behaupten. Er war wieder eingeschlafen, Emma im Arm, die verstohlen an seiner Schulter leckte.

»Genau. Im antiken Griechenland gab es auch schon WGs«, erwiderte Dana aufs Geratewohl und betrachtete die zerfledderte Zeitung auf dem Boden. »Was steht denn eigentlich in dem Artikel?«

»Es ist eine einzige Eloge. Ein Loblied auf dich, dein Restaurant, die vegane Ernährung und nicht zuletzt auf den mutigen Widerstand gegen die unsensible Stadtplanung.« Herrmann Twilling fischte eine Zeitungsseite vom Boden und glättete sie umständlich. »Ein längerer Text, ein Kommentar, viele Fotos. Die Schlagzeile lautet: *Und täglich grüßt der Brennpunkt.* Sehr schön. In dem Artikel wird eindringlich dazu aufgefordert, dass sich der Oberbaudezernent und damit die Politik zu dem Fall äußern soll.«

»Die Politik?«

»O ja, mein Kind, äh, Dana. Oder soll ich lieber Daniela sagen?«

Mit der linken, unverletzten Hand wedelte Dana ein müdes Nein in die Luft. Pauls Schnarchen wurde lauter, unterbrochen von langgezogenen, schnarrenden Atemzügen. Die Situation hatte etwas Absurdes. Womit Dana nicht gerechnet hatte, war die Tatsache, dass auch Absurditäten steigerbar waren.

»Was ist hier denn los?«, ertönte eine resolute Frauenstimme. »Ich dachte, Paul und du, ihr wärt endlich getrennt.«

Bei der Erwähnung seines Namens öffnete er ein Auge.

»Herr im Himmel, Dana! Wohnt etwa deine Mutter neuerdings auch bei dir? Was ist das hier? Ein Nachtasyl?«

Es war alles unfassbar. Dana fixierte ihren Vater, der unangenehm berührt an seiner Krawatte herumfingerte.

»Sie hat hier geschlafen?«

»Hm, nun ja, wie man's nimmt«, erwiderte er mit einem schiefen Lächeln.

»Das Bett ist eine Zumutung, ich würde dir dreifach gepufferte, rückenfreundliche Federkernmatratzen empfehlen«, sagte Eleonore Twilling. »Im Übrigen habe ich hier lediglich genächtigt, weil …«

»… wir einen Schluck von deinem veganen Wein getrunken haben«, übernahm ihr Mann, »und weil deine Mutter sich nicht mehr in der Lage sah, unfallfrei zu fahren. Apropos: Du hattest einen Fahrradunfall, richtig? Nun, deinem Gesicht nach zu schließen, solltest du einen Arzt konsultieren.«

Stoisch hatte Dana zugehört. Werde erwachsen, sagte sie sich. Ja, es sind deine Eltern, aber das ist kein Grund, nicht auch mal Tacheles zu reden. Also los. Frag sie.

»War es Versöhnungssex oder Trennungssex?«

Ihre Eltern warfen sich seltsame Blicke zu.

»Wäre nur interessant zu wissen«, fügte Dana hinzu, »ob unsere kleine WG so was wie eine Zukunft hat.«

»Mamiiii!«

Mit einem fröhlichen Schrei kam Leonie ins Schlafzimmer gelaufen, in ihrem Lieblingsnachthemd mit den putzigen Bärchen. Sie stutzte kurz, als sie Paul entdeckte, dann krabbelte sie auf den Futon und zupfte ihn am Ohrläppchen.

»Bist du schon wach?«

»Wachkoma«, grunzte er. »Hier wird einem ja das Hirn weggeballert.«

Familie, dachte Dana. Die abgefahrenste Nummer seit der Erfindung der Fortpflanzung. Aber hier wuchs nicht zusammen, was zusammengehörte. Nein, dies war eine vollkommen schwachsinnige Kombination von Menschen. Jedenfalls gehörten weder Paul noch ihre Mutter hierhin. Oder hatte das Universum beschlossen, die Karten neu zu mischen?

»Macht, was ihr wollt«, sagte sie, während sie ächzend aufstand, »ich koche erst mal Kaffee.«

Wenigstens hielten sich die Schmerzen in Grenzen. Bis auf ein paar Prellungen schien sie glimpflich davongekommen zu sein, wenn sie auch ein wenig hinkte und die Haut auf ihrem geschwollenen Gesicht spannte.

In der Küche fand sie die Spuren eines wahren Gelages. Zwei

leere Rotweinflaschen standen auf dem Tisch, daneben zeugten drei ebenfalls leere Schraubgläser mit veganen Aufstrichen und ein Haufen Brotkrümel von einem gelungenen Ernährungsexperiment.

Als Erstes schaute Dana nach den Kakerlaken. Nach wie vor schienen sie wohlauf zu sein. Ein paar kalte Bratkartoffeln wanderten in die Holzkiste, was hektische Betriebsamkeit unter den Tieren auslöste.

Während sie die Espressomaschine anstellte, checkte Dana den Mondkalender. Er warnte vor größeren Einkäufen, weil sich Obst und Gemüse schlechter als an anderen Tagen halten würden. Für den Abend wurde ein Friseurbesuch empfohlen, mit dem Hinweis, dass die Haare danach schneller und üppiger wachsen würden als sonst.

Dana ordnete ihre Locken mit den Fingern und las weiter. Neben den Tipps für den Gefühlshaushalt war ein kleiner Blitz abgebildet. *Vorsicht, heute neigen Sie zu cholerischen Ausbrüchen! Finden Sie unbedingt den tieferen Grund für das Ärgernis heraus!*

Als ihr Handy klingelte, zählte sie bis zehn, um ganz sicherzugehen, gegen eventuelle cholerische Ausbrüche gewappnet zu sein. Dann ging sie ran.

»Dana, ist große Katastrophe!«, japste ihr Koch.

Eine Gänsehaut überlief ihren Körper.

»Hung Tai? Was ist los?«

»Kommen Polizei, klingeln ganze Familie raus, wollen mitnehmen mich!«

O bitte. Nicht auch das noch. Mechanisch stellte Dana eine Tasse unter das Auslaufrohr der Espressomaschine und drückte die Taste für einen doppelten Ristretto.

»Das kann doch nicht sein. Du hast gültige Papiere und bist bei mir korrekt sozialversichert.«

»Sagen, ich handeln mit illegale Zigaretten. Ist nicht wahr, Dana, ich nie machen solche Sachen.«

Jemand musste Hung Tai angeschwärzt haben. Und Dana musste nicht lange grübeln, um darauf zu kommen, wer dieser Jemand war.

»Bleib ganz ruhig, ich pauke dich da raus«, zischte sie ins Handy. »Wo bringen sie dich hin?«

Hung Tai weinte fast. Es musste eine grauenvolle Erniedrigung für ihn sein, in Gegenwart seiner Kinder abgeführt zu werden. Das war nicht fair. Das war hundsgemein. Eine unbändige Wut braute sich in Danas Bauch zusammen.

»Das nächste Mal vergiften wir sie wirklich, diese elende Schnalle! Sag mir nur bitte, wo sie dich hinbringen!«

Die Verbindung brach ab. Dana kippte den Espresso in einem Zug hinunter und schleuderte die Tasse in die Spüle, wo sie klirrend zerbrach. Alexandra Müller-Mertens war jetzt fällig. Final fällig.

So schnell es ihre geprellten Gliedmaßen erlaubten, hastete Dana ins Badezimmer. Im Spiegel erblickte sie eine Frau mit einem dunkelblauen Veilchen am rechten Auge und einer kartoffelartig angeschwollenen Nase. Auch diese Entstellung hatte sie letztlich Alexandra Müller-Mertens zu verdanken, denn mit dem Kastenwagen wäre ihr das kaum passiert.

Nach einer heißen Dusche und einer dicken Schicht Lipgloss war Danas Wut keineswegs abgeflaut. Sie hatte sich stattdessen zu veritabler Mordlust gesteigert.

Den Kopf voller finsterer Phantasien, stapfte sie ins Schlafzimmer, um sich etwas Frisches zum Anziehen zu holen. Dort bot sich ihr ein schräges Bild. Von Paul, der sich die Decke über den Kopf gezogen hatte, waren nur die Zehen sichtbar. Leonie turnte auf ihm herum, bewacht von Emma, die leise kläffte. Ihre Eltern stritten erbittert. Dana hatte ohnehin auf Trennungssex getippt.

Sie öffnete den Kleiderschrank. Wahllos griff sie zu Jeans und T-Shirt, streifte ihr einziges Jackett darüber und zog ein Paar ausgelatschte Joggingschuhe dazu an.

»Papa, du kommst mit«, befahl sie knapp. »Mama, du machst

Nini Frühstück und fährst sie dann in den Kindergarten. Paul – ja, Paul, ich weiß, dass du wach bist –, du überlegst dir, wie wir eine unerwünschte Person ins Aus kicken.«

Wofür hatte man schließlich eine Familie?

Das verstrubbelte Blondhaar von Paul kam unter der Decke zum Vorschein. Mit verschlafenen Augen strahlte er Dana an.

»Heißt das, der Weichpuper ist aus dem Rennen, und wir sind wieder zusammen, Schnuckelhase?«

»Nein, das Zielobjekt heißt Alexandra Müller-Mertens, fährt einen silbergrauen Porsche, macht mir das Leben zur Hölle und hat dafür gesorgt, dass Hung Tai soeben verhaftet wurde.«

Herrmann Twilling unterbrach die lebhafte Diskussion mit seiner Frau.

»Er wurde verhaftet?«

»Aufgrund falscher Anschuldigungen.« Dana angelte sich die Autoschlüssel, die neben dem Bett lagen. »Paul, ich brauche dein Auto. Nur eine Stunde oder zwei.« Sie betrachtete die Schlüssel genauer. »Seit wann fährst du denn einen BMW?«

Mit einem Satz sprang Paul vom Futon.

»Du kannst alles von mir haben, Dana, aber nicht meinen neuen Cabrio Roadster Exklusiv Edition mit Leichtmetallfelgen und einem Mörderkawumm unter der Haube! Der beschleunigt von null auf hundert in dreieinhalb Sekunden!«

»Umso besser. Ich habe es eilig.«

»Du kannst so ein Turbogeschoss doch gar nicht kontrollieren!«, rief Paul. »Genauso gut könnte man Nini die Steuerung eines Atomkraftwerks überlassen!«

»Aber ich bin doch schon groß!«, protestierte Leonie.

Eleonore Twilling musterte schaudernd Pauls Boxershorts, die sich aufgrund der morgendlichen Uhrzeit im Schritt männlich ausbeulten.

»Könnten Sie sich bitte bedecken? Das ist wahrlich kein Anblick für Minderjährige.«

»Soweit ich weiß, ist Bart Simpson jugendfrei«, grummelte Paul, während er blitzschnell in seine Jeans und sein rot-blau kariertes Holzfällerhemd schlüpfte. »Komm, Dana, ich fahre euch.«

Sie liefen zur Wohnungstür, gefolgt von Herrmann Twilling, der ihnen laut surrend hinterherfuhr. Gottlob funktionierte der Aufzug an diesem Morgen. Auf der Fahrt ins Erdgeschoss knöpfte sich Paul sein Hemd zu.

»Aber du weißt schon, dass das ein Cabrio ist, Dana? Ein Sportwagen für zwei, mit nur einem Notsitz und einem klitzekleinen Kofferraum?«

Sie verdrehte die Augen.

»War ja klar, dass du keine Familienkutsche fährst. Aber wir passen da schon rein.«

Unten auf der Straße kampierten immer noch die beiden Demonstranten neben dem Baggerloch. Fröstelnd drängten sie sich aneinander, in ihren Schlafsack gehüllt. Als sie Dana sahen, formten sie mit zwei Fingern das Peace-Zeichen.

»Wenn ich zurück bin, koche ich euch einen Tee«, versprach Dana. »Was wollt ihr noch? Brötchen?«

»Nee, dasselbe wie gestern«, lächelte das Mädchen. »Diese Liebesdinger. Haben echt gewirkt.«

»Na, das freut mich. Also, wir müssen nur mal kurz wegfahren, dann gibt es Frühstück.«

Danas Optimismus bekam einen kräftigen Dämpfer, als sie Pauls neues Auto sah. Es bestand praktisch nur aus kurvigem anthrazitfarbenem Blech, riesigen Scheinwerfern und einem imposanten chromglänzenden Kühlergrill.

»Äh, mach am besten das Verdeck auf, Paul. Ihr sitzt vorn, ich quetsche mich mit dem Rollstuhl auf den Notsitz.«

»Aber mach mir bloß keine Schrammen«, jammerte Danas Ex.

Widerwillig schloss er das Auto auf, ließ den Motor an und öffnete das Verdeck. Es war eine Kleinigkeit für ihn, Danas Vater auf den Beifahrersitz zu heben. Als wesentlich schwieriger erwies sich die Prozedur, Dana und den zusammengeklappten Rollstuhl in der lachhaft schmalen Ritze hinter den Vordersitzen unterzubringen.

»Wo fahren wir eigentlich hin?«, fragte Paul, als alle saßen.

»Zur Polizei«, antwortete Dana.

Herrmann Twilling, der bisher geschwiegen hatte, strich andächtig über das Armaturenbrett aus poliertem Wurzelholz.

»Nein, ins Rathaus.«

»Okay.«

Mit aufbrüllendem Motor schoss der Wagen aus der Parklücke.

»Papa, was sollen wir denn im Rathaus?«, fragte Dana.

»Dies ist inzwischen ein Fall von hoher politischer Brisanz. Nicht nur in der Zeitung, auch auf Facebook wird deinetwegen über Fehlentwicklungen bei der Stadtplanung diskutiert. Den Vorwurf der Ausländerfeindlichkeit kann sich die Lokalpolitik angesichts der angespannten Situation nicht auch noch leisten. So erfordern es die Spielregeln der demokratischen Meinungsbildung. Lass mich ein wenig ausholen …«

Gnädigerweise schluckte der Fahrtwind seine weiteren Ausführungen.

Übermüdet, aber hellwach kauerte Dana hinter ihm und klammerte sich an der Nackenstütze fest. Sie hatte Pauls Fahrstil schon immer leicht übertrieben gefunden, doch heute schien er entschlossen, sich als Rennfahrer für den Großen Preis von Monaco zu qualifizieren. Mit anderen Worten: Er fuhr wie ein Henker. Doch es gab in der Tat keine Zeit zu verlieren.

Dana holte ihr Handy heraus und tippte eine SMS.

Halte durch, Hung Tai. Wir kommen.

Die zweite SMS war für Eddy bestimmt.

Hung Tai verhaftet. Bitte Mails von M-Dingenskirchen checken. LG, D

24

Schlingernd bog der BMW auf den Rathausplatz ein und stoppte vor dem Portal des wuchtigen Gebäudes, das aus dem neunzehnten Jahrhundert stammte und einer wehrhaften Ritterburg ähnelte.

Dana wurde erst nach vorn geworfen, dann an die Kante des Verdecks geschleudert. Genau das Richtige für jemanden, dem alle Knochen weh taten.

»Schneller ging's nicht«, grinste Paul in den Rückspiegel.

Dana schnitt eine Grimasse und telefonierte weiter mit Eddy.

»Die Dingenskirchen mailt mit dem Polizeipräsidenten?«

»Ja, diese beiden *stronzi* scheinen sich zu kennen. Soweit ich es den Mails entnehmen kann, spielen Dennermann und der Polizeipräsident im selben Golfclub.«

»Aber Hung Tai hat eine weiße Weste! Dafür lege ich meine Hand ins Feuer!«

»Denk nach, Dana. Was könnte diese *stregona* getan haben, um Hung Tai zu belasten?«

Hm. Gute Frage. Geistesabwesend hörte sie zu, wie sich Paul und ihr Vater halblaut über das unumstößliche männliche Vorrecht auf anständigen Fleischverzehr samt Bratkartoffeln unterhielten. Plötzlich fielen ihr die Küchenschaben ein.

»Eddy«, Dana begann zu keuchen, »sie hat heimlich Kakerlaken in den Vorratsraum geschmuggelt. Vielleicht hat sie jetzt dasselbe mit Zigaretten gemacht. Damit es so aussieht, als betriebe Hung Tai in meinem Lokal einen schwunghaften Handel mit illegaler Ware.«

»*Merda*!«, fluchte Eddy. »Du musst das sofort checken!«

»Aber ich bin nicht zu Hause!«

»Und ich kann nicht aus dem Laden, weil ich heute eine Steuerprüfung habe. Außerdem müsste es superschnell gehen, bestimmt steht gleich schon die Polizei vor dem Bistro Paradies!«

Dana wurde immer schwummriger zumute. Es war, als legte sich eine Schlinge um ihren Hals und würde langsam, aber unaufhaltsam zugezogen. Doch dann hatte sie eine Idee.

»Mir fällt da gerade was ein. Ich melde mich später.«

»Dana?« Eddy räusperte sich. »Vergiss nicht unsere Abmachung: Absolut niemand darf von unserer kleinen Spritztour in den Account der Dingenskirchen erfahren!«

»Natürlich nicht. Ciao, Eddy.«

Wenn du wüsstest, dachte sie verzweifelt. Um dich zu schützen, habe ich den Mann meines Lebens in den Wind geschossen.

»Es wird allmählich etwas frisch hier vorn«, ließ sich Herrmann Twilling vernehmen.

Dana überhörte seine Beschwerde und wählte eine Nummer aus dem Speicher an, die sie schon sehr, sehr lange nicht mehr benutzt hatte.

»Mutter? Bist du noch zu Hause? Ja? Bitte hör mir jetzt gut zu. Keine Fragen, keine Diskussionen, keine Ermahnungen. Nur zuhören und tun, was ich dir sage.«

Im Telegrammstil gab sie ihre Instruktionen durch.

»Verwickelst du mich in etwas Ungesetzliches?«, erkundigte sich Eleonore Twilling misstrauisch.

»Mutter! Wenn dir auch nur irgendetwas an mir liegt, marschierst du jetzt da runter!«

»Also, ich weiß nicht.«

Im Gegensatz zu Eleonore Twilling war der Mondkalender äußerst zuverlässig. Dana verlor die Geduld.

»Dann zerstör eben die Existenz eines Mannes mit sieben Kindern!«, schrie sie.

»Gib sie mir mal«, sagte Herrmann Twilling knapp.

Dana reichte ihm das Handy, und er presste es dicht ans Ohr.

»Eleonore? Falls du Wert darauf legst, dass sich die Ereignisse der gestrigen Nacht wiederholen, solltest du tun, was Dana sagt.« Schmunzelnd gab er seiner Tochter das Handy zurück. »Das wäre erledigt. Wir haben nämlich ziemlich gewagte Sachen ausprobiert.«

Dana war nur noch baff. »Habt ihr das Licht dabei angelassen, oder was?«

»Es knutscht die Maus, es bumst der Bär, es lebe der Geschlechtsverkehr!«, deklamierte Paul und ließ mehrmals den Motor aufheulen. »Was seid ihr bloß für eine kranke Familie? Vielleicht solltet ihr es mal alle zusammen mit Gruppensex versuchen, um das Bild noch ein bisschen abzurunden.«

»Von einem Mann, der Kalender mit halbnackten Frauen in der Küche aufhängt, sollte man keine Ratschläge annehmen«, erwiderte Herrmann Twilling blasiert, aber man merkte ihm an, dass er doch ein bisschen stolz darauf war, bei Paul mit Andeutungen über seine erotischen Qualitäten gepunktet zu haben.

»Könnten wir uns zur Abwechslung wieder aufs Wesentliche konzentrieren?«, meldete sich Dana vom Notsitz. »Mir schlafen allmählich die Beine ein, und wir haben eine Mission zu erfüllen.«

»Ach ja, hätte ich fast vergessen«, grinste Paul.

Er stieg aus und half ihr aus ihrer unbequemen Lage. Dann klappte er den Rollstuhl auf und wuchtete Herrmann Twilling hinein.

»Ich bleib draußen und pass auf die Schüssel auf«, erklärte er. »Hab schon einen Kunden dafür. Nicht dass mir hier irgendein Neidhammel den Lack zerkratzt.«

»Bist ein super Copilot, Paul. Danke.« Dana zupfte ein paar Fusseln von ihrem dunkelblauen Jackett. Ein Gelegenheitskauf aus dem Secondhandladen mit einem vagen Hauch von Seriosität, der von ihren zerschlissenen Jeans ablenken sollte. »Na, dann begeben wir uns mal in die Politik.«

Sehr aufrecht fuhr ihr Vater neben ihr her, während sie das Portal des Rathauses ansteuerte. Neben dem Eingang gab es eine Pförtnerloge, in der ein älterer Herr an einem Käsebrötchen knabberte.

»Sie wünschen?«

Herrmann Twilling beugte sich vor.

»Guten Morgen. Zum Baudezernenten, bitte.«

»Haben Sie einen Termin?«, fragte der Pförtner und streifte die beiden Besucher mit einem skeptischen Blick. Erst Danas verbeultes, blaufleckiges Gesicht, dann das von Herrmann Twilling, dessen Veilchen vom Absturz ins Baggerloch gerade erst zu verblassen begann.

»O ja«, antwortete Danas Vater. »Und zwar genau in dem Moment, in dem Sie dem Sekretariat mitteilen, dass Dana und Herrmann Twilling ante portas stehen.«

»Ante portas, soso.«

Der Pförtner legte bedauernd das Brötchen beiseite und griff zum Telefon. Es wurde eine ziemlich kurze Unterredung.

»Dritter Stock, Zimmer acht. Man erwartet Sie.«

Hätte ich mir auch nicht träumen lassen, dass ich mal durch den Vordereingang ins Rathaus gehe, dachte Dana. Bei ihren Kellnerjobs hatte sie immer den Personaleingang benutzen müssen.

Sie hielt ihrem Vater die schwere geschnitzte Holztür auf, und gemeinsam eroberten sie die heiligen Hallen der städtischen Verwaltung. Ein schwacher Geruch nach Bohnerwachs und abgestandenem Kaffee zog durch die Flure. Im dritten Stock stand bereits ein Empfangskomitee bereit, das sie am Aufzug erwartete. Gleich zwei Damen, die eine im grauen Kleid, die andere im schwarzen Kostüm, holten sie ab.

»Felsenstein, Pressesprecherin«, stellte sich die Frau im Kostüm vor. »Und das ist Frau Winkler, die Referentin des Baudezernenten.«

Beide starrten Dana an.

»Kleine Meinungsverschiedenheit mit der Stoßstange eines Autos«, erklärte sie. »Nur blaue Flecken, nichts Ernstes.«

»Dürfen wir Ihnen einen Kaffee anbieten?«, fragte die Referentin, Frau Winkler. »Der Herr Baudezernent hat noch eine Besprechung mit dem Bürgermeister, wird sich aber in wenigen Minuten Zeit für Sie nehmen.«

»Echter Filterkaffee?«, erkundigte sich Herrmann Twilling.

»Sie können auch einen Cappuccino bekommen«, sagte die Referentin schnell.

»Nein, nein, ein guter alter Filterkaffee ist mir sehr recht«, versicherte Danas Vater erfreut.

Sie wurden in einen nüchtern gehaltenen Konferenzraum geführt. Ein langer Tisch mit blassgrauer Kunststoffoberfläche, Stahlrohrstühle, schmutziggraue Wände, gefliester Boden. In einer Ecke am Fenster stand ein Ficus, dessen Zweige zum größten Teil kahl und dessen wenige Blätter überwiegend gelb waren. Irgendwie hatte sich Dana das Zentrum der Macht eindrucksvoller vorgestellt.

»Kaffee kommt gleich«, sagte die Referentin und ging hinaus.

Ihre Kollegin setzte sich.

»Nehmen Sie Platz. Es freut mich sehr, Sie persönlich kennenzulernen.«

Dana glaubte ihr kein Wort. Aus der Handtasche von Frau Felsenstein ragte die zusammengerollte Morgenzeitung. Auch im Rathaus wusste man Bescheid über den Volkszorn, der sich gegen die abrisswütige Baupolitik richtete.

»Sie haben ein veganes Restaurant, wie ich hörte«, versuchte die Pressesprecherin eine Unterhaltung in Gang zu bringen. »Hört sich spannend an. Im Grunde esse ich ohnehin so gut wie gar kein Fleisch, nur manchmal muss es eben ein schönes Steak sein, Sie verstehen schon.«

»Nee, verstehe ich nicht«, widersprach Dana. »So wie Sie sind die meisten Leute drauf: Gefühlt leben sie fleischlos, aber in Wirklichkeit brauchen sie dann doch ihr Salamibrot, ihren Schinken-Käse-Toast und ihr blödes Steak.«

»Kind, äh, Dana, wir sollten uns um eine kooperative Atmosphäre bemühen«, hüstelte Herrmann Twilling. »Es gibt ja einiges zu bereden, nicht wahr?«

Die angespannte Stimmung löste sich ein wenig, als die Tür aufging und ein schlanker Mann in einem tadellos sitzenden dunkelgrauen Anzug hereinkam. Sein Haar war zu einer Igelfrisur gestutzt, auf seiner Nase saß eine randlose Brille mit viereckigen Gläsern.

»Schönen guten Morgen, Roggenkamp mein Name, ich bekleide das Amt des Baudezernenten und freue mich auf einen regen Austausch mit Ihnen.«

Er drückte Dana und ihrem Vater die Hand, bevor er sich setzte. Fragend zeigte er auf Danas Gesicht.

»Ist das bei diesem – Flashmob passiert?«

»Nein, das sind friedliche Leute.«

»Vor eine Stoßstange gelaufen«, feixte die Pressefrau. »Angeblich.«

Jetzt tauchte auch die Referentin wieder auf. Sie servierte dünnen Kaffee sowie einen Teller mit Konferenzkeksen, dann blieb sie hinter ihrem Chef stehen, als müsse sie auf alle Eventualitäten gefasst sein und besser auf dem Sprung bleiben.

»Mein Koch Hung Tai ist heute Morgen unter Vorspiegelung falscher Tatsachen verhaftet worden«, platzte es aus Dana heraus. »Ein unlauterer Trick der Pro Domo GmbH. Wenn er nicht sofort auf freien Fuß gesetzt wird, rede ich kein Wort mit Ihnen.«

Der Baudezernent zuckte nicht einmal mit der Wimper. Er drehte sich zu seiner Referentin um.

»Frau Winkler? Verbinden Sie mich bitte mit dem Polizeipräsidenten.«

Sie zog erstaunt die Augenbrauen hoch, tippte aber folgsam eine Nummer in ihr Mobiltelefon und gab es ihrem Boss. In kurzen Worten bat er seinen Gesprächspartner, den Koch freizulassen, solange keine erhärteten Verdachtsmomente vorlägen. Anschließend gab er seiner Referentin das Telefon zurück.

»Danke«, hauchte Dana.

Wahnsinn, so einfach war das? Tausend Wackersteine rumpelten von ihrem Herzen.

»Tja, nun …«, der Dezernent nahm einen Keks und spülte ihn mit einem Schluck Kaffee hinunter, »politische Verantwortung zu übernehmen, erfordert heutzutage ein hohes Maß an Problemsensibilität. Lassen Sie mich ein wenig ausholen …«

Dana musste sich beherrschen, um nicht laut loszulachen, als sie die Lieblingsphrase ihres Vaters hörte – der den Politiker ansah, als hätte dieser ihm gerade den Text geklaut.

»Ich glaube, wir können auf das rhetorische Gedöns verzichten«, sagte sie. »Bei mir steht die Existenz auf dem Spiel, bei Ihnen die politische Karriere. Mit anderen Worten: Ich habe ein Problem, Sie haben ein Problem. Wollen wir nicht zusammenschmeißen und die Sache gemeinsam lösen?«

Herr Roggenkamp nahm sich einen zweiten Keks, steckte ihn jedoch nicht in den Mund, sondern zerrieb ihn nervös zwischen den Fingern.

»Wie stellen Sie sich das vor?«

Dies war das Stichwort für Herrmann Twilling. Er setzte seine Kaffeetasse ab und schob die Schultern nach hinten.

»Wie Sie sicherlich wissen, ist die Erhaltung gewachsener Milieus eine gesellschaftspolitische Aufgabe. Mit anderen Worten: Städtebauliche Maßnahmen sollten stets im Einklang mit den vorliegenden Strukturen und möglichst unter Beteiligung der Bürger erfolgen. Partizipation, Herr Roggenkamp, Partizipation ist das Zauberwort. Integrative Konzepte gehören zum Tafelsilber eines demokratisch verfassten Gemeinwesens. Selbst die griechischen Götter …«

Der Baudezernent sah auf seine Uhr.

»Entschuldigung, wenn ich Sie unterbreche. Aber Sie sollten wissen, dass die Pro Domo GmbH den Bauantrag für die Immobilie Schillerstraße fünf zurückgezogen hat.«

»Was Sie nicht sagen«, lächelte Dana.

Es bereitete ihr eine diebische Freude, die Früchte ihrer riskanten Aktion zu ernten. Innerlich tanzte sie gerade auf dem Kunststofftisch herum.

»Ja. So ist es.« Herr Roggenkamp betrachtete nachdenklich den verkümmerten Ficus. »Was uns einen willkommenen Anlass bietet, unsere Pläne für die Entwicklung des Quartiers zu überdenken. Uns schwebt eine Anhörung aller Beteiligten vor. Ein runder Tisch gewissermaßen.«

»Eine überaus großartige Idee«, wurde er von Herrmann Twilling gelobt.

»Äh - *aller* Beteiligten?« Dana begann, an ihrem Verband herumzupulen. »Wen meinen Sie denn so damit?«

»Nun, Sie, Ihren Herrn Vater, dazu einige Vertreter der Bürgerbewegung, meine Wenigkeit und unter allen Umständen Herrn Professor Dennermann als Repräsentanten der kapitalgebenden Seite.«

»Das – geht – nicht«, erwiderte Dana schleppend.

Sie konnte sich nicht mit diesem verdammten Dennermann an einen verdammten Tisch setzen. Weder an einen runden noch an einen eckigen. Auch ohne Kopftuch würde der Professor Dr. jur. Dr. h. c. sie erkennen. Und ihren Vater sowieso. Das Ganze würde auffliegen, Eddy inklusive.

Verblüfft starrte der Baudezernent sie an.

»Warum?«

»Gegenfrage: Könnte jemand anderes von der Pro Domo GmbH teilnehmen als dieser Dennermann? Irgendein Abteilungsleiter oder weiß der Teufel wer?«

»Klares Nein.« Baudezernent Roggenkamp schlug die Beine übereinander. »Diese Angelegenheit muss man auf höchster Ebene verhandeln. Es geht nicht um Details, Frau Twilling, es geht um Namen, Funktionen, Handlungsspielräume, um Sichtbarkeit. Professor Dennermann spielt in dieser Stadt eine herausragende Rolle.

Die Leute kennen ihn. Sein Wort hat Gewicht, sein Einlenken ist das dringend benötigte politische Signal, das auch mich respektive die Verwaltung dieser Stadt gut aussehen lässt.«

Dana ließ den Kopf hängen.

»Dann klappt das nicht.«

»Wie bitte? Kein runder Tisch?«

»Doch, doch«, beteuerte Dana. »Aber Sie müssten das eigentlich auch ohne mich und meinen Vater schaffen, oder?«

Jetzt mischte sich die Pressesprecherin ein. Seit Minuten spielte sie unruhig an der Perlenkette herum, die sie zu ihrem schwarzen Kostüm trug.

»Sie sind eine Symbolfigur des Widerstands geworden, Frau Twilling, und eine potentielle Hoffnungsträgerin für uns. Ohne Sie macht der runde Tisch keinen Sinn. Wir brauchen Sie, so wie wir Professor Dennermann brauchen. Sonst hätte unsere Initiative keine Glaubwürdigkeit. Denken Sie an die öffentliche Meinung.«

»Daran denke ich pausenlos«, murmelte Dana.

Schon wieder saß sie in einer Zwickmühle, aber dieses Mal richtig. Der gleiche Gedankengang bewegte offenbar auch Herrmann Twilling, denn er riss an seinem Schlips herum, als bekäme er auf einmal keine Luft mehr.

»Wir könnten eine Erklärung abgeben, dass wir den runden Tisch gutheißen«, krächzte er mit belegter Fistelstimme.

»Bedaure. Das wird nicht reichen.« Der Baudezernent stand auf, wobei die Stuhlbeine kreischend über den gefliesten Boden schrammten. »Sie kennen mein Angebot. Falls ich nichts von Ihnen höre, werden wir ein bisschen Bürgerkosmetik betreiben, die Protestbewegung schrittweise ausbremsen und dann einen anderen Investor ins Boot holen. Es handelt sich bei der Immobilie um ein Filetgrundstück, Interessenten gibt es mehr als genug. Der Abriss würde sich nur geringfügig verzögern. Um Ihre Unterstützer ruhigzustellen, werden wir zur Auflage machen, dass in dem Neubau ein Bürgercafé eingerichtet wird.«

»Dieses Vorgehen hat sich bereits in der Vergangenheit in anderen Stadtvierteln bewährt«, sagte die Pressesprecherin. »Ebenfalls eine symbolpolitische Maßnahme, sozusagen.«

Frau Winkler, die Referentin, sah Dana durchdringend an.

»Aber falls Sie mit uns kooperieren, könnten wir uns für eine Umnutzung der bestehenden Bausubstanz starkmachen. Ohne Abriss. Dann können Sie Ihre Wohnung und Ihr Restaurant behalten.«

Baudezernent Roggenkamp schubberte mit beiden Handflächen über seine Igelfrisur.

»Wie gesagt, lassen Sie es sich durch den Kopf gehen. Sie haben die Wahl. Kommen Sie, Frau Winkler, fahren wir jetzt fort, diese Stadt zu regieren.«

In Begleitung seiner Referentin rauschte er aus dem Konferenzraum.

Nein, ich habe keine Wahl, dachte Dana. Die Lage war hoffnungslos. Gerade noch schienen sich alle Probleme in Luft aufzulösen, jetzt hatte sie mehr Probleme an der Hacke als vorher. Alles stand wieder auf Messers Schneide.

Auch die Pressedame erhob sich.

»Hier«, sie hielt Dana eine Visitenkarte hin, »rufen Sie mich an. Und nur, damit wir uns richtig verstehen: Der Baudezernent liebt es natürlich, sein Image aufzupolieren, indem er sich mit Ihnen zeigt. Aber auch ohne Sie wird er klarkommen. Am Ende siegt immer die Vernunft.«

»Und das Geld«, zischte Dana.

Ein böses kleines Lächeln erschien auf dem Gesicht von Frau Felsenstein.

»Für Sie gehen sowieso die Lichter aus, wenn die Leute mitbekommen, dass Sie sich nicht an dem runden Tisch beteiligen wollen. Man wird Ihnen das als Desinteresse und mangelndes Engagement auslegen. Als Egotrip. Das kommt nicht besonders gut an, wenn man sein Restaurant mit Sympathisanten vollkriegen muss.«

Ihre kaum versteckte Drohung hing noch wie eine dunkle Wolke im Raum, als sie längst gegangen war. Niedergeschlagen und völlig entmutigt blieben Dana und ihr Vater eine Weile sitzen, ohne ihre Gefühle in Worte fassen zu können.

Schließlich betätigte Herrmann Twilling den Startknopf seines Rollstuhls und fuhr einmal sehr langsam um den Konferenztisch herum, bevor er vor Dana stoppte.

»Ein lehrreicher Ausflug in die Politik. Jetzt haben wir die Wahl zwischen Skylla und Charybdis.«

Es war zum Aus-der-Haut-Fahren. Mit einem Ruck stand Dana auf.

»Papa, kannst du dich einmal in deinem Leben so ausdrücken, dass man dich auch ohne Lexikon versteht?«

»Nun, in der griechischen Mythologie waren Skylla und Charybdis zwei gefährliche Seeungeheuer, die ihren Opfern an einer Meerenge auflauerten. Lass mich ein wenig ausholen …«

»Also haben wir die Wahl zwischen Untergang und Untergang. Richtig?«

»Wenn ich Frau Felsensteins Ausführungen korrekt interpretiere, ja.«

Jetzt war Danas Beherrschung endgültig hinüber. Sie wäre erstickt, wenn sie ihrem Ärger keine Luft gemacht hätte.

»Diese blöden Teflongesichter! Die gehören entsorgt, allen voran unsere Ballermannbarbie Müller-Mertens!«

»Dana, bitte!«

Aber sie hatte noch längst nicht genug Dampf abgelassen.

»Konsummarionette! Gesichtsbaracke! Spinatwachtel! Heiopei-Trulla! Schmierwurst! Dummtröte! Hirnloses Suppenhuhn!«

Herrmann Twilling hörte ihrem verbalen Ausbruch ohne jede sichtbare Regung zu.

»Danke, dass du meinen Wortschatz bereichert hast«, sagte er nur, als Dana fertig war, und rollte einigermaßen erschüttert aus dem Konferenzraum des Baudezernats.

25

Die Rückfahrt verlief zunächst recht einsilbig. Vergeblich versuchte Paul, die Gründe für das Scheitern der Mission herauszubekommen. Während er ohne Rücksicht auf langsamere Autos, Radfahrer oder rote Ampeln durch die Straßen bretterte, rief er immer wieder: »Aber ihr wart doch drin!«

»Drin, ja. Kommense rein, könnense rausgucken«, brummte Herrmann Twilling. »Außer Spesen nichts gewesen.«

Paul warf ihm einen Seitenblick zu.

»Ach, Sie beteiligen sich an den Benzinkosten?«

»Lass gut sein!«, rief Dana von hinten.

Ihr Vater hielt mit der rechten Hand ein paar seiner grauen Strähnen fest, die vom Fahrtwind aufgewirbelt wurden und eine kahle Stelle auf seinem Hinterkopf entblößten.

»Ich würde mich ja gern geistig mit Ihnen duellieren, Herr Wegmann, aber wie ich sehe, sind Sie unbewaffnet.«

»Hör nicht auf ihn, Paul!«, schrie Dana. »Achte lieber auf den Verkehr, sonst gibt's noch Tote!«

»Nee, Schrammen, deshalb passe ich gut auf die Kiste auf, Schnuckelhase.«

Dana war heilfroh, als sie endlich in die Schillerstraße einbogen. Schon von weitem sah sie einen Streifenwagen und zwei weitere grün-weiß gestreifte Autos, auf denen in großen Lettern das Wort *ZOLL* prangte. Mehrere Beamte in Zivil scharten sich um das Baggerloch, weitere waren damit beschäftigt, Tüten und Päckchen aus dem Lokal zu tragen. Untätig sah der Wachmann der Securityfirma zu. Was hätte er auch gegen die Staatsgewalt ausrichten sollen?

Pauls BMW war kaum zum Stehen gekommen, als Dana sich aus ihrem Notsitz zwängte, das zusammengefaltete Verdeck erklomm und auf den Asphalt sprang. Sie ignorierte das jäh aufflammende Kopfweh und ihre Beine, die ihre sportliche Einlage mit einer Schmerzattacke beantworteten.

»Was tun Sie da?«, rief sie den Männern zu.

»Beweismaterial sichern«, erwiderte ein dicklicher Beamter, dessen schwarze Lederjacke über seinem stattlichen Bauch aufklaffte, während er diverse Packungen mit Lebensmitteln an sich presste. Sogar in Plastikfolie eingeschweißter Tofu aus dem Kühlschrank war dabei.

»Scheißbullen!«, riefen die beiden jungen Demonstranten, die sich mittlerweile ins Baggerloch verzogen hatten und in aller Seelenruhe eine Zigarette qualmten. »Die räumen dir die Bude aus!«

Dana raufte sich die Locken.

»Aber das ist bloß Tofu!« Sie zeigte auf eine Zellophantüte. »Und da drin sind gemahlene Kichererbsen, und das weiße Päckchen hier enthält texturiertes Sojaprotein! So was nennen Sie Beweismaterial?«

»Könnten auch Drogen sein«, erwiderte der Beamte kühl. »Wir haben zwar aufgrund eines Hinweises aus der Bevölkerung vorrangig nach illegal eingeführten Zigaretten gesucht, aber unsere vietnamesischen Freunde handeln ja bekanntlich auch gern mit Crystal Meth und Kokain.«

Es fiel Dana schwer, nicht schon wieder auszurasten. Der Mond hatte es wirklich in sich. Wenigstens gelang es ihr, auf Schimpfwörter zu verzichten.

»Das ist ja wohl die Höhe! Nur weil mein Koch Vietnamese ist, verdächtigen Sie ihn? Ausländerfeindliche Vorurteile haben Sie wohl gar nicht?«

»Nein, aber was gegen kriminelle Elemente«, raunzte der Beamte sie an. »Und jetzt treten Sie bitte beiseite. Sie behindern die Justiz.«

Dana hätte am liebsten losgeheult.

»Sie stehlen meine Vorräte! Was soll ich denn heute Mittag meinen Gästen vorsetzen?«

Ein rot-blau karierter Arm legte sich um sie.

»Krieg dich wieder ein, Schnuckelhase. Bulle bleibt Bulle, da machst du kein Pony draus.«

»Das habe ich nicht gehört«, knurrte der Beamte, bevor er die Packungen und Tüten in den offen stehenden Kofferraum eines Wagens fallen ließ.

Entschlossen manövrierte Paul Dana ins Lokal. Zitternd und totenbleich saß Hung Tai an einem der Tische und rang die Hände.

»O Dana. Ich dir machen große Ärger.«

Sie legte ihm die Hand auf die Schulter.

»Nicht du, Hung Tai, nicht du, sondern dieses elende Müller-Miststück.«

Seine Augen schimmerten feucht, seine Finger waren so fest ineinander verschlungen, dass die Knöchel weiß hervortraten.

»Sagt vietnamesische Sprichwort: Nagel, den im Sack verstecken, irgenwann kommen Vorschein. Aber gibt keine Nagel, Dana.«

»Ich weiß, dass du der ehrlichste Mensch der Welt bist. Wir haben nichts zu verbergen.«

Nun rollte auch Herrmann Twilling ins Bistro Paradies. Sein Gesicht wirkte eingefallen, obwohl die Fahrt im Cabrio seine Wangen gerötet hatte.

»Es ist bodenlos«, lamentierte er. »Ich habe das Gespräch mit diesen Herren gesucht, und obwohl ich wahrlich fundierte Argumente vorzubringen hatte, weigern sie sich, mich auch nur anzuhören.«

Ein ganz klein wenig konnte Dana das sogar nachvollziehen.

»Haben keine Vorräte für Kochen mehr«, klagte Hung Tai, der nur noch ein Häuflein Unglück war. »Müssen Paradies zumachen.«

»Schluss mit dem Gejammer!« Paul schlug mit der Faust auf den Tisch, so dass die Duftlampe, die darauf stand, krachend umfiel. »Wir sind Männer! Wir handeln! Dana, was brauchst du für deinen veganen Quatsch?«

»Das ist kein Quatsch!«

Hung Tai begriff schneller als sie, dass es Paul ernst war.

»Schreiben auf, Dana, schnell. Haben genug Geld von gestern Abend, alle kaufen neu. Ich sagen Thien Tung Bescheid für besondere Zutaten, du besorgen Mehl von Mais, Tofu und alle andere.«

Nun klingelte auch noch Danas Handy. Es war Dicki, die Leonie im Kindergarten vermisste.

»Nini ist noch zu Hause«, erklärte Dana. »Es hat eine, nun ja, eine kleine Verzögerung gegeben. Ich bringe sie später vorbei.«

»Du klingst irgendwie komisch«, sagte Dicki. »Alles in Ordnung bei dir?«

»Nein.«

Die Erzieherin schwieg einen Moment.

»Es sind nur wenige Kinder da, weil wir gerade eine Windpockenwelle haben. Ich könnte kommen, wenn du willst. Meine Kollegen schaffen es auch ohne mich.«

»Das wäre ehrlich gesagt großartig«, seufzte Dana. »Alle Vorräte und alle vorbereiteten Speisen sind weg. Was bedeutet, dass wir heute bei null anfangen müssen.«

»Bin schon unterwegs.«

Der dickliche Beamte watschelte heran und klopfte auf den Tisch.

»Wir wären dann fertig. Zigaretten haben wir keine gefunden, alles andere geht ins Labor. Hier ist die Liste der konfiszierten Gegenstände. Schönen Tag noch.«

»Den schönen Tag kannst du Sackgesicht dir sonst wohin …«, fing Paul an zu pöbeln, verstummte aber, als er Herrmann Twillings warnenden Blick auffing.

Dana überflog schon die Liste. Keine Zigaretten, wenigstens das. Sie fingerte ihr Handy aus der Hosentasche.

»Mutter? Nein, sag nichts, nur, wo du bist. Äh – wie bitte? O Gott!«

Sie rannte durch die Küche auf den Hinterhof. Instinktiv entschied sie sich für den Müllcontainer, der für Bioabfälle vorgesehen war, und klappte den Deckel auf.

»Och, Oma, warum hast du denn verraten, wo wir sind?«, schmollte Leonie, die zusammen mit Eleonore Twilling und schätzungsweise zweihundert Stangen Zigaretten auf dem Boden des Containers hockte, inmitten einer Schicht gammelnder Gemüseabfälle. »Mami hätte uns bestimmt nicht gefunden, und dann wären wir jetzt die Gewinner.«

Schlagartig begriff Dana die List ihrer Mutter. Sie hatte die Flucht vor den Beamten als Versteckspiel getarnt und Nini damit eine Menge verstörende Erfahrungen erspart. Beispielsweise die Erkenntnis, dass eine Razzia das Bistro Paradies heimsuchte, dass die Polizei hinter Hung Tai her war und dass sich das Leben nicht immer so heiter gestaltete, wie es sich Menschen im Allgemeinen und Kinder im Besonderen wünschten.

»Danke, Mutter«, flüsterte Dana.

Eleonore Twilling streckte ihr die Arme entgegen.

»Hilf mir lieber hier raus.«

Trotz allem, was zwischen ihnen stand – von jeher zwischen ihnen gestanden hatte –, empfand Dana nur noch große Dankbarkeit und einen Heidenrespekt. Vermutlich gab es nicht viele siebzigjährige Damen, die in einen Abfallcontainer hüpften, um ihrer Tochter den Rücken freizuhalten.

»Wie lange, äh, versteckt ihr euch denn schon da drin?«

»Ungefähr eine Stunde«, antwortete Eleonore Twilling, während sie sich von Dana hochziehen ließ.

»Und wir mussten superduperstill sein!«, erläuterte Leonie das vermeintliche Spiel. »Oma hat mir nur ganz leise Geschichten ins Ohr erzählt.«

Auch das war etwas, was Dana niemals für möglich gehalten hätte. Eleonore Twilling war nun einmal keine Kuscheloma, die ihre Enkelin mit dem üblichen Großmutterprogramm bespaßte, sondern immer auf Distanz geblieben. Nur heute nicht. Das musste man ihr wirklich hoch anrechnen.

Als beide aus dem Container geklettert waren und sich die ausgehöhlten Granatapfelhälften, Zwiebelschalen und Spargelreste aus der Kleidung klopften, zeigte sich das ganze Ausmaß ihres Müllabenteuers. Sie waren vollkommen verdreckt und rochen zum Erbarmen.

»Leonie und ich, wir werden jetzt duschen gehen«, verkündete Eleonore Twilling. »Danach müssen wir dringend ein Gespräch führen, Daniela.«

Ein lautstarkes Stimmengewirr ließ Dana aufhorchen. Sie gab erst Nini, dann ihrer ziemlich perplexen Mutter einen Kuss auf die Wange und lief zurück ins Lokal, wo Alexandra Müller-Mertens stand, umringt von Paul, Hung Tai sowie den beiden Demonstranten, und sich in Rage redete.

Eines musste man der Dame wirklich lassen: Es zeugte von Mut, sich hier zu zeigen, nach allem, was sie angerichtet hatte. Vielleicht war es aber auch nur Unverfrorenheit. Quasi eingenäht in ein hautenges schreiend violettes Kostüm, behängt mit dicken Silberketten und auf unfassbar hohen silberfarbenen Highheels balancierend, kanzelte sie einen nach dem anderen ab.

»Mit Ihnen rede ich nicht«, ließ sie Hung Tai wissen, »Sie sind gesetzlose Ruhestörer«, fuhr sie die jungen Demonstranten an, »Sie sollten sich schämen in Ihrem Alter«, briet sie Herrmann Twilling eins über.

Danas Vater musterte sie abschätzig von oben bis unten.

»Je höher die Absätze, desto kürzer die Nebensätze.«

»Genau, die hat ihr Hirn im Schuhgeschäft liegen lassen«, witzelte Paul.

»Was haben Sie überhaupt hier zu suchen, Sie Alpha-Troll?«, keifte Alexandra Müller-Mertens ihn an. »Gehören Holzhacker nicht in den Wald?«

Mit dieser Bemerkung war sie eindeutig an den Falschen geraten.

Ein Paul Wegmann ließ sich nicht von einer Frau rundmachen. Niemals.

»Sagen Sie mir alles, was Sie von mir denken, und ich sage Ihnen dann, was Sie mich mal können«, ätzte er.

Dana hielt es allmählich für angebracht, ihre Widersacherin ein für alle Mal in die Flucht zu schlagen.

»Sie denken wohl, Ihnen gehört die Welt und Sie dürfen einfach einen unschuldigen Vater von sieben Kindern denunzieren! Weit gefehlt, Frau Müller-Mertens! Heute Morgen hatte ich eine Audienz beim Baudezernenten, der gar nicht gut auf Sie zu sprechen ist. Die Pro-Domo-Pläne sind gecancelt!«

Ein verschlagener Ausdruck trat in die Augen der Teufelin in Menschengestalt.

»Das werden wir ja sehen. Ich habe den Auftrag von meinem Chef, Ihnen ein Abfindungsangebot zu unterbreiten. Hunderttausend in bar, Übernahme der Umzugskosten und eine funkelnagelneue Einrichtung für Ihr künftiges Restaurant. Gewagtes Make-up übrigens, Frau Twilling. Wusste gar nicht, dass Veilchen wieder in Mode sind.«

Alle hielten den Atem an.

Das Abfindungsangebot war der Gipfel der Perfidität. Leider gab es eine sehr kräftige innere Stimme, die Dana riet, ohne Zögern einzuschlagen. Endlich raus aus der finanziellen Misere. Endlich ein schickes Lokal mit einem zeitsparenden Hightech-Dampfgarer in der Küche, endlich wieder ruhig schlafen.

Doch es gab eine weitere, noch viel kräftigere Stimme, die nur einen einzigen Satz sagte: Dana Twilling lässt sich nicht kaufen. Und genau diesen Satz schleuderte Dana Alexandra Müller-Mertens entgegen.

Ein erleichtertes Stöhnen fast sämtlicher Anwesender und ein schrilles Gelächter waren die Antwort.

»Sie Idiotin! So eine Chance bekommt man nur einmal im Leben! Vor allem so ein alternatives Häschen wie Sie!«

»Raus«, zischte Dana.

Das Gelächter von Alexandra Müller-Mertens steigerte sich zu einem höhnischen Kreischen. Total übergeschnappt, dachte Dana. Die ist ja reif für die Ambulanz.

Hung Tai kicherte leise.

»Sagt vietnamesische Sprichwort: Leere Fass klingen am lautesten.«

»Die Alte hat sie ja wohl nicht mehr alle«, maulte der junge Mann ganz in Schwarz. »Kommt hier reingelatscht und wedelt mit Geldbündeln rum.«

Herrmann Twilling schüttelte den Kopf.

»Es ist impertinent. Reine Bestechung.«

»Man soll schon Frauen im Park gefunden haben, die mit ihren eigenen Highheels erstochen wurden«, grinste Paul. »Wäre doch schade um Ihre silbernen Luxustreter.«

Irre lachend hatte Alexandra Müller-Mertens alle Schmähungen über sich ergehen lassen, doch bei Pauls Einlassung wurde sie unvermittelt ernst.

»Mein Anwalt, Herr Doktor Münster, wird sich bei Ihnen melden, das gibt eine Klage wegen Beleidigung und Bedrohung.«

»Ach nee«, Dana lächelte süßlich, »ist Jens denn nicht mehr Ihr charmanter Rechtsbeistand?«

»Jens Andresen ist für mich gestorben«, geiferte Alexandra Müller-Mertens. »Sie können ihn behalten, er langweilt mich.«

Aha. Aus die Maus. Wenigstens diese Taktik war aufgegangen. Ein kleiner Etappensieg, immerhin, auch wenn der neue Anwalt sicher nicht minder gewieft war. Nur mit dem Unterschied, dass Dana ihm nicht ihre sämtlichen möglichen Täuschungsmanöver offenbart hatte. Die Sache mit dem Studium zum Beispiel.

»Ich fand Jens eigentlich immer ganz unterhaltsam«, lächelte sie.

»Das Unterhaltsamste an Jens war sein Freund Philipp. Der hat Klasse. Nun ja, ich kann hier nicht länger meine Zeit vergeuden.«

Danas Lächeln gefror.

»Sie kennen Philipp?«

Mit dem untrüglichen Instinkt einer geborenen Intrigantin schien Alexandra Müller-Mertens Danas geheime Schwachstelle zu wittern.

»Aber natürlich. Wir waren mal zusammen, durch ihn habe ich meinen späteren Chef, Professor Dennermann, kennengelernt. Vater und Sohn sind inzwischen leider entzweit, aber Philipp und ich, das könnte noch mal was werden. Sagt sogar Professor Dennermann.«

Das ist nicht wahr, schrie alles in Dana. Nicht Philipp und diese widerwärtige Schnepfe! Vergeblich versuchte sie, ihre Beklommenheit zu verbergen. Allein schon die Röte, die ihr ins Gesicht stieg, verriet sie. Im selben Moment dämmerte ihr, dass sie Alexandra Müller-Mertens eine willkommene Angriffsfläche geboten hatte.

»Ihr Liebesleben interessiert uns einen verdammten Scheiß«, schimpfte Paul, selbst für seine Verhältnisse ungewöhnlich grob. »Raus jetzt. Appi.«

Sichtlich zufrieden stöckelte Alexandra Müller-Mertens zum Ausgang, wo sie sich noch einmal umdrehte. Und dann versetzte sie Dana sozusagen den Todesstoß.

»Ich weiß mehr über Sie, als Sie denken. Ich habe Informationen über jedes Familienmitglied, von Ihren Eltern bis zu Ihrer niedlichen Tochter.«

Dana war wie gelähmt.

»Sie … Sie haben jemanden auf uns angesetzt. Sie haben Leonie beobachten lassen.«

Nur der winzige Schatten einer Irritation fiel auf das Gesicht von Alexandra Müller-Mertens.

»Und wenn es so wäre?«

Herrmann Twilling erbleichte vor Zorn, Paul drückte sein Kreuz durch und hob seine geballten Fäuste.

»Wenn Sie dem Kind auch nur ein Haar krümmen, werden Sie um Ihren Tod winseln.«

Jeder andere hätte zumindest gezuckt. Doch sie lächelte nur überheblich und verschwand.

»Mit der sind wir noch lange nicht fertig«, knurrte Paul.

26

Einige Minuten vergingen, bis sich die Aufregung über den unterirdischen Auftritt von Alexandra der Schrecklichen ein wenig gelegt hatte. Die Demonstranten bezogen wieder ihren Posten am Baggerloch, von Dana mit grünem Tee versorgt, den sie eigens aus ihrer Wohnung holen musste. Selbst die Teevorräte des Lokals hatten die Beamten beschlagnahmt.

Herrmann Twilling war zu einem »Termin«, wie er es nannte, mit seiner Noch- oder Wieder-Ehefrau abgedampft. Hung Tai räumte die Küche auf, wo die Fahnder ein heilloses Durcheinander hinterlassen hatten. Schubladen waren aus ihren Verankerungen gerissen worden, Schüsseln und Tellerstapel standen neben den Schränken auf dem Boden, überall lagen zerknüllte Handtücher und einzelne Besteckteile.

Dana hatte Hung Tai mit dem Gröbsten geholfen, jetzt saß sie immer noch ziemlich aufgelöst im Gastraum und schrieb eine lange Einkaufsliste. Einfach alles musste neu besorgt werden, vom Tofu bis zu den Gewürzen. Es schien aussichtslos, diese Liste rechtzeitig vor dem Mittagsgeschäft abzuarbeiten. So aussichtslos, wie das Bistro Paradies zu retten.

»Wir schaffen das«, sagte Paul. »Gib Gas, dann hole ich dir das ganze Zeug. Auch wenn ich keine Ahnung habe, was Seitan sein soll.«

Dana malte fahrige Kringel auf das Papier. Sie bebte am ganzen Körper.

»Seitan ist ein Fleischersatz aus Weizen, allerdings nichts für Leute, die eine Glutenunverträglichkeit …«

Das Klirren der Eingangstür unterbrach sie. Mit wehenden Haaren und in ihrer lachsfarbenen Lederjacke kam Dicki herein.

Und dann geschah etwas, was Dana noch nie erlebt hatte: zwei Menschen, die wie durch einen geheimen Magnetismus voneinander angezogen wurden. Zwei Herzen, die im selben Moment aus dem Takt kamen. Zwei Augenpaare, die sich trafen und miteinander verschmolzen.

»Wer …«, Paul konnte kaum sprechen, »wow, Dana, wer ist das?«

»Ninis Erzieherin, ich hab dir schon tausendmal von ihr erzählt.«

»Nee, echt jetzt?«

Zögernd kam Dicki näher, ohne Paul aus den Augen zu lassen.

»Hallo, Dana. Wie kann ich dir helfen?«

Es war offensichtlich, dass Millionen Schmetterlinge gleichzeitig in ihrem Bauch losflatterten. Liebe auf den ersten Blick, dachte Dana überwältigt. Und du emotionale Dilettantin wolltest Dicki verkuppeln. Ja, es stimmte, Eddy hatte Dicki gefallen, sehr sogar, doch das hier war ein Naturereignis, das jeden Flirt in den Schatten stellte.

Dana sprach so sanft wie möglich, um den Zauber nicht zu zerstören.

»Ich würde vorschlagen, dass ihr zusammen einkaufen fahrt. Es gibt eine Menge zu erledigen.«

Den selbstbewussten Paul mit der übergroßen Klappe derart gehemmt zu sehen, war das reine Vergnügen.

»O-okay«, stammelte er. »Wie d-du meinst. Hallo, ich bin P-Paul.«

»Der Fußballfan, richtig?«, lächelte Dicki.

»Mein Ex«, betonte Dana, um eventuelle Unklarheiten von vornherein auszuschließen.

Paul klimperte nervös mit den Autoschlüsseln.

»Ist die Liste fertig?«

Feierlich übergab ihm Dana das eng beschriebene Blatt Papier.

»Bitte schön. Viel Spaß.«

»Aber werde ich nicht dringender hier gebraucht?«, fragte Dicki.

»Auf keinen Fall.« Dana stand auf. »Die Einkäufe sind wichtiger. Und beeilt euch ein bisschen, ja?«

Doch, sie hegte Restgefühle für Paul, allerdings eher geschwisterliche, eigentlich sogar mütterliche Gefühle. Im Grunde war er ein phantastischer Kerl, das hatte er in den vergangenen Stunden mehrfach bewiesen. Und mit Dicki bescherte ihm das Universum eine Frau, die garantiert nicht über seinen Fleischkonsum zetern würde. Wie Teenager lächelten sie einander schüchtern an, bevor sie die Glastür hinter sich zuzogen.

Gerührt schaute Dana den beiden hinterher. Dann setzte sie sich wieder hin und ließ die Ereignisse des Morgens Revue passieren. Mehrere Male. Das Fazit war immer dasselbe: Sie steckte in der Klemme, tiefer als je zuvor.

Dummerweise landeten all ihre Gedankengänge automatisch bei Philipp. Sie wusste nicht, warum, aber irgendwie spürte sie, dass er das Knäuel entwirren könnte, in das sie sich verstrickt hatte. Jedoch nur unter der Voraussetzung, dass sie ihn komplett einweihte.

Aufstöhnend gab sie Eddys Nummer ins Handy ein. Fast eine Viertelstunde lang setzte sie ihm auseinander, warum sie sich Philipp anvertrauen wollte. Eddy war strikt dagegen.

»Du kennst ihn doch gar nicht richtig«, beschwor er sie. »Der haut dich in die Pfanne, und dann sitzen wir beide im Knast. *Dio mio*, Dana, verlier jetzt bloß nicht die Nerven!«

Dabei hatte sie ihm noch nicht mal erzählt, dass Alexandra Müller-Mertens und Philipp sich kannten, möglicherweise sogar einst ein Paar gewesen waren.

Enttäuscht legte sie auf. Jetzt verlangte ihre Freundschaft unbedingte Loyalität und Zuverlässigkeit, das hatte Eddy mehr als verdient. Und doch nagte der Zweifel an ihrem Herzen. Philipp war kein Blender und ganz bestimmt kein Verräter, das spürte sie einfach – und worauf konnte sie noch vertrauen, wenn nicht auf ihr Bauchgefühl? Andererseits: Wenn er sie ans Messer lieferte, waren auch ihr Vater und Eddy geliefert. Und schon drehten sich Danas Gedanken wieder im Kreis.

Tausend Stecknadeln kribbelten unter ihren Füßen, als sie in die Küche ging. Mittlerweile sah es hier wieder einigermaßen strukturiert aus. Nur der Boden musste noch gefegt werden, auf dem hektisch aufgerissene Verpackungen von Salz und Mehl weiße Häufchen hinterlassen hatten.

Dana schnappte sich einen Besen und kehrte das Verschüttete zusammen. Nahezu manisch fegte sie jeden winzigen Krümel auf die Kehrschaufel, stieß mit den Borsten in alle Ecken, fegte und fegte, bis Hung Tai ihr sanft den Besen aus der Hand nahm.

»Dana, du brauchen Pause. Du gestern Unfall, müssen hinlegen, ausruhen.«

»Aber gleich kommt die frische Ware, und dann heißt es durchziehen, Hung Tai. Jede Hand wird gebraucht.«

»Sieh deine Hand – sein verletzt.«

Dana betrachtete den etwas zerrupften Verband.

»Trotzdem, ich muss vernünftig sein.«

»Sagen wir in Vietnam: Nur mit kühle Kopf erreichen Ziele. Aber nur mit Liebe finden richtige Ziele.«

Selten hatte eines von Hung Tais Sprichwörtern Dana derart berührt. Über ihre Ziele hatte sie nie wirklich nachgedacht, stellte sie verwundert fest. Immer war es darum gegangen, den nächsten Tag zu überleben, die nächste Monatsmiete zu bezahlen, die nächsten Gebühren für Ninis Kindergarten aufzubringen und ihr Restaurant über Wasser zu halten.

Was will ich wirklich?, fragte sie sich plötzlich. Wovon träume ich? Wen oder was liebe ich?

Auf einmal war alles ganz einfach. Möglich, dass sie sich auf dem Holzweg befand. Möglich, dass sie in eine böse Falle rasselte. Aber was lag näher, als zu dem Mann zu gehen, den sie liebte?

Von ganzem Herzen liebte, auch wenn ihr Verstand ihr einen Vogel zeigte und ihre ewig besorgte innere Stimme die Hände über dem Kopf zusammenschlug?

»Danke, Hung Tai«, wisperte sie. »Ich war wirklich total verdrahtet.«

»Menschen in diese Land sind so.« Er lächelte schlitzohrig. »Aber du haben deine Hung Tai.«

Ein Schluchzer stieg in ihrer Kehle auf, drängte machtvoll nach oben und trieb ihr heiße Tränen in die Augen.

»Mein Hung Tai«, schniefte sie und umarmte ihn so fest, als könne dieser winzige, zerbrechliche Mann ihr Halt geben. Genau das war der Fall.

»Du gehen diese Mann«, raunte er dicht an ihrem Ohr. »Du gehen Philipp. Du finden deine Ruder, du finden deine Ziel.«

Schluchzend wischte sie die Tränen beiseite.

»Ja. Ich gehe zu ihm.«

Mit einer geschickten Bewegung öffnete Hung Tai die Dunstabzugshaube. Dahinter befand sich ein Geheimfach für die Bareinnahmen, das nicht einmal die Fahnder entdeckt hatten. Er holte einen Schein heraus, faltete ihn ordentlich zusammen und stopfte ihn Dana in die Jeanstasche.

»Du nehmen Taxi, sonst Hung Tai schimpfen.«

»O Gott, du bist so was von süß …«

Er legte einen Finger an die Lippen.

»Schnelle machen, Dana. Reden später.«

Er hatte ja recht. Irgendwie. Dana fühlte sich wie beschwipst. Sie spürte keinerlei Schmerzen, nur ihren Herzschlag. Auch die letzten Zweifel waren mit den Schmerzen verschwunden.

Sobald sie auf der Straße stand, bog ein Taxi um die Ecke. Als hätte das Universum den Transport organisiert. Heftig winkend brachte sie den Wagen zum Halten und stieg ein. Schon während sie dem Fahrer Philipps Adresse nannte, durchströmten sie derart intensive Glücksgefühle, dass sie sich zu regelmäßigen Atemzügen zwingen musste, um nicht noch auf der Zielgeraden aus den Latschen zu kippen.

Gemächlich fuhr das Taxi los.

»Geht das nicht schneller?«, fragte sie den Fahrer, einen Mann unbestimmbaren Alters mit Cordjackett und Schiebermütze.

»Junge Frau, wollen Sie ankommen oder abschmieren?«, fragte er zurück. »Laut Navi beträgt die voraussichtliche Fahrzeit elf Minuten. Wenn Ihnen das zu langsam ist, müssen Sie sich einen Helikopter bestellen.«

Dana lehnte sich zurück. Alle werden gut, hatte Hung Tai gesagt. Sie holte ihr Lipgloss aus der Hosentasche. Jetzt konnte eigentlich nichts mehr schiefgehen. Und doch musste sie eine harte Geduldsprobe durchstehen, bis das Taxi endlich die Straße erreichte, in der Philipp wohnte. Sie konnte es kaum erwarten auszusteigen. Wie eine Gazelle würde sie die Treppen hochspringen, alle fünf Stockwerke, würde Sturm klingeln, sich in seine Arme werfen, ihm alles erzählen …

»Da wären wir«, sagte der Fahrer. »Macht zehn achtzig.«

Doch Dana hörte ihn nicht. Sie kniff die Augen zusammen. Hatte auf einmal einen metallischen Geschmack im Mund. Und dann breitete sich eine gespenstische Leere in ihr aus.

»Brauchen Sie eine Quittung?«

Verständnislos schaute sie den Fahrer an. Sah er es denn gar nicht? Sah er nicht die Frau im violetten Kostüm, die mit einem Mann in Jeans und Sweatshirt vor der Haustür stand, ihn verführerisch anlächelte, seine Wange streichelte und ihm einen Kuss aufs Ohr hauchte? Wie konnte man das nur übersehen?

»Steigen Sie nun aus oder nicht?«

»Weiterfahren«, wimmerte Dana. »Einfach weiterfahren.«

Etwas in ihr wand sich röchelnd und zuckend, pulsierte hart und schmerzhaft, vermutlich war es ihr Herz, aber dann kam wieder die alles verzehrende Leere.

Die Hand des Fahrers schwebte über dem Navi.

»Welches Ziel soll ich eingeben?«

Dana zog die Füße hoch und kauerte sich wie ein verwundetes Kätzchen auf den Rücksitz.

»Kennen Sie den kleinen See im Stadtwald?«

»Das ist keine Adresse.«

Ein letztes Mal bäumte sich Dana auf.

»Verdammt, jetzt fahren Sie schon zu diesem Scheißsee!«

Dann sank sie wieder in sich zusammen.

Wie ein unscharfer Film zogen die Häuserzeilen an ihr vorbei. Irgendwo hupte jemand, das Taxi stoppte und fuhr weiter. Teilnahmslos ließ Dana alles geschehen. Erst als jenseits der Fensterscheibe immer mehr Bäume auftauchten und der Wagen durch tiefe Schlaglöcher rumpelte, nahm sie ihre Umgebung wieder wahr.

Ungehalten vor sich hin grummelnd, hielt der Fahrer auf dem Parkplatz am See.

»Das haut einem hier ja die Felgen raus. Zweiunddreißig achtzig, junge Frau, ich hoffe, Sie haben so viel dabei.«

Dana kramte den Schein aus ihrer Hosentasche und entfaltete ihn. Es war ein Hunderter. Mit zitternden Fingern reichte sie ihn nach vorn.

»Kann ich nicht wechseln«, brummte der Fahrer.

Es war alles so sinnlos. Normalerweise achtete Dana auf jeden Cent, aber jetzt wollte sie nur noch allein sein, an ihrem See, ihrem Zufluchtsort.

»Geben Sie mir einfach einen Fünfziger zurück.«

»Besten Dank.«

Der Mann hatte es plötzlich eilig. Vielleicht befürchtete er, sie könne es sich noch anders überlegen, jedenfalls stieg er rasch aus, lief um den Wagen herum und hielt ihr den Schlag auf.

»Danke, geht schon«, wehrte Dana sein Ansinnen ab, sie vom Rücksitz zu ziehen.

Schon stand sie auf den Füßen. Nein, die Erde bebte nicht. Nein, die Sonne verhüllte nicht ihr Antlitz. Alles war wie immer. Ruhig lag der See vor ihr, im Schilf gluckerte es leise, Frösche quakten. Das Taxi wendete, das Geräusch des Motors verebbte nach und nach.

Mit wackligen Beinen schlenderte Dana zum Seeufer. Das Gefühl grenzenloser Einsamkeit übermannte sie, doch sie ging immer weiter, an den Bänken vorbei, einfach immer weiter. Du hast es wenigstens versucht, sagte sie sich.

Es war kein Trost. Es war das Eingeständnis eines Scheiterns auf der ganzen Linie. Sie war fünfunddreißig, wohnte mit ihrem Vater zusammen, ihr Kind kannte seinen Erzeuger nicht, ihr Restaurant würde bald den Baggern zum Opfer fallen. Nichts hatte sie sich aufgebaut, gar nichts. Sie stand wieder ganz am Anfang.

Zwei Enten flogen sirrend über ihren Kopf hinweg, Mücken tanzten über dem Schilf, von fern hörte sie die Schritte von Joggern. Sie beachtete das alles kaum, zu sehr mit ihren trüben Gedanken beschäftigt.

Mit den Männern war sie endgültig durch. Nie wieder verlieben, dachte Dana. Wozu? Um neuerlich enttäuscht, verletzt, ins Nichts gerammt zu werden?

Und dann war es wieder da, das Bild, wie eine unendlich verlangsamte Filmszene, die vertrauliche Geste, mit der eine andere Frau Philipp über die Wange strich, grellgeschminkte Lippen, die seine Ohrmuschel berührten, das verführerische Lachen, das Leben war nicht fair.

Ein Jogger näherte sich von hinten, sie hörte es an dem rhythmischen Tapptapp seiner Schritte auf dem Weg. Instinktiv wich Dana ein wenig nach links aus, und er lief in einem weiten Bogen an ihr vorbei. Sie wollte bloß nicht angesprochen werden, deshalb heftete sie ihren Blick auf den Boden und stapfte weiter.

Einmal hatte sie den See umrundet, als sie merkte, dass ihre Tränen versiegten. Ob das ein Fortschritt war oder ein schlimmes Zeichen, wusste sie nicht. Ohne es recht zu registrieren, begann sie eine zweite Runde. Ja, das ist mein Schicksal, dachte sie bitter: immer im Kreis laufen, nie ankommen.

Wieder hörte sie die Schritte eines Joggers, wieder wich sie aus und trat ganz nah ans Ufer heran. Doch heute machte sie der Anblick des Sees nicht froh wie sonst, seine ruhige Schönheit erreichte sie nicht.

Die Schritte hinter ihr hatten aufgehört. Wahrscheinlich machte der Jogger seine dämlichen Dehnübungen und wollte eine Zuschauerin haben. Für solche egomanen Darbietungen stand Dana nicht als Publikum zur Verfügung. Unverwandt starrte sie aufs Wasser, das in trägen Wellen heranschwappte und sich am Ufer kräuselte.

»Dana.«

Halluzinierte sie jetzt schon?

»Dana, ich bin es.«

Das konnte doch nicht sein. Sie wandte sich halb um. Dann ganz. Eine brennende Hitze überrollte ihren Oberkörper und breitete sich wellenartig bis zu den Zehenspitzen und Haarwurzeln aus.

Sehr gerade, sehr konzentriert stand Philipp vor ihr. Mit einer eckigen Bewegung zog er die Hände aus den Hosentaschen und streckte sie nach ihr aus. Unwillkürlich trat sie einen Schritt zurück.

»Hey, Dana, nicht weglaufen, ich will nur reden.«

Ein weiterer Schritt, noch einer.

»Dana!«, schrie Philipp.

Er konnte es nicht mehr verhindern. Sie trat ins Leere, und im nächsten Augenblick platschte sie ins Wasser. Wild ruderte sie mit den Armen, tauchte keuchend und prustend auf, schluckte Wasser und hustete sich fast die Lunge aus dem Hals. Starke Arme umfassten sie, Brillengläser blitzten im Sonnenlicht auf, und dann lagen sie beide schwer atmend am Ufersaum, pudelnass, eng aneinandergeklammert.

Es war alles so schnell gegangen, dass Dana nur ein Wort herausbrachte: »Philipp.«

»Pssst, alles gut, nicht sprechen, nichts erklären, lass dich fallen«, flüsterte er. »Komm, wir segeln ins Nirwana.«

Und dann küsste er sie, Wasser tropfte aus seinem Haar auf ihr Gesicht, seine Lippen teilten die ihren, seine Zunge erforschte ihren Mund, und dieses dumme, verrückte Glücksgefühl, das sie nie wieder hatte spüren wollen, füllte sie ganz aus, trug sie weit, weit weg, einmal Universum und zurück.

27

»Ist dir wieder warm, Dana?«

Bibbernd kuschelte sie sich in die Wolldecke, die Philipp ihr um die Schultern gelegt hatte. Sie saßen bei ihm zu Hause auf der Couch, dampfende Teebecher in der Hand. Das Wohnzimmer war ganz im asiatischen Stil eingerichtet, mit rotgestrichenen Wänden, Buddhastatuen und Stehlampen in Pagodenform. Aus der Musikanlage perlten Klavierklänge, untermalt von Meeresrauschen und Walgesängen.

»Ein bisschen wärmer«, lächelte sie.

Philipps Klamotten waren ihr viel zu groß, aber sie liebte das Gefühl, etwas zu tragen, was ihm gehörte. Zärtlich drückte er sie an sich.

»Woher hast du die Idee mit der Musik?«, fragte sie.

»Dreimal darfst du raten.«

Er trank einen Schluck Tee. Die Brillengläser beschlugen, woraufhin er die Brille absetzte und beiseitelegte. Gedankenverloren fuhr Dana mit den Fingern durch sein Haar. Seine Augen liebkosten ihr Gesicht, jedenfalls kam es ihr so vor.

»Wie hast du mich überhaupt gefunden?«

»Kannst dich bei Paul bedanken.« Philipp blinzelte ein wenig. »Ich habe dich gesucht, im Lokal. Hung Tai sagte, du wärst auf dem Weg zu mir, doch das stimmte ganz offensichtlich nicht. Nun ja, dann meinte Paul, du seist irgendwie durcheinander gewesen und es gebe einen Ort, wo ich dich möglicherweise antreffen könnte.«

»Wow. Sehr großherzig von ihm.«

»Magst du mir sagen, was passiert ist, Dana?«

Sie nickte. Dann fing sie ganz von vorn an. Erzählte von der

Kündigung, von den Schikanen, von dem Plan ihres Vaters, von Jens Andresen, der sie im Stich gelassen hatte, weil er den Reizen einer gewissen Dame erlegen war. An dieser Stelle wurden Philipps Augen schmal.

»Dieses Biest. Bei mir hat sie es heute auch versucht. Ohne Erfolg natürlich.«

Dana erzählte weiter. Als sie schilderte, wie sie sich als Putzfrau verkleidet in das Gebäude der Pro Domo GmbH geschlichen hatte, begann Philipp schallend zu lachen.

»Du bist unglaublich.«

Nun kam der heikle Rest. Die fingierten Mails, der Hack. Die Begegnung mit Philipps Vater, die geniale Finte von Herrmann Twilling. Nur Eddys Identität gab Dana nicht preis, das war sie ihm schuldig.

Nachdem sie alles losgeworden war, schaute Philipp lange in seine Teetasse.

»Und jetzt kannst du nicht vor und nicht zurück«, fasste er das Problem zusammen. »Du müsstest an diesem runden Tisch teilnehmen, um das Haus vor dem Abriss zu bewahren, hast aber Angst, dass mein Vater alles auffliegen lässt und dich und deine Mitstreiter hinter Gitter bringt.«

»Exakt.«

Philipp erhob sich von der Couch. Minutenlang tigerte er auf und ab, gab merkwürdige brummende Geräusche von sich und massierte seine Nasenwurzel.

»Der Baudezernent akzeptiert niemand anderes als Vertreter der Pro Domo GmbH? Nur meinen Vater?«

»Leider. Sie hängen die Sache ganz hoch, weißt du, aus Imagegründen. Die ganze Stadt wird genauestens beobachten, wie diese Sache auf politischem Wege gelöst wird. Deshalb wollen sie ja auch mich und meinen Vater, nicht irgendeinen Protestler.«

Ächzend warf sich Philipp auf die Couch. Gegenüber in der rotgestrichenen Wand war eine Nische eingelassen, in der eine messingfarbene Buddhastatue stand. Weise lächelte Buddha ihm zu. Philipp erwiderte das Lächeln nicht. Hinter seiner Stirn schienen sich Dramen abzuspielen, die Dana nicht verstand.

»Was hast du denn?«, zirpte sie.

»Scheiße, Scheiße, Scheiße!«

Dana runzelte die Stirn. Das war nicht mehr der Philipp, den sie als sanftmütigen Softie kennengelernt hatte. Er wirkte männlicher, aber auch verzweifelt. Irgendetwas beschäftigte ihn, brachte ihn in Gewissensnöte, aber was?

»Ich muss mich meiner Vergangenheit stellen, wenn ich die Frau retten will, die ich liebe«, presste er nach einer halben Ewigkeit hervor.

Das war bei weitem zu viel Information auf einmal für Dana. Er liebte sie? Er wollte sie retten? Und was um Himmels willen hatte das mit seiner Vergangenheit zu tun?

Hilfesuchend blickte sie zu Buddha. Auf einmal war sie sich sicher, dass er Hung Tais Züge trug. Genau das gleiche verschmitzte Lächeln, genau die gleiche weise Ausstrahlung. Sie beschloss, aufs Ganze zu gehen.

»Du – liebst mich?«

Zerstreut sah er sie an.

»Erwähnte ich das nicht bereits?«

Es gab sicherlich romantischere Liebeserklärungen, doch für Dana war es die schönste der Welt, weil sie so beiläufig und selbstverständlich daherkam. Allerdings hatte sie noch mehr zu klären.

»Ein vietnamesisches Sprichwort besagt«, ihre Stimme brach fast vor Aufregung, »nur mit einem kühlen Kopf erreicht man seine Ziele. Aber nur mit der Liebe findet man die richtigen Ziele.«

Wie vom Donner gerührt, saß Philipp neben ihr.

»O Gott, Dana, das trifft den Nagel auf den Kopf.« Er lachte gequält. »Ich kenne jetzt das richtige Ziel. Doch der Weg dahin ist …«

Heiliges Kanonenrohr. Dana war am Rande ihrer Beherrschung. Gefährlicher Mondtag!

»Bitte sprich in ganzen Sätzen, Philipp, sonst explodiere ich gleich! Irgendwie habe ich das unangenehme Gefühl, dass ich ein dickes Brett vor dem Kopf habe.«

Wieder stand er auf.

»Okay. Gut. Ich lass es raus. Es gibt eine Lösung für alles. Alexandra wollte heute zu mir, um eine Botschaft meines Vaters zu überbringen. Wie du weißt, habe ich jeden Kontakt zu ihm abgebrochen. Also musste sie ran.« Er rieb sich über die Augen. »Mein Vater will aussteigen, sich zur Ruhe setzen. Die öffentliche Auseinandersetzung um den Abriss hat ihn mürbe gemacht. Deshalb bat er Alexandra, mir zu sagen, dass er eventuell bereit wäre, sich mit mir auszusöhnen.« Ein längeres Räuspern. »Damit ich die Firma übernehmen kann. Was ich nie wollte. Was aber gleichzeitig bedeuten würde, dass ich bei eurer Sache am runden Tisch säße, nicht er.«

Dana schnappte nach Luft.

»Das musst du nicht für mich tun. So etwas würde ich nie von dir verlangen. Lieber verliere ich mein Restaurant und mache woanders was auf, als dich unter Druck zu setzen.«

»Ich will es aber, und zwar für mich!«, rief Philipp. »Doch ich müsste ihm vergeben, verdammt. Ihm alles verzeihen, was er mir angetan hat, seine Kälte, seine Bevormundung, seine harten Methoden, mich auf Spur zu bringen.«

»Du hast Angst vor der Begegnung«, sagte Dana leise.

Verwirrt hakte er seine Finger in den Hosenbund.

»Angst? Hm. So habe ich es noch gar nicht betrachtet.«

»Es wäre nämlich eine Begegnung mit dir selbst«, überlegte Dana laut. »Mit dem schwachen, schüchternen Jungen, der sich immer in den Windschatten seines Vaters geduckt hat. Doch das ist vorbei, Philipp. Du bist nicht mehr der kleine Junge. Du bist ein Mann. Und ein wunderbarer dazu.«

Wie von Zauberhand glätteten sich seine gequälten Züge.

»Das siehst du in mir?«

Ein spitzbübisches Lächeln huschte über Danas Gesicht.

»Ehrlich gesagt – auf den ersten Blick ist es mir entgangen. Aber dann …«

Grübelnd setzte er sich auf den Boden.

»Ich könnte die Firma übernehmen und neu positionieren. Kein rüdes Geklotze mehr, nur behutsame Sanierung gewachsener Quartiere, Umnutzung von Industriebauten, Errichtung von Grünflächen, Parks …«

»… Kinderspielplätzen … Du bist schon mittendrin, Philipp.«

Er selber schien am meisten darüber zu staunen. Er reckte sich, dann umspielte ein entschlossener Ausdruck sein Kinn.

»Dafür müsste es erst eine Annäherung geben. Wie soll das vonstattengehen, Dana?«

Sie warf die Decke von den Schultern, rutschte vom Sofa und kniete sich neben ihn.

»Kann man Mann in Liebe kochen, sagt Hung Tai. Und genau das könnten wir demnächst tun. Wenn du willst.«

Philipp tippte sich an die Stirn.

»Du meinst, ein Liebesmenü für mich und meinen Vater? Geht's noch?«

»Von mir aus kannst du auch die Kampfhenne, pardon, deine werte Frau Mutter mitbringen. Ich halte mich aus den bekannten Gründen im Hintergrund beziehungsweise in der Küche auf, ihr schlemmt und redet.«

Eine Weile hörte man nur Klaviergeklimper, Meeresrauschen und den Gesang der Wale.

»Mein veganer Engel«, murmelte er schließlich. »Das ist ein heikles Experiment. Doch als Wissenschaftler stehe ich Experimenten aufgeschlossen gegenüber.«

»Tja«, Dana schmiegte sich an ihn, »Liebe geht vielleicht doch durch den Magen.«

»Dann hast du ja ganz nebenbei rausgefunden, wie ich mich in dich verliebt habe«, schmunzelte Philipp. »Ähem, Dana, könnten wir unsere überaus kulinarische Unterhaltung bitte im Bett fortsetzen?«

»Das Kopfteil aus Leder muss weg«, flüsterte sie. »Ist nicht vegan. Aber in Anbetracht der besonderen Umstände würde ich einstweilen ein Auge zudrücken.«

28

»Sind sie schon da?«, fragte Dana zum gefühlt hundertsten Mal, um danach zum gefühlt zweihundertsten Mal durch das kleine Fenster über der Arbeitsfläche ins Lokal zu spähen.

Es würde ein sehr spezieller Abend werden. Sie hatte sämtliche Reservierungen storniert und stattdessen Hung Tais Familie mit allen sieben Kindern sowie seine Brüder, Schwestern, Cousins und Cousinen ins Bistro Paradies eingeladen. Auch Danas Eltern und Leonie waren mit von der Partie. Eddy hatte gekniffen, warum auch immer. Abgerundet wurde die Gästeliste durch die beiden Demonstranten und einige weitere Unterstützer, die Herrmann Twilling per Facebook kontaktiert hatte. Dicki würde servieren, Paul hatte das Essen dankend abgelehnt, sich aber für später angesagt.

Heimspiel, nannte man das wohl. Oder, konventioneller: Familienfeier. Jetzt fehlte nur noch Familie Dennermann. Doch die ließ auf sich warten.

Dana drehte sich zu Hung Tai um, der drei Bleche mit Amuse-Gueules aus dem Ofen zog. Ihr lief das Wasser im Mund zusammen. Die Chili-Polenta-Taler mit Ingwer und Mandelöl waren ihr Lieblingsgang, schon der bloße Duft berauschte sie.

»Sollen wir einfach anfangen? Wer weiß, vielleicht ist die Verabredung geplatzt.«

»Würde warten, kommen bestimmt noch Philipp.« Hung Tai schob die Bleche wieder zurück in den Ofen. »Fünf Minuten alle gut, zehn Minuten Ginger Love Story kaputt.«

Danas Aufregung steigerte sich zu unerträglichem Lampenfieber. Sie hatte viel versprochen, war sich jedoch auf einmal nicht mehr sicher, ob ihr Liebesmenü tatsächlich die stählernen Herzen von

Philipps Eltern zum Schmelzen bringen würde. Allein die Vorstellung, dass Philipps Mutter im Bistro Paradies dinierte, erschien ihr plötzlich absurd. Eine Frau mit derart ausgeprägtem Standesdünkel in diesem ramponierten Schuppen? Würde sie nicht wieder rausmarschieren, bevor sie überhaupt einen Bissen gekostet hatte?

Und dann sah sie Philipp. Etwas blass, aber aufrechten Gangs betrat er das Restaurant. Um den Anlass zu würdigen, trug er ganz gegen seine Gewohnheit eine schwarze Bügelfaltenhose und ein weißes Oberhemd, was ihm ausgezeichnet stand. Hinter ihm erschien Professor Dennermann in Anzug und Krawatte, gefolgt von seiner Frau Gemahlin, die eine zartrosa Nerzstola über ihr beigefarbenes Kostüm geworfen hatte.

»Sieh dir das an«, raunte Dana Hung Tai zu, »sie trägt ein totes Tier mit sich herum. Gruselig. Die hält sich wohl für die Königin hier.«

Auch Hung Tai lugte jetzt durch das Fenster.

»Sagt vietnamesische Sprichwort: Macht von König enden an Grenze von Dorf.«

»Da hast du recht. Hier wird nach anderen Regeln gespielt als im Imperium der Dennermanns. Hoffen wir das Beste.«

Sie konnte nicht den Blick von dem seltsamen Trio abwenden. Dicki geleitete es zu dem vorgesehenen Tisch, wo die drei schweigend Platz nahmen.

Professor Dennermann schien nur aus Granit zu bestehen. Kein Lächeln, kein Wort, nicht die kleinste Regung. Seine Frau musterte argwöhnisch das Restaurant und die Gäste. Am Nebentisch lärmten die Kinder von Hung Tai, allesamt mit dudelnden Spielkonsolen bewaffnet.

Philipps Befangenheit war körperlich zu spüren. Er wirkte wie verwandelt in Gegenwart seiner Eltern, und Dana litt mit ihm. Kaum zu glauben, dass sie ihn noch vor wenigen Stunden als leidenschaftlichen Liebhaber erlebt hatte. Unter der Oberfläche des stillen Wassers hatte sie einen wahren Taifun entdeckt. Seitdem gesellten sich zu ihrem Veilchen einige Knutschflecken, wenn auch an verborgenen Stellen.

Mit hochrotem Gesicht kam Dicki in die Küche gelaufen.

»O Mann, das riecht nach dicker Luft. Die sprechen keinen Ton, sitzen nur verstockt am Tisch und schauen aneinander vorbei.«

Hung Tai mixte schon drei Honeymooner's Delight.

»Geben Getränk, lösen Zunge.«

Eilig stellte Dana die Gläser auf ein Tablett und hielt es Dicki hin.

»Möge die Übung gelingen.«

Sogleich nahm Dana wieder ihren Beobachterposten ein. Dicki hatte sich größte Mühe gegeben, formvollendet aufzutreten. Ihr schwarzes schlichtes Kleid und die kunstvolle Aufsteckfrisur gaben ihr das Fluidum einer seriösen Gastgeberin. Gespannt beobachtete Dana, wie sie den Holundersekt servierte und plaudernd am Tisch stehen blieb, während die drei Gäste den ersten Schluck nahmen.

Aber was war das? Dana blieb das Herz stehen. Geradezu lachhaft überelegant, in ein enges, tief ausgeschnittenes Goldlamékleid gepresst, tänzelte Alexandra Müller-Mertens herein. Ihr Haar, sonst zu einem strengen Knoten frisiert, war zu einer offenen Löwenmähne aufgebauscht, die von einem goldenen Haarreifen gebändigt wurde. Goldschneckchen machte ihrem Spitznamen alle Ehre. Mit wiegenden Schritten näherte sie sich dem Tisch, an dem Philipp und seine Eltern saßen.

»Hung Tai …« Danas Stimme erstarb.

Auch er schaute nun durchs Fenster.

»Oh. Sehen aus wie Zirkusprinzessin.«

»Das kannst du laut sagen.« Dana zupfte an ihrem Verband herum, besann sich jedoch eines Besseren und legte eine Schicht Lipgloss auf. »Mist. Die Goldelse können wir heute so gut gebrauchen wie einen Sandkasten in der Sahara.«

Überschwänglich begrüßte ihre persönliche Feindin erst Frau

Dennermann, dann deren Gatten. Luftküsschen flogen hin und her. Im Gegensatz zu seinen Eltern blieb Philipp sitzen. Mit versteinerter Miene reichte er Alexandra Müller-Mertens die Hand.

Und ich kann nicht mal dazwischengehen, dachte Dana wütend. Mir sind die Hände gebunden. Dabei kribbelte es in ihr, das unmissverständlich ausgesprochene Hausverbot durchzusetzen. In diesem Moment sah sie, wie Philipps Vater ein Glas für die ungebetene Besucherin orderte, indem er auf sein eigenes zeigte.

»Tu ihr was rein, Hung Tai«, flüsterte Dana. »Irgendwas, was sie ausbremst.«

Der Koch zögerte. Dann holte er seinen Rucksack und entnahm ihm ein kleines braunes Fläschchen.

»Habe benutzt in Essen für böse Frau. Ist starke Mittel, Dana. Nennen vietnamesische Leute Donnerschlag. Wirklich nehmen?«

»Dreifache Dosis. Was auch immer sie vorhat, wir müssen jetzt die Spültaste betätigen.«

Wenig später verließ ein weiterer Honeymooner's Delight die Küche. Während Dana die Polenta-Taler auf vorgewärmte Teller verteilte, verfolgte sie den Lauf der Dinge durchs Fenster. Noch war nichts Auffälliges zu bemerken. Nur, dass sich so etwas wie ein Gespräch am Tisch der Dennermanns entspann.

»Konntest du was aufschnappen?«, erkundigte sie sich, als Dicki zurück in die Küche kam, um die Teller in Empfang zu nehmen.

»Sie reden übers Wetter. Sehr originell. Aber bei dieser aufgedonnerten Goldmarie tanzen die Hormone Polonaise. Dauernd lacht sie, fasst sich ins Haar, macht ein Schmollmündchen. Der übliche Flirtkrempel.«

Ein Blick ins Lokal bestätigte diesen Eindruck. Alexandra Müller-Mertens drehte voll auf. Ihr Glas hatte sie schon ausgetrunken, ihre dick beringten Hände gestikulierten übertrieben. Wie schmerzfrei musste man sein, um eine familiäre Unterredung zu stören?

Weitermachen, befahl Dana sich selbst, einfach weitermachen.

Sie präparierte gerade die Duftlampen, als Philipp in die Küche glitt.

»Diese Bitch!«, flüsterte er.

»Läuft nicht so geschmeidig, oder?«

»Läuft gar nicht.« Resigniert vergrub er die Hände in den Hosentaschen. »Alexandra hat sich selbst eingeladen, nachdem mein Vater ihr von unserem Treffen erzählt hat. Jetzt macht sie die ganz große Welle. Präsentiert sich als Schwiegertochter in spe.«

Nicht mehr lange, dachte Dana. Sie wandte sich ab und holte Streichhölzer aus dem Schrank, weil sie es nicht mehr mit ansehen konnte, wie kraftlos Philipp am Türrahmen lehnte.

»Und das lässt du dir einfach gefallen?«

»Ich muss die ganze Zeit daran denken, was du gesagt hast«, murmelte er leise. »Dass dieser Abend eine Begegnung mit meinem alten Ich ist.«

Dana entzündete die Teelichter in den Duftlampen.

»Dann zeig ihnen dein neues.«

»Jetzt, hier, heute?«

Sie warf ihm einen flammenden Blick zu.

»Wie lange willst du denn noch warten? Bis deine Eltern tot sind?«

Eine Sekunde lang fürchtete sie, er könnte ihr an die Gurgel gehen, doch dann brach er in ein erlösendes Gelächter aus.

»Meine Diplom-Küchenpsychologin! Weißt du eigentlich, dass du hinkriegst, was die teuersten Coaches nicht geschafft haben?«

Dana riss ein Streichholz an und schnippte es in seine Richtung.

»Zufällig weiß ich, dass du nicht nur Bügelfalten in der Hose hast.«

»Sondern?«

»Eier«, kicherte Hung Tai.

Auch Dana musste jetzt lachen.

»Hol sie dir, Tiger!«

Offensichtlich hatte Philipp nur diesen letzten Kick gebraucht.

Er nahm die Hände aus den Hosentaschen, hob das Kinn und ging mit energischen Schritten ins Lokal zurück. Dort war inzwischen etwas passiert. Etwas höchst Beunruhigendes. Leonie stand neben Alexandra Müller-Mertens und bestaunte sie verzückt. Kein Wunder. Barbie lebte, das war die Botschaft des fragwürdigen goldenen Stylings.

Für Dana wurde damit Alarmstufe Rot eingeläutet.

»Hung Tai, Nini himmelt den Lamettaständer an! Wie lange dauert es denn noch, bis dein Spezialcocktail wirkt?«

Er sah auf die Küchenuhr.

»Alle Ruhe. Erst kommen Schweißausbruch, dann laufen Blase, dann laufen böse Frau. Du können verlassen, Dana.«

Nun zog Alexandra Müller-Mertens auch noch Leonie auf ihren Schoß und strich ihr über die Locken. Ohnmächtig schaute Dana zu, wie das Mädchen vollkommen arglos dem faulen Zauber der Goldbarbie erlag.

Sie hatte nicht mit Philipp gerechnet. Er zischte Alexandra Müller-Mertens irgendetwas Unfreundliches zu, dann hob er Leonie einfach hoch und trug sie zu ihren Großeltern, die derart in ein Gespräch vertieft waren, dass sie die Abwesenheit ihrer Enkelin nicht einmal bemerkt hatten.

Prompt kam Bewegung in Professor Dennermann. Er schaute zu Herrmann Twilling, schaute noch einmal hin, erhob sich und trat an den Tisch von Danas Eltern. Dana hätte viel darum gegeben, zu hören, was die beiden Männer miteinander besprachen. Das heißt, eigentlich sprach nur ihr Vater. Natürlich. Ein längerer Monolog folgte, an dessen Ende Professor Dennermann erschöpft nickte und an seinen Tisch zurückkehrte.

»Herrlich!« Dicki erschien im Türrahmen. »Dein Vater hat die vorbildlichen Arbeitsverträge deines Restaurants gelobt und diesem Typen einen Vortrag über die Vorzüge veganer Ernährung gehalten!« Sie nahm einen Stapel leerer Teller vom Tablett und stellte die Duftlampen darauf. »Wie hieß dieser Gang noch?«

»Cinnamon Dreaming.«

Der warme, süßliche Duft konnte einen wirklich ins Träumen bringen. Etwas Weihnachtliches lag darin, und die Ahnung sinnlicher Genüsse. Während Dana begann, den grünen Spargel zu schälen, schweiften ihre Gedanken in ein Schlafzimmer, das unter dem veganen Aspekt verbesserungswürdig war, dessen Bewohner jedoch keine Wünsche offenließ.

Der Wein würde ein Übriges tun, um auch die Atmosphäre im Lokal zu verzaubern. Er stand schon in Karaffen bereit, aromatisiert mit Rosenblättern und Mandelöl. Ich könnte ihn Red Seduction nennen, dachte Dana, die rote Verführung.

Lächelnd drückte sie Dicki die Karaffen in die Hand, nachdem die Duftlampen verteilt waren. Nur die Kinder bekamen etwas Alkoholfreies, für sie hatte Dana eine Zitronenlimonade mit Minze vorbereitet.

Sie dekorierte gerade die Saftgläser mit Minzblättern, als ein rhythmisches Klackern vor der Küchentür sie aufhorchen ließ. Vorsichtig spähte sie um die Ecke. Das Geräusch stammte von den spitzen Absätzen einer Frau, die es sehr eilig hatte, einen stillen Ort aufzusuchen. Man sah nur noch einen goldfarbenen Zipfel Stoff, dann wurde die Toilettentür aufgerissen und knallend zugeschlagen.

»Somit wäre auch der letzte Sabotageversuch geschrottet«, stellte sie befriedigt fest. »Danke, Hung Tai, du bist die Lösung für jede Problemzone.«

Der Koch rührte vergnügt in einer großen Pfanne, in der angebratene Tofuwürfel das Aroma von Limonenöl, Kreuzkümmel und iranischem Steinsalz aufnahmen.

»Sagt vietnamesische Sprichwort: Wenn lieben, wie Schwalbe hoch zum Himmel fliegen, wenn hassen, wie Wurm in Staub kriechen.«

»Du, es ist ein bisschen gemein«, Dana gluckste, »aber ich glaube, die kriecht gleich über die Kacheln.«

Sie gab den gestückelten grünen Spargel in die Pfanne, dann lief sie wieder zum Fenster. An Philipps Tisch schlugen derweil die Wogen hoch. Seine Mutter stach mit ihrer Gabel in Philipps Richtung und redete, ohne Luft zu holen, sein Vater hatte die Arme vor dem Oberkörper verschränkt und sprach ebenfalls heftig auf seinen Sohn ein.

Los doch, feuerte Dana Philipp innerlich an, sag ihnen, wer du bist und was du willst.

Als hätte er ihren Appell gehört, brachte er seine Eltern mit einer beschwichtigenden Geste zum Schweigen. Die Kunst des Lippenlesens beherrschte Dana zwar nicht, doch sie konnte mühelos erraten, worum es jeweils ging. Philipp begann verhalten mit seiner trostlosen Kindheit, wechselte in eine trotzige Haltung, die von seiner Rebellion erzählte, um sich schließlich zu entspannen und seine Ziele darzulegen. Wie würden seine Eltern reagieren?

»Hung Tai, wie weit bist du?«, fragte Dana. »Der nächste Gang wäre jetzt gut.«

»Kiss of Aphrodite fertig, Dana.«

In Windeseile dekorierten sie die Teller mit Granatapfelkernen, und Dana konnte nicht anders, sie naschte ein wenig davon. Der bittersüße Geschmack beschwingte sie, doch es blieb abzuwarten, ob diese Wirkung auch Philipps Eltern erreichte.

Einen Teller nach dem anderen reichte sie Dicki, die alles gab. Sie rannte fast, um sämtliche Gäste mit dem neuen Gang zu versorgen. Bis in die Küche konnte man die Resonanz hören. Ausrufe des Erstaunens und des Behagens schallten aus dem Gastraum herüber. Aber Dana hatte nur Augen für Philipp. Während seine Eltern zu essen anfingen, sprach er weiter, sehr ruhig, sehr konzentriert.

»Äh, Dana?« Dicki stellte das Tablett auf der Arbeitsfläche ab. »Ich glaube, wir müssen was unternehmen – die Goldmarie randaliert. Die Gäste sprechen mich schon an, in der Toilette geht es ziemlich rund.«

»Hallo, und du denkst, ausgerechnet ich sollte mich um sie kümmern?«

Nervös drückte Dicki ihre Aufsteckfrisur fest.

»Sie ruft immer wieder deinen Namen. Na ja, und noch ein paar Ausdrücke, die ich lieber nicht wiederholen möchte.«

Was hatte das zu bedeuten? Dana überlegte. Eine neuerliche perfide Strategie? Oder pure Not?

Dicki knabberte auf ihrer Unterlippe herum.

»Geh zu ihr. Was soll schon groß passieren?«

»Vielleicht will sie den finalen Showdown. Okay, kann sie haben.«

Sehr sorgfältig wusch sich Dana die Hände, trocknete sie ab und machte sich auf den Weg zur Damentoilette. Dort sah es in der Tat nicht gut aus. Über das Waschbecken gebeugt, stand Alexandra Müller-Mertens vor dem Spiegel und stieß wüste Verwünschungen aus. Als sie Dana sah, richtete sie sich halb auf. Ihre Wimperntusche war von Schweißrinnsalen aufgelöst, ihr Lippenstift verschmiert.

»Sie – Sie mieses Aas«, keuchte sie.

Dana bat alle weiblichen Gäste, den Raum zu verlassen, bevor sie zum Waschbecken ging.

»Definieren Sie mal mieses Aas. Und vergessen Sie nicht, Ihr eigenes Verhalten einzubeziehen.«

Ein bitteres Lächeln verzerrte das Gesicht ihrer Widersacherin.

»Ja, ich habe Sie drangsaliert. Ja, meine Methoden sind drastisch. Aber Sie dürfen mir nicht den Mann wegnehmen, für den ich bestimmt bin.«

Schwer atmend lehnte sich Dana an die gekachelte Wand.

»Zu Philipp kommen wir später. Zuerst will ich wissen: Warum bunkern Sie Fotos meiner Tochter auf Ihrem Computer?«

Diese sehr direkte Frage brachte Alexandra Müller-Mertens völlig aus dem Konzept. Sie schwankte gefährlich auf ihren hohen Schuhen. Plötzlich riss sie die Augen auf und hastete in eine der

Toilettenkabinen. Ein Riegel wurde vorgeschoben, ein heftiges Geplätscher erklang.

»Woher wissen Sie das?«, rief sie aus der Kabine.

»Egal. Ich muss den Grund erfahren.«

»Professor Dennermann und seine Frau sind mir sehr gewogen. Sie wollen mich als Schwiegertochter, um Philipp zur Raison zu bringen, doch sie wollen auch Enkelkinder. Und da dachte ich …«

»Was?«

»… wenn ich mich mit einem kleinen Mädchen anfreunde, sie vielleicht mal zum Eis einlade, sie auch dann und wann in die Firma mitbringe, sieht man, dass ich gut mit Kindern umgehen kann. Ihre Tochter ist sehr niedlich, Frau Twilling …«

Heißer Zorn kochte in Dana hoch.

»Sie wollten Leonie benutzen? Um sich als künftige Mutter zu beweisen?«

Würgende Geräusche erklangen, dann längeres Wasserrauschen. Mit rotfleckigem Gesicht wankte Alexandra Müller-Mertens aus der Toilettenkabine, der Schweiß lief ihr in Bächen von der Stirn.

»Was war in diesem verdammten Drink?«, ächzte sie.

»Ein rezeptfreies Wahrheitsserum. Aber Sie haben meine Frage noch nicht beantwortet.«

»Das war ganz harmlos. Ich mag Ihre Tochter.« Alexandra Müller-Mertens musste sich mit beiden Händen auf dem Waschbeckenrand abstützen, um nicht umzufallen. »Ich würde nie …«

Dana zählte bis zwanzig. Sonst hätte es Tote gegeben. Dann faltete sie ihre Hände hinter dem Rücken, eine weitere Vorsichtsmaßnahme.

»Ich sage es nur einmal: Verschwinden Sie aus unserem Leben. Sonst werde ich die Polizei verständigen. Stalking ist ein Straftatbestand, falls Sie es genau wissen wollen.«

Betroffen stand Alexandra Müller-Mertens da.

»Aber Philipp … und ich …«

»Fragen Sie ihn doch selber, ob er Interesse hat. Ich vermute allerdings, dass Ihnen die Antwort nicht gefallen wird. Und jetzt verlassen Sie bitte mein Lokal.«

Alexandra Müller-Mertens riss ein Papierhandtuch aus dem Spender und wischte sich das Gesicht ab. Ohne ein weiteres Wort stöckelte sie dann an Dana vorbei und warf die Tür hinter sich zu.

Zitternd blieb Dana zurück. Sie legte ihre Wange an die kühlen Kacheln. Es war ein Alptraum, und sie hoffte inständig, dass er so schnell wie möglich vorbei sein würde.

Als es an der Tür pochte, schrak sie zusammen. Kam der goldene Alptraum zurück? Sie öffnete die Tür einen Spalt, und dahinter kam Dicki zum Vorschein.

»Dana, was machst du noch hier? Sie ist weg!«

»Ich komme. Sag mir nur – was ist mit Philipp?«

Es war Dicki anzusehen, wie schwer es ihr fiel zu antworten.

»Seine Mutter ist gerade gegangen. Philipp ist am Boden zerstört.«

Das war ein böses Omen. Aber möglicherweise auch eine Chance. Dana legte Dicki beide Hände auf die Schultern und sah ihr fest in die Augen.

»Du musst ihm etwas von mir sagen, so unauffällig wie möglich, ja? Sag ihm, dass er jetzt ein Gespräch von Mann zu Mann führen kann. Nicht zwischen Sohn und Eltern. Ein Gespräch zweier Erwachsener auf Augenhöhe.«

»Verstehe.« Dicki zwinkerte ihr zu. »Erwachsenwerden für Anfänger, stimmt's? O Dana, du wärst eine perfekte Erzieherin. Deine pädagogischen Fähigkeiten sind wirklich …«

»Lass mal stecken«, wehrte Dana ab. »Geh bitte zu ihm, schnell.«

Im Laufschritt stob Dicki davon, und Dana verschanzte sich wieder in der Küche. Es war eine echte Herausforderung, gleichzeitig Seitan-Schnitzel zu panieren und die Geschehnisse an Philipps Tisch zu überwachen. Dicki flüsterte ihm etwas zu. Er hob die Augenbrauen. Nickte langsam.

»Dana, ich panieren, du bisschen durcheinandermachen!«

Verblüfft betrachtete Dana ihre Hände. Sie hatte die Vollkornmehltüte mit der Salztüte verwechselt.

»Entschuldige, Hung Tai.«

»Keine Problem, ich machen neue Schnitzel, haben genug für Magic Paradise.«

Inzwischen hatte sich die Körperhaltung von Philipp und seinem Vater verändert. Sie saßen einander gegenüber, die Ellenbogen auf den Tisch gelegt, und sprachen gefasst miteinander. Soweit Dana es aus der Ferne beurteilen konnte, lag nicht der Hauch von Aggression in der Luft. Nur der ruhige Ernst zweier Männer, die einander respektierten.

Ein süßsaurer Geruch stieg ihr in die Nase, vermischt mit dem Aroma von Veilchen und Primeln. Und obwohl sie das Liebesmenü nun schon mehrfach gekocht und serviert hatte, war die Faszination des Dufts ungebrochen. Sie drehte sich um. In einem großen Topf schmurgelte das Kompott aus Zucchini und roten Zwiebeln, in der Pfanne daneben brutzelten die Seitan-Schnitzel.

»Ich glaube, es hat geklappt!«, rief Dicki, die die ersten geleerten Teller in die Küche brachte. »Die beiden haben sich gerade die Hand gereicht.«

Jetzt musste sich Dana setzen. Tränen der Erleichterung traten ihr in die Augen, alles fühlte sich wie Watte an, vor ihren Augen tanzten Sterne.

»Philipp«, hauchte sie. »Er hat es geschafft.«

Epilog

»Auf Dana, die amtierende Regentin meines Herzens und die Heldin der veganen Revolution!«, rief Philipp.

Er stand auf einem Stuhl und hatte sein Glas hoch erhoben. Hingerissen sah Dana zu ihm auf. Der schüchterne Schweiger existierte nicht mehr. Da oben stand ein Mann, der seinen Schatten besiegt hatte.

Professor Dennermann war soeben gegangen, unter Hinterlassung warmer Dankesworte und eines gigantischen Trinkgelds. Er hatte sogar versichert, bald wiederzukommen, und sehr bedauert, die Wirtin nicht persönlich angetroffen zu haben. Ja, das sei wirklich sehr, sehr schade. Zu gern hätte er ihr persönlich ein Kompliment gemacht.

Jetzt konnte beginnen, was Herrmann Twilling den gemütlichen Teil des Abends nannte. Dana hatte Emma aus der Wohnung geholt. Aufgeregt bellend lief sie zwischen den Tischen herum und wurde zwischendurch von den Kindern gekrault. Mittlerweile war auch Paul eingetroffen, mit einem Sixpack Bier unter dem Arm. Seither ließ er Dicki nicht mehr los, und sie schmiegte sich hingebungsvoll an ihn.

»Viel Glück mit deinem Weichpuper«, raunte er Dana zu.

Sie lächelte verschmitzt.

»Danke, aber der Weichpuper ist Vergangenheit.«

Dann ergriff sie Philipps Hand, und er sprang leichtfüßig vom Stuhl, direkt in ihre Arme.

»Glückwunsch«, flüsterte sie.

»Danke, gleichfalls.«

Es war ein tiefes Einverständnis, das sie beide verband, und dieser Abend hatte sie endgültig zusammengeschmiedet, das spürte Dana. Natürlich passte auch alles andere, die vegane Lebensweise beispielsweise, das Faible für Yoga und die allgemeine Haltung zu den wirklich wichtigen Dingen in dieser Welt. Doch das Wichtigste war, dass sie beide ihre Schwächen zeigen konnten, ohne Stärke zu provozieren. Das hatte Dana noch nie bei einem Mann empfunden.

Sie schwamm auf einer Welle der Glückseligkeit. Wo sie auch hinschaute, überall sah sie strahlende Gesichter. Hung Tais vielköpfige Familie parlierte in irrwitziger Geschwindigkeit, unterbrochen von vielstimmigem Kichern, die Kinder rannten fröhlich schreiend mit Emma durchs Lokal, an allen Tischen wurde laut geredet und gelacht.

Leonie hatte sich mit einer Tochter von Hung Tai angefreundet, wobei eine dudelnde Spielkonsole vermutlich eine nicht ganz unwichtige Rolle spielte. Nachsichtig ließ Dana es geschehen. Eine Spur Pragmatismus stand ihr ganz gut, fand sie.

Wieder schaute sie in die strahlenden Gesichter. Schade, dass Eddy nicht da ist, dachte sie. Er fehlt. Schließlich habe ich ihm einiges zu verdanken.

Ihr Blick wanderte weiter zu ihren Eltern. Bisher hatte sie kaum auf die beiden geachtet. Nun sah sie, dass die älteren Herrschaften Händchen hielten wie Teenager. Dana machte sich von Philipp los und trat zu ihnen.

»Was sehe ich denn da?«, fragte sie gespielt streng. »Mutter, du willst doch wohl nicht deine emanzipierte Phase beenden?«

»Niemals!« Eleonore Twilling setzte sich sehr gerade hin. »Hier wird nicht unterworfen, hier wird verhandelt!«

Ihr Mann lächelte – ein wenig säuerlich, aber durchaus zufrieden.

»Stell dir vor, sie will einen Vertrag, in dem alles genauestens geregelt ist. Sie wäscht die Wäsche, ich bügele, sie räumt die Spülmaschine ein, ich räume sie aus.«

»Klingt nach einem passablen Kompromiss.« Dana amüsierte sich königlich. »Bin schon gespannt, wer von euch kochen wird. Tja, dann lasse ich euch mal weiterverhandeln.«

Sie schlenderte zu Philipp zurück und berichtete von der schrägen Versöhnung ihrer Eltern.

»Das heißt, dass du wieder alleinerziehende Mutter bist? Ohne väterlichen Beistand?«, fragte Paul, der alles mit angehört hatte.

»Das heißt, dass bei mir ein Zimmer frei wird«, lächelte Dana und wurde von Philipps Küssen fast von den Füßen gefegt.

»Bei dir bleibt gar nichts frei«, flüsterte er in ihr Haar. »Denk bloß nicht, dass ich dich wieder loslasse.«

Eine ferne Akkordeonmusik wehte ins Lokal. Dana schaute durch die Fenster nach draußen. Straßenmusiker waren nichts Ungewöhnliches in dieser Gegend, und sie mochte diese italienische Akkordeonmusik. Die Klänge wurden lauter. Auf einmal öffnete sich die Tür, und drei Musiker kamen herein. Einer von ihnen war Eddy. Mit einer winzigen Triangel schlug er den Takt zur Musik eines Akkordeons und einer Geige.

»Ich habe ihn angerufen«, wisperte Dicki. »War doch in deinem Sinne, hoffe ich?«

Es wurde eine lange, ausgelassene Feier. Emma jaulte in den höchsten Tönen zur Musik, und alle tanzten, auch die Kinder. Eine Pause wurde nur eingelegt, als Hung Tai die Desserts hereinbrachte: den Höhepunkt des Liebesmenüs, das Sweet Happy End. Nun ja, nicht ganz. Etwas fehlte.

»Hung Tai, du hast die Schokoladengitter vergessen«, sagte Dana überrascht.

»Nicht vergessen.« Und da war es wieder, dieses unergründliche Lächeln, mit dem er einem weisen Buddha glich. »Du erinnern, was sagen Thien Tung? Dana schöne Mädchen, aber Herz hinter Gitter gefangen.« Jetzt lächelten auch seine Augen, und die Fältchen ringsum bildeten halbe Sonnen. »Gitter geschmolzen, Dana. Wünschen dir Glück deine Hung Tai.«

Dana brachte vor lauter Rührung keinen Ton heraus, Philipp umarmte ihn.

»Ich kenne auch ein vietnamesisches Sprichwort: Sammelst du Früchte, so gedenke auch derer, die den Baum gepflanzt haben. Danke, Hung Tai.«

Der Koch wischte sich mit seiner Schürze über die Augen.

»Habe sofort gesehen, du sein Ruder für Dana.«

»Äh – Ruder?«

»Ich erklär's dir später«, schniefte Dana. »Komm jetzt, tanzen.«

Ende

Ellen Berg
Alles Tofu, oder was?
(K)ein Koch-Roman
Hörbuch
Gelesen von Tessa Mittelstaedt
ISBN 978-3-945733-03-5

Aber bitte mit Soja!

Was tun, wenn's keinem schmeckt? Mit ihrer streng veganen Kost vertreibt Dana nicht nur die Gäste ihres Bistros, sondern auch ihren Freund Paul – er will Currywurst statt Quinoa. Als hätte sie mit ihrer kleinen Tochter und ihrem starrköpfigen Vater nicht schon genug um die Ohren, versuchen fiese Inmmobilienhaie, sich das Haus unter den Nagel zu reißen, in dem sie ihr Restaurant betreibt. Doch dann entdeckt Dana, wie man für die Liebe kochen muss – und dreht den Spieß um.

Das Hörbuch liest die Schauspielerin Tessa Mittelstaedt, geboren 1974 in Ulm. Sie wurde als die Assistentin von Ballauf und Schenk im Tatort Köln bekannt und spielt derzeit die Staatsanwältin Elke Rasmussen in der ARD-Serie »Morden im Norden«.

Regelmäßige Informationen erhalten Sie über unseren Newsletter. Jetzt anmelden unter: www.aufbau-verlag.de/newsletter

aufbau *audio*

LESEPROBE

1

Ich habe den peinlichsten Job der Welt: In meinem Gesicht prangt eine rosa Schweinsnase, und auf meinem Kopf steckt ein Haarreif mit schlackernden Schweineohren. Jeder, der mich sieht, wird denken, dass ich eine schreckliche Sünde begangen habe, für die ich nun bestraft werde. Oder dass ich einen besonders schlechten Schulabschluss habe. Denn mal ehrlich, wer außer mir muss sich in seinem Job als Glücksschwein verkleiden?

»Zwei Komma vier«, murmele ich, in Gedanken immer noch bei meiner Abi-Note, und knalle die Hecktür des kleinen Lieferwagens zu.

Der ältere Herr, der neben mir auf das imposante Gebäude zugeht, schüttelt den Kopf. »Diese Apartmentnummer gibt es hier meines Wissens nicht. Am besten, Sie fragen den Concierge.«

Mit einem monströsen Blumenstrauß in den Händen schiebe ich mich an dem freundlich lächelnden Herrn vorbei und bedanke mich. Neugierig blicke ich mich um. Ich habe mich schon oft gefragt, wie die Neubauten im Rheinauhafen, die wegen ihrer Form Kranhäuser genannt werden, wohl von innen aussehen. Meine Erwartungen werden nicht enttäuscht: Eine beeindruckende weiße Theke bildet den Mittelpunkt der Lobby, an deren Wänden der Marmor glänzt. Aus allen Ecken wird die Eingangshalle dezent beleuchtet. So dezent, dass dem Mann hinter der Theke ein samtener Schimmer ins Gesicht fällt.

»Schönen guten Tag«, grüße ich möglichst lässig, denn ich will mir nicht anmerken lassen, wie aufgeregt ich bin. »Emma Arend von *Daisy Düfte*, ich bringe einen Blumenstrauß für Herrn …«, ich ziehe einen zerknitterten Lieferzettel aus der Tasche, »… Dannenberg. Können Sie mir sagen, in welchem Stock er wohnt?«

Der Concierge muss nicht einmal im Computer nachschauen. »Herr Dannenberg bewohnt das Penthouse in der 18. Etage. Ich melde Sie an.« Er greift nach dem Telefon und tippt eine Zahlenkombination ein. Nach wenigen Augenblicken legt er den Hörer wieder auf.

»Tut mir leid. Anscheinend ist er gerade nicht zu sprechen.« Jetzt wirft er doch einen Blick auf seinen Bildschirm. »Möchten Sie warten? Sie können den Strauß aber auch bei mir abgeben.«

Unwillkürlich umklammere ich die Blumen fester. »Ich muss sie persönlich überbringen«, sage ich. »Zusammen mit einer Nachricht.«

Eigentlich ist es nicht bloß eine Nachricht. Es handelt sich um ein elendes Gedicht! Ein Gedicht, das so peinlich ist, dass sich Heinz Erhardt im Grabe umdrehen würde. Ich habe nur den Anfang gelesen, aber der war schon schlimm genug. Das verrate ich dem Concierge natürlich nicht.

Auf seinem Namensschild steht Winkel. Seltsamer Name. Ob er sich deshalb oft Witze anhören muss? Mir würden da einige einfallen … Ein wenig schuldbewusst betrachte ich das Muster des Eichenparketts zu meinen Füßen. Herr Winkel kann ja nichts für seinen Namen. Außerdem sieht er trotz seines steifen Anzugs eigentlich recht nett aus.

An die Wand gepresst, versuche ich, mich unsichtbar zu machen, denn in meiner Aufmachung fühle ich mich alles andere als wohl. Leider stößt mein Handy genau in diesem Moment den gellenden Hilfeschrei der Beatles aus und macht meine Bemühungen mit einem Schlag zunichte. *Help!* – meine Schwester Heidi.

»Du weißt, dass ich Ärger bekomme, wenn ich während der Arbeitszeit privat telefoniere«, fahre ich sie an.

»Warum lässt du dann dein Handy an?«

»Das ist …«, beginne ich viel zu laut, was mir einen strengen

Blick von Herrn Winkel einbringt. »Das ist auch mein Diensthandy«, fahre ich wispernd fort. »Ich muss das immer anhaben.«

»Dann beschwer dich auch nicht, wenn es klingelt. Außerdem rufe ich dienstlich an.«

»Wirklich?« Ich weiß nicht, ob ich erleichtert sein soll oder ob das eher eine Drohung ist.

»Wir stecken gerade mitten in der Planung für den EMPFANG.« Das Wort erscheint in Großbuchstaben vor mir. Sie sagt Empfang, als handele es sich um eine höchst offizielle Angelegenheit, mindestens so wichtig wie eine Veranstaltung des Bundeskanzleramts.

»Für welchen Empfang denn?«

»Bist du verrückt? Seit Wochen redet die ganze Familie von nichts anderem als dem Sektempfang zu meiner Promotion. Es kommen mehr als dreißig Gäste. Sogar Professor Reifenhäuser hat zugesagt. Es muss einfach perfekt werden. Und du weißt genau, dass ich deshalb Blumenschmuck brauche. Und zwar etwas ganz Besonderes, nicht bloß langweilige Rosen.«

Langweilige Rosen! Ich fasse es nicht, dass sie das gerade gesagt hat. Als ob Rosen langweilig wären. Als ob die Rosen, die *ich* für sie aussuche, langweilig wären.

Ich hole tief Luft und setze zu einer Erwiderung an, als Herr Winkel sich lautstark räuspert.

»Können wir das vielleicht später besprechen? Ich habe hier noch zu tun.« Und dann, weil ich auch einmal etwas in Großbuchstaben sagen möchte, füge ich hinzu: »Ich bin nämlich gerade im KRANHAUS.«

Nichts.

»Hast du gehört? Ich bin gerade in DEM KRANHAUS. Am Rheinauhafen.« Und als immer noch keine Reaktion kommt: »Das mit den Superluxuswohnungen.«

»Aha«, sagt Heidi, und ich höre, wie sie im Hintergrund mit Papieren raschelt. »Dann schick mir doch bis spätestens morgen früh deine Entwürfe. Mit Bildern. Drei verschiedene müssen es mindestens sein. Und vergiss den Kostenvoranschlag nicht, inklusive Freundschaftsrabatt.« Ohne ein weiteres Wort legt sie auf.

Ich bin von Heidi schwer enttäuscht. Es kommt nicht häufig vor, dass ich bei meiner Arbeit etwas wirklich Interessantes erlebe, sie hätte ruhig mit mehr Begeisterung reagieren können.

Ungeduldig trete ich von einem Fuß auf den anderen. Der Strauß ist ganz schön schwer. Blumenwasser tropft auf meinen linken Oberschenkel, und ich werfe einen hilflosen Blick zu Herrn Winkel. Doch bevor ich ihn noch einmal an mein Anliegen erinnern kann, hebt er beschwichtigend die Hand und greift erneut zum Telefon.

»Hier spricht Winkel von der Rezeption. Eine junge Dame von der Firma *Daisy Düfte* kommt jetzt zu Ihnen. Sie überbringt einen Blumenstrauß.« Er wartet. »Ich werde es ihr sagen.« Nun wendet er sich an mich. »Es tut mir leid, Herr Dannenberg kann den Strauß nicht persönlich in Empfang nehmen. Er bittet Sie, ihn hier zu hinterlassen.«

»Das darf ich leider nicht.« Ich hebe entschuldigend die Schultern. »Ich muss den Strauß persönlich abgeben und eine Nachricht überbringen.« Dass der Auftraggeber dafür extra einen Bonus gezahlt hat, muss Winkel ja nicht wissen.

Seufzend greift er erneut nach dem Hörer. Mein Gott, ist das alles umständlich. Ich überlege schon, ob ich nicht einfach in den Aufzug springen und blitzschnell nach oben düsen soll. Das Problem ist: Ich habe riesige Angst vor Aufzügen. Das liegt nicht etwa an der Enge der Kabinen, sondern daran, dass ich bereits mit sieben alle alten James-Bond-Filme gesehen habe. Die Szene mit dem Aufzug, in der der Boden plötzlich aufklappt und die Insassin in ein Haifischbecken rutscht, hat sich in mein Gedächtnis gebrannt. Seitdem fällt mir Aufzugfahren schwer, auch wenn ich weiß, dass Haie hier eher selten sind. Aber ich weiß auch, dass man sich nie sicher sein kann, welche Fallen sich die Architekten sonst noch haben einfallen lassen. Dieses Haus steht schließlich direkt am Rheinufer.

»Sie können jetzt hinauffahren«, unterbricht Winkel meine Gedanken. »Aber bitte fassen Sie sich kurz, Herr Dannenberg ist sehr beschäftigt, und wir legen großen Wert auf die Privatsphäre der Eigentümer.«

»Aber selbstredend«, antworte ich und merke, dass ich schon genauso gespreizt rede wie er. Färbt das etwa ab?

»Es gibt hier nicht zufällig eine Feuertreppe?«, erkundige ich mich.

Herr Winkel hebt das Kinn. »Das Gebäude verfügt über die neuesten Sicherheitstechniken und selbstverständlich auch über eine Feuertreppe. Doch die Benutzung ist nur im Notfall gestattet.«

»Vielleicht können Sie ausnahmsweise …« Unter seinem strengen Blick fällt mein Widerstand in sich zusammen. »Nicht? Na gut.« Ich seufze.

Zögernd betrete ich den vollverglasten Aufzug und beäuge den Boden. Es gibt keine Fugen, die sich in irgendeiner Weise öffnen könnten, und ich entspanne mich. In den Scheiben sehe ich, dass meine Schweinsnase schief sitzt, und rücke sie eilig zurecht. Dann streiche ich meine Haare glatt und bohre mit dem Fingernagel einen Mohnsamen zwischen meinen Schneidezähnen raus, als mein Blick auf das neugierige Auge einer Kamera fällt, die von der Decke herabhängt. Peinlich berührt lasse ich von meinen Zähnen ab und winke. Herr Winkel hat das bestimmt genau gesehen. Vielleicht beobachtet er, ob Gäste des Hauses eine Waffe aus ihrer Tasche ziehen. Entweder das, oder am Türrahmen zum Aufzug war ohnehin schon ein Metalldetektor angebracht. Welch ein Glück, dass ich nicht den schicken Gürtel angezogen habe, den mir Michi neulich geschenkt hat. Den mit der großen Schnalle.

Michi und ich sind seit fast zwei Jahren zusammen und eigentlich ziemlich glücklich. Beide lieben wir italienisches Essen und amerikanische Kinofilme. Er arbeitet in der Gärtnerei, die uns beliefert, und macht nebenbei viel Sport. Na ja, er guckt auch viel Sport. Genauer gesagt schaut er sich die Turniere *aller* Sportarten an. Ich könnte noch verstehen, wenn er nur ein Fußballfan wäre. Doch er guckt außerdem Tennis, Leichtathletik, Biathlon und Schwimmen. Und die Formel 1. Aber alles in allem kann ich doch froh sein, einen Freund zu haben, der so sportbegeistert ist, oder?

Ich bin leider nicht besonders sportlich. Und müsste ich die Stockwerke, die ich gerade hochsause, zu Fuß gehen, käme ich ganz schön aus der Puste.

Ein leises Pling kündigt an, dass ich mein Ziel erreicht habe, und die Fahrstuhltür schiebt sich geschmeidig auseinander. Noch bevor mein Fuß den Boden berührt, erhellt sich der Flur.

Ich brauche nicht lange, um mich zu orientieren, denn es gibt nur eine einzige Tür am Ende des Flurs, durch die Musik dröhnt. »My Way« von Frank Sinatra. Mit einem nervösen Flattern im Magen drücke ich auf die Klingel.

Nichts passiert. Ich befürchte schon, dass dieser Dannenberg aufgrund der lauten Musik das Klingeln nicht hört, da wird die Tür so ruckartig aufgerissen, dass ich unwillkürlich zurückweiche. Ein dunkelblonder Mann, höchstens Mitte dreißig, erscheint im Türrahmen. Er ist unrasiert und trägt ein verknittertes weißes Hemd, dessen Ärmel er bis zu den Ellbogen aufgekrempelt hat.

»Geben Sie schon die Blumen her, und dann verschwinden Sie«, blafft er mich an. Dann heftet sich sein Blick auf meine Schweinsnase. »Ach du Schande.«

Mit der linken Hand stützt er sich am Türrahmen ab. Mit der rechten umfasst er lässig ein Glas, in dem eine bernsteinfarbene Flüssigkeit schimmert.

»Entschuldigung«, hasple ich verlegen und suche vergeblich nach einem Namensschild über der Türklingel. »Ich wollte eigentlich zu einem Herrn Dannenberg.«

»Herzlichen Glückwunsch«, erwidert er. »Sie haben Ihr Ziel erreicht.«

»*Sie* sind Herr Dannenberg?« Der ungläubige Tonfall in meiner Stimme ist nicht zu überhören. Ich hätte nie gedacht, dass jemand, der in einem Penthouse im Kranhaus wohnt, so jung sein könnte!

»Warten Sie«, sagt er. »Ich sehe mal kurz in meinem Pass nach.« Aber er rührt sich nicht vom Fleck, sondern trinkt sein Glas in einem Zug leer, während er mich durch halbgeschlossene Lider mustert.

Mein Blick bleibt an seinen sonnengebräunten Unterarmen hängen. »Wenn Sie Herr Dannenberg sind, dann ist dieser Blumenstrauß für Sie«, sage ich. »Ich bin Emma Arend von *Daisy Düfte*.« Mit Schrecken spüre ich, wie meine Schweinsohren dabei wackeln.

Seine Augen weiten sich.

»Können Sie vielleicht die Musik etwas leiser stellen? Ich muss Ihnen auch noch ein Gedicht vorlesen.«

»Ein Gedicht.« Es ist nicht als Frage gemeint. Er hat die Stirn in Falten gelegt und schnipst dann zweimal mit den Fingern. Die Musik verstummt. »Nun gut«, sagt er ungeduldig.

Ich halte den Blumenstrauß vor mich, setze ein feierliches Gesicht auf und … erinnere mich, dass ich das Gedicht nicht auswendig kann. Meine hilflosen Bemühungen, mit Blumen im Arm in meiner Hosentasche nach dem Spickzettel zu fingern, quittiert Dannenberg mit einem Seufzen.

»Können Sie mal kurz halten?«, frage ich und reiche ihm den Strauß. Ohne ihn eines Blickes zu würdigen, lässt er ihn hinter sich auf den Boden fallen.

Ich schnappe nach Luft. Weiß er denn nicht, wie teuer Callas in dieser Größe sind? Ganz abgesehen davon: Der Strauß ist wunderschön! Sehr schlicht und geschmackvoll, und – wenn ich es recht bedenke – eigentlich ein Brautstrauß.

»Sie können doch nicht die schönen Blumen einfach so hinwerfen!«, empöre ich mich und dränge mich an ihm vorbei in die Wohnung. Behutsam hebe ich die Blumen auf und richte die abgeknickten Stängel. Danach falte ich mein Notizblatt mit der ausgedruckten E-Mail des Auftraggebers auf.

»Lieber Nils«, beginne ich.

»Was wäre ich denn ohne
einen Freund wie dich?
Ich legte dir mein Herz
ganz offen auf den Tisch.

Ich schenkte dir nicht nur
mein allergrößtes Vertrauen.
Sondern auch meine Tochter,
um deine Zukunft aufzubauen.«

Es ist furchtbar. Wieso schreibt jemand so etwas? Und weshalb hält er sich dann nicht weiter an das Versmaß?

»Doch jetzt in dieser Stunde
da weiß ich, wer du bist.
Wer solche Freunde hat,
braucht … keine Feinde nicht.«

Ach du je. Ich werfe einen schnellen Blick zu Dannenberg, der die Augen halb geschlossen hat und leise atmet. Meine Stimme beginnt zu zittern.

»I… ich wollte dir nur sagen,
einschenken reinen Wein.
Du bist nicht mehr mein Schwiegersohn,
du bist ein … mieses Schwein!«

Vor Schreck rutschen mir fast die Schweinsohren vom Kopf.

»Verzeihen Sie«, sage ich tapfer, »ich habe ehrlich gesagt nicht gewusst, was in diesem Gedicht steht. Sonst hätte ich bestimmt nicht … also ich hätte niemals … ganz sicher nicht … diese Verkleidung angezogen«, beende ich mein lächerliches Gestammel und zerre mir die Plastiknase vom Gesicht.

Dannenberg lässt mich, ohne ein Wort zu sagen, stehen. Mir ist das Ganze furchtbar unangenehm. Ich stolpere ihm hinterher und sehe, wie er im Wohnzimmer sein Glas auffüllt. Seufzend lässt er sich auf ein cremefarbenes Sofa nieder. Ich bleibe abrupt mitten im Raum stehen.

Nicht nur, weil ich die mit Abstand luxuriöseste und traumhafteste Wohnung aller Zeiten betreten habe. Auch nicht, weil sich mir eine spektakuläre Aussicht auf den Kölner Dom bietet und der loftähnliche Raum durch die bodenlangen Fenster so sehr von Sonnenlicht durchflutet wird, dass ich beinahe erblinde. Und schon gar nicht, weil ein Schnipsen von Dannenberg die Surround-Anlage reaktiviert und Sinatra erneut anfängt, seinen größten Hit zu schmettern. Was mich erschrocken innehalten lässt, sind der riesige Metallhaken, der an der Deckenmitte hängt, und der Stuhl, der darunter steht und nur darauf wartet, dass jemand hinaufklettert.

Erst jetzt fällt mir auf, wie zerzaust Dannenbergs Haare sind. So, als hätte er sie sorgenvoll durchwühlt. Sein weißes Hemd ist halb aufgeknöpft, und sein blauer Schlips baumelt merkwürdig verdreht um seinen nackten Hals. Auf dem Tisch liegen ein Stapel zerrissener Fotos und die Überreste mehrerer Kreditkarten, die in Stücke geschnitten worden sind. Aus den Boxen dröhnt: »*And now the end is near …*«

Fehlt nur noch ein Umschlag mit der Aufschrift »Mein letzter Wille«. Unwillkürlich suche ich den Tisch danach ab, doch Dannenberg fängt meinen Blick auf und fegt im selben Moment alles mit einem Wisch beiseite.

Mein Mund öffnet sich wie von selbst. »Sie … Sie wollen sich doch nicht etwa umbringen?«, quetsche ich heraus.

Dannenberg schaut bei dieser Frage nicht einmal auf, sondern stiert in sein Glas.

»Sie haben Ihre Botschaft vorbildlich überbracht«, sagt er schließlich.

Es wundert mich, dass er das noch so klar formulieren kann, nach den ganzen Drinks.

»Sagen Sie Kreuzbach, dass er mich mal kann.«

Ich suche nach ein paar klugen Worten, frage schließlich jedoch nur: »Sind Sie krank? Haben Sie einen Tumor oder so was?«

Er schüttelt den Kopf. »Was wollen Sie eigentlich noch hier? Verschwinden Sie endlich.«

Ich erstarre. Aber ich kann doch jetzt nicht gehen! Nicht, wenn ich weiß, dass hier ein Mensch in einer Lebenskrise steckt. Wenn ich einfach so abhaue, dann wird er sich erhängen. Das geht doch nicht … Er kann doch nicht … Ich kann das doch nicht zulassen!

»Und dann lese ich morgen in der Zeitung, dass Sie sich umgebracht haben?«

Dannenberg ist wortlos aufgestanden und zu einer lackglänzenden Anrichte gegangen, auf der mehrere Karaffen stehen.

»Aber das dürfen Sie nicht«, rutscht es mir heraus.

Lautstark stellt er eine Flasche ab. »Nur zur Information: Ich weiß schon, was ich tue.«

»Aber …«

Mir schießen tausend Gedanken auf einmal durch den Kopf: … Das dürfen Sie nicht, weil Sie in diesem Penthouse wohnen. Weil Sie verdammt noch mal einen Concierge haben! Weil es eklig ist, wenn hinterher der Tatortreiniger kommen muss. Weil irgendein Arzt an Ihrem nicht gerade unattraktiven Körper rumschnippeln wird. Weil die Sonne scheint …

»Wenn Sie das tun, dann muss ich mir ein Leben lang Vorwürfe machen.«

Habe ich das gerade tatsächlich gesagt? Na toll! Es wird ihn wohl kaum aufbauen, wenn ich bei seinen Suizidplänen nur an mich denke.

Er lächelt schief. »Jetzt übertreiben Sie mal nicht. Und wenn es nur das ist: Ich entbinde Sie gerne von dieser Verantwortung.«

Verzweiflung sprudelt in mir hoch. »Das können Sie gar nicht!« Ich laufe hektisch auf und ab. »Von so etwas kann man nicht entbunden werden! Wissen Sie, als Kind hatte ich einen Goldhamster. Er hieß Julchen. Ich habe ihn so sehr geliebt! Aber ich konnte ja nicht wissen, dass Goldhamster keine Gummibärchen essen dürfen. Jedenfalls – ich habe ihm die ganze Haribo-Tüte ausgeschüttet, und Julchen hat immer mehr davon in sich hineingestopft. Er sah anschließend so aus«, ich plustere meine Backen auf. »Und dann wollte er die Gummibärchen partout nicht wieder ausspucken. Er … er ist erstickt.« Gedankenversunken schaue ich zu Boden. »Ich habe mich bis heute nicht davon erholt. Sobald ich nur ein Nagetier sehe, wird mir schlecht. Ich hätte es vielleicht verhindern können, wenn ich ihn sofort zum Tierarzt gebracht hätte, aber ich war zu feige. Und jetzt …« Ich suche nach Argumenten und betrachte Dannenberg genauer: die gerunzelte Denkerstirn, die blauen Augen mit den dichten Wimpern und das kleine Muttermal auf seiner linken Schläfe. »Sie sind so jung«, beginne ich. »Sie sind attraktiv. Und reich sind Sie auch noch. Bestimmt gibt es eine Menge Leute, die Sie lieben und Sie wahnsinnig vermissen würden. Das können Sie denen nicht antun. Schon gar nicht ohne Abschiedsbrief. Und auch nicht mit Frank Sinatra. Eigentlich gibt es nichts auf der Welt, was so schlimm sein könnte, dass man sich mit Frank … Wir werden jemanden finden, der Ihnen hilft. Ich verspreche es Ihnen!«

Der Blick, den Dannenberg mir zuwirft, schwankt zwischen Entsetzen und Faszination. Seine Augenbrauen wölben sich nach oben: »Sie haben Ihren Goldhamster mit Gummibärchen umgebracht.«

Ich nicke.

»Ich verspreche Ihnen, ich werde keine Gummibärchen essen.« Er zeigt in Richtung Wohnungstür. »Und jetzt raus.«